INTE ENS DET FÖRFLUTNA

Anna Jansson

INTE ENS DET FÖRFLUTNA

NORSTEDTS

AV ANNA JANSSON HAR TIDIGARE UTGIVITS:

Stum sitter guden 2000
Alla de stillsamma döda 2001
Må döden sova 2002
I stormen ska du dö 2002 (LL-Förlaget)
Dömd för mord 2003 (LL-Förlaget)
Silverkronan 2003
Drömmar ur snö 2004
Etiska dilemman i vården. Hur skulle du ha gjort? 2005 (Gothia förlag)
Svart fjäril 2005
Främmande fågel 2005
Pojke försvunnen 2007
Etiska dilemman i vård och omvårdnad 2007 (Gothia förlag)
Åtta böcker i serien om Alex och Mia 2007 (Bonnier Utbildning)

ISBN 978-91-1-301823-2

Norstedts, Stockholm
Omslag: Norma Communication
Tryckt hos ScandBook, Smedjebacken 2008
www.norstedts.se
*
Norstedts ingår i
Norstedts Förlagsgrupp AB,
grundad 1823

Någon rider i natten,
Vad har han för bud att föra?
– Ingen rider i natten
du hör med ett sjukligt öra.

Någon kommer på vägen
någon går över tunet …
– Ingen kommer på vägen
alls ingen ser jag på tunet.

Men någon är det som bråkar
därute i hagtornssnåren …
– Du yrar. Häcken är borta,
allt blev borta med åren.

Alla vägar är stängda
alla dörrar är slutna.
Och inget är det som spökar,
inte ens det förflutna.

EN DIKT AV NILS FERLIN

UR KEJSARENS PAPEGOJA

KAPITEL 1

Om beslutet att dra in tillsynsmännen på Gotska Sandön aldrig hade tagits skulle kvinnornas liv ha kunnat räddas. Det var den enade åsikten sedan kropparna hämtats med helikopter en blåsig söndagsmorgon i början av september.

En möjlighet hade öppnats genom ett ogenomtänkt schackdrag som lämnade paradisön fri som spelplan för Svart Dam. När tillsynsmännen försvunnit från ön fanns inte längre någon möjlighet till remi eller rockad. I ett förvirrat sinne väcktes tankar på död som vedergällning för ett förlorat liv.

Havet och nordvästanvinden skulle vara henne behjälpliga.

Hon kände dem väl och visste att använda sig av deras krafter.

Naturen skulle dräpa dem alla och sanden begrava dem i sin stora famn …

Begrava dem innan glömskan kunde bära dem över Tidens hav … där inget är nytt eller gammalt, ont eller gott som i Tiden. I Tiden där en vrakplundrares själ kan gå igen i tvåhundra år eller mer … av rädsla för att inte bli ihågkommen. Hans ande finns där på Sandön som en viskning genom kroknade martallar … i träd som svartnat av blixtnedslag och bränder … eller vitnat till levande skelett i Döda skogen … som en susning genom marhalmens gula strån på den vandrande sanddynen … som ett rytande dån från mörka vågor vid Kopparstenarna … ett frustande skum som fräser över stranden … och griper med giriga fingrar efter något att dra med sig i djupet … Eller som en smekning av den förrädiska sanden mot dina bara fötter … sekunden innan marken ger vika och du sjunker mot en bottenlös grav.

Är det inte ett rättmätigt krav på livet att få vara något för någon? Att i kärlek eller fruktan ha ristat sitt namn i någons tanke och hågkomst när livet tar slut?

I fyra dygn satt Erik Hansson död i sin bil på riksväg 142 mellan Linde och Hemse på Gotland. Fyra hela dygn utan att någon gick fram till Volvon för att se vad som hade hänt. Om någon hade kommit till undsättning strax efter det att mannen kört av vägen kanske hans liv hade gått att rädda. Möjligen – rättsläkaren svävade en aning på målet i den frågan. Men faktum kvarstod med skrämmande tydlighet – ingen hade brytt sig om att ta reda på om det fanns någon människa i bilen. Kanske berodde det på det ymniga snöfall som drabbade större delar av ön kvällen den 21 december. På några minuter var vindrutorna täckta av snö och det blev omöjligt att från vägen se in i bilen. Efter ytterligare någon timme låg Volvon inbäddad i en ansenlig snödriva i diket. Registreringsskyltarna syntes inte. Billyktorna slocknade när batteriet slutade fungera. Det kunde ha varit vilken övergiven skrotbil som helst. Hur många bilar som passerat mot stan och tillbaka dessa dygn kunde man bara uppskattningsvis gissa. Faktum var att ingen, inte en enda av dem som färdats på vägen, hade stannat för att ta reda på vad som hänt.

Efter fyra dygn hade vädret slagit om och det snöblandade regnet övergått i plusgrader och tö. På juldagens kväll hade en trettonårig pojke på storebrorsans trimmade moped upptäckt mannen i förarsätet på den röda Volvon. Han hade öppnat bildörren och mannen hade i sitt halvtinade tillstånd tippat åt sidan – rakt ut genom dörren då han saknade bälte. Pojken hade inte lyckats återbörda Erik Hansson till sitt ursprungsläge på förarplatsen. Kroppen blev liggande bredvid bilen, vilket kunde förklara de bitmärken av räv som rättsläkaren noterat på hans hals och ansikte, skador som tillkommit post mortem. Först på annandagens morgon fick polisen in en anmälan, sedan pojken under en natt av samvetsbetänkligheter berättat för sin farfar vad han sett. De hade tillsammans farit till platsen. Då hade kroppen varit i sådant skick att pojken chockad fått föras till sjukhus. Först på annandagens kväll hade polisen kunnat höra honom och då i mycket varsamma ordalag och i närvaro av en barnpsykolog.

Kriminalinspektör Maria Wern lade tillbaka bunten med fotografier i mappen och kände en rysning utmed ryggraden. Inte undra på att pojken hade reagerat. Bilderna som tagits i det gråbleka gryningsljuset var skoningslösa i sin närgångenhet. Blåfrusen hud, näsan saknades och ett öra. Marias patrull hade varit först på plats. Att återuppleva händelsen var otäckare än hon hade väntat sig när hon öppnade mappen som snart skulle hamna på kriminalinspektör Arvidssons bord. Hon bläddrade igenom protokollen från rättsläkarens undersökning. Fallet hade dragit ut på tiden. I dag – den femte september, alltså nio månader senare, hade åklagaren förordat att ärendet skulle läggas ned då brott inte kunde styrkas. Sverkersson som haft ansvar för utredningen behövde avlastas och Arvidsson skulle hjälpa till att slutföra den administrativa biten.

Att Erik Hansson hade dött av förgiftning genom en av de mer potenta alkaloider man känner till, kolchicin, rådde det inget tvivel om. Magsäcken hade innehållit frön av tidlösa, eller som den också kallas, nakna jungfrun. Rättsläkaren, som var botaniskt intresserad, hade hållit en längre utläggning om fosterfördrivande medel, kärleksdroger och andra gifter i den svenska floran. Slutsatsen blev efter ett noggrant utredningsarbete att Erik Hansson begått självmord. En viktig fråga återstod dock. Varför hade han tagit bilen och kört mot stan? Hade han ångrat sig? Var han på väg till lasarettet i hopp om att bli räddad i sista stund?

Man hade förstås diskuterat om det kunde finnas någon symbolik i valet av gift eller om det bara var slumpen eller tillgängligheten som gjort att det blev tidlösa. I våra tider en ovanlig dödsorsak, onekligen. Enligt rättsläkaren användes tidlösa förr i tiden som dekokt för att bota gikt. Antingen blev man botad eller också dog man, och det var väl att betrakta som bot av den primära krämpan likväl, menade han. På våren kommer frökapseln som en liten skallra och sen, i september, själva blomman. Märklig, tidlös och mot naturens ordning, där blomma brukar komma före frö.

Maria Wern lade ihop mappen och gnuggade sig i ögonen. Fallet skulle komma att avslutas nu. All den tid och möda som lagts ned hade slutat i den irriterade osäkerhet som inte släpper taget så länge det finns ett *om*. Om det hade gått att rädda honom, vad skulle han då ha berättat? Utan en misstänkt, utan bevis finns det inte någon möjlighet att väcka åtal. Närmast anhörig var hans mor. Man hade funnit henne inskriven på en psykiatrisk avdelning, tydligt märkt efter ett hårt liv med perioder av psykos och blandmissbruk. Först hade hon varit påfallande distanserad och fåordig för att sedan bli anklagande och aggressiv vid det tillfälle Maria träffat henne för att meddela sonens bortgång. Den äldre kvinnan hade ändå varit förvånansvärt klar och redig den stunden, ansåg personalen. Sorg, chock och skuld har många uttryck ... Maria lade ingen värdering i de aggressioner hon mötte vid sådana tillfällen. Egentligen är det märkligare om människor beter sig rationellt och förnuftigt på ett så exceptionellt besked som att en närstående och älskad människa är död.

”Jag trodde du hade gått för dagen”, kriminalinspektör Per Arvidsson stod i dörröppningen med den svarta skinnjackan hängande över ena axeln. En solstrimma från fönstret fångade hans röda hår och fick det att glöda mot den bleka hyn.

”Nej, jag blev kvar.” Maria gjorde en gest med handen för att visa på travarna med papper. ”Sverkersson har hört att åklagaren vill lägga ned fallet Erik Hansson. Jag fick veta det av Hartman för en timme sen.”

”Och vad gör du nu?” Per Arvidsson vek ihop jackan och lade den över armen som för att visa att han inte hade någon brådska hem. Maria fastnade med blicken på hans fräkniga hand där vigselringen blänkte. Hon svarade inte direkt, kände en lätt förvirring. Menade han vad hon arbetade med just nu eller vad hon tänkte göra efter jobbet? Hon försökte pressa in svaren på båda frågorna i ett.

”Inget särskilt. Krister har barnen den här veckan. Jag tänkte jobba undan lite och få ordning på skrivbordet.”

Ett leende spreds i hans ansikte och han steg in i rummet och satte sig på stolen mitt emot henne. Så nära att hon höll på att tappa fattningen. Det fanns en oväntad självsäkerhet och beslutsamhet i hans rörelser. Hon kände hans ohöljda uppmärksamhet när hon arrangerade om högarna på bordet, slog igen pärmarna och ställde tillbaka dem i hyllan bakom sig. Hennes rörelser blev fumliga och knyckiga av en hastigt påkommen nervositet. Så hade det varit de senaste veckorna. En spänning hade byggts upp mellan dem. Blickar som sökte och dröjde sig kvar – för länge. En överkänslig vaksamhet som övergick i rastlös oro när han kom alltför nära och en sugande längtan när han inte var det.

Han sa inget. Hon sa inget heller men kände hur en förarglig rodnad brände kinderna och letade sig nedåt halsen. Det blev tomt i huvudet. Känslorna var för starka och det hon ville säga var för stort och för svårt för att annat skulle få plats.

”Vi kanske kunde gå någonstans och prata”, föreslog han.

”Jag vet inte om det är en bra idé. Vad finns det att prata om?” Hon knöt händerna hårt om varandra i knäet. De var kalla och fuktiga och kändes inte längre som en del av kroppen. Rösten lät lugn och stadig, men hon vågade inte lita på att den skulle hålla länge till utan att avslöja henne. Det kändes som hon skulle börja gråta.

”Om oss. Om hur livet blev som det blev. Visa lite mod.” Han log när han sa det. Utan att släppa hennes ansikte, utan att vika med blicken rörde han vid hennes hand. Maria drog in luft och andades ut i ett långt ljudlöst andetag medan hon kämpade med gråten som tryckte i bröstet, försvarslös och avklädd allt skydd när han i klartext rörde vid det ömtåligaste.

”Låt mej vara!” Hon reste sig hastigt upp och gick mot fönstret när hon märkte att tårarna inte gick att hålla tillbaka. Helvete så förargligt! Hon hörde hans steg över golvet. Vill inte! Vill inte nu! Kände hans arm runt sina axlar. Han vände henne mot sig. Hon gjorde ett lamt försök till motstånd. Rösten blev ett kraxande läte.

”Sluta, Per, jag vet inte vad du håller på med. Du har Rebecka och två underbara små barn. Låt mej vara ifred! Släpp mej.”

”Jag vill bara att vi ska vara vänner. Det känns som du undviker mej. Gör du det?” Maria kände värmen av hans kropp mot sin, hans välkända doft, den sträva kinden mot sin när han lutade sig fram och höll om henne. Hon gjorde ett nytt försök att ta sig loss. Han släppte henne inte och långsamt slappnade hon av i hans famn. ”Varför undviker du mej?” viskade han och kysste hennes kind, hennes hals, hennes mun och händernas insidor och motståndet gav vika. ”Min finaste Maria. Jag blir galen av att ha dej i närheten. Jag klarar inte det här längre.” Och hon bet sig i knogen för att smärtan skulle hindra gråten och vände sitt ansikte upp mot honom med all sin hopplösa längtan till det som kunde ha blivit, men inte blev för att livet är jävligt och orättvist och fullständigt opålitligt. Just då, i det ögonblick hon ställde sig på tå för att besvara hans kyss, fick hon syn på Tomas Hartman i dörröppningen. Hans min var minst sagt besynnerlig. Han harklade sig.

”Okej, jag såg inte det där. Jag kan gå igen och återkomma lite senare.”

Magin var bruten.

Per Arvidsson tog skinnjackan från stolen och försvann förbi Hartman med en svordom. Maria blev stående med hängande armar, oförmögen att sortera sina tankar tills verkligheten långsamt kom ifatt. Hon måste få tid att tänka. Vad ville Per, vad menade han? Hon ville ropa honom tillbaka, men kunde inte förmå sig att göra det, inte när Hartman täckte hela dörröppningen med sin stora kroppshydda. Situationen var absurd. Som när små barn nyfiket leker doktor i garderoben och blir avslöjade av en vuxen. Skam, fast det inte finns något att skämmas för. Man väljer inte sina känslor.

”Följer du med till tingsrätten? Vi sa väl klockan fyra.” Hartman såg på sitt armbandsur och tog ett steg ut i korridoren. Vägen var fri. Men det var för sent. Genom sitt fönster såg hon Per sätta sig i den vinröda PV:n och på ett ögonblick var han försvunnen.

”Tingsrätten?” Hon stod där förvirrad. ”Det hade jag helt glömt bort.”

KAPITEL 2

Under ett ymnigt snöfall jordfästes Erik Hansson den 23 januari i Gothems kyrka på Gotland. Den unge prästens bruna hår skiftade färg och blev vitt inom loppet av några minuter medan han tog emot på trappan, en smått grotesk illustration av att livet är kort och att vi alla må betänka vår dödlighet. Då fanns ännu möjligheten. Inget beslut hade fattats, inga åtgärder var vidtagna. Till en början fanns bara den förlamande sorgen, sen vreden och först därefter formades tankarna på vedergällning och straff.

Vid ceremonin fanns prästen, som tillfälligt vikarierade i pastoratet, och en ensam kvinna närvarande. Mellan dem ett hav av ekande kyrkorum. Ett tomrum ... om det inte hade varit för bilderna som fyllde de vitkalkade väggarna. Hon satt rak i ryggen och svartklädd på den nedersta bänkraden. Hennes ansikte var dolt av ett gammaldags spetsflor fäst i en rund liten pillerburk. Händerna, med sina tydliga utanpåliggande ådror, var knäppta i knäet. Medan prästen talade vandrade hennes blick över väggarnas färgrika kalkmålningar. På södra väggen Jesu barndomshistoria och Passionshistorien och på det norra långskeppet kunde hon följa bondens arbete på åkern månad för månad mot skörd och vila. Eldsprutande drakar, harpyor och kentaurer. Muhammed eller en turkisk sultan från turkskräckens tid. Riddare med lans och harnesk satte fantasin i rörelse och hon färdades bakåt i tiden på den snåriga stig som ledde till den barndom hon delat med Erik. Inte som syskon – ett starkare band hade hållit dem samman – för de delade själ. En själ som av nödvändighet kluvits i två delar för att ta sin boning i en pojkes och en flickas kropp. Av nödvändighet för att en ensam kropp aldrig skulle kunna bära tyngden och sårbarheten. Jag är som du fast pojke, brukade han säga. Som du. Och hon hade svarat. Jag *är* du och du *är* jag. För alltid kommer det att vara så. Alltid. Vi hör ihop. Och när tiden för hans plågor kom, bar hon dem i sin kropp, som en frätande tyngd utan att klaga.

På den dödes bröst låg en röd ros från hans mor, som av hälsoskäl inte kunde närvara, och en medioker bukett från arbetskamraterna stod lutad mot kistan. Om Erik Hansson istället hade brutit nacken när han föll från byggnadsställningen skulle de ha haft honom i klart minne och det skulle säkert ha avspeglats i blomstermängden. Istället hade han blivit långtidssjukskriven och sakta bleknat bort ur deras gemenskap.

Hennes blick hade fastnat på väggens bild av eremiten som bar facklan i sin hand. Elden som lyser upp i mörka utrymmen. Hon färdades åter bakåt i tiden. Erik hade stulit Grobianens cigarettändare. Grobianen – så hade de i hemlighet kallat sin håriga, bullriga och kletige fosterfar. Han hade hår i näsan och på öronen och ryggen och han fick bra betalt av de sociala myndigheterna för att ta hand om dem. Det sa han öppet. Ju mera barnen var till besvär, desto mer välförtjänta kunde alla se att pengarna var. Allt han sa om dem var förstås inte sant, de värsta lögnerna är de som består av sanningar och antydningar. Likväl blev lögnen införlivad med bilden de bar av sig själva. Ett enda gnyende i sömnen ... Han hade varit tvungen att vara vaken hela natten för att barnen hade skrikit som galningar! Ett glas som föll i golvet ... Han hade fått hemmet vandaliserat. Men det värsta var inte lögnerna – utan kramarna. Myspappans röksura svettkramar när han visade världen att han var en god människa som kunde handskas med missanpassade barn. Hårda kramar man inte slapp ur, en påträngande intimitet. Hans ansikte som kom nära inpå, ögonen som inte gick att undvika, den sötkvalmiga andedräkten av honungsvatten som lindrade rökhostan och frågorna som trängde in i det han inte hade med att göra. Den slippriga självgodheten. Hon hade inget namn för den då – men hatade den inte desto mindre, liksom Öppenheten där inget fick vara ifred och alla hemliga rum skulle bändas upp och visas i skarpt dagsljus.

Det var nyttigt för barnen att se på när Grobianen parade sig med sin hona. Den haklösa och undfallande Solveig som helst låg i sängen och kedjerökte och stirrade i taket eller läste veckotidningar. Han hade dragit ned plyschbyxorna och visat dem sin lilla rosa snopp i erigerat tillstånd innan han ljudligt skred till verket. Lukten av svett och kön, äcklet blandat med fascination – förvirrade känslor som var svåra för dem att hantera utan ord. Det var som det var på sjuttiotalet – ett enda stort experiment där alla rullade stock över alla. Barnen fick klara sig själva bäst de kunde och ingen skulle ha någon hämmande synpunkt på det. Hade de konflikter med varandra fick de lösa det utan inblandning från vuxenvärlden. Den starkaste bestämmer och ändrar reglerna när det passar honom. Det värsta en vuxen kunde göra enligt dåtidens psykologiska expertis var att lägga sig i. De fick inte bli hämmade. Om barn får följa sina instinkter är de i grunden goda. Vari den godheten bestod kunde Erik inte för sitt liv förstå de gånger fostersyskonen pressade ned hans huvud bland urin och flytande avföring i toalettstolens moderiktigt brandgula porslin. Ingen kunde klaga på miljön i yttre bemärkelse.

Grobianens fina nya tändare i gulddoublé hade legat framme på byrån i hallen och Erik hade gnuggat den ren från osynliga smittoämnen och stoppat den i sin ficka. Om han blev anklagad för stöld en gång mer eller mindre spelade ingen roll, resonerade han. Men hon hade protesterat. Fortfarande kunde hon känna en rysning rinna genom kroppen när hon tänkte på straff och mindes slagen, örfilen som kom vinande utan förvarning i den tid som var före Grobianens. I den tid som var före tideräkningen och mest höljd i dunkel. Dit ägde ingen tillträde. Ingen utom Erik för han hade själv varit där och hade ögon som kunde se det goda också i det som andra uppfattade som ont och sjukt. För det var inte bara ont – det fanns stundtals en hisnande stark kärlek och en modersfamn och ett kvillrande skratt och en svårförklarad lycka. Det var först i kollisionen mellan de båda verkligheterna det onda skedde. När pressen utifrån blev för hård och rädslan vällde in som en magmaström. I den vanvettiga rädslan som skakade marken. I skräcken där allt kunde hända utan förvarning. I kollisionen där kraven var övermäktiga för den mamma som levde i dubbla verkligheter. Det fanns stunder av äkta värme och tillit innan "de sociala" knäckte henne och hon hämtades i polisbil.

Den gamla träporten till fängelsetornet Kajsarn hade stått på glänt och barnen hade smugit sig in när de förvissat sig om att ingen såg dem. Det var tyst. Den fuktiga kylan kom emot dem som ett dödens eget andetag. En suck från alla dem som mist livet där inne av köld, svält och tortyr för att de stulit några maskätna skorpor eller burit för uppseendeväckande spetsar på sin klänning, som bonddottern Catharina Nielsdotter som suttit där på vatten och bröd mellan den 11:e juni och 5:e juli 1746. Eller den nästan åttioåriga lilla Ingeborg som kastats i mörka grottan och torterats med tumskruvar tills hon erkände att hon ägnat sig åt djävulsdyrkan och häxeri.

Att sitta i fängelse var inget straff i sig, berättade Grobianen vid en av sina middagsmonologer. Just den här söndagen handlade det för en gångs skull inte om att bejaka sin sexualitet. Det handlade om statsfängelset Kajsarn och de hade lyssnat uppmärksamt. Det var i väntan på de verkliga straffen man låstes in för att inte undslippa rättvisan. Utförligt, nästan njutningsfullt, beskrev han straffen … piskrapp, skamstock, gatlopp, halshuggning, stegling där huvudet och den högra handen spetsades på en påle och kroppen bands vid ett snurrande vagnshjul andra till varning. Halshuggningen av Tektor i Stenkumla hade Grobianens son, Alf, efter den inspirerande middagsföreläsningen, beskrivit med stor inlevelse senare på kvällen, just när de släckt lampan och skulle sova. Skarprättaren högg snett och fick hugga om tre gånger innan huvudet ramlade av Tektor. Alf visade med karateslag mot Eriks hals precis hur det hade gått till. Han hade bödelns taxa på väggen, hela listan skriven med röd tuschpenna på ett kalvskinn. Hon kunde den praktiskt taget utantill.

För halshuggande med svärd eller yxa 5 silvermynt
Särskilt för handens avhuggande 2 silvermynt
Rådbråkande och halshuggande, samt parterande och steglande på en eller flera pålar tillsammans 15 silvermynt.
Halshuggande och steglande på en eller flera pålar 10 silvermynt
Halshuggande och missdådarens uppbrännande i båle 10 silvermynt
Oskäliga creaturs dödande och uppbrännande 5 silvermynt
Upphängning i galge 8 silvermynt
Självspillingsutförande och nedgrävning 3 silvermynt
Påk och hudstrykande 3 silvermynt
Fördrivning ut ur stad och härad 2 silvermynt
Knipande med tång 2 silvermynt per gång
Brännmärke i panna eller å rygg 2 Silvermynt
Tungans afskärande 5 silvermynt
Öronens afskärande 2 silvermynt
och der jemte till och från exekutionsplatsen fri skjuts på en häst.

När de ledda av ljuset från den lilla tändaren gick upp för trappan i tornet hade Erik talat om hur de hängdas ögon trängde ut ur sina hålor och hur tungan svullnade och blev svart. Det hade Alf också nogsamt beskrivit. Det var när han talade om hängning som porten oväntat slog igen och mörkret slukade dem i sitt vidriga gap. De hade klamrat sig fast vid varandra, rädda att förlora kontakten eller att ramla ned i den svarta fängelsehålan på botten där lilla Ingeborgs utandningsluft i det sista skriket fortfarande låg som en blöt hinna över väggarna. Med Eriks hand hårt i sin trevade hon sig mot den stängda dörren och bultade, skrek och bankade. Men ingen hörde dem och Erik började gråta. Det hördes inga snyftningar, men tröjan blev våt där han begravt sitt ansikte mot hennes axel. Det var i den stunden hon lovade sig själv att ingenting någonsin skulle få skada Erik. Ingen, ingen skulle ostraffat få göra honom illa igen.

För den vuxna kvinnan som nu satt på begravningen var det ett heligt löfte, ett löfte hon tänkte hålla om det så skulle kosta henne livet. Hon reste sig upp ur bänken och gick på prästens inbjudan fram mot kistan för att ta ett sista farväl. Hon hade talat med begravningsbyrån och visste att Erik låg i öppen kista, att hans mor av någon bisarr anledning krävt det, fast begravningsbyrån bestämt avrått från detta. Ändå var hon inte beredd på den syn som mötte henne. Det älskade ansiktet så stelt och utan mimik i den vita svepningen, som en utslätad mask av smält vax med blånader bristfälligt översminkade liksom de trasiga läpparna som lyste onaturligt rosa efter begravningsbyråns omsorger. Näsan saknades och ena örat. Hon böjde sig fram och kysste hans mun. I ögonvrån anade hon prästens reaktion av motvilja men hon brydde sig inte om honom. Hon lade den torkade kvist av martorn hon lyckats hitta i ett gammalt herbarium på hans bröst och neg. Så gick hon åter längst ned i kyrkan och intog sin plats på den bortersta bänken. Valet av martorn skulle Erik förstå om han kunde se henne nu. Den växte vild och vacker längs södra stranden på Gotska Sandön.

Sen den natt då de blev instängda i fängelsetornet Kajsarn hade de haft en hemlig överenskommelse att en gång fara till Gotska Sandön för att gräva upp skatten.

När porten inte gått att öppna kröp de ihop i ett valv tätt, tätt tillsammans för att hålla rädslan och kölden på avstånd. Den lilla ljuslågan från tändaren lekte mellan deras ansikten. Erik ville kunna se att hon inte förvandlades till en häxa eller skrumpnade ihop av ålder och blev en döing med tomma svarta ögonhålor och skeletthänder och kluven blodig tunga. I den fladdrande ljuslågan lekte skuggorna på väggen och blev till skrämmande bilder av förvridna ansikten och han tänkte att om han bara kunde se hennes ansikte, hennes riktiga ansikte så skulle han överleva natten utan att bli vansinnig.

Hans fingrar pillade oavbrutet mellan stenarna i valvet när oron kröp i kroppen på honom. En gråsugga kom fram ur ett litet hål och hans fingrar sökte sig dit och gjorde skrevan större och där fanns ett snöre. Det var murket och brast när han drog i det. Varsamt lirkade han fram en ny ände och försiktigt nystade han upp bandet och fick tag på en platt och dammig skinnpåse. I det sparsamma ljuset vecklade han upp det spröda papper som visade sig vara en karta. Pappret var gammalt och gulnat och föll i bitar när hans ivriga fingrar försökte veckla ut det. När de pusslat ihop papperslapparna igen och funderade på vad det kunde vara för ö som fanns uppritad slocknade tändaren.

Det var först senare, i skolan, de fick höra talas om Gotska Sandön och vrakplundraren Petter Gottberg som 1816 anklagades för att ha stulit varor från Cerberus, en skonert som strandat i Franska bukten på Gotska Sandön. Många och kusliga historier berättades om fartyg som lurats på grund och besättningar han dräpt när männen trötta och frusna försökte ta sig i land. Det är inte svårt att dränka kattungar, lär han ha sagt till Fåröborna på krogen när han hade vägarna förbi i affärer. Han låg sjuk när länsman med sitt folk kom ut till Sandön för att arrestera honom. Ingen trodde att han annars skulle gett sig fången frivilligt. Nu ställdes han inför rätta och fick sitta ett och ett halvt år i förvar i fängelsetornet Kajsarn. Slutligen blev straffet 28 dagar på vatten och bröd samt uppenbar kyrkplikt en söndag i Fårö kyrka.

Några veckor efter Gottbergs arrestering hade också hans medbrottsling, Olov Vinor, tvingats lämna Sandön för att göra honom sällskap i fängelsetornet. Fängelsevistelsen var svår. Vinor dog fram på hösten 1816. Om han fick hjälp att passera gränsen kan man bara spekulera i, säkert visste han ett och annat som var till nackdel för Gottberg. Kartan hade påskriften O.V september 1816. Den måste ha blivit ritad av Olov Vinor under hans sista dagar. Kanske hade han tänkt berätta för Gottberg om kartan, men döden kom emellan.

Hade Vinor tänkt sig kartan som en hållhake, en livförsäkring? Efter 1817 levde Gottberg sina sista år i frihet. Då var han fattig och förföljd av fordringsägare. Varför hämtade Gottberg aldrig skatten från Sandön? Kanske var han påpassad av kronofogde och andra. Kanske hade Vinor gömt skatten på ett nytt ställe som Gottberg inte kände till. Skatten måste finnas kvar på ön, det var Erik överens med henne om. De visade aldrig kartan för någon, de tänkte att de en gång skulle fara dit tillsammans och hämta skatten. Det gick förstås inte så länge ön var bemannad. Men när hon läste det första tidningsreportaget om att ta bort tillsynsmännen över vinterhalvåret kontaktade hon Erik, efter år av tystnad. Det ögonblick vi väntat på är här. Men då hade han redan tappat livsgnistan. Han orkade inte träffa henne, men varje dag skickade han henne en skärva av sin tillvaro i ett mejl från Almedalsbiblioteket dit han gick för att läsa tidningen varje morgon. Han skrev tills han fullbordat berättelsen om sitt liv och kunde avsluta det – det var så han uttryckte saken. Och nu låg han i en billig plywoodlåda på väg ned i jorden. Mördad. Hon kunde inte se det på något annat sätt än att de kvinnor som tillfogat honom sådan skada var ansvariga för hans död.

Kvinnan på nedersta bänk i Gothems kyrka svepte floret från sitt ansikte och steg ut på stentrappan. Hon lyfte sitt ansikte mot snöfallet och lät flingorna kyla den blossande huden. Hon tänkte inte låta någon av dem komma undan med livet i behåll. Inte någon. Det handlade om rättvisa.

KAPITEL 3

När Maria Wern fjorton dagar tidigare fått kallelsen till tingsrätten med anledning av fröken Vega Krafts testamente, hade hon känt en viss förvåning. Vega var Hartmans faster och tillika arvtant. De brukade till och med skoja om den saken, Vega och Hartman. Tanten hade hotat honom med att testamentera bort allt till ”Småfåglarnas vänner” eller ”Menlösa grannar”, när hon var på det humöret. Men att Maria, som hon bara hade träffat under några sommarmånader, skulle få ärva fastigheten kom som en överraskning för alla. En sjal eller en brosch eller kanske den svarta trampsymaskinen, en uråldrig Singer med intarsia av pärlemor, eller ett lyckobrev med något kryptiskt visdomsord av drottning Kristina var vad hon förväntat sig, men inte att få nyckeln till Norra Murgatan 14.

När Maria på kvällen den femte september låste upp porten till det lilla huset på Klinten var det med blandade känslor. Samtidigt som hon kände en stor lättnad och tacksamhet över att ha någonstans att bo, något alldeles eget efter skilsmässan, undrade hon vad Hartman innerst inne tänkte om saken. Det var hans fasters kvarlåtenskap som skulle delas upp. Vega Kraft hade inte haft några andra nära släktingar. Han borde fått ärva fastigheten, men Vega hade tydligen varit av den åsikten att Maria behövde den bättre. Hartman hade lyckönskat henne varmt och hjärtligt. Ändå hade hon, just i det ögonblick när testamentet lästes upp, och hans uppmärksamhet varit riktad mot det papper som lagmannen höll i sin hand, sett en skugga dra över hans ansikte. Självklart var det en missräkning för honom, även om Vega inte gjort honom alldeles lottlös. Det fanns en slant på banken. Taxeringsvärdet på fastigheten var 3,4 miljoner. Om du säljer vill jag vara med och lägga ett bud, hade han sagt och Maria hade lovat honom det.

Ett milt kvällsljus lyste upp den gamla stengården som inramades av de två små boningshusen, det gula planket med porten åt gatan och på motsatt sida den höga medeltida ringmuren där murgrönan klättrade i mörkgröna revor. I gäststugans övervåning hade Maria bott en sommar medan Hartman disponerade nedre botten. Då hade Vega suttit på den gröna trädgårdssoffan i skuggan vid gråpäronträdet och ropat när kaffet var färdigt. Tider man förväntades passa. Det hade varit morgonkaffe och kluckoti och kaffe på maten och autendag och kaffe efter kvällsmaten och kvällskaffe strax före sänggåendet och förstås en kaffeskvätt däremellan om det kom främmande, eller om man behövde en stärkande tår. Varje morgon steg hon upp vid femtiden och bakade matbröd, bullar och kakor. Maria log för sig själv när hon tänkte på hur Hartman med yviga gester bakom Vegas rygg hade sufflerat henne att absolut inte tacka nej till kakorna. Sju kilos viktuppgång var ingenting jämfört med att falla i onåd hos Vega Kraft.

Så enkelt allt hade varit den sommaren, och så nära att hon givit upp sitt hopplösa äktenskap redan då, och tackat ja till Pers erbjudande om en gemensam framtid. Men då, när chansen gavs henne, hade hon varit så fast i tanken på att klara av det krisande äktenskapet. Alla relationer drabbas av kriser, men det betyder inte nödvändigtvis att man måste eller borde ge upp. Det kanske räcker att man stannar till och funderar på vad det är som känns fel. Vad hade hon väntat på? Ett mirakel för att slippa nederlaget, slippa ta beslutet, slippa riskera att ångra sig sen ... om Krister skulle ändra sig och bli drägligare att leva med. Ett tecken? Vanans makt är starkare än man kan tro, också vanan att anpassa sig till det destruktiva. För barnens skull, de älskade ju sin pappa, hade hon stannat. Lindas ilska och

Emils tysta gråt, som hon inte fick trösta honom i, hade tagit hårt på beslutsamheten. Hon hade dragit ut på det oundvikliga, jämkat och anpassat sig i det längsta.

I sin fulla prakt glödde rosorna i rabatten vid trappan, kaprifolen slingrade på stuprännan och i dunklet vid muren stod ormbunkarna mörkgröna och välväxta som förut, men allt var annorlunda nu. Så mycket svårare. Eller var det? Egentligen var rollerna bara ombytta. Nu var Per gift och Maria fri att ta emot det han kunde ge henne. Ett kungarike för en blick som söker sig kvar och djupnar, en smekning, ett leende, en enda ensam minut med den älskade – en dyrbar minut man inte vet vad man ska göra av för att det inte går att andas och huvudet blir tomt och svart och tyngden i magen, torrheten i munnen är bara lindriga symtom på det veritabla vansinne det är att vara förälskad i en gift man. Besattheten i ett ständigt uppsökande, kvardröjande, ängsligt spanande efter en skymt av honom eller något ting han har vidrört med sin hand. Hon hade snuddat vid hans jacka, känt doften av läder och tryckt kragen till sina läppar när ingen såg. Vansinne! Kan man klara att leva som vänner om man egentligen vill leva som älskande? I varje möte där man vill ha mer lurar besvikelsen. Risken finns att bli bitter om man lever sitt liv på stand by. Och om Per blev hennes älskare ... Tanken var mer än lockande och hon hängav sig åt den en stund medan hon satt på bänken under päronträdet. Hon skulle stänga dörren bakom hans rygg, stänga ute allas blickar och glida in i famnen som hon längtat sig sjuk efter och sen ... sen är jag för gammal och för tjock för att klä av mej naken. Helt enkelt snyggare med kläderna på, sa Maria till skuggan som var Vega och som smugit sig ned på bänken bredvid och lagt armen om henne utan att hon märkt det förrän nu. Struntprat, sa Vega och vippade med knuten mitt på huvudet som hon brukade när hon blev indignerad över något. Jag har haft yngre älskare hela mitt vuxna liv, det piggade upp mej. Du skulle nog ha betraktat en och annan av dem som rena barnarovet. Se inte så förvånad ut. Unga stiliga karlar allihop och de älskade mej för att jag fick dem att känna sig som gudar, inte för hur jag såg ut. Var stolt över din kropp och ge dig hän. Lusten är det förskönande filter som får gudinnan att kliva fram ur den slitna tvåbarnsmammans kropp. Det är bara hämmande att fundera på hur man tar sig ut, det handlar om att se den man älskar och att med alla sinnen ta emot det man får, varje smekning, varje rörelse, varje viskad upphetsning.

Maria skrattade högt åt sina fantasier. Att tänka sig Vega med en ung älskare, ja varför inte. Det fanns något klurigt i hennes blick, och en tillbakalutad förnöjsamhet, en sorts tillfredställelse och ett lustfyllt sätt att förhålla sig till den fylliga kroppen och de skumpande brösten. Varför inte?

Vega hade testamenterat huset med inventarier till Maria och allt stod som det blivit lämnat när hon fick sin hjärtinfarkt. En frusen ögonblicksbild av ett liv. Kaffekoppen med en skvätt kvar hade lämnats på köksbordet bredvid en delvis ifylld kupong där man kunde vinna parfym på en slogan. Vega hade rimmat på dofta och kofta, ofta och softa. Underkläderna låg kvar i blöt i en hink i badrummet. Garnnystanet och strumpstickorna låg bredvid kupongen och en uppslagen veckotidning.

Från köksfönstret hade man uppsikt över gården och gästhuset. Det var så Vega hade haft kontroll över sina hyresgäster. När Maria sökte sig vidare till det ljusa vardagsrummet som vette mot gatan trycktes ett mörkt ansikte upp i fönstret mellan de skira sommargardinerna. Det kom så oväntat att hon skrek till och slog ut med armen mot en piedestal med en yvig sparrisväxt i blåvit porslinskruka som en skälvande sekund hotade att fara i golvet. En karl stod och glodde med händerna kupade mot rutan som skydd mot solen för att verkligen se in. Så fräckt att stirra rakt in i någons privata liv som på ett zoo med djur i bur. Maria klev fram till fönstret och stirrade tillbaka. Gjorde en ful min med tungan bulnande under underläppen som en schimpans och lipande ögon när hon såg att det var Tomas Hartman. Båda brast i skratt. Hon skyndade sig att öppna för honom.

”Varför har du aldrig mobilen på?” sa han när de slog sig ned vid köksbordet.

Maria plockade bort Vegas kopp och ersatte den med två nya, hällde kaffe och vatten på pannan och knäppte på plattan.

”Jag vill få tänka färdigt mina tankar utan att bli avbruten hela tiden. Då och då kollar jag om någon ringt, om telefonen är på känns det inte som jag får någon lugn och ro.”

”För att Krister ringer hela tiden och vill att ni ska börja om”, sa Hartman och hans leende var varmt och ögonen allvarliga. Han nickade åt sitt eget påstående.

”Precis så är det. Om mobilen var på skulle han ringa trettio gånger om dagen för att berätta vad han gör. Det är som om han inte kan leva sitt liv utan att bli betraktad. Han måste ha folkets jubel för varje litet steg han tar, eller tröst för varje liten besvikelse. Någon måste lyssna på hans tankar annars finns de inte. Han behöver någon att rapportera sitt liv för medan det händer som en utrikeskorrespondent. Och jag blir så trött ...”

Maria avbröts av vissel-Johannan och drog kaffepannan av plattan i väntan på att sumpen skulle sjunka till botten.

”Och är det inte han så är det min före detta svärmor som ringer. Krister tar livet av sig, han är så olycklig, skrek hon i luren sist vi talades vid. Och jag slängde mej i bilen och körde som en galning till Tofta och bände upp låset på ytterdörren med ett stämjärn jag hittade i uthuset. Jag hörde hur han jämrade sig därinne. Och där låg han i sin säng. Inte ensam och döende. Det ska du inte tro. Med en dam. Han såg ut att vara lite häpen kanske, men för övrigt i högönsklig välmåga.”

Maria släppte tankarna på Krister och såg frågande på Hartman. ”Du hade försökt få tag i mej, sa du. Är det något som har hänt?”

"Ja." Hartman såg med ens mycket gammal ut. "Rättegången mot Adam Kossak har skjutits upp. Huvudvittnet, Martin Ahl, har hängt sig i sin cell. Ja, nu i dag på morgonen. Han hängde sig i handtaget till toalettdörren. Det ska en ohygglig viljeansträngning till att göra en sån sak. Jag fattar inte hur man kan ha tillräcklig kontroll över kroppen för att göra det." Hartman drog med handen över halsen och svalde. "Ohyggligt, vi borde ha tänkt på ... vi borde inte lämnat honom utan övervakning."

"Men Nadja Andropov? Hon kommer väl att vittna?" Maria såg framför sig Nadjas misshandlade kropp, våldtagen, skuren med en glasflaska. Lurad att följa med en båt till Sverige. Lockad att under en vecka tjäna vad en läkare i det egna landet har i årslön. Verkligheten var förstås en annan. När hon blivit fråntagen sitt pass och inlåst i en hytt var hon ett hjälplöst offer.

"Allt tyder på att Nadja har blivit hotad. Hon börjar sväva på målet. Drar du tillbaka ditt vittnesmål kommer hon att tiga, det kan vi utgå ifrån. Hon vägrar att stå ensam i det här."

Maria sjönk ned på stolen närmast spisen. I den här rättsprocessen var hon inte bara en polis i sin yrkesroll utan personligen indragen. Adam Kossak, hjärnan bakom en härva av organiserad brottslighet, hade förföljt henne från krogen. Han hade hotat henne och brutit sig in i det hus hon hyrde i Eksta. Nu drog processen mot Adam Kossak ut på tiden. Vittne för vittne hade tagit tillbaka sina vittnesmål om koppleri, narkotika och vapensmuggling. Flera restauranggägare hade hotats att betala för beskydd. Ingen av dem vågade vittna. Situationen var absurd och allt tydde på att de blivit skrämda. Vilket i praktiken innebar att den enda hållbara åtalspunkten var sexuellt ofredande i brist på bevis om Nadja Andropov drog tillbaka sitt vittnesmål. Maria hade pekat ut Adam Kossak bakom det skyddande spegelglaset vid en vittneskonfrontation. Hon var rädd. Han hade tidigare sett hennes ansikte vid ett tillfälle på Gutekällaren. Då var det kväll och han var berusad, men risken var ändå stor att han kunde känna igen henne. Därför hade hon valt att hålla sig dold för honom. De bevis man tyckt sig ha säkerställt hade bit för bit smulats sönder och tillbakavisats av Adam Kossaks stjärnadvokat. Ett mardrömsscenario, och vid rättegången, som nu skjutits upp, skulle ord komma att stå mot ord.

”Jag tar inte tillbaka mitt vittnesmål. Okej, det här är obehagligt, men det finns inget annat sätt att hålla honom kvar, eller hur?” Maria drog ett djupt andetag och fattade Hartmans utsträckta händer, klappade dem i en lugnande gest.

”Vi har erbjudit Nadja skydd. Hon kommer att få hjälp att hålla sig gömd tills rättegången är över och efter det erbjuder vi henne skyddad identitet och permanent uppehållstillstånd. Frågan är om det inte vore klokt att göra samma sak med dej? Att du håller dej undan ett tag.”

”Det går inte. Jag menar med barnen och jobbet och jag ska ju flytta hit, det är ingen som vet att jag bor här på Klinten nu, eller hur? Det skulle bli så vansinnigt omständligt. Neej, jag vill inte, och i morgon kommer Karin, min bästis, hit. Jag ska möta henne vid båten i morgon bitti. Hon mår inte alls bra och jag kan inte krångla till det för henne, inte nu.”

”Du gör som du vill, men jag tycker du ska fundera över saken. Du måste inte bestämma dej nu. Tänk på det.”

Hartman erbjöd sig att hjälpa Maria hämta de få saker hon hade kvar i Eksta under veckan. Han hade en släpkärra, det var inga problem. Han var alltid så hjälpsam, så mån om dem han hade omkring sig.

”Vet du, Tomas, det känns som att börja ett nytt liv nu när jag fått något eget. Jag är verkligen tacksam för det. Tänk om man visste hur framtiden skulle bli.”

”Det är väl enkelt att ta reda på den saken”, sa han i lättare ton. ”Jag kan spå i kaffesump. Jo du, det har Vega lärt mej. Det måste vara kokkaffe, förstår du. Drick ur den sista kaffeskvätten så ska jag låta dej få skåda in i framtiden. Så länge vi minns Vega, så finns hon för oss."

"Det trodde jag inte om dej, vilka oanade talanger." Maria tömde koppen och gav den till Hartman med ett förväntansfullt leende.

"Man snurrar den så här, tre varv moturs under tystnad. Koncentrera dej nu då!" Hartman tog på sig en allvarsam min och vred långsamt kaffekoppen varv på varv under yvig dramatik. Sen lyfte han upp den mot fönstret och skärskådade resultatet.

"Vad ser du då? Säg vad du ser!"

"Hmmm, det har runnit lite här efter ena kanten ser jag och ..."

"Vad betyder det då? Säg vad det betyder. Jag är jättenyfiken."

"Hmmm", sa Hartman igen och log ett mystiskt och riktigt retsamt leende.

"Vad är det? Berätta nu då! Vad ser du om min framtid?"

"Som jag sa, har det runnit lite här efter ena kanten. Det ser ut som om du i framtiden ..."

"Ja", sa Maria för att skynda på honom när han gjorde en konstpaus.

"Det ser ut som om du i framtiden kommer att få urinvägsinfektion." Hartman skrattade sitt bullrande skratt och Maria gjorde en besviken min. Det är inte precis det man önskar få veta om sin framtid.

"Vega brukade skoja på det viset." Hartman blev tyst en stund. "Jag var hos henne timmarna innan hon dog", sa han med plötsligt allvar. "Jag vet inte om du hört det av Arvidsson, men hon tog på sig skulden för Erik Hanssons död. De är släkt på något avigt vänster. Fråga mej inte hur. Han brukade hjälpa henne med snöskottning och läckande kranar och sånt och då bjöd hon på kaffe."

"Kan tro det", sa Maria, samtidigt som hon inte kunde låta bli att fundera på om Erik Hansson kanske hade tänkt sig att få ärva. "Hur skulle hon kunna vara skyldig till hans död?"

"Vega har de senaste åren intresserat sig särskilt för giftiga växter. Du vet hur hon var. Så intensiv i det hon just för stunden hade på gång. Hon berättade för Erik om de gifter hon kände till och visade honom var hon förvarade dem. Och sen tog han livet av sig med tidlösa. Hon misstänkte att han kunde ha hittat något i hennes gömmor."

KAPITEL 4

Det tar tid att vänja sig vid de främmande ljuden i ett nytt hus. Skratt och prat hördes från gatan så nära som om nattvandrarna hade befunnit sig i vardagsrummet. Maria kastade en hastig blick på klockan. Den var nästan två och ännu hade hon inte somnat, eller hade hon? En del tankar hade blivit märkligt bisarra och ett kort ögonblick hade Vegas ansikte funnits där utan att det kändes skrämmande eller konstigt. Det stora vita håret hade varit utsläppt och hon hade fnittrat som en skolflicka. Tillsammans hade de liksom flutit ut genom fönstret i en oformlig massa utan kroppsgränser och suttit en stund i päronträdet med den ljumma vinden från land som en florstunn filt om axlarna. Månen hade varit stor och bländande silvervit. Det var möjligt att Maria slumrat till ett ögonblick, men Vegas närvaro hade känts så verklig när hon snurrade kaffekoppen framför sig för att spå in i framtiden.

”Vad ser du?” hade Maria småskrattande frågat när Vega lyfte koppen. Men Vega hade inte svarat. Hennes ögon hade varit stora och mörka av allvar när hon vände koppen åt Marias håll så att hon själv skulle kunna se att insidan var täckt av svart sump.

En torr gren från päronträdet krafsade på rutan med sina kloliknande fingrar när frånlandsvinden högg tag i lövverket. En bil startade långt borta och några duvor kuttrade på murkrönet. Huset hade sin säregna lukt av kaffe och grönsåpa och något mer som inte säkert gick att definiera. Maria låg och stirrade ut i dunklet. Det hade varit så annorlunda och tryggt när Hartman fortfarande fanns i huset. Då hade det varit lätt att slå undan tanken på beskydd. Nu, i mörkret och ensamheten var det inte längre lika självklart. Det var ingen idé att ligga kvar i sängen, sömnen ville inte infinna sig. Maria tände sänglampan och steg upp. Ett nytt ljud utifrån gatan fick henne att glänta på rullgardinen. En man stod där nere med ansiktet vänt upp mot fönstret. Gatlyktan bakom honom kastade en svart skugga över den stenbelagda gatan, men ansiktet låg i dunkel. Han stod orörlig. Det var omöjligt att veta om han hade upptäckt henne. Maria släppte rullgardinen och fumlade efter sin mobil på skrivbordet bland Vegas alla syattiraljer. När hon fick den i sin hand tvekade hon. Nej, hon kunde inte ringa Hartman så här sent och av en så fånig anledning som att någon stod utanför på gatan. Det hade ju inte hänt något även om fantasin skenade iväg. Adam Kossak satt i häktet.

Blixtbilder av Nadja Andropovs blåslagna kropp och de tjugotvå stygn hon blivit sydd med i underlivet efter misshandeln med glasflaskan fick Maria att skaka i hela kroppen. Han var kapabel att göra om det, det hade inte funnits någon ånger. Bara förakt. På något sätt måste han ha lyckats hota Nadja till tystnad. Om Adam lyckats ta sig ut ur häktet utan att de hade hunnit varna henne kunde det vara han som stod utanför på gatan. Om han krossade ett fönster på nedre botten i huset ... nej så dum skulle han inte vara. Då skulle det höras till grannarna och porten var låst. Visst hade hon låst porten? Men ens blev hon osäker. Hon hade följt Hartman ned för trappan och ut på gården. Jo, alldeles säkert hade hon låst efter honom. Magen drog ihop sig i plötslig sveda. Det kom så hastigt att hon tappade andan. Ett diffust illamående sökte sig upp i halsen. Maria försökte lugna sin andning, tänka andra och lugnare tankar om hur hon skulle möblera om huset så att barnen fick varsitt rum och köket skulle renoveras och målas i en ljusare färg än den snusbruna ton som var Vegas favoritfärg. De beiga urtvättade gardinerna med tryckta kaffepannor skulle också bort och porslinet i badrummet skulle också behöva bytas ut när ekonomin tillät.

Försiktigt vek Maria undan en flik av rullgardinen igen för att se om mannen stod kvar. Nu var gatan tom, men värken i magen släppte inte. Magkatarren fanns där som en trogen hund, alltid på plats när man visslade på den. Hon sjönk ned på sängen och gned med handflatan över mellangärdet. Kröp ihop om smärtan med knäna uppdragna och försökte andas i långa djupa andetag. Långsamt gav värken med sig. Hon satte sig på sängkanten och reste sig försiktigt. I bokhyllan hittade hon en nött bok med bruna pärmar som fångade hennes intresse. ”Lust och lidande”, en bok om läkeörter, giftdroger och kärleksdrycker. När det inte gick att sova kanske hon kunde försöka läsa en stund. Maria sträckte sig efter boken och vek upp den på den markerade sidan. Där kunde man läsa om Nattens skuggor och vilka växter som ingick i häxbrygder, nattskattor. Atropin och skopolamin utvunna ur bland annat bolmört ger dimsyn och kusliga psykiska effekter – hallucinationer om andra väsen och varelser i samma rum. Med öppna ögon och förblindad själ. ”Varför importera dyra droger från utlandet när de växer som ogräs här hemma.” hade Vega sagt vid något tillfälle. Uppbygglig nattlitteratur när man inte kan sova. Maria kunde inte låta bli att småle för sig själv. När hon slog upp kapitlet om liljeväxter för att läsa det som fanns skrivet om tidlösa var det nästan som om hon hört Vega läsa det högt på gotländska. Det gjorde det extra magiskt. Det stod dessvärre inte mycket mer än det Maria redan visste om den växten, men däremot en del intressant om prustrot som användes mot sinnessjukdom eftersom den kunde framkalla nysningar, och nysningar ansågs klara hjärnan.

Om droger kan ge effekt bara av att man läser om dem är ett outforskat område, men Maria måste ha somnat någonstans på sidan 143 för att vakna igen vid femtiden av att boken föll till golvet.

Morgonsolen strilade in genom de smala springorna mellan fönsterkarmen och den tunna ljusa rullgardinen som väl hjälpligt skyddade från insyn men inte hindrade ljuset från att sticka i ögonen.

Det var ingen idé att försöka somna om. Lika bra att gå upp. Hon hade lovat att möta Karin Bengtsson vid båten och det skulle verkligen bli roligt att se henne igen.

Karin, bästisen genom hela skoltiden och granne i Kronviken. Maria hade känt sig som en svikare när hon flyttade därifrån efter skilsmässan. Det var hon som lockat Karin och Julius att köpa grannhuset. Just då hade framtiden tett sig så ljus. Barnen hade varit små och kärleken till Krister var fortfarande tillräckligt stark för att hon skulle blunda för bristerna. Men något hade hänt. Så här efteråt tänkte hon att det var vi-känslan som hade förskjutits till ett jag och du – där de hade kommit att leva parallella liv istället för med varandra. En stor ensamhet i tvåsamheten, där Krister tog beslut som gällde dem båda utan att släppa in henne. Hon blev ställd inför fullbordat faktum, som när han tänkte flytta till Malmö. Svek. Någonstans går brytpunkten då man inte längre kan leva tillsammans utan att göra varandra mer illa än gott och utan att tävla om makten. När man bara tar fram det sämsta hos varandra och känner sig ful och elak är det dags att bryta upp. Och ändå fanns det en tid, ett annat liv innan dess, då Krister hade fått henne att känna sig som den vackraste kvinnan på jorden. En tid då hon fortfarande varit ung, och okysst fläckvis, som Vega brukade säga. Nu var det Karins tur att gå igenom helvetet. Julius ville skiljas, eller ta time out för att känna efter hur han ville ha det. I timslånga telefonsamtal hade Karin berättat och gråtit och vänt och vridit på situationen. Det hade börjat med ett misstag på jobbet. Ett enda misstag efter femton prickfria år som sjuksköterska och livet rasade ihop som ett korthus av en vindpust när Julius sa att han inte kunde leva med henne om hon inte slutade älta det som hänt. Hur skulle hon kunna sluta älta det? Hon hade ju av misstag dödat en människa.

Det blåste nere i hamnen och gryningsljuset som lovat sol hade övergått i gråväder och duggregn. Maria stod bredvid bilen och huttrade i sin jeansjacka, alltför ivrig inför mötet med Karin för att kunna sitta kvar i bilvärmen. I väntan på att båten skulle lägga till lät hon blicken vandra från väderkvarnarna, över husen som klättrade upp för klinten till den gamla gula byggnad som kallades Sjumastaren och som förr varit fängelse. Nöjeslivet i hamnen skulle snart gå i ide för vintern, men minnena fanns där. Hon kunde inte låta bli att le när hon tänkte på en kväll förra veckan när de varit ute och tagit en öl, och Arvidsson hade blivit lite modigare än vanligt och fångat henne med armen om midjan och hållit henne fast, tryckt henne mot sig, och sen tvärstannat stel som en staty för att Ek snubblat på honom med sin iskalla öl som plaskat ned för ryggen till skorna. Ek tyckte att det var mest synd på ölen. Det var han ensam om.

Maria såg passagerarna strömma ut från hamnterminalen och sökte i mängden efter ett bekant ansikte. Där kom Karin. Så mager hon var. Och gråblek i ansiktet, det var inte bara det kalla morgonljuset. Det syntes på hela hennes sätt att gå, på hur hon stirrade i marken, hopkrupen med böjda axlar, att allt var åt helvete fel. Maria gick henne till mötes. Karins tjocka röda hår hade blivit risigt och tunt och leendet var bara en grimas. Var det så illa? Mycket värre än Maria hade förstått av telefonsamtalen, där ansiktsuttryck och kroppsspråk går förlorade och ett Jag klarar mej, kan låta trovärdigt om man inte har hela bilden framför sig. Maria skyndade sig fram och bredde ut armarna till en omfamning.

”Hur är det?” Marias vänliga fråga fick Karin att tappa kontrollen. Hon skakade på huvudet och brast i gråt. Orden kom inte fram. Hon grät så hon skakade och Maria ledde henne till bilen. Där blev de sittande i en lång omfamning. Det bildades imma på bilrutornas insida och i en kort sekvens såg Maria för sin inre syn mannen som suttit död i sin bil, utan insyn, utan att någon brydde sig om vad som hänt honom. Hon huttrade till vid tanken.

”Vi åker hem till mej och dricker varmt te.”

Först när de satt vid köksbordet på Norra Murgatan 14 och var inne på andra koppen te med rostat bröd och Vegas plommonmarmelad, hade gråten lugnat sig så pass att Karin kunde berätta.

”Julius vill ha vårdnaden om Emilia. Han har yrkat på enskild vårdnad och lyckats få ett interimistiskt beslut på att få ha henne eftersom han bor i huset och det är Emilias invanda miljö. Jag min idiot har tillfälligt flyttat in på ett övernattningsrum på sjukhuset för att inte störa honom när jag vandrar runt och inte kan sova på nätterna. Han ordnade det så snabbt. Jag hann inte med. Han har sagt till familjerätten att jag är psykiskt instabil.” Karins grågröna ögon var stora och skrämda och rösten bara en viskning. ”De tror honom, han är ju psykolog. Jag fattar inte att han kan göra mej det här. Fattar det bara inte ... jag älskar honom ju.” Rösten dog ut och ersattes av en skälvande snyftning. ” ...älskar och hatar den jäveln!”

”Har du skaffat en advokat?” Maria reste sig upp ur sitt stela läge med armen om Karin för att fylla på mera te. Det värkte i kroppen av den obekväma ställningen.

”Har inte orkat. Jag vet inte vad jag ska göra, Maria. Han har tagit Emilia och farit till Rom för att hälsa på sina föräldrar. Han krävde att jag skulle gå i terapi om jag skulle få träffa henne. Fast det har varit bra. Och så har han bokat in mej på en ekologisk dårkurs på Gotska Sandön som försäkringskassan och landstinget betalar. Först försökte han få in mej på psykakuten men det var fullt.”

Karin gav upp ett asflabb som övergick i ett ihåligt skri och slutade i en ny gråtattack. ”När dårhusen blir överfulla skickas tokarna till obebodda öar för att leva på kottar, tovad mossa och kutterspånsallad – en budgetvariant. Nästa steg är väl ättestupan. Julius känner terapeuten, Eva Stark. Hon är terapeut i ekologisk humanbalans någonting – låt naturen läka ditt inre barn. Livet går vidare med tygblöjor. Jag trodde psykologer vid det här laget var till psykbrytets gräns trötta på gråtande inre barn. Det har något av hötorgskonst över sig. Humanbalansekologerna vill sätta ut ungen i skogen, som man gjorde förr med oönskade barn. Det var väl det jävligaste han kunde hitta på."

De här formuleringarna hade hon ältat ett tag, det kunde Maria höra. Vad svarar man när någon skyddar sig med ironi för att alls orka framföra sin berättelse? "Du har gått sjukskriven i snart två år. Har du haft någon mer än terapeuten att prata med på dagarna?"

"Bara dej. Jag dödade en människa, Maria. Det kommer jag aldrig ifrån. Jag klarar inte att gå tillbaka och arbeta som sjuksköterska och nu har jag blivit anmäld för samma händelse igen. Det kommer att bli en civilrättslig process förutom att jag redan är dömd av ansvarsnämnden. En åklagare har läst ansvarsnämndens dom och beslutat att väcka åtal i tingsrätten. Socialstyrelsen har lagt ned. Jag är helt i händerna på jurister som inte vet vilka rutiner vi arbetar efter och hur ansvarsfördelningen ser ut. Det tar aldrig slut på anklagelserna så jag kan få lugn och ro. Aldrig, aldrig."

"Okej, du gjorde ett misstag på jobbet, Karin. Vem som helst kan göra ett misstag. Någonstans måste man försöka försonas med det man gjort och leva vidare." Maria bet sig i underläppen. Lätt att säga för en som inte har kniven mot strupen.

"Men jag får ju aldrig någon ro att bearbeta det. Vet du hur många tusen gånger jag gått igenom händelsen den kvällen? Jag står där i medicinrummet för att dra upp heparin, blodförtunnande alltså. Jag sträcker mej efter ampullen med 100E, ska bara spola igenom en nål. Telefonen ringer. Jag grabbar tag i ampullen, svarar på samtalet. Vi ska få upp en patient som är akut dålig till avdelningen. Jag tar emot ordinationerna och känner stressen. Blir liksom tom i huvudet. Det är redan nu väldigt mycket att göra. Jag är ensam sköterska på avdelningen. Telefonen ringer igen och jag talar med den nattsköterska som ska lösa av mej. Hon har hastigt insjuknat i maginfluensa. Jag skyndar mej in i medicinrummet. Drar upp heparinet i sprutan, går in till patienten och ger det intravenöst. I detsamma kommer akutpatienten in och jag har fullt upp när jag blir kallad till patienten som fick heparin. En spröd liten kvinna med inflammatorisk tarmsjukdom. Hon är blek och kallsvettig och på väg in i medvetslöshet. Jag kollar puls och blodtryck och en hemsk tanke slår mej. Jag rusar in i medicinrummet och ser att ampullen med heparin fortfarande står på arbetsbänken. Det är fel styrka. 25 000E istället för 100E. Jag ringer på jourläkaren. Kvinnan flyttas till IVA och avlider av inre blödningar."

"Det är fruktansvärt sorgligt, men du gjorde det inte med flit, Karin! Du kan inte kräva av dej själv att du ska sörja och gottgöra det här ett helt liv."

"Så säger Julius med. Han säger att jag måste tänka på Emilia. Att hon borde få vara på dagis istället för att gå hemma med mej. Men han fattar inte. Emilia är ju allt jag har och hur ska jag kunna vakta så inget händer henne? Vet du hur farligt det är att ha sitt barn på dagis? Såg du tevereportaget häromkvällen där de visade att barn inte har några skyddsombud som ser till att miljön är säker. De kan skära sig på trasiga glasrutor och fastna i klätterställningar och bli hängande i cykelhjälmen och ramla av gungan och slå huvudet i en sten. Jag klarar inte att lämna henne ifrån mej till främmande människor."

Medan Maria bäddade åt Karin med vita spetslakan och ett grönt lavendeldoftande lapptäcke i det som var Vegas syrum gick Karin husesyn. Den sorg och seghet som funnits i rörelserna förbyttes gradvis i en viss nyfikenhet. Då och då gav hon till små utrop.

"En trampsymaskin – jag trodde inte såna fanns i bruk. Och titta här vilka fantastiska hattar!" Maria drog en lättnadens suck över att stämningsläget gått upp ett par grader, kanske var det bara ett spel för gallerierna, men efter timmar av nattsvart förtvivlan var det ändå välkommet.

"Jag tror att hon sydde dem själv. En del av hattarna är ganska förskräckliga, men det finns en och annan som tål dagsljus." Maria plockade fram dem ur skåpet och tog på sig en brun lurka som mest av allt såg ut som om hjärnan satt på utsidan. Hon räckte Karin en svart bredbrättad hatt med körsbär. De speglade sig tillsammans, som när de var små fnittertjejer och Karins knastertorra röst fick tillbaka sin sjungande klang.

”Vet du vad?” Karin stod i fönstret och såg ned på gården. ”Vet du vad tanten odlar i sina rabatter mellan rosorna? Har du sett, jag tror inte det är sant!”

”Nej, jag har inte hunnit se efter om jag ska vara ärlig.” Maria följde efter Karin ut på gården. ”Det är väl inte cannabis?”

”Nej, men nästan. Var hon en häxa eller?”

”Hon sa ibland att om hon levt på 1700-talet skulle hon ha blivit bränd på bål. Vad är det?”

”Det är giftiga växter. Jag menar det är *bara* giftiga växter. Den här vackra mörkgröna växten med vita klockor är spikklubba. Den användes som ingrediens i astmacigaretterna man kunde få på apoteket vid förra sekelskiftet. Den vidgar bronkerna men är samtidigt väldigt hallucinogen. Det var väl med hjälp av den och bolmört de flög till blåkulla, tanterna. Den lär öka sexualdriften, precis som alruna, men är tio gånger mer potent … om man överlever drogen.” Karin verkade klart uppiggad av tanken. När hon såg Marias oroade min tillade hon: ”Nej då, jag tänker inte ta livet av mej. Skrämde jag dej förut? Man måste få gråta ibland när livet är ett helvete. Att gråta betyder inte att man ger upp. Att gråta är att vattna sin maskrosrot för att sen kunna spränga asfalt. Julius ska inte få ta Emilia ifrån mej, aldrig.”

”Spränga asfalt! Nu börjar jag känna igen dej – ja jag blev faktiskt lite rädd. Jag förstår att du har det tungt och det är klart jag blir orolig. Men det kanske gråts för lite. Man kanske torkar ihop av återhållen gråt istället för att samla kraft. Digitalis känner jag igen och det här måste vara vit stormhatt och det här tror jag är odört”, sa Maria och strök med handen över plantan och luktade på den med en grimas. ”De här växterna fanns inte när jag hyrde gäststugan. Det måste vara en ny hobby.”

”Visst är det odört.” Karin böjde sig fram och luktade på växten hon med. ”Vidrigt, luktar råttskit. Odörtsdöden lär ha känts som att förfrysa. Kalla döden, brukar man prata om, munkarna gjorde en salva av den och beströk valda delar för att kyla ned sina köttsliga lustar. Gör mig kysk Herre, sa Augustinus. Och tillade sedan – men inte riktigt ännu. Du – jag funderade på det där med att gå i kloster. Att ha ett garanterat umgänge utan att behöva anstränga sig, slippa ringa och bestämma, slippa ensamheten. Det är nog inte så dumt.”

”Att ingå i ett kollektiv är att ge upp en del av sin självständighet.” Maria kunde inte låta bli att fnittra åt den tanke som seglade upp. ”Om du blev munk så skulle du bli tvungen att raka en fullmåne på hjässan. Undrar vem som kom på det? Gissar att det var en gammal munk som började bli tunnhårig och som med avund såg de unga med stor kalufs. I rättvisans namn borde alla vara lika skalliga och så blev det kutym med tonsur.” När Maria märkte att Karin inte lyssnade, att hon var kvar tidigare i resonemanget backade hon ett steg. ”Känner du dej ensam?”

”Ja, vi umgås inte med några, Julius och jag. Det är som om tiden inte räcker till, eller orken. Skulle det bli en kväll över utan krav och måsten vill jag bara sova. Det är för jobbigt att bjuda hem vänner och bjuder man inte hem någon så blir man inte bortbjuden. Julius går ut och kastar dart ibland med sina kompisar, men jag vill faktiskt bara sova. Det blev så tomt när ni flyttade.” Sen tillade hon hastigt. ”Men det är skönt att vara här hos dej på Gotland. Jag bodde här en sommar när jag var liten. Alldeles vid fängelsetornet Kajsarn. Jag har inte tänkt på det på många år, men när jag såg ringmuren kom minnena liksom över mej. Det var något spöklikt över det där fängelsetornet.” Karin riste till. En skugga drog över hennes blick. Så fick hon syn på något intill muren. ”Och den här oansenliga lilla växten, vet du vad det är? Tidlösa. Det är något av det giftigaste jag känner till.”

KAPITEL 5

När Maria Wern lämnade personalfesten på S:t Nikolaigränd strax före midnatt lördagen den sjätte september tänkte hon på Karin, som var ensam i huset på Norra Murgatan. Karin hade flera gånger försäkrat Maria att det var okej, att hon behövde få vara ensam en stund, och att Maria absolut skulle gå på festen som varit inplanerad sen länge. Vi hinner umgås i morgon hela dagen, hade hon sagt. Kursen börjar inte förrän på måndag.

Sensommaren hade varit ovanligt het och ännu dröjde sig värmen kvar innanför ringmuren som skyddade mot vinden. Ett tunt regn föll genom natten och lade sig som en skir hinna över marken. Maria brydde sig inte om att ta fram paraplyet ur väskan när hon skyndade ned för trappan. Månen skymtade till bakom molnen som drev förbi ovanför ringmurens krön. Skuggorna rörde sig i oförutsägbara mönster. Hon kände sig märkligt iakttagen. Till en början var det bara en flyktig tanke. Feststämningen fanns kvar och tryggheten. Avskedsfraser som: ”Vi ses i morgon då. Försov dej inte”, lovade ett säkert återseende dagen därpå. Inget ont kunde hända. Ännu låg de gemensamma skratten kvar som ett leende på läpparna. Ännu ett slag följde de vänliga rösterna henne på vägen: Hartmans halsbrytande historier från trettio år i tjänsten och hans bullrande skratt. Jesper Eks försäkran om att han äntligen hade hittat Kvinnan i sitt liv och allas muntra sarkasmer över hans tvärsäkra uttalande som de hört så många gånger förut. Just när Maria skulle gå hade Per Arvidsson viskande erbjudit henne sitt sällskap en bit på vägen samtidigt som han lät sina fingertoppar glida utefter hennes bara arm och rygg. Vill du ha sällskap? En lätt nick åt dörren till. Huden svarade omedelbart ja. Med en viljeansträngning fattade hon tag om hans hand och skakade på huvudet. Det skulle ha varit rent självplågeri att gå sida vid sida utan att få hålla hans hand och krypa in i hans famn. Och om de mötte någon då? Skulle det vara värt det?

Han var lyckligt gift. Han hade sagt det själv vid fikabordet så sent som i måndags när Ek frågade honom på skoj. Maria hade inte för avsikt att trassla till det för honom ... eller för sig själv heller, även om planerna hade sett annorlunda ut en gång i tiden. Livet blir inte alltid som man tänkt. Den rätta tiden rinner förbi och kommer inte tillbaka. När Maria väl brutit upp från sitt äktenskap och längtade efter att Per skulle komma till ön hade han hunnit träffa Rebecka och hon väntade hans barn.

Nu gjorde Maria sitt bästa för att mota bort honom ur sitt liv. Tillfälligt hade hon sökt yttre tjänst och i möjligaste mån nattskift, i väntan på att känslorna skulle mattas av. Hans avskedskram i hallen hade känts i hela kroppen. Frågar han mig en gång till svarar jag ja, tänkte Maria när hon sa adjö till kollegorna. Om han vänder sig om nu blinkar jag och då förstår han att jag vill. Men Per försvann in med de andra grabbarna för att dricka konjak. Det var både en lättnad och en besvikelse.

Insvept i höstmörkret och regnet stannade Maria upp nedanför trappan och såg sig om åt alla håll. Hon kände sig iakttagen, men kunde inte upptäcka någon. Gränden var folktom. Fönsterögonens ingångar mot andra människors världar blänkte oseende och svarta. En hastigt svepande rörelse fick henne att dra efter andan innan hon insåg att det var en trädgren som vajade i vinden och speglade sig i fönsterglaset. En Saab stod parkerad i mörkret en bit bort. Hon försökte se om det satt någon vid ratten. Vaksamheten fanns i varje rörelse och rädslan för att dörrarna plötsligt skulle fara upp och ... ja vad trodde hon egentligen skulle hända? För säkerhets skull höll hon så långt avstånd från bilen som husväggarna tillät. Ängslan drev på stegen och hon började halvspringa ned för backen. Det som först varit en vag känsla av olust växte sig allt starkare. Rädslan kröp i kroppen och sökte sig ut i fingertopparna med sina nålstick. Någon följde efter henne.

Maria försökte pressa tillbaka känslan och resonera förnuftigt. Den sista tidens konfrontation med den grova brottsligheten hade satt sina spår, narkotikahandel, beskyddarverksamhet, olaga hot och människohandel. Adam Kossak satt i förvar, men det fanns fler. Han hade vänner. Just nu var hon ensam och sårbar. Ett svagt ljud, fick Maria att hastigt vända på huvudet igen när hon gick över Paviljongsplan och närmade sig Botaniska trädgården. Hon borde ha tagit en annan väg, där det fanns folk i rörelse, tänkte hon nu. Det rytmiska ljudet fortsatte, men Studentallén var öde. I skydd för gatlyktornas ljuskäglor stod trädens mörka stammar. Var det någon där borta? Rörde det sig inte bakom trädet? Maria höll sig alldeles stilla och lyssnade till vinden som prasslade i löven och vågorna som slog mot stenkanten utanför ringmuren. En plastmugg rullade över gatan. Hon andades ut i en hörbar flämtning, men rädslan lämnade henne inte. Det var en bit kvar till Kruttornet där hon parkerat sin bil, eftersom festen börjat med kubbspel på gräset invid muren i Almedalen. Med en blick över axeln öppnade hon grinden till den Botaniska trädgården. Hon hade valt den omvägen för att muren annars skulle begränsa hennes flyktväg i sidled, om hon blev antastad. Så märkligt att man kan känna någons närvaro utan att veta. Att känna att någon vill en ont. Eller var det bara inbillning? En elektrisk urladdning i den primitiva hjärnan? Vittring? Instinkt?

Allt såg så annorlunda ut i mörkret. Rosorna hängde ännu kvar i rödgula kaskader, men i det svaga ljuset kunde hon bara ana sig till deras färger. De mörkröda rosorna var svarta och de gula och rosa blommorna var i det närmaste grå. Lusthuset på Tempelkullen trädde fram ur mörkret. En svag och smutsgul måne skymtade fram mellan söndertrasade molnskyar. I dammen blänkte månljuset som en silverskatt i bottenslammet. Maria såg inte var hon gick och en kaja flaxade upp framför hennes fötter. Hon skrek till av förvåning och rädsla. Bröstkorgen hävde sig snabbt av andetagen. Det kändes som hon ville fortsätta att skrika, skrika tills någon kom och sa att allt var lugnt och inget var farligt, men civilisationens krav på återhållna reaktioner påverkar vårt spontana beteende. Skäm inte ut dej. Blicken svepte hastigt över trädstammarna och bakom ett av träden lösgjorde sig siluetten av en man. Han stod helt stilla och iakttog henne. Maria ökade på stegen mot utgången. Då och då kastade hon en blick bakåt. Han följde efter och för var gång hon vände sig om befann han sig allt närmare. Maria började springa igen. Bakom sig hörde hon hans snabba steg. Hon vände sig om och skrek åt honom utan att för den skull sakta ned farten.

”Vad vill du? Följer du efter mej?” Han svarade inte. Vid Fiskarporten var han i fatt och fick tag om hennes axel och tog ett hårt tag om armen.

”Stanna”, väste han.

”Vem är du?” Maria såg sig förtvivlat om efter hjälp och tänkte börja skrika när han hejdade henne med en hand över munnen. Hon förberedde en kraftig spark, men något i hans röst hejdade henne.

”En söt liten flicka du har. Det vore synd om hon blev skadad. Linda, är det så hon heter?” Mannen talade med utstuderad släpighet. Munnen och hakan doldes nästan helt av skinnkavajens uppslagna krage. Hans blick glimmade till under den neddragna mössan.

”Vad menar du? Vad är det du vill?” Maria försökte få kontroll över rösten. Den lät som ett måsskri när en fara närmar sig boet.

Mannen grävde i kavajfickan och tog fram mobiltelefonen och visade ett fotografi av Linda på displayen. Ett knivblad blänkte mot barnets hals. Sakta drog han med handflatan över den blanka ytan och täckte med tummen över barnets ansikte och tryckte till. ”Det kan så lätt hända något oförutsett och tragiskt.”

”Vad vill du?” viskade Maria.

”Jag vill be om en liten tjänst, bara.” Hans mun kom alldeles nära. Hon kunde känna hans alkoholmättade andedräkt och ryggade tillbaka. ”Vi ska säkert komma bra överens du och jag. Du vet, Adam Kossak är min vän och just nu sitter han lite pyrt till. Men vi kan hjälpa honom, eller hur?”

”Var finns Linda nu?” Maria tänkte förtvivlat på Krister. Han hade barnen ikväll för att hon skulle kunna gå på festen.

”Om du lägger ned dina fula anklagelser mot Adam, så kommer inget att hända med din lilla flicka. Är vi överens?” Greppet om Marias arm hårdnade så hon fick tårar i ögonen. ”Är vi överens?”

”Ja.” Det fanns ingen möjlighet att ge något annat svar.

”Och om du skvallrar för dina kollegor, bara så mycket som yppar ett enda ord av vårt samtal, så dödar vi både henne och dej, har du förstått?”

Maria nickade, utan att kunna få fram ett enda ord.

”Bra, då ger du mej din mobiltelefon. Nu på en gång!” Maria lydde uppmaningen, fumlade i fickan och fick fram den. Han hånlog och lika hastigt som den mörkklädde mannen hade dykt upp var han försvunnen.

Maria satte sig i bilen och låste om sig som om billåset och plåthöljet kunde skydda henne mot faran. Handen fumlade med nyckeln i tändningslåset. Hon fick ta hjälp av båda händerna för att hålla nyckeln stadig. Tankarna virvlade. Hon måste träffa Linda, hon måste få veta att hon var oskadd. Men om mannen följde henne, om han för stunden inte visste var Linda befann sig fanns en risk att hon ledde honom dit. Maria dividerade med sig själv medan hon rattade igenom hamnområdet och märkte att hon kört fel. En ängslig blick i backspegeln. Hon verkade inte vara förföljd.

Krister hade hyrt en sommarstuga i Tofta. Han var arbetslös igen och sökte jobb på Gotland för att vara i närheten av sina barn. Maria körde ned vid Tofta Södra och svängde höger in på en mörk vändplats. Väntade och lyssnade efter ljud. Den sista biten gick hon genom skogen och tog ett språng över bäcken. Där framme låg stugan. Det blåflimrande ljuset från dataskärmen letade sig ut genom ett fönster. Antagligen sov barnen. Maria hoppades av hela sitt hjärta att de skulle ligga i sina sängar när hon kom in, att det skulle vara som vanligt och det hon upplevt bara var en ond dröm.

”Linda! Linda!” När Krister öppnade dörren pressade sig Maria förbi honom utan att bry sig om hans förvånade ansikte och rusade in i barnens rum. Emil låg på mage och sov med kläderna på, täcket hade ramlat ned på golvet. Lindas säng var tom. Maria tog sig åt halsen. Knivbladet på bilden flimrade förbi. Det kändes som om all luft i rummet tagit slut.

”Var är hon! Var är Linda?” Hon vände sig om och hamrade med knytnävarna på Kristers bröstkorg. ”Var är hon!”

”Lugna dej, Maria! Vad tar det åt dej? Jag fixar det här. När jag har hand om barnen gör jag det på mitt sätt, okej. Vad snygg du är, har du varit på fest och kom förbi för att visa att du gjort dej vacker ... för min skull hoppas jag?” Han fångade hennes händer och kysste dem och sköt henne sedan en bit ifrån sig.

”Emil orkade inte klä av sig i kväll och jag tycker inte det är viktigt. Och om jag tar en öl när dom har gått och lagt sig är det min sak. Du får ta hand om dem på ditt vis, men när de är hos mej gör jag på mitt.”

”Det spelar ingen roll vad Emil har på sig. Var är Linda! Sängen är tom. Var är hon? Svara mej innan jag blir galen.”

”Linda ...” Krister tänkte efter en stund och kliade sig på den runda håriga magen innanför ylletröjan och sen i nacken. ”...sover över hos en kompis.”

”Vem då? Var är hon?” Maria var halvvägs på väg till dörren när Krister fångade henne i sin famn.

”Vad handlar det här om, Maria? Kan du lugna ner dej och förklara vad det är? Du tänker väl inte hämta hem henne när hon äntligen har fått en kompis och vågar sova över en natt? I dag på stranden träffade hon en annan liten flicka och de hade så kul. Julia heter hon. Hon bor hos sina morföräldrar bortom Strandpensionatet. Jag har pratat med dem. Tanten har varit förskollärare och det är lugnt."

"Jag måste hämta henne. Jag måste se att hon är oskadd." Maria tog tag i handtaget till ytterdörren och trampade oavbrutet med fötterna som inte kunde vara stilla.

"Jag säger ingenting förrän du förklarar för mej vad det är som händer. Lugna dej!"

Maria sjönk ihop på soffan i hallen och förklarade hackande och snörvlande allvaret, medan tårarna rann ned för kinderna utan att hon brydde sig om att torka sig i ögonen. Hon försökte viska fram de hemska hotelserna så inte Emil skulle vakna och höra, men rösten lät sig inte styras. "Det känns som jag ska gå i bitar. Jag har svårt att tänka klart. När pratade du med henne senast, Krister?"

"Vid åttatiden i kväll. Hon hade glömt sin gosegroda, Helmer Bryd, alltså inte den nya grodan du köpte. Den vill hon inte ha. För hon är arg på dej för att du inte vill bo med oss längre. Vad ska vi göra? Tänker du kontakta polisen?"

Krister satte sig på huk framför Maria i soffan och tog hennes huvud mellan sina båda händer. Hon såg rädslan i hans ansikte som en spegelbild av sin egen uppflammande skräck. Hon drog ett djupt andetag och skakade på utandningen.

"Jag vet inte", sa hon. "Jag vill att vi går bort och hämtar Linda. Jag måste få ha henne hos mej. Jag står inte ut om jag inte får se att hon mår bra."

KAPITEL 6

Kriminalinspektör Tomas Hartman gick av och an framför sitt skrivbord medan han tänkte. Det stora grålockiga håret stod på ända, ena snibben av skjortkragen låg invikt i halsringningen och byxorna, som saknade bälte, besvärade honom utan att han riktigt kunde sätta fingret på vad det var som irriterade. Han vände vid dörren och hasade upp byxorna så högt det gick och knäppte sedan händerna bakom nacken. Den gulblekta plastklockan på väggen ovanför dörren visade 01.35. I soffan framför honom satt familjen Wern. Maria och Krister, mycket uppjagade. Emil sov. Linda gnällde och klättrade upp och ned i Marias knä. Flickan var fortfarande arg för att hon blivit hämtad hos sin kompis. Hon hade *inte* varit mörkrädd och *inte* längtat hem och gosegrodan Helmer hade blivit kvar i hastigheten. Lagom vid Tofta kyrka hade hon kommit på det och skrikit som en mistlur och Krister hade, trots Marias protester, vänt bilen och hämtat upp den. Nu satt Helmer i ett stadigt grepp i Lindas famn och hon tänkte inte släppa honom ur sikte igen. Någonsin!

”Du blev alltså rånad på din mobiltelefon”, sa Hartman vänd till Maria. ”Var den avstängd? Jag menar skulle rånaren kunna komma åt din adressbok?”

”Jag tror det. Den var inte avstängd. Jag tänkte ringa Karin.”

”Det betyder att ni inte kan hålla er gömda hos någon av dem du har telefonnummer till, Maria. Inte heller hos nära släktingar. Vi måste hitta på något annat fram till rättegången.”

”Det finns en lägenhet i Malmö jag kan få låna av en vän.”

Krister fick ett hätskt ögonkast av Maria när han sa det och höjde i låtsad förvåning ögonbrynen när han såg hennes blick. Hon ryckte på axlarna i en gest som betydde, det är ditt liv nu. Jag bryr mej inte om vilka du träffar.

Så han hade fortfarande kontakt med Ninni. Det var hans ensak förstås, men Maria skulle inte under några omständigheter vilja bo med honom i den lägenheten där han hemligen träffat Ninni, inte bo med honom alls, det kände hon utan ett ögonblicks betänketid. Att vara gömd med Krister, ett bokstavsbarn i 110-kilosklassen, i en etta utan att ens kunna gå ut och få luft. Aldrig mer. Hon skulle kvävas och han skulle bli odräglig och kletig i sina försök till återförening. Hur många gånger var det rimligt att förklara för honom att det var slut? Han kunde inte ta ett nej för ett nej och det var den största anledningen till att samarbetet kring barnen gnisslade. Jag vet vad du tänder på Maria, varför kan vi inte bara unna varandra lite avspänning. Jag menar om du är hygglig mot mej, du vet vad jag menar, så kan jag vara hygglig tillbaka. Passa tider. Se till att de har regnkläder och dom grejerna. Det är en fråga om att ge och ta, eller hur?

Maria bet ihop käkarna av återhållen vrede. Det skulle vara en ren omöjlighet att stå ut med Krister i ett trångt utrymme i en vecka eller kanske ännu längre tid om rättegången mot Adam Kossak blev uppskjuten igen.

”Linda, kan du berätta för mej om farbröderna som ville ta kort på dej?”

Hartman satte sig på huk framför soffan. Linda hasade fram så hon kunde nå golvet med fötterna. Gummibandet till hästsvansen hade glidit till ena sidan och håret hängde i ansiktet. Hon föste bort det med sin ringprydda lilla hand med minst en ring på varje finger. Ju mer glitter, desto snyggare.

”Julia, min bästis, alltså, och jag grävde kaninhål. Man gör ett hål och stoppar ned handen och gräver och gräver i sanden tills händerna möts i tunneln. Fast ibland så möts dom inte och ibland så rasar alltihop." Linda skrattade och visade yvigt med händerna hur det rasade. "Det är jättesvårt att göra ett kaninhuvud med fingrarna. Man viker in tummen så här och pekfingret och lillfingret och så blir dom andra två fingrarna öron." Hon satte tungspetsen i mungipan när hon försökte och nickade belåtet när hon fick till kaninöronen och kunde vinka med dem.

"Kan du berätta om farbröderna? Hur såg dom ut."

"Dom var stora och en hade tjock mage och en hade snälla ögon och han med magen frågade om vi ville ha glass och Julia sa att hon skulle fråga sin mormor, men han som hade snälla ögon sa att dom hade bråttom och då följde vi med till kiosken. Jag ville ha en med choklad och Julia tog en isglass med många färger som går runt, runt och han med snälla ögon höll Helmer Bryd när jag tappade min glass och han köpte en ny. Och då fick Helmer sitta i hans bil utan bälte. Man får inte sitta i bilar utan bälte." Linda gav sin mamma en blick och fick medhåll.

"Hur såg bilen ut?" Hartman som inte riktigt var tränad på att sitta på huk, reste sig och drog fram en stol medan Linda funderade.

"Den var svart och så var det ringar på den – fyra silverringar. En ring att sämja dem, en ring att främja dem, en ring att djupt i mörkrets hålor tämja dem och sen en extra ring. Det är fyra." Hon visade med handen. "Han med gubbmagen var kortast."

"Vem av dem fotograferade dej?" frågade Krister och fick en sträng blick av Maria. Det var Hartman som ställde frågorna. Linda klättrade upp i sin pappas famn och satte sig med huvudet mot hans mage.

"Det gjorde han med snälla ögon. Han hade mössa fast det är sommar. Coolt va? Och han ville bara fotografera mej och inte Julia, det tyckte jag var lite fisigt. Det skulle vara en otäck bild med kniv som han skulle ha på Hallojin."

"Halloween", rättade Emil som vaknat till.

"Han tyckte att jag såg modigast ut."

När Maria två timmar senare smög ut bakvägen till den bil hon lånat av polisen i utbyte mot sin egen var hon mer arg än skakad. Krister vägrade låta henne ha barnen hos sig. Det var hans tur enligt tidigare överenskommelse och om hennes arbete var sådant att barnen kunde fara illa och utsättas för hot tänkte han inte lämna dem ifrån sig. Maria hade försökt hålla tonen på en acceptabel nivå för barnens skull, men det hela hade urartat i ett regelrätt gräl där inte ens Hartman lyckades medla. Till slut hade han tagit med sig barnen till ett annat rum för att titta på akvariefiskar.

Maria låste upp bildörren och lät Forden glida ut från parkeringen. Hela tiden med uppmärksamheten i backspegeln för att se om någon följde efter. En ny dag började gry. Ljuset steg sakta över himlen som ett gråvitt dis i öster. Över ringmuren låg ännu natten ruvande och tung. Krister skulle ta sig till Malmö med barnen i en civil polisbil med eskort. Eftersom han för stunden var arbetssökande var det inga stora problem att vistas på annan ort. Formaliteterna med arbetsförmedlingen skulle Hartman delegera åt någon att lösa. Du måste tänka på vad som är bäst för barnen, hade Krister sagt när hon avböjde att följa med. Om han just då visat ett ansikte av uppriktig oro för barnen kanske hon hade veknat. Men det andra uttrycket fanns där så tydligt. Det hånfulla som betydde, nu har jag dej allt. Du skulle inte ha lämnat mej. Lika bra att ge upp. Och hon kände att hon måste hålla distansen eller gå under. Vart ska du ta vägen annars? hade han frågat, fortfarande med det lilla leendet i mungipan som fick henne att vilja slå till honom rakt i ansiktet. Och hon hade svarat: Jag bor kvar på Klinten. Jag är fortfarande mantalsskriven i Kronviken. Det är ingen som vet var jag finns. Jag har inte ens hunnit skicka ut någon adressändring till mina vänner. Det handlar ju bara om en vecka tills rättegången är över. När Maria skulle gå efter det att hon sagt vi ses till barnen hade Krister fångat henne i sin famn. Ett kort ögonblick gav hon efter för den välbekanta doften, tryggheten, innan hon slet sig lös och gick mot dörren.

Det lyste i köket på Norra Murgatan 14. Maria kunde se siluetten av Karin genom vardagsrumsfönstret som vette mot gatan. Var insynen så obehindrad, det var ju rena biografen. Maria stannade till och betraktade det upplysta rummet. Hon kunde se allt i detalj, till och med mönstret på duken i köket och Karins ansiktsuttryck, till och med räkna knapparna i hennes långskjorta. Hon såg sig hastigt om innan hon låste upp porten och snabbt slank in och låste efter sig. Karin måste ha hört när porten slog igen. På ett ögonblick var hon ute på trappan.

”Var har du varit? Jag blev orolig att det hade hänt något, men sen tänkte jag att du kanske följt med någon hem efter festen. Se inte så bestört ut. Jag skulle inte missunna dej det, det vet du. När jag tittar noga efter så ser du lite rödkindad och rufsig ut, var det mysigt? Per heter han eller hur? Kom så går vi in och tar en kopp kaffe. Jag vill ha alla detaljer. Alla! Jag är svältfödd på detaljer. Jag vill veta allt om sånt som kallas kärlek!”

Karin gav upp ett skratt, det första riktigt äkta skratt hon låtit undslippa sig sen hon kom. ”Vad du ser konstig ut, Maria, vad är det?”

”Kan du dra för gardinerna i vardagsrummet, Karin? Nu, med en gång!” Maria ställde sig i hallen och höll sig utom synhåll för fönstret.

”Vad *är* det här? Har hans fru upptäckt er?” Karin fortsatte skratta och skrattet övergick i ett kluckande kackel som mest påminde om lätet hos en skrämd höna.

”Fråga inte, gör bara som jag säger”, väste Maria.

”Okej, jag ska rädda dej. När den där Pers fru kommer säger jag: Min fru har varit hemma hela natten. Hon är inte mycket för personalfester. Vi brukar satsa på mysiga hemmakvällar med te och fotmassage i stället. Vet du varför folk älskar fotmassage? I hjärnan finns cellerna som representerar genitalierna alldeles bredvid de som känner av fötterna och hos somliga är nog cellerna mer mixade än hos andra.” Karin babblade på.

”Sluta! Det är inte som du tror.” Maria kunde inte låta bli att le på ett lätt uppskruvat sätt trots allvaret i stunden.

När gardinerna var fördragna kom hon fram ur mörkret och dunsade ned på kökssoffan. I korta ordalag berättade hon vad som hänt, då och då avbruten av Karins Det är inte sant! Det är bara inte sant! Är du säker på att du uppfattade det rätt. Och plötsligt förändrades Karins ansiktsuttryck. Hon stirrade rakt framför sig och öppnade munnen som för att säga något, men orden uteblev till en början, som om de inte var riktigt färdigtänkta och måste vägas noggrant.

”Vad är det Karin? Säg vad det är.”

”Det kom en man. Strax innan du kom hem. Han kom först en sväng precis när du gått till festen och jag sa var du var och sen kom han igen. Det var ett par minuter sen bara. Han knackade på porten och jag öppnade för jag trodde det var du, att du glömt nyckeln eller nåt.” Karin bet frenetiskt på lillfingernageln.

”Hur såg han ut?” Maria kände sig omtöcknad. En känsla av overklighet, som att se sig själv från sidan utan att riktigt ha kontakt med kroppen och munnen som talar på tomgång. ”Var han ungefär en och åttio lång, muskulös, mörka ögonfransar, stickande blick?”

”Ungefär så. Han frågade efter dej och jag sa ju var du var, och när han kom tillbaka fick jag intrycket av att ni hade träffats och att han tänkte vänta på dej här, men jag sa att jag skulle gå och lägga mej och att han fick komma tillbaka. Jag kollade på honom genom fönstret när han gick. Jag tror att han stoppade något i brevlådan. Ett stort kuvert. Jag kan hämta det om du vill.” Karin var redan halvvägs mot dörren när Maria svarade.

”Vänta Karin, det kan vara farligt, låt det vara.” Men Karin lät sig inte hejdas. På ett ögonblick var hon tillbaka och slängde kuvertet på bordet.

”Ska du inte öppna?”

”Nej, och inte du heller. Det kan vara en brevbomb. Jag vågar inte stanna här längre. Jag måste hitta ett ställe att gömma mej på. Nu.”

”Följ med mej på kurs då”, sa Karin och nu var hon allvarlig.

”Har du någon adress till din kursledare? Om det går att ordna följer jag med dej till Gotska Sandön. Får jag låna din mobil?”

Med stort intresse följde Karin samtalet till kriminalinspektör Hartman och de kom överens om att Karin fick ta kontakt med kursledaren för att fråga om de hade plats för ytterligare en deltagare.

”Det blir inkokt, nästan som familjeterapi. Gå i parterapi med din väninna och förbättra er relation. Jag kommer inte att kunna blåljuga och fabulera utan att du sabbar det. Jag hade faktiskt tänkt utveckla mej själv och bli en helt annan Karin. Det är bara när man träffar människor man inte känner som man får den möjligheten till nystart. Jag skulle vilja prova att vara ett annat jag.”

”Hurdan tänkte du bli då?” frågade Maria inte utan viss nyfikenhet.

”Du får väl se. Det kanske dyker upp oanade sidor som får oanade konsekvenser. Vem vet.”

KAPITEL 7

Vad säger att man alltid måste lyckas med sina relationer bara för att man är psykolog? Är man en sämre psykolog om ens son biter barnen på dagis eller är sängvätare när han börjar skolan? Eller om han väljer att bo hos sin pappa och nya frun när han fyller tolv? Eller om man vid trettiosju års ålder ännu inte har hittat någon man kan ha ett varaktigt förhållande med? Är det inte just på grund av att man har känt livets piskrapp på sin egen rygg som man kan förstå andra som går igenom svårigheter? Att begå misstag, betala räkningen och förhoppningsvis bli lite klokare och mindre dömande – mer kan man inte begära av sig själv. Ändå kunde Eva Stark inte låta bli att känna kraven att leverera de rätta svaren som skulle få patienten att jublande gå ut från mottagningen. Enkla svar på komplicerade frågor. Rätt och fel. Tydliga anvisningar sagda med auktoritet. Om man nu kan prestera det som kvinna och fortfarande bli älskad. För älskad måste man bli eller åtminstone behöver man vara omtyckt när man är egenföretagare för att det ska gå ihop sig ekonomiskt. Risken finns annars att man blir bortvald till förmån för en mera följsam och insmickrande kollega och står där utan patienter. I rättvisans namn borde samma enkla och tydliga svar gälla i ens eget liv, tänkte Eva Stark medan hon förstärkte fästet på grenarna till spaljéträdet med grönplastad ståltråd. Det såg ut att bli mycket päron i år. Om man gallrade bort de överflödiga karten skulle den slutliga skörden bli större och rikare. Precis så som det fungerar i livet i övrigt. Det var väl där hon hade misslyckats. I gallringen av män. En nästintill omöjlig uppgift när man har förmågan att älska dem alla.

Eva Stark samlade ihop trädgårdsredskapen. Sekatören kunde hon först inte hitta, men erinrade sig sedan att hon lånat ut den till grannen förra veckan utan att få den tillbaka. Kände hon sig själv rätt skulle hon antagligen köpa en ny hellre än att vara till besvär och kräva den åter. Att ställa krav var alltid förknippat med olust. Hon lyfte in lövkorgen och spaden i redskapsboden och gick in i det lilla vitputsade huset på Vårdklockegränd för att förbereda veckans kurs på Gotska Sandön. Huset hade hon fått hyra billigt på obestämd tid eftersom ägaren var en god vän till hennes far och tillbringade dagarna som pensionär med att spela golf på Teneriffa. Han ämnade inte komma tillbaka förrän livet började närma sig slutet och han behövde vård och det såg ut att dröja, så länge han höll sig i trim.

Det var just i själva gallringen hon hade misslyckats. Att skilja ut det viktigaste från det som bara tog kraft. Det fanns liksom inget riktigt och kraftfullt NEJ på repertoaren. Det helhjärtade nejet som krävs för ett helhjärtat JA saknades. Vid trettiosju års ålder lyckades hon ibland spotta upp sig till ett nja och bättre än så blev det sällan. Tvåsamheten kräver mer än så. En helhjärtad satsning. Den kräver svartsjukt att få vara den viktigaste relationen, ett fokus för kärleken, åsidosättande alla andra relationer och åtaganden. Precis som man binder upp och tvingar spaljéträdets grenar att växa i önskad form, borde hon ha lagt band på sina känslor och inrättat sig i tvåsamhetens form. Det var där hon hade brustit. För hon flödade över av kärlek ... läckte kärlek som en savande vinranka. Det handlade inte bara om män, det handlade om människokärlek. I förhoppning om att få en smula bekräftelse tillbaka. Det tog sig uttryck i omsorg om väninnan i ständig penningnöd. Om arbetskamraten som fick alkoholproblem. Om grannfrun med attacker av ensamhet och panikångest, som praktiskt taget flyttat in och spred sina marsvin, vandrande pinnar och sin oro för utflugna barn och svårbedömda leverfläckar i köket, vardagsrummet och hallen och som slutligen fått Zebastians pappa att fly hemmet. Och så var det förstås Lena-Marie.

Eva hällde upp en kanna kallt vatten och pressade i lite citron. Du måste dricka mer, brukade Lena-Marie säga. Du måste sköta om din kropp. Själv drack Lena-Marie Wirén bara grönt te från obebodda öar och aldrig kaffe som rostats i dieselångor, använde inte tvål som tillverkats av flottet från restauranggrillar och åt förstås aldrig kött från djur i fångenskap eller vilda djur som obarmhärtigt dödats av rovgiriga människor, ägg, fisk eller mjölk eller gryn med tillsatser. Vad hon nu skulle dricka sedan skrämselrapporten om att kranvattnet visat sig kunna ge urinblåsecancer, vågade Eva inte ens tänka på.

Lena-Marie Wirén hade kommit till Evas mottagning som ett övertag från en annan kollega som inte längre visste vad han skulle göra med henne. Det hände ingenting. De hade talat om samma saker tusentals gånger, renlevnadsmanin och ohälsosamma bindningar till modern. Fyra år av terapi utan egentliga framsteg. Lena-Marie hade kommit till Evas mottagning i utbyte mot en manlig patient, Erik Hansson, där terapin börjat spåra ur och det inte längre gick att upprätthålla en lämplig distans. Det var inte alls första gången det hände, men efter den historien hade Eva i en stund av självinsikt lovat att om möjligt bara behandla kvinnor. Lena-Marie hade varit något av en gåta och var det fortfarande. Hon växlade snabbt mellan sinnesstämningar och berättelserna hon presterade under stor vånda var ofta motsägelsefulla och vaga. Just när Eva tyckte att de börjat hitta fram till väsentligheter, ett förtroende där ömtåligheten blottades, gled hon undan och visade en förbluffande självsäkerhet och styrka. Efter två månader friskförklarade hon sig själv efter att ha gått igenom ett kognitivt självhjälpsprogram på nätet. Jag tänker inte vara nåt jävla offer, var hennes slutreplik och sedan hade de inte setts på ett par år. Inte förrän de råkades på ett symposium i ekologisk humanbalans och de blev, utan att Eva egentligen kunde förklara hur det gick till, bästa väninnor.

För Evas del hade Lena-Maries tillfrisknande lett till en kris. En tid då hon sjukskrivit sig och ifrågasatt sitt yrkesval och funderade på om hon överhuvudtaget under hela sin yrkesverksamma tid hjälpt någon människa till ett bättre liv. Men vad gör man med 600 000 i studieskuld? Avsvär sig sin tro på den utbildning man fått och börjar jobba på McDonalds i stället? Konverterar till kognitiv beteendeterapi? Hur skulle kollegorna ha reagerat på en sådan kovändning? Tanken på att bryta med "sekten" som hon i hemlighet kallade nätverket av kollegor hade skrämt henne till sömnlöshet. Hur skulle hon ha vågat säga sanningen till dem; jag tror inte på det jag gör. Självinsikt i all ära, men vart har det lett patienterna? Hur många av dem har klarat att gå tillbaka till arbetet, att skaffa sig nära relationer, att få kontroll över sin ångest och få uppleva dagar av livsmod när det går att trampa på streck och vinna ny mark? Det är vad våra patienter faktiskt önskar sig att få ut av livet. I en hel månad hade Eva varit sjukskriven i sitt vankelmod innan hon beslutade sig för att gå kursen i ekologisk humanbalans. Av ren feghet. Det kunde hon erkänna för sig själv när den värsta oron lagt sig. En påbyggnadskurs blev ett sätt att gå vidare ur det vakuum där hon hade hamnat. Och där på kursen hade hon träffat Lena-Marie som full av energi och beslutsamhet föreslagit att de skulle arbeta tillsammans. Hon hade redan börjat skissa på en plan. Hur värjer man sig mot en naturkraft som Lena-Marie?

Försäkringskassan står upp till öronen med "ärenden" de inte vet hur de ska hantera. Långtidssjukskrivna som kräver att få rehabilitering istället för sjukersättning. Media har börjat uppmärksamma det allt mer. Det är där vi har vår nisch, menade hon. Det är där pengarna finns. Anta att vi får sjuttiotusen kronor per patient och att vi behandlar dem i grupper om tio. Det är sjuhundratusen. Två såna kurser per år och vi är i hamn. Jag tycker det är rätt att samhället betalar. När du arbetade privat tidigare var det bara de bemedlade som hade råd att få hjälp av dej medan alla fattiga satar får gå på piller. Är det juste?

Det låg förstås en del i det hon sa och Eva hade inte varit svårövertalad. Dessutom var det en stor tillgång att Lena-Marie var massör. Efter välviljan i den taktila beröringen är det lättare att våga tala i förtroende. Det kommer nästan av sig själv. Att börja terapin med massage för att sen byta rum och samtala, var en metod värd att pröva. Det skulle ge kurserna ett mervärde tillsammans med mysbelysning, doftkrus och ett glas med färskpressad apelsinjuice. Till och med om man förlade kurserna ute i naturen skulle man kunna använda sig av massage. En möjlighet till det där lilla extra som ger välbefinnande. Det där lilla extra, som innan Eva visste hur det hade gått till, hade blivit ett beroende. Oxytocinet binder massageoffret till massören och det uppstår en intimitet, en känslomässig bindning. Rent teoretiskt hade hon den insikten, men vad hjälper det när man väljer att inte göra något åt det. Relationen hade blivit allt tajtare. I början när de planerade sin verksamhet var det bara naturligt att Lena-Marie ringde flera gånger om dagen och talade i timmar för att sen fram mot kvällen titta förbi och prata bort ett par timmar till. Ofta blev det så sent att hon sov över på soffan, stannade över frukost och lagade lunch för att det skulle bli något hon kunde äta istället för Evas frysta enportionsrätter, och på ett obegripligt sätt hade hon lyckats bygga bo i vardagsrummet. Möblerat om, flyttat det lilla spelbordet så det blev ett nattygsbord bredvid soffan, flyttat bokhyllan till en avskärmande vägg och ställt en stor paraplyaralia så de bildade en vinkel. Men det var inte förrän hon öppnade dörren till Evas garderob olusten började komma på allvar. Vad ska vi ha på oss i dag, Eva? Frågan kom lika obesvärat som om hon hade undrat vad klockan var. Har du någon röd jumper så kan vi matcha varandra och så kan vi väl ha kjol. Svart kjol och röd jumper är väl snyggt? Eva kände hur nackmusklerna stelnade och halsen drog ihop sig när hon tänkte på det. Det var en så omärklig gräns som passerades, hon ville säga nej, men visste inte hur. Något var fel och hon kunde inte sätta fingret på det. Väninnor byter och lånar kläder av varandra.

Som tonåring gör man det hela tiden, går i symbios med varandra för att komma loss från sitt modersberoende. Man klär sig lika som Bill och Bull, delar på glassar, viskar hemlisar om killar och följer med varandra på toaletten. Det är bara naturligt. Men hur blir det sen? När blir man för gammal för sånt? Det här kändes onaturligt och accentuerades ytterligare när Lena-Marie började köpa kläder åt dem båda. Jag köpte varsin likadan kjol åt oss. Full av förväntan hade hon stått där i hallen och räckt över påsen med det stormönstrade plagget som inte alls var i Evas smak. När hon inte omedelbart tog den på sig blev Lena-Marie purken och gråtfärdig. Det behövdes så lite av anklagelse för att Eva skulle känna sig elak och bli en våt fläck på golvet och krypa till korset. Varför kunde hon inte unna Lena-Marie den glädjen? Det var väl inte hela världen – lite kunde hon väl jämka och bjuda på sig själv? Jodå, den är jättesnygg. Passar väldigt bra ihop med våra vita linneskjortor. Och sen när de stod där tillsammans framför hallspegeln i identiska kläder hade Eva känt det som hon ville rusa därifrån och slita av sig paltorna och stryka bort det falska leendet och läppstiftet som var Lena-Maries, men det gjorde hon förstås inte. Det fanns en förmildrande parentes i att de var så olika byggda i kroppen, Eva liten och tunn och Lena-Marie nästan en och åttio och grovlemmad. Kroppsbyggnaden gick inte att modifiera. Det var en lättnad.

Nej, den första urladdningen kom inte då, utan först senare samma vecka när de hade stämt träff utanför Indiska och Eva blev åtta minuter försenad för att hon träffat en gammal klasskamrat som hon inte råkat sen gymnasietiden. Han var nyskild och utbränd och om man vill uppfattas som inkännande får man vara beredd att betala för det i tid och lyssna på svaret när man väl har frågat. Hur är läget? Att säga, men du ser så frisk ut och det ordnar sig nog, är en spottloska i ansiktet på den som just blottat sin olycka. Som terapeut vet man det. Åtta minuter hade det tagit, åtta ynka minuter av empati och Lena-Marie hade rasat som en furie och sedan knappt förmått att hålla gråten tillbaka. Du bryr dej inte om mej! Alla andra är viktigare för dej. Du bara skiter i att jag står här och väntar. Men du ska inte tro att du kan behandla mej hur som helst. Vi sa klockan två. Du lovade att vara här klockan två och så sviker du mej, bara så där. På vilket sätt betydde mötet med din klasskamrat mer än mötet med mej? Varför är han viktigare?

Efteråt hade Lena-Marie inte kunnat sluta kramas och be om ursäkt och på kvällen ville hon krypa ned i Evas säng som ett ensamt och övergivet barn. Tätt intill, hopkrupen i fosterställning med ryggen mot Evas mage. Hand i hand. Smek mej över ryggen. Tala mjuka ord. Det handlade inte om sex, det handlade om överlevnad. Ett bottenlöst och skrämmande behov av närhet.

Vad skulle hon ta sig till med Lena-Marie?

KAPITEL 8

Sedan kriminalteknikern konstaterat att kuvertet som under natten lämnats i Maria Werns brevlåda inte innehöll en brevbomb utan krossat glas, hundskit och fågelblod, troligtvis från höns, ordnade man ändå en förflyttning under förmiddagen. Eva Stark hade lovat att ta emot dem så de kunde tillbringa lördagen och kommande natt hemma hos henne innan de tidigt på söndagsmorgonen skulle ta båten från Fårösund till Gotska Sandön.

Det var två trötta och omskakade kvinnor som vid femtiden på morgonen steg in genom dörren till det vita huset på Vårdklockegränd. En brasa var tänd i vardagsrummet och de slog sig ned framför elden och drack grönt te med smak av glöggkryddor ur lätt kantstötta keramikmuggar och fick varsin ylleplåd svept om axlarna av en storväxt kvinna som presenterade sig som Lena-Marie. Pläden kliade i nacken och Maria försökte maka ned den medan hon iakttog kvinnan från sidan och fascinerades av hennes trolliknande uppenbarelse. På ett märkligt sätt var utseendet ändå tilltalande – det pockade på en sorts ömhet, en ömhet med rottrådar långt tillbaka i sagans värld där inte alla troll är onda. Maria iakttog fascinerad den stora potatisnäsan och de ganska tätt sittande bruna ögonen, de lätt utstående öronen med stora ringar av guld som tittade ut mellan de långa mörka korkskruvslockarna och de kraftiga händerna som hela tiden var i rörelse. Sen funderade hon på om kvinnorna var ett par, men lät det bero tills de självmant sa något om saken. Det fanns annat att tänka på just nu. Helst hade hon velat få vara ifred för att gå igenom den uppkomna situationen och hitta ett sätt att förhålla sig till den. Var det verkligen befogat att gömma sig? Fanns det något alternativ?

Karin kände sig snart sömnig och kurade ihop sig på en av de luftmadrasser som gjorts i ordning för dem mitt på golvet. Genast var Lena-Maries välvilliga händer där och svepte täcket runt henne som om hon var ett litet barn, ett av de elva små trollen som trollmor skulle binda fast i svansen, tänkte Maria och dolde ett leende bakom sammanpressade läppar. Vad är det för dumheter man sjunger för barnen när de är små egentligen?

Maria kunde inte komma till ro, tankarna på Krister och barnen malde oavbrutet. Beslutet att de skulle dela på sig hade skett i en hast och först nu kom känslorna ifatt. Tänk om de trots alla säkerhetsåtgärder blev förföljda eller om Krister bar sig oförsiktigt åt. Han var så impulsiv och naiv ibland så man kunde häpna. Tankarna återvände till avskedet. Hans försök att pressa henne. Fattade han inte att det var slut, finito, över nu och att hon faktiskt inte hade några känslor kvar för honom?

”Vill du ha lite mera te?” Lena-Marie stod beredd med kannan.

Maria skakade på huvudet. ”Nej tack, det är bra. Du behöver inte sitta uppe för min skull. Jag klarar mej om du vill sova ett par timmar till. Det var ju förargligt det här, att vi skulle komma och störa er så tidigt.”

”Ingen fara. Jag är morgonpigg, till skillnad från Eva, den sömntutan. Jag tror hon smög in och la sig igen. Jag måste fråga en sak ... jag fattade inte riktigt hur det hängde ihop? Hade ni bokat hotell och det var upptaget, dubbelbokat eller vad hände?”

”Vi har ingenstans att sova i natt.” Maria bet sig i underläppen. Det var inte en ren lögn ... inte heller sanning. Anledningen till att hon följde med till Sandön måste mörkas, det hade de varit överens om. Hartman hade varit väldigt bestämd på den punkten. Ju färre som vet var du finns, desto säkrare är du. Ett rykte kan så lätt få vingar och nå fel öron. Det räckte mer än väl att Karin visste vad som stod på spel. ”Det var verkligen mycket gästvänligt av er att låta oss bo här.”

”Men du var inte anmäld till den här kursen från början. Vad fick dej att så plötsligt haka på?” Lena-Marie ställde ned tekannan på golvet och satte sig i fåtöljen bredvid Maria och petade med eldgaffeln så vedträna rasade ihop i en glödbacke. ”Hur fick du höra talas om oss? Vi lägger ju ner en del på marknadsföring och då vill man gärna veta vilka kanaler som är mest effektiva. Du läste om oss på nätet, va? Det här är ju ganska nytt.”

”Karin berättade om kursen. Det lät intressant och då kände jag att det nog var något för mej.” Inte heller det var en osanning. Tanken på att få tillbringa en vecka på Gotska Sandön i lugn och ro insvept i en lika vild som vacker natur var lockande i sig, bara hon sluppit oron för barnen. Maria hade som hastigast tittat i en broschyr Karin haft med sig med bilder på sanddyner och skogsmark med flammande ljung och sälar på stenarna som vältrade sig i glittrande sol. Ett av fotografierna i foldern var på en svartbrun jätteskalbagge, smedbocken eller ergates farber, som den kallades på latin och som kunde bli upp till sju centimeter lång. Maria hoppades vid alla makter att den inte kunde flyga.

”Är det så vackert som det sägs på ön?”

”Absolut. Du kommer inte att bli besviken på naturupplevelsen. Jag kom i land och begick ön som ett sakrament, sa Albert Engström. Det var så han uttryckte sin kärlek. Ett paradis på jorden är det. Men det spökar förstås.” Lena-Marie blinkade mot Maria. ”Jo du, det spökar om man har ögon att se med. Du kanske har hört talas om förvaltaren Gottberg?”

”Gottberg? Joo. Han var vrakplundrare och sjörövare. Jag såg en film med Sven Wollter. Husbonden, hette den tror jag. En gammal repris. Men det var för länge sen. Jag minns inte mycket av den, utom Sven Wollter då. Det är skådespelare av hans kaliber som gör det tydligt för världen varför det är fullt möjligt för kvinnor att falla för destruktiva män. Han spelade kusligt bra."

"Sägnen säger att han lurade fartyg på grund vid Sandöns stränder. Genom att rida med en lykta i handen på en halt märr såg det från havet ut som en lanterna och fritt vatten. I storm och mörker fick han dem på grund. Det sägs att de stod på stranden och sköt besättningen när de simmade i land, Gottberg och hans vilda döttrar Johanna och Gustava. Under Gamla Gården har man funnit skelett, sönderslagna människoskallar och människoben med märken efter yxhugg. Då och då avslöjar sanden sina hemligheter. Efter en storm kan de märkligaste saker dyka upp. När det är dimma kan man se de olycksaligas andar vandra utmed stranden och den som har öra att höra med vet att de ropar och vill ha sina huvuden tillbaka." Lena-Marie skrattade till. Ett lite hest och ihåligt skratt och höll sedan handen framför munnen i en hastigt påkommen förlägenhet. Maria hann se att en av kindtänderna saknades. "Det är klart att dödandet blev för mycket för en del av tjänstefolket."

"Det måste ha varit som att stå i tjänst hos djävulen själv", tänkte Maria högt.

"Som hos djävulen själv", ekade Lena-Marie. "När en tjänare försökte fly en gång, gömde Gottberg årorna och dräpte honom. Det berättas också om hur han stängde in en hel båtbesättning i en lada. De trodde att de skulle få mat och dryck, men han låste in dem och sköt dem genom gluggarna från utsidan. Det finns märken i väggarna. Hur mycket som är sant vet man inte men 1817 blev han dömd för vrakplundring."

"Man kan undra hur många båtar som förlist och hur många lik som flutit i vattnet utanför ön." Maria drog pläden närmare kroppen och tänkte på det iskalla vattnet. "Är det någon som bor där nu?"

"Nej, ön står helt obemannad från september till maj. Det är obegripligt. Vilken annan Östersjöstat skulle lämna en ö så långt från fastlandet obevakad? Det är en ekonomisk fråga förstås. Tidigare arbetade fyra uppsyningsmän på ön och Telia Sonera, Naturvårdsverket, SMHI, Rikspolisstyrelsen och Sjöfartsverket delade på den kostnaden. Rikspolisstyrelsen har ingen verksamhet på ön sen skyddsområdena försvann och tycker därför inte att de ska behöva betala. SMHI har automatiserat sin station i stället för att ha manuella mätningar, huvudfyren drivs med solceller och Sjöfartsverket anser inte att det behövs lika mycket service som tidigare och försvarets radaranläggningar behöver bara tillsyn några gånger per år. Så ingen vill egentligen betala. Det är en nationalpark så Naturvårdsverket kommer inte undan, men de tycker att kostnaden för åretrunttillsyn blir för hög om de andra drar sig ur."

"Så när vi kommer dit till ön, är det bara vår grupp där då? Inga andra?" Maria försökte bestämma sig för om det var en bra eller dålig upplysning.

"Riktigt uppfattat. Båten lämnar av oss nu på söndag och hämtar oss på söndag eftermiddag en vecka senare. En veckas isolering från civilisationen, ingen teve, inga datorer, inga bilar. Vi kommer att gå till fots och bära all packning med oss. Allt vi tänker äta under veckan måste vi ta med oss, dricksvatten finns. Ingen dator, inget mejlande. Inga telefonsamtal."

"Hur menar du nu, finns det ingen täckning där ute?" Maria drog efter luft och lät den sakta pysa ut genom halvslutna läppar. Kunde det vara så illa?

"Jo då, det finns till och med en mast. Det är utmärkt täckning, men som vi skrev i inbjudan måste alla kursdeltagare lämna sina mobiltelefoner hemma. Det är en viktig del av terapin. Det räcker att kursledaren har sin mobiltelefon med sig som hon avlyssnar en gång om dagen."

Maria flämtade hörbart igen. "Det är omöjligt, det går inte! Mina barn ..."

Lena-Marie såg road ut. "Dina barn klarar sig säkert alldeles utmärkt utan sin mamma i en vecka. Det kan kännas väldigt ovant och rastlöst till en början när man är van att ha full kontroll, men man vänjer sig snart. Tänk vad mycket energi det går åt för att man blir störd och tappar fokus i det man verkligen vill få gjort för att man hela tiden går att nå. Du kommer att tycka att det är så skönt att få vara ifred och barnen mår säkert också bra av att inte hela tiden bli störda i sin lek. Du kommer att omvärdera en del saker efter den här veckan. Det är tänkbart att du kommer att kasta din mobiltelefon och vägra att använda den igen. Ja, du ska inte bli förvånad. Den här kursen är till för att återerövra det liv du vill leva och komma i balans. Det är när man inte lever i samklang med den natur vi är en del av som sjukdom uppstår. Det finns inga sjuka människor, bara sjuka sätt att leva på, brukar vi säga. Det finns inga egentliga sjukdomar, utan bara dysfunktion till följd av att vi förgiftar vår mat, vårt vatten och vår luft. Det är bara burfåglar och människor som skiter i sitt eget dricksvatten. Visst är det något osunt över att sitta i instängda kontorsrum och producera som burhöns för att få extrabonus som kraftfoder och en fjäder i hatten. Intelligentare än så bör man kunna leva på 2000-talet."

Brasan hade falnat och temperaturen föll. Lena-Marie kastade in ett par vedklabbar till och rev sidor ur en gammal dagstidning, knycklade ihop dem och skulle just kila in dem mellan vedträna när hon hejdade sig mitt i rörelsen. Något på tidningssidan hade fångat hennes uppmärksamhet. Maria kunde bara läsa rubriken från där hon satt; Man satt död i bilen i fyra dygn – ihjälfrusen! Medan Lena-Marie läste iakttog Maria hennes ansiktsuttryck. En påtaglig iver. En knappt märkbar rysning gick genom kvinnans kropp innan hon knycklade ihop tidningssidan och kastade den på elden där den blev till en ljus flamma och svartnade.

"Kände du honom?" frågade Maria.

"Kände och kände, jag hörde talas om det bara och tyckte att det var ofattbart att han kunde sitta i bilen så länge utan att någon tog reda på hur det var med honom. Så lite bryr vi oss om varandra. Så ensamma är vi här i världen."

KAPITEL 9

Det är inte sant! Hur ska vi orka bära all den här packningen, plus det var och en har med sig? Jag tycker det blir mer och mer för varje kurs." Eva Stark som just kommit ur badrummet med handduken virad som en turban om huvudet ställde sig bredvid Lena-Marie vid köksbordet och inspekterade det som hade radats upp: Pulversoppor, korv på burk, knäckebröd, pålägg i tub och mängder av snabbmakaroner. "Förra kursen hade vi en fiskallergiker och en med äggintolerans och en vegetarian och på den här kommer det en kvinna som inte tål nötter. Du får inte låta nötterna komma i kontakt med brödet, för hon blir knalldålig av minsta lilla uns, skrev hon i sin ansökan. Vet du, ibland tror jag att det här med allergierna är ett tidstypiskt sätt att uttrycka sin identitet på för att inte drunkna i mängden. Det är ett svar på frågan; vem är jag? Jag är allergiker alltså finns jag till. Visa mej respekt för min särart. Förr kunde man drabbas av plötslig blindhet eller förlamning för att det var godkända uttryckssätt. Tänk om allergier bara är en ny förklädnad för samma problematik. Hon heter Irma, nötallergikern alltså."

"Tror du är ganska fel ute där. Om alla åt vegetariskt skulle det bli så mycket smidigare. Vad tror du finns i den här korven egentligen? Jag tror det skulle vända sig i magen på dej om du visste vad de har malt ned. Men det är ju så gott …" Lena-Marie gjorde en vågrörelse med ögonbrynen som skulle ha varit svår att härma och Eva suckade tungt.

"Om man fortsätter tänka på det där med identitet så kanske det är så att du försöker uttrycka något med att vara vegeterian. Har du tänkt på det? Det ger dej uppmärksamhet och särbehandling. Men vad står det för egentligen, Lena-Marie, kan du säga mej det?"

"Okej, det handlar inte bara om vad magen vill ha. Hjärnan är också inblandad. Jag är mot våld och det gäller våld mot alla varelser. Jag tycker det finns en viss logik i mitt ätande. Den omvända frågan är väl i så fall mera intressant. Vad uttrycker du genom att äta kött?"

Morgonsolen letade sig in som en strålkastare av ljus i vardagsrummet. Det knackade på ytterdörren och eftersom ingen av de som bodde i huset gjorde en ansats att öppna väckte Maria Karin som somnat på sin luftmadrass. Hon satte sig kapprak upp och stirrade omkring sig för att förstå var hon hamnat. Maria satte sig på huk bredvid henne och viskade.

"Jag tror inte att det är någon fara eller att det är någon som frågar efter mej. Men det kanske är bra om du öppnar."

Karin nådde ytterdörren samtidigt som Lena-Marie. På trappan stod en lång magerlagd kvinna i en bylsig Fjällrävenjacka. Glasögonen som mörktonats av solljuset släppte gradvis fram ett par stora gråblå ögon. Hon räckte skyggt fram handen och presenterade sig som Irma Ullberg innan hon tog av sig gummistövlarna som hon nogsamt torkat av på bastmattan utanför dörren.

"Jag tycker att informationen om vistelsen på Gotska Sandön har varit bristfällig. Jag tänkte ringa om det men jag kom inte fram. Har ni lagt av luren eller nåt? När jag ändå hade vägarna förbi så tänkte jag ... Jag har inte ens fått något program." Hon såg uppfordrande på Lena-Marie och sökte sedan gehör för sina krav hos de övriga. "Det måste väl finnas ett detaljerat program för den här kursen?"

"Det är inte riktigt upplagt på det sättet", sa Eva som kände sig manad att svara när tystnaden föll. "Den här kursen bygger mycket på lyhördhet inför varje deltagares personliga behov. Tanken är att deltagarna ska vara aktiva i de dynamiska grupprocesser som kommer att katalyseras av att vistas i naturen."

"Kan du ge några exempel?" Irma, som vid en första anblick hade tyckts bräcklig och en smula vek, sträckte upp sig och fick mera klang i rösten. Hon knäppte upp sin jacka och blottade en Adidas-overall och en knallgul scarf. Gult och svart, de färger insekter tar sig för att jaga skräck i fienden vare sig de har förmåga att stickas eller inte, tänkte Maria.

"Egentligen inte." Eva Stark såg ut att tänka febrilt. De hade bara lyckats skrapa ihop fem deltagare till kursen. Om Irma Ullberg hoppade av i sista stund skulle projektet inte gå ihop. "Varje kurs är unik, precis som varje människa är unik. Det skulle kännas fel att redan från början försöka pressa in dynamiska processer i en fixerad form. Vi påverkas olika av att leva i naturen beroende på vilka brister vi har i relation till vår biologi. Brister som har uppkommit under vår livstid eller i tidigare generationer. Det är helande att vara i sitt ursprung. Det ger en trygghet som leder till inre utveckling och balans."

"Jag kommer väl att få eget rum. Jag sa till på försäkringskassan att en förutsättning för mitt deltagande i den här kursen är att jag får eget rum. Jag hoppas att det är klart."

Maria Wern iakttog Evas ansikte från sin dolda position bakom draperiet i vardagsrummet när det återspeglades i den stora hallspegeln. Just nu såg det ut som om hon skulle börja skratta. Det ryckte i överläppen som på en kanin som fått upp vittring på något.

"Vi ska försöka ordna den saken."

Ett slurpande ljud undslapp Lena-Marie innan hon hastigt vände sig om för att gå till köket. Tanken var att kursdeltagarna skulle sova under bar himmel om vädret tillät. Så vände hon sig med ett varmt leende mot Irma.

"Vi kommer att kunna erbjuda alla deltagare trettio minuters avslappnande massage varje dag. Det tror jag vi hade med i vårt första utskick om kursen. Sen kommer vi att tillsammans träna olika avslappningstekniker så att var och en kan hitta något som passar."

"Där kan du stryka mej direkt. Jag tar hellre en promenad. Jag ser inga fördelar med att låta en främmande människa ta på mej som om vi var intima med varandra, och sen tål jag inte nötter."

"Vi har noterat det och massagen är så klart frivillig. Det finns säkert någon annan som med glädje tar dina massagetider." Lena-Marie tittade ut från köket och log förbindligt. "Då finns det te om det skulle smaka. Vi sitter väl ute på altanen."

"Du menar alltså att jag skulle *ge* bort *min* massagetid?" Irma himlade sig och de stora ögonen bakom glasögonen blev ännu större och blicken genomträngande och sträng. "Det faller bortom det rimligas gräns. Jag betalar delvis den här kursen med egna medel. Från företagshälsovårdens sida ansåg de inte att de ville prioritera mej. Så illa är det ställt fast lagen säger att man har rätt till lika vård oavsett ålder och var man bor. Jag vill få min avgift för kursen reducerad med vad massagen skulle ha kostat."

"Vi ska titta på den biten." Eva gick före ut i grönskan där klängrosorna klättrade på valvbågar i en överdådig blomning längs gången ned mot trädgårdslanden.

"Hur har ni tänkt med maten, förresten? Finns det en restaurang så kanske man redan nu kunde få ta del av menyn. Jag tål ju inte nötter och vill förvissa mej om att man inte använder samma kärl eller hackmaskiner till nötter som till annan mat. Jag kanske kunde få telefonnumret till restaurangen så jag kan kontrollera den saken själv?"

"Det finns ingen restaurang." Om Eva hade hoppats att beskedet var lugnande tog hon grundligen miste.

"Har ni verkligen kontrollerat med hälsovårdsmyndigheten om man får göra på det här sättet? Är det tillåtet att ha en kurs med matservering utan att ha utbildad kökspersonal och ett godkänt kök?"

”Det är en del av kursens grundidé att vi lagar mat tillsammans och lär oss om ätliga växter och de strategier som främjar en god matsmältning.”

När Irma lämnat dem för att återkomma tidigt nästföljande dag som var avresedagen, såg Eva och Lena-Marie på varandra med en lång blick som inte gick att misstolka. Hade de varit ensamma hade nog ett och annat blivit sagt om Irma, men nu fick de behärska sig.

”Från det ena till det andra. Jag uppfattade aldrig vad du arbetar med”, sa Eva. Maria kände att hon ryckte till fast hon väntat sig att få frågan. Naturligtvis var hon tvingad att ljuga om sitt yrke, men det var inte alldeles lätt. Tillsammans med Hartman hade hon hittat på en ny livshistoria som skulle kunna fungera under den vecka hon höll sig gömd i väntan på rättegången mot Adam Kossak. För att inte Karin skulle riskera att försäga sig hade Maria valt att ha kvar sitt förnamn men bytte ut efternamnet mot Jakobsson, som hon hette som ogift.

”Jag arbetade i blomsteraffär.” Vilket inte heller var helt osant. Under gymnasietiden hade Maria jobbat extra på lov och helger i sin morbrors blomsteraffär. Florist var vad hon kunnat komma på i hastigheten.

”Men du är långtidssjukskriven nu?” fortsatte Lena-Marie sin utfrågning obekymrad om Marias ovilja att samtala om privata saker.

”Det skulle ha varit farligt för min hälsa att stanna kvar på jobbet som det utvecklade sig”, svarade Maria dröjande och fick ett snabbt ögonkast av Karin. Hon återgäldade det inte. Karin förstod ändå och kom till undsättning.

”Visst är det smått fantastiskt. När man bryter ihop och blir sjuk för att arbetsuppgift efter arbetsuppgift har lagts till på ens skift så skickas man på kurs för att lära sig hantera sin stress. Jag kom tidigare och tidigare till arbetet och jobbade över för att hinna med. På bara tre månader var jag uppe i de 200 övertidstimmar man får ha. Jag sov max tre timmar per natt, och rasade i vikt för att jag inte hann ta någon lunch och när jag kom hem orkade jag inte tänka på mat. Vi har levt på blodkorv, färdiglagad ärtsoppa och frysta köttbullar i månader. *Jag* skickades på kurs för att lära mej hantera *min* stress, men ingen kom och tittade på hur själva arbetssituationen såg ut. Jag undrar fortfarande varför stressen ansågs som *min* privata."

"Finns det inte skyddsombud?" frågade Eva som kommit tillbaka till altanen efter att ha stängt porten efter Irma.

"Skyddsombud verkar inte vara intresserade av syrror med psykbryt. Det finns liksom inga prejudikat för hur man hanterar sådana i den somatiska vården. Jag menar om det hade handlat om något fysiskt så finns det hur mycket åtgärder som helst. Har man ont i ryggen kan man få ett höj- och sänkbart bord att stå vid, ska vi blanda cytostatika finns det dragskåp, all elektrisk apparatur testas innan den får kopplas in på avdelningen. Men om du blir utbränd är det ditt eget fel och då måste du personligen korrigeras så du passar in i systemet."

"Precis, det är just den biten som är den ekologiska humanbalansens kärna. När vi inte lever efter våra förutsättningar som biologiska varelser blir vi sjuka. Det är bara i en avpassad miljö vi kan fungera utan problem. Ta upp en fisk på land och kräv att den ska lära sig hantera sin stress, det är samma sak. Så enkelt att begripa att det är fel förutsättningar och så svårt att tänka klart och kräva sin rätt när man kippar efter andan." Eva visade med rund mun hur fisken drog efter luft och Maria kunde inte låta bli att dra på munnen.

"Vilka är de andra som anmält sig till kursen då?"

"Ni är fem deltagare. Vi brukar ha fulla kurser, maxantalet är tio, men försäkringskassan har blivit allt mer restriktiv med att betala för alternativa behandlingsmetoder, man betalar hellre ut sjukbidrag. Jag ger mej den på att om man gör en kortsiktig ekonomisk utvärdering går det på ett ut. Ser man till vinsterna för individen måste det vara odiskutabelt bättre att tillfriskna. Vi driver verksamheten med en mycket blygsam budget." Eva försvann in i egna ekonomiska grubblerier, utvecklingen var bekymmersam och själv var hon värdelös när det gällde beräkningar. Där fick hon helt förlita sig på Lena-Marie.

"Kursdeltagare, sa du. Det är ni två då och så Irma Ullberg", svarade Lena-Marie. "Sen är det Rosita Bäck. Hon jobbade på ett callcenter tills hon också gick i väggen."

Eva vaknade upp. "Det ringde en kvinna hit i morse och försökte sälja sina produkter, men då sa jag att jag hade Nix-tjänst. Det verkar som vissa säljare ser Nix-abbonenterna som en oexploaterad marknad med potentiella köpare. Det är ackordlön, då kan man inte vara alltför blödig i sin omtanke om andras fritid. Jag borde inte ha köpt kaffekopparna, men hon var så påstridig och jag kunde inte säga nej." Eva rynkade pannan. Hon kunde förstå att säljjobbet var tufft, men samtidigt irriterade det henne att behöva rusa in från trädgården och ta emot samtal hon inte önskade få och att tvingas köpa varor hon inte klarade att säga nej till

"Och sen är det Viktoria Rönnbäck. Hon och hennes man drev en hälsokostaffär tillsammans. Det är en färgstark kvinna. Jag tror hon kommer att kunna bidra med mycket till den här gruppen. Hon har själv kurser i växtfärgning, ätliga växter i skog och mark, gaiameditation och auradiagnostik. Ni kanske såg teveprogrammet med henne strax före jul. Hon har gjort sig känd som livsstilsutvecklare eller livsstilscoach i media och har skrivit en bok om *Lusten som drivkraft*."

Det måste vara ett nederlag för en livsstilscoach att be om hjälp med sin livssituation, tänkte Maria, men hon sa ingenting om sina funderingar.

KAPITEL 10

Skymningen föll djupblå och sammetsmjuk över Visbys gränder och klosterruiner. Skuggorna blev allt längre, tätnade och snart dolde natten hela staden i sin rymliga kappa. Det blev kyligare. Men Maria kände inte kylan. Hennes tankar svävade långt utanför kroppen fast hon med foten gungade hammocken där hon satt hopkurad med en slumrande Karin under en stickig ljusgrön yllefilt och drack te som svalnat alldeles för fort. Hon tänkte på Emil och Linda. Om hon bara kunnat få veta att barnen hade det bra. Hon visste ju inte ens var de befann sig. Vad hade hon utsatt dem för när hon lovat att vittna i rättegången? Just nu var hon benägen att ångra sig. Säga att hon tagit miste, att hon glömt hur det egentligen var och inte kunde säga säkert. Det var ju så länge sen det hände. Bara allt blev som vanligt igen, bara hon kunde slippa denna helvetes rädsla för att något skulle hända med barnen, så var hon beredd att ge upp och ta tillbaka det hon sagt. Vem har rätt att kräva att man ska utsätta sina egna barn för fara för att sätta dit en brottsling? Är man inte sig själv och sina barn närmast?

Huvudvittnet Martin Ahl hade också blivit hotad, hans rädsla hade varit så stor att han tagit tillbaka sitt vittnesmål och sedan hängt sig med hjälp av dörrhandtaget i sin cell och en hårt tvinnad remsa av ett lakan. För att rädda sin sons liv, vad annars? Vad är man för en sorts mor om man låter lag och rätt gå före hjärtats röst? Men om hon inte vittnade, skulle inte heller Nadja Andropov vittna och Adam, det kräket, skulle gå fri och hans imperium skulle växa i styrka och dra till sig fler ljusskygga element när hot mot poliser och åklagare och politiker verkade kunna passera utan rättsliga påföljder. Det skulle vara en spottloska i ansiktet på dem han förbrutit sig mot, en kniv i ryggen på rättvisan. Då skulle det vara bevisat att det alltid lönar sig att hota. Är det ett samhälle du vill se dina barn växa upp i, löd den retoriska frågan. Hon famlade efter en utväg, en möjlighet att slippa ifrån sin utsatthet och det som låg framför, men visste inom sig att det bara var ett önsketänkande.

Karin jämrade sig i sömnen. Hennes behov av att sova verkade nästan obegränsat och med sömnen kom mardrömmarna och sedan gråten. Maria strök över den fuktiga ryggen. Trots kylan var Karin våt av svett.

”Vakna Karin, det är ingen fara. Jag är här hos dej. Berätta vad det är du drömmer. Man brukar kunna se det på ett annat sätt när man berättar sina mardrömmar för någon. Då hör man hur knäppt det låter.”

Karin grät tyst och drog filten tätare om kroppen. Det röda håret låg i klibbiga testar över pannan. Hennes ögon var bara smala springor och rösten en knappt hörbar viskning.

”Vad jag drömde? Billjusen kom emot mej. Rakt emot mej, jag blev bländad. Det fanns ingenstans att fly. Stenväggar på båda sidorna. Gränden var smal. Min enda möjlighet var att kasta mej ned på gatan och hoppas på att däcken skulle hamna bredvid min kropp. Ögonblicket innan jag gör det ser jag hans ansikte. Det är spänt, samma min Julius har när han gör det sista styrkelyftet på gymmet, när han pressar sig över sin förmåga. Sammanbitna käkar. Ögonen smalnar. Jag väntar på smällen. Och jag fryser ögonblicket. Vädjar till honom. Jag målar upp bilder av stunderna när vi älskade varandra och håller dem som en sköld framför mej ... Se hur det var när vi just blev ihop och du inte kunde låta bli att hela tiden hålla armen om mej. Du älskade att kyssa min mage. Timmarna du vakade och väntade på BB när Emilia skulle födas och vi inte visste hur det skulle gå. Miraklet när du höll henne i din famn och hon levde. Minns när vi planterade vårdträdet till Emilia. Allt det vackra höll jag upp för att han skulle erkänna för mej att det hade ett värde. Men han log elakt och höjde ögonbrynen, som om jag försökte lura honom och han ville visa att han inte gick på en sån fint ... Så pressade han gasen i botten och jag lyckades inte komma undan hjulen. Bröstkorgen krossades och jag fick inte luft och det kom blod ur min mun och blod på mina händer när jag var tvungen att hosta. Julius vill göra sig av med mej, Maria. Jag vet det."

"Drömde du det?" Maria strök bort en hårslinga som kletat fast på hennes kind. "Otäckt."

"Hans liv skulle bli så mycket enklare om jag inte fanns, eller hur? Då skulle han utan strid få vårdnaden om Emilia och huset skulle han inte behöva sälja. Livförsäkringen som jag har genom jobbet skulle falla ut med en nätt liten summa och han har tagit ytterligare någon försäkring på mej genom sitt jobb."

"Men du tror väl inte att det är så på riktigt? Det var något du drömde just nu, eller hur?"

"Vad är drömmar då?" Karin satte sig upp och krånglade sig ur filten, slog sig fri som om den varit en tvångströja. "Vad är drömmar annat än de sanningar vi inte vågar berätta för oss själva i dagsljus?"

"En dröm är bara en dröm." Maria kände att hon ville hålla Karins tankar ifrån sig, de rörde om i hennes egen oro. Fler faror fick inte plats. Kvoten av ängslan var fylld. Hon orkade inte vara ett bra stöd när hon själv så väl hade behövt någon att dela sin oro med.

"Har aldrig du drömt något som sen visat sig vara sant? Verkligheten klär sig till maskerad men pjäsen är densamma, du känner igen temat. Replikerna har en undermening. Du känner igen drömmens mening och förstår vad du vill berätta för dej själv om du vågar lyssna. Så är det med drömmar."

"Ofta är det en bisarr röra av det man har upplevt på dagen. Du tror väl inte på allvar att Julius tänker göra dej illa?"

"Min vanligaste återkommande mardröm är att han låser in mej i ett hus där jag inte vill vara. Jag har skrivit på ett kontrakt och är tvungen att stanna där bland människor med hår av pissgult skumgummi och uttryckslösa ansikten i billig plast. De åker rullskridskor och rör sig mycket snabbare än jag, så de hinner alltid före mej till dörren eller fönstret så jag inte kan se ut. För om jag såg ut skulle jag förstå att den verkliga världen finns – där ute." Karin gned bort en tår med tröjärmen och torkade näsan som rann.

"Vad betyder den drömmen för dej? Det du drömde nyss." Maria satte sig tillrätta i den knakande hammocken.

"Julius vill bli av med mej, säger jag ju. Han vill att jag ska bli insydd på psyk. Han tvingade med mej i bilen och körde till akutpsyk, men de hade inga platser. Haha. Så vi fick åka hem igen med några vita piller i en burk som jag pillade in under heltäckningsmattan i sovrummet."

"Vad var det som hände då? Varför tyckte han att du behövde hjälp och hur kunde han få någon att skriva ut medicin?" Maria skämdes för att hon haft så fullt upp med sina egna våndor att hon inte riktigt förmått att ta till sig allvaret i Karins berättelse. Ibland var det lite svårt att veta om det Karin sa handlade om överdrifter, eller om det faktiskt var verkligheten. Hon hade alltid varit dramatisk i sitt sätt att berätta.

"Jag sa att jag tänkte ta livet av mej. Jag menade det inte, tror jag. Bara en kort stund i så fall. Sen råkade jag slinta med en kniv och skära mej i tumvecket. Inte i handleden, men det blev för mycket för honom. Jag blödde som en gris. Han sa att jag skurit mej med flit – för att sätta press på honom. Han var så arg. Som om jag avsiktligt gjort mej illa för att hindra honom från att lämna mej och fara till jobbet. Han sa att det var utpressning och att jag inte skulle förvänta mej att vinna något på ett sånt beteende, men så var det ju inte alls. Jag är glad att Emilia var hos min mamma just då. Det finns annat hon varit vittne till som hon aldrig borde ha fått se. Han var så arg och jag blev rädd för honom. På riktigt."

”Jag kan tänka mej att han blev orolig. Hur känns det nu då?” Maria drog hörbart efter andan.

”Ja, inte längtar jag precis efter att åka på hajk med det här psykogänget. Grattis, du har vunnit en vecka med Irma Ullberg. Vet du – det sjukaste är ju att Julius känner Eva Stark. De gick utbildningen ihop.”

”Han kanske rekommenderade henne för att han tycker att hon är bra. Jag känner Julius, Karin. Jag har svårt att tro att han vill dej illa.”

”Typiskt dej, Maria, du tror alla om gott du. Vet du, jag trodde också att jag kände honom, men frågan är om man någonsin gör det. Känner en annan människa helt och fullt. Jag kollade i hans fotoalbum när han var på jobbet. Jag vet att du tycker det är fel, men vad skulle jag göra när han skickar mej på kurs med gräsätare och andeskådare. Jag ville kolla hur terapeuten såg ut och gissa vad jag upptäckte?”

”Att dom varit ett par?” Maria lutade sig bakåt i hammocken och sköt fart med benen.

”Precis. Jag jämförde kortet på foldern med korten från utbildningstiden. Där fanns också ett annat foto, när hon solar toppless och han håller för så hennes bröst inte ska synas på kortet. Det borde väl duga som bevis? Skulle det inte ha varit juste av honom att berätta det för mej.”

”Men det var väl för femton år sen eller nåt sånt. Långt före din tid. Behöver inte ha varit så allvarligt. Har du redovisat alla darlingar du haft för Julius?”

”Det vet du att jag inte har.” Karin blev med ens mycket allvarlig. ”Ibland är det av omtanke man inte berättar allt. Det har aldrig gått att prata med honom om det. Inte en chans. Han skulle aldrig sluta älta det. Vrida på varje liten detalj. Jämföra. Hade du det bättre i sängen med X? Tänker du ofta på honom? Det kändes faktiskt lite märkligt när vi kom hit och jag tänkte på att Julius … och terapeut-Eva ... har gjort det. Man kan inte låta bli att jämföra sig och fundera på hur det gick till. Vem som lärde sig vilka konster av vem och om det var något han gillade att göra med henne men inte med mej och såna saker. Vet du vad jag tänkte på mer? Hur visste Julius att hon skulle ha en kurs just nu? Han måste ju ha haft kontakt med henne ... han kanske har haft det hela tiden. Dom kanske har diskuterat vår relation och utvärderat den med jämna mellanrum för att komma fram till att jag inte duger. Att han är värd något bättre."

"Eller också har han läst en annons om det här i någon tidning och tyckt att det kunde vara bra för dej. Lyssna på dej själv, låter det inte lite väl otroligt? Varför tror du att Julius vill dej illa?" Maria kände att hon inte orkade med några konspirationsteorier. Med en grimas drack hon ur den sista skvätten beskt te och ställde ifrån sig keramikmuggen när de gungade hammocken mot bordet, en skumpig förkänsla inför kommande dags båtresa. "Finns det något konkret du har att komma med? Har han slagit dej eller gjort något annat du kan uppfatta som hotfullt?"

"Lovar du att tro mej om jag berättar det? Lovar du att inte försöka hitta en naturlig förklaring eller dissa mej efteråt?"

"Ja." Maria insåg att det inte fanns något annat svar som skulle duga.

Karin fattade med båda händerna om Marias ansikte.

"Lovar du säkert. Jag förlåter dej inte om du säger att jag bara har drömt det."

Maria nickade.

"Jag vaknade en morgon av att han stod över mej med händerna runt min hals. Hans ansikte var alldeles nära mitt och jag såg att hans tunga var kluven som en orms och hans trekantiga huvud, som vajade från sida till sida, hade smala ögon med avlånga pupiller. Jag såg det Maria. Han visade sitt rätta jag. Och jag skrek, vrålade som en galning. Han höll för min mun och min näsa tills han plötsligt släppte och gick därifrån."

KAPITEL 11

När Karin gått in och lagt sig satt Maria kvar ute i trädgården. Långt borta hördes en hund skälla besinningslöst, skallet kom närmare och en vredgad mansröst skällde tillbaka. Orden gick inte fram, men ljuden. Genom det upplysta köksfönstret såg hon hur Eva och Lena-Marie lade sista handen vid packningen. Regnställ, gummistövlar, sovsäckar och tält. Handdukar, diskmedel och salt. Eva pekade och Lena-Marie prickade av på listan. Karta, kompass och dolk. Åksjuketabletter, badkläder och bulgur. Sesamfrön och hasselnötter, müsli och grönt te, quinoa. Om Irma inte tänkte hjälpa till att bära kunde det bli tufft. Men det var inte det som i första rummet sysselsatte Marias tankar. Det var Karin. Hur illa var det ställt egentligen? Under kvällsmaten hade Maria iakttagit Karin med en annan vaksamhet. När Eva vände sig mot diskbänken och Lena-Marie reste sig upp för att hämta servetter hade Karin bytt ut sin egen tekopp mot Evas. Vad höll hon på med egentligen? Trodde hon att Eva tänkte förgifta henne? Det fanns liksom ingen annan vettig förklaring. Båda kopparna var gula och lite kantstötta så det märktes inte. När Karin insåg att Maria uppfattat manövern viskade hon.

”Jag tar inga risker.”

”Vad håller du på med?” hade Maria viskat tillbaka, men hon fick inget svar förrän de skulle plocka bort maten från bordet igen.

”Så vi ska på *överlevnadshajk*”, sa Karin när hon sköljde sin mugg under kranen. Hon såg på Maria när hon sa det men Eva svarade lugnande att hon gått en kurs i ätliga växter, men att de inte bara skulle äta vad naturen bjöd av bär, rötter och blad. Det fanns pulversoppor också och en del burkmat. Innan Karin kröp ihop på sin luftmadrass hade hon visat Maria sin ryggsäck. "Jag har med mej egen mat, det borde kunna räcka hela veckan, tror du inte?"

"Varför?" Maria kände en stigande ängslan.

"För att jag vill överleva. Jag litar inte på henne. Jag tror att hon är ute efter Julius."

Maria drog upp dragkedjan på sin tjocka höstjacka och svepte filten över benen där hon satt i hammocken och sammanfattade kvällen för sig själv, sedan Karin gått in i huset för att sova. Borde hon kontakta Julius för att få höra hans version av vad som egentligen hade hänt? Var den märkliga upplevelsen av hur Julius ansikte hade förändrats en engångsföreteelse eller fanns det flera tecken på att Karin höll på att förlora greppet om verkligheten? Att man kunde få hallucinatoriska upplevelser av migrän hade Maria läst någonstans, men vad hon visste hade Karin aldrig klagat över huvudvärk. Kunde det vara någon biverkan av mediciner hon tagit? Det skulle förstås vara ett svek mot Karin att kontakta honom. Hon skulle aldrig förlåta en sån sak. Dessutom hade Maria lovat Hartman att inte kontakta någon när hon tog emot en ny mobil i ersättning för den hon blivit bestulen på, inte annat än i yttersta nödfall. Det finns alltid en risk att försäga sig. Lena-Maries upplysning om att mobiltelefoner enligt reglerna i ansökan skulle lämnas hemma tänkte hon däremot kringgå. Det var därför hon inte vågade ha telefonen på, så de kunde upptäcka den. Men nu i skydd av mörkret lirkade hon fram den ur innerfickan på sin jacka och läste meddelandet från Hartman. Krister och barnen mådde bra och var i säkerhet i Malmö. Maria stoppade tillbaka telefonen. Att längtan kan vara så stark, så fysiskt påtaglig. Det var bra med barnen när meddelandet skickades för två timmar sedan. Då ja, men hur hade de det nu? Oron ville inte ge med sig. För första gången någonsin förbannade Maria sitt yrkesval. Om inte hon som polis vågade vittna, hur skulle hon då kunna uppmana andra att göra det när deras nära och kära var i fara? Det fanns ingen utväg utan skam och dubbelmoral.

När Maria lyfte på huvudet uppfattade hon en rörelse i mörkret bortom spaljépäronen. En vag aning och vaksamheten skärptes till det yttersta. Hartman hade sagt att hon borde vara beväpnad, men Maria hade valt att avstå. Jag är inte i tjänst. Det går inte att motivera. Just nu ångrade hon att hon inte tagit med sitt tjänstevapen hem. Fel enligt regelverket skulle det förstås ha varit, men vilka regler gäller när livet står på spel? Hon rörde sig inte, men hammocken var inte haspad och gnisslade när vinden makligt föste sätet framåt. Någonting där borta vid rosornas bågångar rörde sig långsamt i riktning mot altanen. Ljudlöst, men skuggan flyttade sig. Det var tydligt.

"Är det någon där?" frågade hon rakt ut i mörkret och tystnaden svajade ihålig till svar genom trädkronorna mot planket. Långt borta hördes ljudet av en annalkande bil. En dörr smällde igen. Just när hon beslutat sig för att rusa in genom altandörren och låsa om sig kände hon en hand över munnen. En stark arm pressade henne ned i hammockens dyna, gungan gjorde en kraftig sväng bakåt. Maria försökte skrika, sparka, fäkta men förlorade i stället balansen och välte ned på gräset och slog i ena sidan, inte hårt men det kändes. Hjärtat bultade och tryckte i bröstet. Luften ville inte räcka till. Mannens tyngd pressade henne mot marken.

"Lugna dej, Maria. Det är bara jag, Per. Hartman berättade var du fanns." Han släppte handen han hållit över hennes mun. "Förlåt, förlåt mej Maria. Jag borde ha tänkt på vilken anspänning du lever i. Vi måste prata."

"Har det hänt något med barnen?" väste hon och kröp fram under den svängande hammocken som på returen slagit henne i pannan. "Är det nåt med barnen? Eller har dom upptäckt att jag är här? Måste jag iväg? Om jag ska härifrån måste jag få berätta det för

Karin. Säg vad det gäller, nu på en gång. Säg nåt då innan jag blir galen! Vad är det?" Hon försökte tolka hans ansiktsuttryck.

"Jag älskar dej." Pers ansikte lystes upp av skenet från en gatlykta utanför planket mot gatan. Uttrycket var mer desperat än ömsint. "Jag måste få tala med dej."

"Är du skvatt galen?" Maria försökte kravla sig upp på alla fyra och fick hjälp av en utsträckt hand.

"Jag älskar dej. Så är det bara."

"Jag älskar dej också, men nu är det som det är. I en annan tid och ett annat liv ... Du har två små barn och en fru Per. Livet har varit orättvist mot oss. Du är bunden. Det är inget man lättvindigt kan strunta i." Hon tystnade och såg på honom uppifrån och ned. "Men du blöder ju på benet." Hon strök med handen över den mörka fläck som långsamt bredde ut sig över jeanstyget, såg på de röda stråken över sin handflata. "Vad har hänt?"

"Jätten Gluff Gluff där borta har en dobermann-darling som bara 'ville leka lite'. Rambo heter han, du skulle kolla hans stentuffa snedskurna öron och halsbandet med hullingar inåt så förstår du vilka lekar han brukar leka. Gick attackkursen före lydnadskursen och nu anfaller han lite som han tycker. Husse var ganska så påstruken. Jag klättrade in över fel plank."

"Ta av dej byxorna så får jag kolla."

"Trodde aldrig du skulle be mej." Per vickade på höfterna, drog långsamt ned gylfen och hasade ned byxorna med ett retsamt leende och en blick på kalsongerna. "Rena, ifall saker och ting skulle ..."

"Sluta fåna dej, du kanske måste till sjukhuset med det här."

"Nej, jag vill hellre dö i din famn. Jag menar allvar Maria. Jag kom för att säga att jag har tänkt, på oss. Finns det någonstans vi kan prata lite mera ... ostört. Lyssna på mej, Maria." Han hjälpte henne upp och tillsammans sökte de sig mot trädgårdens dunklare regioner. Han höll sin arm om henne och när de stannade bakom jasminbusken gjorde han en ansats att kyssa henne, men hon vände kinden till och han kysste hennes öra, hennes hals och kupade handen om hennes ena bröst. Ett andlöst ögonblick. Hon måste besluta sig, uppbåda all sin viljestyrka för att tänka klart eller var det kanske redan för sent?

"Jag har också tänkt, Per." Maria tog bort hans hand, kysste den och backade ett steg för att han inte skulle röra vid henne. Hon såg honom i ögonen, det älskade ansiktet med skrattögonen och munnen med den lite uppåtböjda överläppen. "Jag vill inte vara ditt dåliga samvete! Jag vill inte vara kvinnan du smyger till om natten. Jag orkar inte dela dej med någon annan, vänta, våndas, hoppas och längta efter något som inte är öppet och helt. Kan du förstå det? Jag har nyss gått igenom en skilsmässa. Det är mycket, mycket värre än man tror när man ser på det från utsidan. Det känns som man ska slitas sönder. Jag vill dej inte så ont. Jag vill inte vara orsaken till ditt dåliga samvete! Du har en fru och jag tror att du egentligen älskar henne."

"Jag älskar henne på sätt och vis men jag älskar dej ännu mer. Jag blir galen av att ha dej i närheten och inte få lov att röra vid dej. Jag har tänkt efter och känt efter och jag ska vara helt ärlig. Jag tycker om Rebecka också, hon är fin. Men hon är inte du. Det finns inget att skylla på eller klaga på, ingen anledning att måla upp en bild som inte är sann av ett miserabelt äktenskap när det inte är så. Vi är sams och vi samarbetar bra, som kamrater, med respekt och ett gemensamt mål. Det flesta skulle nöja sig med det och tycka att de hade det bra tillsammans. Men jag längtar ihjäl mej – för det är dej jag älskar. Och saknar. Vet du, Maria, när jag är med om något roligt eller ser något som är vackert som soldiset över en strandäng med betande hästar eller havsörnen som flyger under molnen så tänker jag alltid, att det där skulle jag vilja visa min Maria. Därför att det är du som är själva meningen. Eller när jag lyckas med något bra eller blir orättvist behandlad eller hör något intressant så berättar jag det för dej i tanken. Jag tänker på dej hela tiden. Jag vill leva med dej resten av mitt liv. För det är med dej jag kan känna ett *vi*. Utan känslan av *vi* är allting meningslöst, att resa på dyra semestrar och bygga hus och äta fina middagar är långtråkigt utan dej. Det spelar liksom ingen roll när jag hela tiden längtar efter att göra det med dej. Jag vill frosta av frysen tillsammans med dej och hänga tvätt med dej och skura fastbränd gröt ur kastruller med dej. Jag har beslutat mej för att skiljas, om du vill ha mej."

"Du får bestämma." Maria slöt ögonen och kröp in i hans famn. "Jag älskar dej och jag hoppas att du vet vad du gör."

Månens flöde lekte i ljuset och skuggan på den bara huden när hennes händer gled över hans rygg. Benen som slingrade sig om varandra, de lustfyllda ryckningarna i hennes tår och vågrörelsen som ökade när hennes naglar grävde sig in i hans skinkor iakttogs av någon som med avund och längtan kände hur det hade varit en gång när kärleken var ny. Tyst stod hon där och såg på dem. Men de märkte henne inte för de hade nog av att upptäcka varandra. Smaka på hudens sälta och mjuka värme, krypa in i de fuktiga dofterna, smekningarna, kyssarna som spreds genom huden som vattenstrålar. Han vände på henne och lyfte upp henne i sittande så som han drömt om henne. Det långa håret kittlade mot hans bröstkorg. Hennes öppna ögon som älskade vad de såg, älskade med hans på djupet. Så nära, så skyddslöst. När Maria flämtande föll ihop i hans famn, lösgjorde sig skuggan och smög in i huset. De märkte henne inte. Tyst kröp Karin ihop på sin luftmadrass och borrade in huvudet i kudden och grät. Inte för att hon missunnade Maria en stund av lycka, inte alls. De var värda att få varandra. Det var vackert. Men samtidigt så outhärdligt ensamt när man själv känner sig oälskad och förbrukad. När Maria en liten stund senare smög in och låste dörren låtsades hon sova.

KAPITEL 12

Ön där sanden sjunger under fötterna. Paradiset Gotska Sandön, som Atlantis återuppstigen ur havsdjupen, låg framför dem med mil av finaste sandstrand. Först bara som en guldkant i det blå havet som möttes av en överväldigande himmel i samma klarblåa färg. Sedan såg de stråken av grön skog och det röda båthuset på stranden. När båten lagt till bildade de en langarkedja för att på smidigaste sätt få iland bagaget och sedan såg de m/s Gotska Sandön försvinna igen mot horisonten. De ordinarie turerna var inställda för året då ön inte längre var bemannad efter turistsäsongens slut.

Eva Stark drog ett djupt andetag av lättnad över att vara på fast mark. Överfarten hade varit ganska skakig och alla utom Irma Ullberg hade kräkts. Helt opåverkad av dyningarna hade hon ätit dubbla portioner pyttipanna eftersom det var osäkert när det skulle serveras något ätbart igen, menade hon. Medan de andra kraftlöst hade hängt över sina spypåsar hade hon hållit en lång monolog om vad hon tänkte acceptera och inte när det gällde aktiviteter på ön. Jag tänker inte bo i ett hus med elektricitet. Jag har inte kommit hit för att bli sjuk igen. Sen förra julen har jag bott i husvagn. Det är inte bekvämt – det ska ni veta. Fuktigt och trångt och besvärligt, men det får man ta. Allt är bättre än att utsättas för onaturliga elektriska vågor. Själva energiutbytet i cellerna påverkas negativt. Det har med natrium och kalium att göra. Jag blir helt utmattad. Jag kräver att huvudströmbrytaren ska vara avstängd och jag vill bo längst bort från elkabeln. Jag tänker inte laga mat på någon spis och inte diska för jag får eksem. Gränserna var tydligt presenterade och icke förhandlingsbara.

Karin var fortfarande mycket blek och medtagen när hon kom iland. Maria stod med armen om henne medan det långa ljusa håret piskade i vinden. Sjösjuka har tre stadier. 1) Man tror att man ska dö. 2) Man önskar att man var död. 3) Man bryr sig inte om ifall man är levande eller död. Så ville Maria minnas att fenomenet presenterats i julkalendern ”Dieselråttor och sjömansmöss” för att par år sedan. Så sant, så sant.

Om det inte hade varit för ekonomin skulle Eva Stark aldrig ha tillåtit två väninnor att delta i samma kurs. En sådan bindning var hämmande och störande när man ville arbeta med gruppdynamik som redskap för att utveckla individen. Varje möte med en ny människa innebär en möjlighet till utveckling. Men ekonomin är en realitet den också och ibland får man faktiskt ompröva sina beslut. Lena-Marie hade också varit tveksam men sedan låtit sig övertalas.

De övriga deltagarna hade redan börjat gå upp mot lägerplatsen. Viktoria Rönnbäcks stora röda hårsvall lyste i solen och dolde nackkragen hon bar på grund av sin whiplashskada. Vid ankomsten hade hon dansat en försiktig barfotadans på stranden för att få höra sanden sjunga. För det sägs att sanden sjunger. Kanske kommer det svischande ljudet av öns inbyggda förnöjsamhet. En glädje över skönheten som förblivit orörd sedan tidernas begynnelse. Hon hade lyft sin färggranna kjol högt upp över låren och blottat kraftiga vader och svällande lår. Bredvid henne, med stubbat hår och mörka solglasögon haltade Rosita Bäck fram på högklackade skor med vristremmar som skar in i huden. Kappsäcken i hårdplast släpade efter. De små hjulen låstes av den fina sanden som snart letat sig in över allt.

”Hur långt är det till det här jäkla hotellet?”

”Det finns inget hotell”, upplyste Irma. Sen hade hon erbjudit sig att låna ut ett par av sina loafers och skämtsamt sagt att det inte fanns några karlar på ön att göra sig till för. Rosita hade reagerat med taggarna ut och sagt att hon faktiskt hade skorna för sin egen skull. För att hon tyckte dom var snygga och inte tänkte ge upp sitt yttre, som somliga andra uppenbarligen gjort. Och så var schismen ett faktum. Hur länge hon skulle orka framhärda i de högklackade skorna innan hon accepterade Irmas erbjudande återstod att se. Hon hade inga gympaskor med sig. Innan de nått lägerplatsen hade hon snubblat över lömska rötter två gånger. Den sista gången, i höjd med Norra fyren, föll hon så illa att knäet skrapades upp och blödde genom den söndertrasade svarta strumpbyxan. Men de högklackade behöll hon på.

De promenerade genom Fyrbyn och Irma kommenterade att kanonen mitt på gårdsplanen var riktad mot dem och att det var ett dåligt tecken och kunde tolkas som en ovänlig handling. Med bara handkraft hade den tunga pjäsen dragits upp från Franska bukten där den ryska skutan Wsadnik förlist. Ett fantastiskt arbete menade hon, men de kunde som sagt ha riktat bössan åt ett annat håll. Framme vid stugbyn fick Rosita hjälp av Karin att tvätta rent såret och få på en kompress. När hon drog ned de svarta strumpbyxorna och blottade magra vita ben fanns det fler blåmärken. Alla såg men ingen utom Irma kommenterade saken.

"Vill man vara fin så får man lida pin. Du borde inte gå omkring med dom där skorna. Du slår dig ju fördärvad." Irma såg sig runt omkring för att få medhåll, men ingen sa något. Så småningom kanske Rosita självmant skulle berätta hur hon fått sina blessyrer. "Vilka av stugorna är våra?" fortsatte Irma utan att känna av att stämningen sjunkit åtskilliga grader. De små röda stugorna framför dem hade lustiga namn på skyltar över de vita verandorna.

"Vi kommer inte att bo i hus, utan så nära naturen som möjligt." Lena-Marie log ett honungsleende och pekade på den gemensamma packningen som stoppats in i stora svarta sopsäckar. "Vi har ett tält att krypa in i om det blir regn, men jag tänkte att vi skulle sova under bar himmel nere på stranden för att kunna se stjärnhimlen och andas i takt med vågorna. Det är rogivande och ursprungligt och ger våra energier en möjlighet till balans. Innan vi föddes vilade vi i vatten och innan mänskligheten föddes och kröp upp på land levde vi som djur i vattnet. Vågorna som slår mot stranden är havets hjärta. Det var därför jag bad er ta med liggunderlag."

"Det haltar i symboliken", viskade Karin till Maria. "Har havet hjärtstillestånd när det ligger spegelblankt?"

"Stugorna är låsta för vintern", fortsatte Lena-Marie. "Vi kommer att laga vår mat över öppen eld. Kallt vatten kan vi ta i kranen på utsidan av servicebyggnaden, men badar gör vi i havet."

"Finns det ingen dusch?" Rosita tog för första gången av sig solglasögonen och stirrade klentroget på Lena-Marie som fortfarande leende skakade sitt brunlockiga huvud. "Nej, det behövs inte. Huden mår bara bra av att slippa konstgjorda lösningsmedel som tvål och schampo, om man blir smutsig får man skrubba sig med sand. Saltvatten ger huden en annan lyster. Hur tror du de gjorde förr i tiden?"

"Jag tror inte att jag hör det här." Rosita satte händerna i sidorna och gapade stort. "Dom luktade väl skit. Jag vill inte veta hur de gjorde förr i tiden. Jag vill ha tillbaka min mobiltelefon och ringa försäkringskassan. Jag tänker inte stanna här en sekund mer än nödvändigt. Inte om det inte går att duscha och föna håret." Rosita spottade framför sig på marken för att ge eftertryck åt det sagda och grävde i byxfickan efter en cigg, innan hon kom på att hon lämnat handväskan med tändare och allt ifrån sig. I stället hittade hon ett läppstift och drog en ny rand av den missklädsamma svartlila nyans hon haft när de steg på båten.

"Era mobiltelefoner finns i säkert förvar i Fårösund. Ni har alla skrivit på kontraktet där ni förbinder er att stanna veckan ut och följa de regler vi satt upp för den här vistelsen. De är inte många, men de måste följas för att vi ska kunna garantera en fullgod behandling. Ingen kommunikation med yttervärlden via telefon, dator, radio eller teve. För att komma i balans måste man minska mängden impulser utifrån och lyssna inåt. Inga droger är tillåtna, till dem räknas även koffein och nikotin och socker. Till dessa två huvudregler kommer reglerna för nationalparken som ni kunnat läsa i den broschyr som skickats hem till er. På grund av brandrisken får eld endast göras upp på lägerplatsen. Naturen ska lämnas orörd och i samma skick som när vi kom och när det gäller Säludden finns det tydliga gränser markerade med skyltar för hur nära man får gå gråsälarna."

"Jag har hört att ett finskt fartyg gick på grund där på åttiotalet", sa Irma som läst praktiskt taget all litteratur hon kunnat komma över innan kursstarten. "Karelia hette skutan. Hon fick slagsida och besättningen övergav henne och hoppade i livflotten som slets sönder av propellern medan Karelia för full maskin gick rakt på Säludden. Av alla ställen! Livbåten fylldes till hälften med vatten och flera besättningsmän frös ihjäl. Hade de stannat ombord hade de klarat sig."

Rosita himlade med ögonen och suckade högt för att visa att hon inte ville ha någon undervisning av klassens mönsterelev. Lena-Marie försökte lätta upp misstämningen genom att byta ämne.

"Ska vi sätta upp tältet då?"

Under protester hjälpte Rosita till att resa det gamla militärtältet och den mat som krävde kyla bars in i en stor jordkällare några hundra meter därifrån. Lena-Marie gjorde upp eld med eldstål. Tre kraftiga pinnar surrades i toppen och blev ett stativ som bar en kittel med vatten som fick puttra över elden. De drack örtte och åt fullkornsbullar med torkad frukt.

"Russinjävlarna ser ut som fullmatade fästingar." Rosita pillade på ett barnsligt sätt ut russinen och knäppte iväg dem åt Irmas håll, men Irma valde att inte lägga märke till det.

"Nu tänkte jag att ni skulle få berätta lite om er själva och varför ni har kommit hit." Eva lät blicken vandra, såg på dem i tur och ordning och log lite för stort och lite för stelt. "Vem vill börja? Jag tänkte en kort presentation bara. Vi kommer att lära känna varandra bättre sedan." Hon nickade åt Viktoria som satt bredbent på en stubbe med keramikmuggen innesluten i sina båda händer. Ringarna med de många färgglada stenarna gnistrade i solljuset och det stora röda håret slog ut som eldslågor kring det bleka ansiktet.

"Jag heter Viktoria Rönnbäck och jag är hitskickad av försäkringskassan och min arbetsgivare som anordnar mina föreläsningar. Jag hade ett slavkontrakt där jag skrivit på att jag skulle skaffa en annan likvärdig föreläsare om jag var sjuk eller i annat fall ersätta arrangörens alla förluster min sjukdom orsakat. Fattar inte att jag skrev på det – tänkte mej inte för. Så fick jag en whiplashskada och de tvingade mej att jobba fast jag hade ont. Jag hade ju skrivit på kontraktet. Nyligen var jag i Tranviken för bedömning. Fast min läkare, som är expert på whiplashskador, redan gjort en utvärdering av min arbetsförmåga och skrivit ett noggrant intyg om vad jag klarar och inte klarar, krävde försäkringskassan en oberoende utredning. Försäkringskassans läkare hade inte ens läst intyget för han ville göra sig en egen uppfattning. Det kanske är fler av er som varit där, i Tranviken?"

Rosita nickade. "Ett osannolikt ställe! När jag kom innanför dörren möttes jag av en gubbe som berättade för mej hur många funktionsdugliga spermier han hade i det senaste testet. Grattis, eller vad säger man? Första natten stod en kvinna med en giftgrön hemstickad lurka på huvudet och ylade i korridoren och nästa dag fick vi klippa med sax och klistra tapeter i ett litet häfte. Hon i giftgröna mössan fick psykbryt. Det var en omöjlighet för henne att välja tapet. Hon fick ångest av valsituationer. Och så blev man skickad till psykologen. Han satt böjd som en räka över skrivbordet och höll huvudet på sned och slog en brygga med sina händer när han ställde frågor om mitt sexliv och vilka negativa egenskaper jag ärvt av mina föräldrar. Fast jag inte fattar vad det har med saken att göra. Jag är reumatiker och utbränd på mitt säljjobb. Jag tvingades ta ett säljjobb när jag inte kunde fortsätta städa, sälja är inte min grej, fattar ni? Jag hatar att ringa till människor som behandlar mej som skit." Rosita visade sina fingrar och slog en bro med dem – gång på gång lät hon fingertopparna mötas medan hon nickade med huvudet i takt.

"Precis så gjorde psykologen." Viktoria gapskrattade och härmade rörelsen. "Det spelar liksom ingen roll vad man hade för sjukdom. Alla får gå igenom samma fåniga tester. Det var förnedrande. Han frågade mej vad jag hade för sexuella fantasier och hur min man och jag hade det sexuellt. Det är väl så han får näring till sitt eget sexliv. Men jag gav honom inga runkhistorier, fast han försökte vänta ut mej i det längsta."

"Jävla parasitjävel", sa Rosita.

"Är det sant?" Maria Wern kunde inte hålla tyst längre. "Varför? Jag menar: Om man inte enligt arbetsbeskrivningen ska ha sex på sin arbetsplats, ser jag inte vad det har för relevans."

"I så fall borde han ha frågat om det. Jobbar fröken möjligtvis på horhus?" Rosita gav till ett rått flabb.

"Mina sexuella fantasier är något jag vill dela med den man jag älskar. Bara honom." Viktoria snubblade ivrigt på orden och en kraftig rodnad steg på hennes kinder.

"När jag inte ville berätta lät han mej förstå att det var viktigt att vi samverkade i det här testet för att jag skulle fortsätta vara sjukskriven. Ett förtäckt hot. Berätta allt om ditt sexliv annars blir det inga pengar. Så jag fabulerade fritt efter Solo, Café och Cosmopolitan. Och precis som du, Viktoria, hade jag ett intyg efter fem veckors utredning där varje rörelse mättes och kontrollerades från min läkare som är specialist i reumatologi, men det dög inte. Så slösar de bort vår tid och specialistläkarens tid och skattepengar." Rosita spottade på marken igen och knep ihop läpparna till ett smalt streck. "Fan ta min handläggare på försäkringskassan. Hon skulle själv stanna en vecka i Tranviken."

”Nu var det inte riktigt det här vi skulle tala om – inte just nu”, sa Eva försiktigt. ”Jag hade tänkt mej en kort presentation. Vad ni heter och vad ni arbetade med innan ni blev sjukskrivna. Irma kanske kan börja”, tillade hon efter viss tvekan.

”Min tur? Men de har ju inte presenterat sig ordentligt ännu. De har inte sagt vad de heter och inte vad de jobbar med utan bara pratat en massa ovidkommande nonsens.”

”Ja, men du kanske kan börja ändå.” Evas röst fick en ansträngd klang. Konflikter var antagligen inte hennes starka sida. Här skulle det vara trevligt och alla skulle mysa och vara sams och överens och följa instruktionerna.

Irma skiftade färg och blev rödflammig långt ned på halsen. Hon kramade sin tekopp hårt i händerna och spände halsmusklerna så senorna syntes utanpå.

”Jag heter Irma Ullberg och jag är långtidssjukskriven på grund av elallergi.”

”Hur faan fick du det godkänt?” skrattade Rosita och knuffade Viktoria i sidan.

”Jag har inte fått det godkänt, inte ännu. Men jag ska till Tranviken i slutet av oktober.”

”Grattis!” sa Viktoria. ”Jag önskar dej lycka till. Vad jobbar du med då?”

”Måste man svara på det?” Irma satt stel och rak i ryggen och inväntade order om tillåtelse att få begå harakiri.

”Helst”, sa Eva. ”Jag tror att de andra är intresserade av att få veta det. Om vi bjuder lite på oss själva får vi så mycket mer tillbaka.”

”Jag tycker inte det är nödvändigt”, framhärdade Irma och hennes röst stockade sig i halsen.

”Säg inte att du jobbar på försäkringskassan?” Karin som hittills suttit tyst gav Irma ett försiktigt leende. Det var inte ett elakt flin, snarast ett generat leende å Irmas vägnar. Inte kunde det väl vara så illa?

”Ja, det gör jag faktiskt. Jag arbetar som mellanchef och känner mej väldigt utsliten och trött och ingen förstår vilket slit det är att ha hand om så många ärenden och att alltid vara rättvis och att aldrig göra ett enda misstag. Att bli pålastad jobb uppifrån utan att få befogenheter att gallra bort det som känns mindre viktigt. Jag låg sömnlös och funderade på allt jag inte hunnit med och alla som ringt och skällt utan att jag fått en chans att förklara att det inte är jag som hittat på reglerna jag arbetar efter. Vi har krav på oss att halvera antalet sjukskrivna. Halvera, fattar ni? Folk tycker att skatten är för hög och då måste utgifterna minskas. Vi har inte råd med sjukskrivningarna, halvera dem! Lätt att säga när man inte behöver stå ansikte mot ansikte med dem som söker bistånd. Det är lätt för er att skämta om det och skylla på försäkringskassan när det går er emot. Men det är politiska beslut och vi är faktiskt också människor! Arbetsbördan är enorm.” Innan någon hade hunnit reagera hade Irma rest sig upp och sprungit in i grönskan.

KAPITEL 13

Maria var snabbast upp på fötter och följde efter Irma på stigen ned mot Kapellänget. En sista skymt av den grönrutiga utanpåskjortan och den askblonda hårmanen, sen var hon bara borta. Maria ropade efter henne, men hon fick inget svar. Det fanns många gömställen bakom hasseldungar, enbuskar och ekar som fortfarande bar svarta spår av branden på trettiotalet. Maria kikade in i kapellet, bänkrad för bänkrad. På båten under överfarten hade Irma berättat att kapellet byggts för att kunna inhysa nödställda flyktingar, förlista eller de som blivit kvar på ön på grund av storm. Det gick att fälla ned klaffar mellan bänkarna så det bildades britsar och de kom omedelbart till nytta vid invigningen av kapellet då det blev ett förfärligt oväder och gästerna tvingades stanna kvar på ön i flera dagar innan någon båt kunde ge sig ut. Stormen skylldes på Sandögubben som har ett ont öga till det kyrkliga.

Irma fanns inte där inne och Maria sökte sig ut i solljuset igen och lade märke till en uråldrig ek. Två harar lekte vid kanten av en damm, skuttade om varandra och kring varandra och stannade sen som frusna i ögonblicket och vädrade. I vattenspegelns motsatsvärld återspeglades trädens kronor. Hon ropade på Irma igen men fick inget svar. En knappt märkbar rörelse i bladverket på dungen bakom dammen fångade hennes uppmärksamhet. Där inne satt Irma och gjorde sig liten. När hon inte gjorde någon ansats att krypa ut, tog Maria sig in och satte sig bredvid henne på huk. Irma sträckte upp halsen och riste till i hela kroppen samtidigt som hon drog med sin magra hand med de alltför stora vigselringarna över pannan och håret. Maria log uppmuntrande, men sa inget. Bara väntade. Irma sa inget heller. Det blev tyst en stund och sen kom orden som ett uppdämt flöde.

"Så här blir det alltid när kvinnor träffas, ända från det vi är barn delar vi upp oss i två och två och någon blir över. Den som är udda." Maria försökte sig på en protest men blev nedtystad. "Säg inte emot mej. Du kommer hit med din bästis, ni är redan ett par och sen har vi Terapeut-Eva och Lena-Marie. Min enda möjlighet var att försöka bli vän med Viktoria för Rosita tog avstånd från mej redan på båten. Det såg du själv. Antagligen för att jag är så gammal att jag borde avlivas, tycker hon. Trist och grå. Hon kallade mej för stylad åldring, högt så jag skulle höra det och Viktoria skrattade. Jag är faktiskt inte särskilt mycket äldre än hon och det sa jag, men det blev bara fel och ännu värre. Jag säger alltid fel saker. Sånt som inte intresserar någon. Jag hör ju själv hur min röst blir hög och knastertorr när jag försöker få uppmärksamhet och då tar jag ännu mera sats och ... ja du märker ju själv. Folk drar sig undan från mej." Irma började gråta. Maria försökte sitta kvar fast benen började domna under henne. "Redan på båten hörde jag att dom pratade om hur jag var klädd och att jag borde färga håret och raka benen och åtminstone skaffa en ordentlig behå. Jag spyr, sa Rosita. Jag hörde det själv."

Maria skakade på huvudet, otroligt att Irma kunde få det så helt om bakfoten. "Dom pratade inte om dej. Jag lovar. De satt och bläddrade i en tidning och kollade på kändisreportage och bilder från någon premiär. Stylad åldring var inte du. Och när Rosita sa, jag spyr, så var det för att hon var sjösjuk." Maria försökte flytta på fötterna som stack och pirrade och kändes halvt förlamade.

"Nehej, jag såg inte tidningen. Jag tog för givet att dom pratade om mej. Det kunde lika gärna ha handlat om mej – för det är nog vad dom tycker. Att det är äckligt att bli gammal. Jag är så trött på att bli värderad. Jag reste hit för att få vara tillsammans med människor som intresserar sig för annat än ytan. Jag hoppades att jag skulle hitta någon jag kunde prata med, att jag utan att bevisa nåt bara skulle få vara med ... för en gångs skull." Irma tystnade utan att Maria visste vart hennes tankar vandrade iväg, så rynkade hon ögonbrynen. "Jag hatar gruppterapi! Jag kommer inte att säga ett knäpp om sådant som är känsligt eller berör mej så länge som de där två aporna sitter och lyssnar. Man gynundersöker inte folk i grupp för att det är för intimt, men jag ska säga dej att jag tycker det är värre, mycket värre att bli utsatt för gruppterapi och tvingas blotta mitt innersta för andra. Det är övergrepp."

"Jag tror att alla är rädda för att bli värderade och ifrågasatta. Rosita och Viktoria också. Att hålla ihop två och två och inte släppa in någon mer handlar så klart om rädslan att bli utanför, att inte duga. Sen efter hand blir tvåsamheten inkokt och man tröttnar på varann." Maria skrattade lite generat. "Det är nästan som ett äktenskap där man svartsjukt vaktar så den andre inte träffar någon ny."

"Sånt var mitt äktenskap. Inkokt. Börje dog förra året. Fick en hjärtsmäll. Först kändes det som en befrielse – jag vet att det är hemskt att säga så, men sen kändes det bara tomt." Irma visade ringarna, bytte ställning och satte sig ned på baken. Omgivna av grönskan kändes det som att sitta i en hemlig koja, en plats för förtroligheter. Maria märkte att Irma slappnade av i kroppen. Det stela smälte bort och när hon log en liten aning var hon riktigt vacker. "Jag var ensam på jobbet också – eller blev det när jag fick tjänsten som sektionschef. Först uppmuntrade mina arbetskamrater mej att ta jobbet och sen märkte jag att de distanserade sig. Istället för att säga Irma så sa de Chefen. Chefen kanske inte tycker att vi får gå hem ännu, Chefen kanske vill sitta på den här stolen. Det är små saker som markerar om man hör till eller inte. Samtal som tystnar. Förtroenden man inte längre får. Sen gick de ut och åt på restaurang, men ingen sa något till mej ... för dom glömde det."

"Glömde det?" Maria satte sig också lite bekvämare. Antagligen undrade de andra vart de hade tagit vägen, men Maria ville inte bryta förtroligheten. Har någon öppnat sig och börjat prata väsentligheter får man se det som en ynnest.

”Vi blev oense när det gällde handläggandet av ett ärende och jag fick en av ledarna emot mej. En ung kvinna med mycket stark vilja – inte alls olik Rosita egentligen. Jag kände mej olustig redan när jag såg Rosita för hon påminde så starkt om min arbetskamrat. Jag tror det var det kortklippta håret och färgen på läppstiftet. Bråket handlade om en timanställd snickare som blivit sjukskriven på väl lösa grunder, ansåg jag. Även om man ramlar ned från en byggnadsställning och bryter benen, bör man kunna stå till arbetsmarknadens förfogande som säljare. Det är de jobb som finns. Men han hade räknat med fortsatt sjukskrivning och väntade sig pengar retroaktivt. När han inte fick det kom han in med ett nytt läkarintyg. Det stod kort och gott att han var sjukskriven på grund av trötthet, allmän håglöshet och social fobi. Jag drev ärendet ganska hårt eftersom jag fått direktiv att vara restriktiv med att godkänna sjukskrivningar. När vi inte var ense inom sektionen bad jag vår förtroendeläkare om en bedömning. Under tiden började jag få telefonsamtal med hotelser. Jag tyckte att jag kände igen språket fast han försökte förvränga sig. När jag frågade snickaren rent ut vid ett möte vände han bort blicken och sa att det skulle jag aldrig kunna bevisa.”

”Vad var det för hotelser? Vad sa han?” Maria hade studerat hur en mygga sugit blod på överarmen och såg den sedan flyga med full tank och rödbullig buk.

”Att han visste var jag bodde och att jag var ensam. Han sa att det kunde hända en olycka. Gamla trähus kan så lätt börja brinna. Jag sa till polisen att jag trodde att jag visste vem det var, men de kunde inget göra när det inte gick att bevisa. Jag försökte få någon annan att ta hand om ärendet, eller att vi kunde turas om för att liksom späda ut hans missnöje, men ingen ville när det fanns ett hot med i bilden. Du har betalt för att vara Chef sa dom.”

”Vad gjorde du då?”

”Jag skickade honom till Tranviken för en oberoende utredning. Jag lovar dej – jag har aldrig hört några sådana historier om hur det går till där förrän i dag.” Irma tog tag i Marias axel, bad om hennes bekräftelse. ”Tror du mej?” Maria nickade och Irma sjönk tillbaka in i grönskan. ”Efter det klarade jag inte att arbeta kvar. Jag blev utfryst. De tog hans parti och reglerna tvingade mej att vara bödel.”

Efter att tältet var rest och måltiden avslutad bestämde Lena-Marie att de skulle gå ned till stranden. Solen värmde skönt och vattnet var förvånansvärt varmt fast de var inne i september månad. Sakta ökade vinden i styrka, men den sandgrop som höll dem i sin kupade hand skyddade mot svalkan. Maria rullade över på mage och såg Viktoria plaska omkring i sin vitaste nakenhet som ett storsjöodjur nere vid strandkanten i livligt samspråk med Irma som badade i mörkblå baddräkt. Fragmentariskt kunde hon höra att de talade om några märkliga växter de sett bakom Fyrbyn i Lillias dal, som soptippen kallades. Maria kunde inte annat än känna sig nöjd över att de båda hade funnit varandra. Det var en lättnad. Hon såg upp i den klarblå himlen. I just den här stunden borde livet ha varit ljuvligt. Sanden var len som sockerkakssmet. Värmen i huden fick henne att känna välbehag och fantasierna om Per drog henne bort från verkligheten. Hon återkallade händelsen i trädgården detalj för detalj. Känslan i huden, hans ögon, orden han viskat i mörkret fick lusten att skölja som en het våg genom kroppen. Hon blundade och pressade sig ned i sanden och kände hans kropp under sin. Kände hans varma händer röra vid brösten och låren och det längtande skötet. Men i stillheten hann också tankarna på annat hon lämnat bakom sig i fatt. Hur hade barnen det nu? Var de i säkerhet? Oron gjorde i ett slag slut på alla lustfyllda fantasier. Det svåraste var att inte veta, att inget kunna göra. Hon borde ha tagit strid för att få ha dem med sig, de skulle ha älskat Sandön. Men om du blir förföljd, hade Krister sagt. Var inte en sån jäkla egoist.

Maria kände längtan efter barnen växa till gränsen för det outhärdliga. Använd bara mobilen i nödfall. Nu när de andra badade skulle hon kanske kunna smita undan och ringa Hartman för att höra att allt var väl. Maria reste sig och började gå mot lägret. I botten av ryggsäcken fanns ett extra fack. Instoppad i ett paket med bindor hade hon gömt mobilen. Hon ursäktade sig och sa att hon behövde besöka toaletten. Skyndade på stegen så att ingen skulle få för sig att följa med. Hon öppnade tältduken och steg in i dunklet. Det luktade solvarm tältduk och mögel och växtsaft och svagt av kaffe. Där borta stod ryggsäcken. Hon knöt upp den och sträckte ner handen. Precis där borde mobilen vara. Hon tog upp paketet och synade det invändigt. Lyfte ur allt innehåll ur ryggsäcken. Kände med stigande oro igenom hela ryggsäckens botten igen. Telefonen var borta. Den kunde inte ha försvunnit av sig själv. Någon måste ha tagit mobiltelefonen ur väskan. Maria kände vreden komma. Hon måste lugna sig och försöka tänka klart. Det var förbjudet att ha mobiltelefon med sig, men inte kunde de väl ha sökt igenom allas packning? När skulle de ha haft möjlighet att göra det?

KAPITEL 14

När Maria hörde de andra komma på stigen från Fyrbyn stoppade hon tillbaka kläderna i sin ryggsäck. Plånboken låg i ytterfacket, men mobilen saknades. Eva gick före de andra med små energiska steg och vände sig bakåt mot Lena-Marie när hon pratade.

”Tänk om det blev ett stort elavbrott! Totalt strömlöst i hela landet under flera dygn. Hur skulle vi klara oss då? Vi har gjort oss så sårbara i vår civiliserade värld. Vi måste lära oss att leva i samklang med naturen igen, lära oss att leva i naturen och av vad den ger utan att skada. Det finns vuxna människor som aldrig har gjort upp eld, aldrig rensat en fisk eller plockat en höna. Som inte vet hur man gör.”

De samlades i en liten klunga vid eldplatsen medan Lena-Marie nogsamt och pedagogiskt förklarade för dem hur man håller i en kniv och täljer ifrån sig och inte mot sig för att inte skada sig i den köttiga kudden under tummen eller i tumvecket, att bränslet måste vara torrt och luftigt staplat och att man kan bränna sig om man inte är försiktig.

”Tändstickan stryker man så här mot plånet – alltså från sig.” När Lena-Marie lade sig på alla fyra och blåste på glöden så barren yrde fick Rosita ett hysteriskt skrattanfall.

”Hur är det?” frågade Eva oroligt när skrattet inte ville avklinga utan accelererade så Rosita vred sig i skrattkramp och satte sig på baken för att hon inte kunde stå på benen.

”Jag tror inte jag mäktar med så mycket visdom på en gång”, frustade hon. "Ska vi prata om tändstickor i dag blir det bara för mycket för oss efterblivna satar." Rosita reste sig upp med hjälp av Viktoria och skakade av skratt medan tårarna rann ut för hennes fräkniga kinder. I stället för att delta i den allmänna munterheten blev Eva allt mer mulen och stram.

"Det är inget att skämta om. Vi tar det här från grunden så att alla kan hänga med och känna sig delaktiga." Hon såg vädjande från den ena till den andra. Sårad. Ängslig och strykrädd.

"Vad ska vi äta då?" frågade Rosita. "Får man se på menyn?" Hon satte sig avvaktande en bit bort med ryggen lutad mot en trädstam och armarna i kors i väntan på vad som skulle hända.

"Det blir rostade kaveldunsrötter, hummus av kikärtor, vitlök, vinäger och olja och till det makaroner. Men eftersom det här är en nationalpark har vi grävt upp rötterna i förväg, precis som i ett matlagningsprogram." Lena-Marie tog fram en liten jutesäck och hällde ut ett par rötter i handen och lät dem gå runt till beskådan. "Sen ska vi lära oss att koka mat utan kokkärl. Som ni kanske la märke till har vi inga grytor med oss."

"Jag ångrar att jag tackade ja till den här kursen. Varför, varför Gud lät du de här människorna drabba mej?" Rosita drog händerna genom sitt korta mörkbruna hår och sträckte armarna rakt upp mot himlen.

"Spännande." Karin vred ur det sista saltvattnet ur sitt hår och gnuggade sig med handduken. "Det låter som startskottet på en kollektiv kräksjukeepidemi. Tur man har lite att ta av." Hon knep sig med tumme och pekfinger i den knappt greppbara putmagen.

Eva såg sig omkring, hennes blick blev allt mer ängslig, men Lena-Marie fortsatte obesvärat:

"När det blir glödbädd rostar vi kaveldunsrötterna och under tiden lägger vi stenar på elden och när de är varma släpper vi ned dem i en hink med vatten tills vattnet blir hett och vi kan lägga ned makaronerna".

”Det är ju för fan en plasthink.” Rositas röst var triumferande och ett litet elakt leende letade sig fram och bredde ut sig som en fuktfläck i ansiktet.

”Ja visst, men det bränner inte hål i botten eftersom stenarna ligger i vatten. Smart va? Sen tar vi varsin strumpa och fyller med så mycket makaroner vi tror att var och en behöver. Annars får man liksom inte tag på makaronerna i allt vattnet.”

”Jag döööör! Det är bara inte sant! Är durkslaget inte uppfunnet ännu?” Irma fick en skrattattack. Sen tystnade hon tvärt och blev högröd i ansiktet. Allas blickar vändes mot henne. ”Jag tror att jag har kissat på mej. Jo, det har jag.” Hon ställde sig bredbent och kontrollerade saken. ”Jag måste gå ned till vattnet och skölja av mej. Så förargligt. Kom Viktoria, följer du med mej?”

Eva suckade sorgset. Att tjejer följer med tjejer på toa är inget konstigt i sig. En naturlig del av kvinnors sätt att samspela och känna närhet. Faktiskt vad man kunde förvänta sig när man sammanför en grupp kvinnor och de försöker finna sin roll, men just nu störde det programmet.

”Gå då, men skynda er tillbaka”, sa hon. ”Och lämna varsin strumpa till Lena-Marie innan ni går.”

Mörkret kom hastigt liksom kylan när solen gick ned. Eva huttrade och fick låna Marias färgglada yllekofta, en solnedgång av färger i rött, orange och gult. Eva löste upp sitt långa ljusa hår och lät det falla ned på ryggen. Hon såg på dem, från ansikte till ansikte medan hon talade med högstämd röst.

”Människan har sen urminnes tider levt i symbios med elden. När man sitter i en cirkel och stirrar in i glöden, som vi gör nu, skulle vi kunna befinna oss i vilken tidsålder som helst. Här på ön har människor sannolikt ända sen stenåldern suttit runt elden och samtalat. Alla ljud vi hör är naturens egna. Lyssna.” Eva satte handen till örat. ”Märker ni hur det susar allt mer i träden. Hör ni havet?

Det knarrande ljudet, som från en spinnrock, är nattskärran. Hör ni den? Och den andra fågeln som sjunger så starkt och vackert tror jag är gärdsmygen." Hon log mot dem och hennes ansikte lyste rött i eldens återsken. "Jag brukar tänka att alla mönster i naturen går igen. Årstiderna. Vattnets kretslopp. Vi har det gyllene snittet som upprepar sig i allt det vi uppfattar som estetiskt tilltalande. Det finns i en människas ansikte och kropp, i musiken där tonartshöjningen och klimax kommer helt enligt regeln. Kanske är själva universum byggt utifrån regeln om det gyllene snittet. Så är det också med regeln "Allt kommer igen". Varje handling vi gör blir som vågor på vattnet som sköljer bort och sen når oss igen på returen. När vi skadar naturen gräver vi på sikt vår egen grav. Och när vi gör illa varandra i en relation slår det alltid tillbaka, precis som det goda vi gör varandra. Jag vill att ni funderar på det jag sagt en stund och att ni sen reflekterar högt över vad det väcker för tankar om ert eget liv och era nära relationer."

Maria smuttade på det honungssötade teet av ljungblommor Lena-Marie nyss serverat dem och tänkte på hur relationen till Krister varit. De första lyckliga åren hade de haft varandras bästa för ögonen. Så kom barnen. Barn är barnbegränsande genom sin blotta närvaro. Krister kände sig ratad och blev sur och anklagande. Anklagelser leder till motanklagelser och de hade inte hittat ut. Kärleken tog slut. Hjulet snurrade på, men hamstern var död, skulle man kunna säga. Det fanns till slut inga positiva känslor kvar. Kunde de ha gjort annorlunda än att separera? Det kändes inte så just nu. Själva meningen med att vara tillsammans fanns inte längre.

"Någon som vill börja?" frågade Eva.

"Jag tänkte på min man", sa Karin. "Han vill att vi ska ta time out. Jag har mått dåligt i ett par års tid sen jag gjorde ett misstag på jobbet. Han orkade inte lyssna längre. Han är psykolog. För att klara att lyssna på andras elände lär man sig antagligen stänga av när det blir för mycket. Är det så? Minen av lyssnande finns kvar, men det är tomt bakom ögonen. Jag märker så tydligt när han stänger av och svarar fel och sen glider ut med blicken genom fönstret. Jag tycker han har svikit mej hela tiden – egentligen. Han har inte tagit min förtvivlan på allvar."

"Och hur har du hanterat det?" Evas ansikte var ivrigt och händernas rörelser fulla av energi. Det här var hennes grej och nu fungerade det som planerat.

"Jag har ringt mina väninnor och snackat skit om honom, berättat vilken svikare han är. När han inte ville lyssna kände jag mej kränkt och slutade berätta om sådant som är ömtåligt och viktigt. Jag teg i stället. Teg och lät honom gissa varför jag var sur."

"Precis. Allt kommer igen. Och vad gjorde han då?" frågade Eva och böjde huvudet lite på sned samtidigt som hon lutade sig fram för att få ännu mer ögonkontakt.

"Teg tillbaka. Jag vägrade ha sex, tappade lusten för att jag var för arg. Man kan inte ha sex med någon man är förbannad på. Det kröp i mej bara jag tänkte på att han skulle smeka mej och då slutade han ta initiativ. Vi har inte legat med varann på över ett år. Hjälp, det är nästan två år sen när jag tänker efter. Jag började fundera på om han hade någon annan eftersom han inte ens försökte röra mej. Han kanske får vad han behöver hos någon annan, tänkte jag."

"Varför tror du det? Har du frågat honom?"

"Det behöver jag inte när jag har bildbevis." Karin öppnade sin handväska och tog fram ett foto som hon skickade till Viktoria. Viktoria höll bilden mot elden för att se bättre och hennes mun gapade vidöppen. Med en lam rörelse räckte hon över bilden till Irma som lät Rosita se på den samtidigt som hon själv kommenterade den.

"Men det är ju du Eva. Är det Karins man som står bakom och håller över dina bröst? Är det? Du måste faktiskt svara på det. Är det du?"

"Det där fotot är taget för många, många år sen." Eva rodnade kraftigt och blundade medan hon drog efter luft. ”Var har du fått det ifrån?”

”Jag har stulit det ur hans album så klart. Kan du se mej i ögonen och säga att ni inte har kontakt nu? Att det inte var din idé att jag skulle komma hit?” Karin reste sig och ställde sig framför Eva som kröp ihop och drog koftan över knäna och gjorde sig liten. ”Okej, svara nu?”

”Det fattar du ju att du måste svara henne”, sa Irma.

”Om någon vill tala med mej i egenskap av terapeut har jag tystnadsplikt. Det gäller även kollegor emellan. Julius behövde någon att prata med, men prata är allt vi har gjort.” Evas röst var mycket liten och svag, knappt hörbar.

”Det tror jag vad jag vill om. Försvinn! Försvinn härifrån eller jag sprättar upp dej med kniven.” Karin grep tag i Lena-Maries dolk och rispade Eva över kinden innan Maria hunnit fånga handen och vrida den ur hennes grepp. Eva kom snabbt på fötter och rusade mot skogen. Lena-Marie följde efter en bit ned mot Gamla Gården men förlorade henne snart ur sikte och återvände tystlåten och stukad. Irma fångade Karin i sin famn.

”Lugn, lugn. Det sker inget nytt under solen, mönstren upprepar sig. Du är bland vänner. Nu glömmer vi det där. Ta en klunk Smirnoff och försök se på saken som en kvinna.” Irma öppnade sin ryggsäck och tog fram en fickplunta. ”Det är ett värre straff om vi fryser ut henne … om hon inte får vara med.”

”Vi kan berätta en hemlis för dej, Karin. Vi har hittat något roligt vi kan ha party på. Ekologiskt odlat lyckopulver. Här ser du de verkliga överlevnadsstrategerna.” Viktoria slängde en näve frökapslar på elden. En föll till marken och Maria tog upp den lilla lockkapseln, som såg ut som en utdragen kindtand och höll den i sin hand medan röken bolmade. Runt kapseln satt ett femflikigt blomfoder. Maria visste inte vad det var, men Karin studerade den med märkligt vidgade pupiller och gissade på bolmört.

”Jag har läst att hönstjuvar använde sig av bolmört för att bedöva hönsen så de inte skulle kackla och väcka upp hela gården.” Karin skrattade onaturligt högt och ställde sig mitt i röken och andades i långa djupa andetag. ”Precis vad jag behövde just nu! Jag blir yr och allt är bara dimmigt ... vad du ser konstig ut Maria.” Hon gapskrattade och började dansa runt i röken med vickande höftrörelser. ”Och ... liksom brunstig som en elefanthona efter nio år av avhållsamhet! Jag gissade rätt, det är bolmört eller hur?” Hon gav till ett skallrande indiantjut och slog handflatan mot munnen med lätta snabba slag. ”Jag vill ha en hane, en vild och potent alfahane med hårig rygg!” Hon smekte sig över kinderna, brösten och skötet och gapskrattade. Maria hade svårt att veta om Karin spelade apa eller började bli hög. Irma vickade också fram med knixiga höftrörelser och okontrollerade tjut. Det som hände mitt framför ögonen på henne var overkligt och osammanhängande som en feberdröm. Själv stod Maria där som paralyserad, utan kraft att röra armar och ben, när de började dansa omkring henne och hon tänkte att människor har väldigt mjuka öron. Nästan alla har mjuka öron och det är fint. Hjärtat slog hårt i bröstet, bankade för att ta sig ut och omfamna världen. Munnen blev så torr att hon knappt kunde svälja. Hon måste få något att dricka.

”Tänkte man kunde använda bolmörtsbladen mot sjösjuka. Om man är tillräckligt kåt blir man inte sjösjuk. Det är därför Irma klarar sig så bra.” Viktoria knuffade till Irma i sidan och skrattade högt medan hon dansade in i röken och drog upp sin kjol högt över de svällande låren. Brösten skumpade i den väl tilltagna urringningen. Ett föll ur utan att hon brydde sig om det. Det mörkröda håret slängde och hon skrattade som besatt. Stödkragen lyste vit i dunklet när den vaggade i takt med de breda höfterna. Eftersom kjolen var i vägen i de allt häftigare svängarna tog hon den av sig, svängde den som en rödlila pendel bredvid sig och slängde den mot elden. Fickorna på kjolen måste ha varit fulla av bolmörtskapslar som hamnade i glöden för den mörkgrå röken bredde ut sig. Maria skymtade Irma, som vaggade runt medan hon sjöng: What shall we do with the drunken sailor … med stark röst och slog på plasthinken. Takten ökade och Maria blev en viljelös del av rörelsen när hon sveptes med av de andras händer som sjögräset i strömmarna på havets botten. Törst. Hon måste hitta något att dricka nu med samma! Färgerna omkring henne började pulsera och smälta samman till ett grått dis. Ljuset från elden skar i ögonen som tårades. Hon kunde inte längre urskilja sina fötter. Irmas ansikte kom alldeles nära och hennes ögon var stora svarta hål. Maria anade de andras bara svettblanka kroppar i dansen. Var och en i sin egen dans tills kroppsdelarna tycktes lossna och sväva ut från centrum mot den svarta natthimlen och blev till fåglar och gnistor och prismor av is. Hon orkade inte längre stå upprätt. Benen mjuknade under henne och gav vika. Det började blåsa. Havet dånade, röt som ett vilddjur och krävde offer. Träden böjde sig ödmjukt mot marken för att undkomma vreden. Där kom vrakplundraren med sin yxa … en svart skugga ur natten, oformlig och föränderlig som den svarta röken, för att dräpa dem alla. Ögonen lyste vansinniga och rödsprängda ur det svarta skägget. Eller var det bara gnistor från elden? Han höll ett avhugget huvud i sin hand. Och huvudet talade till dem och sa att allt går igen, blir till vågor på vattnet som alltid kommer tillbaka. Alltid kommer tillbaka. Alltid tillbaka … Blir till vågor som rullar tillbaka innan natten slukar oss alla i sitt mörkröda gap. Där föll Maria i djup slummer.

KAPITEL 15

Det var kölden som väckte dem. Kölden och vätan. Regnet piskade mot marken och de stora tallarna vid lägerplatsen svajade oroväckande i blåsten. Maria blinkade mot regndropparna som föll från den blygrå himlen. Hon försökte lyfta huvudet och fick en kotte i pannan. Det sved till ordentligt, det värkte förresten i hela kroppen och höger arm som hamnat under henne när hon föll ihop av utmattning var bortdomnad. Illamåendet kom hastigt och oväntat och hon var tvungen att lägga sig ned igen för att inte kräkas. Huvudvärken fick henne att kippa efter andan. Törsten var olidlig. Någon gnydde. Försiktigt reste sig Maria upp på ena armbågen och kisade åt det håll ljudet kommit ifrån. Rosita låg på alla fyra och kräktes och bredvid henne kröp Viktoria omkring och letade efter sina kläder. Tältet de hade satt upp föregående dag hade blåst iväg och trasats sönder och det som varit förråd för de torra livsmedlen badade i vatten. Couscouspaketen hade sprängts när grynen sugit åt sig fukt och expanderat. Praktiskt taget allt hade runnit ut och blandat sig med den yrande sanden. Vattenhinken hade hamnat i elden och bottnen hade smält sönder. Lite längre bort låg Karin, orörlig i en märkligt förvriden ställning. Rädslan kom vinande som en örfil. Maria försökte ropa på henne men rösten drunknade i blåsten som dånande rev med allt i sin väg. Med ett enormt brak välte en stor fura rakt över en av de små röda stugorna. Rötterna sprätte upp en kaskad av jord över Maria, som kröp längs marken fram till Karin.

”Lever du”, skrek hon i Karins öra. Inget svar. Maria försökte känna på bröstkorgen om den rörde sig, men kunde inte bedöma det.

Nu blev hon riktigt rädd. ”Karin! Du måste svara mej.” Hon satte sig på huk och skakade sin väninna. ”Karin!” Hon försökte känna pulsen på handleden, sen på halsen. Blåsten fick henne att tappa balansen och hon landade med knäet på Karins mage. Ett svagt ljud lämnade Karins läppar och Maria började gråta av lättnad. En stor gren knäcktes i stormen och föll mot marken alldeles intill Viktoria som skrek tills hon tappade andan.

”Vi dööör!” Viktoria tog skydd med båda händerna över huvudet.

”Det är rena dödsfällan här bland träden. Vi måste ta skydd i kapellet. Det är öppet. Du måste hjälpa mej, Viktoria. Karin orkar inte gå själv.” Maria försökte få upp den slappa kroppen i sittande ställning och Karin kräktes rakt ut på sina byxor.

”Jag mår så dåligt”, jämrade hon sig. ”Rör mej inte, jag vill ligga här och dö ifred. Låt mej bara vara. Gå!”

”Aldrig!” Maria kände hur vreden och rädslan gjorde henne stark. ”Vi hjälper dej. Lägg armen om mina axlar. Så ja, och så reser du dej upp, långsamt.” Viktoria stöttade på den andra sidan och mycket försiktigt reste de Karin upp till stående. Benen darrade av köld och yrsel.

”Det känns som jag ska svimma.”

”Okej, när du gör det så lägger vi ned dej, men till dess håller du dej lugn”, sa Viktoria befallande. De tog sig mödosamt ned till kapellet medan nordvästan föste dem framför sig. Stigen var slipprig av regnvåta löv och mer än en gång höll de på att halka omkull. Dörren till kapellet flög upp med en smäll när vinden fick tag i den och de fick hjälpas åt att stänga den om sig. Där inne på golvet låg Lena-Marie och Irma och sov skavfötters under en ouppblåst luftmadrass. Den grå gryningsdagern letade sig fram till en hög med kläder. Någon av dem måste ha haft sinnesnärvaro nog att få dem med sig.

”Vilken fest!” sa Irma när de skakat liv i henne. ”Oss emellan är försäkringskassans personalfester ganska bleka tillställningar mot den här."

Maria var för arg och för trött för att svara. Karin sjönk ihop på en bänk och lade sig ned med ett stönande och Rosita stirrade ut genom fönstret med tom blick och sa med dämpad röst. "Jag kom hit för att jag var utbränd och behöver lugn och ro. Typ vila. Det stavas v-i-l-a. Slippa stress och bara få vara i fred. Lyssna på fågelsången. Lukta på blommorna medan någon talar vänligt till mej om naturens läkande krafter så jag kan hitta stillheten i mej själv." Hon suckade tungt. "Undrar hur Eva har det just nu", tillade hon sen.

"Hon kommer tillbaka när hon blir hungrig." Viktoria letade frenetiskt i den kollektiva klädhögen efter sin behå. Hittade Rositas A-kupa och sköt iväg den i resåren mot fönstret där Rosita fortfarande stod och såg hur stormen rasade fram och tryckte buskarna mot marken. Hon fick behån mellan skulderbladen och vände sig om med en oartikulerad fräsning.

"Vi måste försöka rädda det vi kan av maten så fort det slutar regna. Jag vet inte vad som har hänt. Den torra maten var ju innesluten i stora svarta sopsäckar för att klara fukten och nu är säckarna sönderrivna. Det finns väl inga djur här på ön som är större än harar?" Maria såg på dem en lång stund, men ingen verkade ha en åsikt om saken och än mindre ha lust att gå ut i ovädret. Maria upprepade sin fråga.

"Efter du hade slocknat slogs Karin med den svarta flerhövdade hunden från helvetet. Modigt! Hon ströp den med sina bara händer. Rev och slet tills det bara var skinn och benknotor kvar av den. Jag hjälpte henne att koppla den, måste ha bundit fast den i tältlinorna. Visst var det så?" sa Irma och gav till ett asflabb när hon kom på hur dumt det var.

"Låt mej få vara ifred", stönade Karin och gned sina tinningar. "Det känns som jag ska svimma."

"Hur kunde ni komma på idén att kasta bolmört på elden? Vi

kunde ju ha dött allihop, det är väl egentligen bara en dosfråga?" Maria som hämtat sig något efter chocken när hon trodde att Karin var död började fundera på vilka konsekvenser det kunde ha blivit av gårdagens orgie. Rädslan när hon trott att Karin var död övergick i ren vrede. "Vi blev inte ens tillfrågade om vi ville vara med."

Lena-Marie, som hade somnat om, snarkade till och fick en sko i huvudet av Maria.

"Jag följer med dej ut så snart det går", sa Rosita och gned sina ömmande leder.

"Vi måste försöka rädda det som går att äta. Jag tycker att alla som överhuvudtaget kan stå på benen följer med ut. Vem vet när vi kommer härifrån?" Maria knep Lena-Marie i näsan. "Nu går du upp! Vi måste hjälpas åt."

"Vad mörkt det är, går det inte att tända lyset", väste Lena-Marie och gnuggade sig i ögonen. Rosita som stod vid dörren gjorde ett försök, men inget hände.

"Det verkar ha blivit strömlöst." Hon försökte igen, utan resultat.

"Det var då en evig tur", sa Irma. "Jag är elöverkänslig."

"Okej, men du kanske behöver dricksvatten." Maria som var halvvägs mot dörren hejdade sig när tanken slog henne. "Vi kommer inte att få något dricksvatten ur kranen vid lägret. Pumpen är säkert eldriven. Vi får försöka samla regnvatten i hinken och annat som kan användas som kärl tills vi hittar en brunn det går att hinka upp vatten ur." I samma stund kom hon på att hinken var obrukbar och svor till.

"Jag har hört att ormarna som simmar hit från Fårö dör när de kommer i land för att det inte finns något sötvatten." Irma lutade bakhuvudet tungt och tankfullt mot väggen. "Vi måste ringa på hjälp."

"Jag vill hem", kved Karin. "Vi är inte ensamma på ön, jag såg vrakplundraren. En man med svart skägg och hemska ögon. Glo inte på mej så där. Jag såg honom verkligen, han hade en yxa och sen liksom dunstade han från marken och blev till en svart hund som anföll mej bakifrån. Hunden hade hans ögon när den såg på mej. Man måste väl kunna ringa och be dem hämta oss tidigare. Det här är ju ett nödläge."

"Det är bara Eva som har mobil. Någon idiot har tagit min." Maria sträckte ut armarna i en gest av uppgivenhet.

"Min med." Lena-Marie reste sig upp. "Jag hade en mobil i reserv och ett extra batteri till den i nödfall. Det kanske är dags att plocka fram dem nu." Hon spände ögonen i dem en och en. "Fram med telefonen! Det gäller allvar nu."

"Så vida det inte är Eva som tagit dem?" Irma studerade sin tumnagel som brustit och gav Lena-Marie ett surt leende. "Varför skulle någon av oss sno mobiler? Det var ju er idé att vi inte skulle få ha dem med oss. Var är hon förresten?"

"Det kan vara ett pedagogiskt grepp." Lena-Marie satte fundersamt på sig den andra strumpan som av någon outgrundlig anledning legat hopknycklad i Karins tandborstmugg. "Vi pratade om att se hur gruppen skulle utvecklas om ledaren försvann. Jag skulle vara observatör när hon givit sig av. Det kunde ju ha fungerat under normala förhållanden. Men nu när kursen har urartat som den gjort, tycker jag inte det är en bra idé. Ingen bra idé alls."

Regnet slog i deras ansikten och blåsten gick rakt genom de våta kläderna som satt klistrade på kroppen när de tog sig tillbaka mot lägerplatsen. Förödelsen var värre än de trott. Det fanns en enda påse makaroner som var hel. Allt i papperspåsar eller pappkartonger var uppblött, men skulle nog hålla sig ett par dagar till utan att mögla om det förvarades i jordkällaren. Plastpåsar var sönderrivna eller bortblåsta. Maria offrade sin ryggsäck att förvara couscousen i. Kan man ha makaroner i sina strumpor så … Medan de andra fortsatte samla ihop spridda matrester och leta plastpåsar och klädespersedlar fortsatte Viktoria och Maria ned mot Hamnudden. Enligt den karta Maria hade skulle det finnas en nödtelefon där och en brunn vid

Gamla Gården. Om vattnet där var tjänligt eller inte visste de inte, men det fanns inte mycket att välja på i nuläget. Det gällde att undersöka de möjligheter som fanns. Irma yrade om något militärläger, men något sådant fanns inte utmärkt på kartan. En tidigare omgång resenärer som blivit inblåsta hade fått militär nödproviant, knallburkar med pyttipanna och präriegryta som borgade för en natt på utedasset, helkonserver med samma halveringstid som plutonium, elva år gamla kex och Nickel, hårda karameller från 1952 utan något som helst tuggmotstånd. Militära hemligheter kvinnor sällan får ta del av, men i det här läget skulle det ha varit välkommet. Sannolikt hade militären flyttat sitt förråd när de avträdde ön.

Femtio minuters promenad, hade Lena-Marie sagt, men då hade hon inte räknat med blåsten och de träd som fallit över stigen. Halvmurkna träd, som de måste ta sig runt i stället för under för att inte riskera att krossas om grenarna närmast marken brast och trädstammen slog igen om dem som en fälla. Det tog Maria och Viktoria en och en halv timme att nå Gamla Gården. De gick till en början tigande sida vid sida, trötta, irriterade och genomblöta tills Maria kände att tystnaden pressade henne att säga något.

”Vad föreläser du om då? Jag menar vad har du att säga om lusten som drivkraft?”

Viktoria stannade till och såg upp mot trädkronorna. Regndropparna landade på hennes runda kinder och trillade ned för hakan. Det röda håret låg i stripor som ett skägg under den hopdragna kapuschongen.

”Jag brukar säga att man ska ha kontakt med sin inre ekorre,” svarade hon allvarligt.

Det kom så oväntat. Maria kunde inte låta bli att skratta. ”Hur menar du nu?”

”Det finns en myt i den nordiska mytologin om en ekorre som heter Ratatosk. Han lever i livsträdet Yggdrasil och sköter kommunikationen mellan örnen i toppen och draken Nidhögg som gnager trädets rötter. Örnen har överblick och visioner. Nidhögg står för det primitiva, för känslorna och kontakten med rötter. Det är så lätt gjort att hamna i ekorrhjulet om man inte har perspektiv på livet och vad som egentligen ska presteras och lika viktigt är det att kunna stämma av vad man känner och veta var man har sina rötter."

"Det där låter som en variant av Freuds idéer om Detet, Jaget och Överjaget. Ekorren är Jaget alltså?"

"Men precis, fattar du? Freud snodde så klart hela grejen. Det här är ursprunget. Den verkliga källan till visdom. Myter överlever inte i tiden om de inte har något att säga om det sant mänskliga. Man kan också se Livsträdet som ett företag. Jag brukar ta den varianten när jag föreläser för näringslivet. Man kan ta mycket bättre betalt för dom föreläsningarna än när man pratar för kommun och landsting. Det blev ett omedelbart klirr i kassan när jag såg att man kunde använda myten på det sättet också. Hur skulle ett företag klara sig utan ekorre tror du? Jag brukar fråga dem hur många ekorrar de har anställt? Vid anställningsintervjuerna gäller det att selektera fram de riktiga ekorrarna så att kommunikationen mellan ledningen och fotfolket fungerar."

"Okej. Har du kontakt med din inre ekorre då?" frågade Maria mest på skämt, men Viktoria blev till hennes förundran alldeles blankögd. Det kanske mest var regnvatten, men inte bara det. Hon grät faktiskt.

"Jag är en bluff och de kommer snart på mej, orkar inte berätta om det just nu", sa Viktoria. "Människor har såna förväntningar på mej, men jag klarar inte av att säga hur de ska leva sina liv. Jag kan inte ta det ansvaret."

De hade hoppats att Eva skulle finnas vid Gamla Gården. Maria hade så smått fantiserat om en kopp kaffe och en förklaring i stil med; jag ville bara se hur ni skulle klara er och nu ska vi äta och dricka gott och umgås och ha det mysigt ihop. Men så blev det inte.

Det fanns inga spår efter Eva, inget som tydde på att någon ens varit vid baracken eller vid madam Söderlunds hus. Huset var låst, liksom visthusboden som kallades för Gottbergs fängelse och när de kom till den plats där brunnen skulle ligga var den omgärdad med staket. De fann brunnshålet infallet och igenlagt. Besvikna fortsatte de stigen ned mot Hamnudden. Runt om reste sig furorna som en pelarsal och sikten var god då undervegetationen nästan saknades. Inga buskar, inget högt gräs skymde. Bara fönsterlaven bredde ut sig i stora gråvita landskap omväxlande med stråk av björnmossa och sandpartier som låg blottade längs den svagt slingrande vägen. Flera träd hade träffats av blixten och stod nu som förkolnade stammar. De antog i det gråa ljuset skrämmande former, som onda andar, drakar och demoner. Eller som vitnande skelett av någon okänd forntida djurart när de sjunkit ned och kvävts av sanden.

Maria såg något rödgult långt borta mellan träden. Först trodde hon det var en koloni av röd flugsvamp. Men ju närmare de kom, desto mer liknade det koftan hon lånat ut till Eva. Det måste vara den. Hon började springa. Eva hade varit frusen och Maria hade erbjudit sig att låna ut den. Kunde hon ha tappat koftan i skogen. Den nya dyra yllekoftan. Hon hade nästan ångrat att hon lånat ut den till Eva om hon inte tänkte vara rädd om den. Eva! Koftan och Eva! Maria kände att det flimrade för ögonen, som om hon inte riktigt ville eller kunde förmå sig att ta in vad hon såg. Bredvid en omkullfallen fura låg Evas livlösa kropp. Det ljusa håret var färgat av levrat blod och munnen gapade öppen och svart … omsluten av gulvita läppar. Viktoria flämtade till.

”Hon är dööööd. Jag tycker det ser ut som hon är död. Faan så hemskt. Hon måste ha blivit träffad av trädet när det föll.” Viktoria såg sig hastigt omkring och satte sig på huk och kände med handen på Evas bara arm, lyfte den och lät den varsamt återta sin plats. ”Kall och stel. Se på de blåaktiga fläckarna. Hon måste ha varit död ett tag … sen i natt. Kläderna är våta av regnet.” Viktoria drog med handen över sin egen mun för att känna efter om hon skulle våga göra konstgjord andning. ”Jag tror inte det är någon idé att försöka återuppliva henne. Jag har jobbat i vården och sett döda förut. Ibland hittar man någon död i sin säng. Då måste man veta vad man ska göra”, tillade hon med en grimas. ”Vet du vad jag tänkte igår, när Eva sprang in i skogen med sitt ljusa hår utsläppt. Jag tänkte att hon var så lik dej bakifrån att man kunde ta miste. Förlåt, det var hemskt sagt. Det bara kom. Det var en tanke som kom flygande bara. Bakifrån var ni otäckt lika.”

KAPITEL 16

Per Arvidsson lutade ansiktet i händerna och drog fingrarna genom sitt röda hår. Regnet vräkte ned utanför polishusets fönster och nedanför, på gatan kurade människor ihop sig under paraplyer när de skyndade mot Öster Centrum för att handla inför höststarten. Framför sig på bordet hade han en mapp med den samlade informationen om fallet Erik Hansson, som suttit död i sin bil på 142:an strax före jul. Dödsorsak: förgiftad av tidlösa. Växten såg ut som en krokus på bilden rättsläkaren bifogat. Erik Hansson ägde enligt grannarna inget intresse för örter och läkeväxter. Det fanns inte något i hans annars välfyllda bokhyllor som tydde på ett intresse för naturen över huvudtaget. Antagligen stämde teorin om att han fått eller tagit frön hos Vega på Klinten. Det var värt att notera liksom det fynd man gjort på passagerarplatsen i hans hårt nedslitna bil. Nedklämt mellan dynorna i sätet låg ett kassakvitto från ICA i Hemse, daterat samma dag som bilen enligt vittnen hamnat i diket. När man tittade närmare på vad som inhandlats var det föga troligt att Erik själv köpt varorna; en ängel i trä, tamponger och svarta strumpbyxor i fyrpack. Man hade givetvis kontrollerat med affären, men ingen kunde minnas vem som handlat just de varorna.

Tankarna på mannen som suttit övergiven i sin bil ville inte släppa greppet fast nya arbetsuppgifter väntade. Konstigt hur ett människoöde kan etsa sig fast. Erik Hansson, 39 år, ensamstående, utan nämnvärt umgänge. Långtidssjukskriven snickare efter ett fall från en byggnadsställning då han brutit armen och båda benen, samt ådragit sig en lindrig hjärnskakning. De senaste åren hade han bara haft ströjobb. Ärendet skulle ha avslutats vid det här laget, då inget brott kunde styrkas, om det inte varit för ett nytillkommet vittne som hört av sig vid tiotiden samma förmiddag. Elin Kollin. Hon hade rest till Florida som au pair men vantrivts och rest hem igen i förtid. Eller vantrivts var väl inte riktigt det rätta ordet ... mera längtat hem, skulle man kunna säga. Hon sjöng i en rockgrupp och bandet hade skaffat en ny sångerska som började bli oroväckande duktig. De hade sänt en demo. Elin behövde komma hem och försvara sitt revir, helt enkelt.

Det var på kvällen den 21 december hon gjort en iakttagelse från busshållplatsen utanför ICA-affären i Hemse. (Alltså samma kväll hon for till Visby för att bo över hos en väninna, för att kommande morgon ta flyget till Florida.) Hon hade lagt märke till ett par som satt i en röd Volvo, registreringsnumret hade hon inte snappat upp men väl att det hängde en I-or i mörkblått tyg i framrutan och att höger framhjul saknade navkapsel. Paret i bilen hade grälat högljutt och kvinnan var på väg att lämna bilen flera gånger. Bildörren hade liksom öppnats och stängts gång på gång, som om hon inte kunde bestämma sig för om hon skulle följa med eller gå därifrån. Kvinnan hade tjockt rött hår och en stor vid grön yllekappa med kapuschong. Mannen hade mörka kläder. Elin hade svårt att erinra sig hur han såg ut, mindes bara att de hade bråkat. En kort stund innan de körde i väg mot stan tändes lyset inne i bilen, det verkade som de letade efter någonting och då såg Elin vem kvinnan var. Det var därför hon hade kommit ihåg händelsen. En riktig tevekändis var det, Viktoria Rönnbäck, som brukade svara på frågor i spalten "I gränslandet" i Veckomagasinet Livsstil. Fast hon såg mycket äldre ut än på vinjettbilden. De körde iväg och en kasse som legat ovanpå bakluckan föll ned på marken. Det var säkert den de letat efter. Elin hade försökt fånga deras uppmärksamhet genom att veva med armarna, men de såg henne inte. Kassen hade innehållit strumpbyxor, tamponger och en ful julängel i trä. Precis när hon kontrollerat innehållet hade bussen hon väntade på kommit och hon hade utan att tänka sig för tagit kassen med sig hem utan att tänka på att hon skulle resa till Florida nästa dag. Viktorias insats i programmen om paranormala upplevelser hade blivit ett rejält fiasko sedan ett samhällsprogram i grannkanalen valt att göra en oberoende granskning av förnimmelserna.

De senaste timmarna hade Per försökt få kontakt med Viktoria Rönnbäck, men telefonsvararen hånade honom bara med sitt: Lämna ett meddelande så ringer jag strax upp. På tevestationen kunde man bara bekräfta det som Per redan visste, att Viktoria inte varit aktuell som programledare i fler produktioner sen februari. Den 21 december hade hon dock varit där klockan 20.45, kommit i sista minuten. Det var direktsändning och det första programmet i serien ”Steg i gränslandet.”.

Per hade därefter googlat henne på nätet. Det fanns 21 314 träffar på Viktoria Rönnbäck. Hon hade egen hemsida med länkar till en föreläsningsarrangör och det fanns reportage, insändare och frågespalter.

Det var sannolikt att Viktoria var den person som senast hade sett Erik Hansson vid liv. Utan att först höra henne kunde utredningen inte läggas ned. Elin hade gjort sin iakttagelse ca 20.10, det hade gått att kontrollera tiden mot busstidtabellen. Frågan var då: Hade Viktoria varit med i bilen när Erik for av vägen eller hade han släppt av henne tidigare? Hon hade en tid att passa i stan. Det var bråttom om hon skulle hinna till sitt teveprogram i tid. Direktsändning och det första i serien. Mycket hängde på att det blev lyckat. Berömmelsen, vad var den värd? Hade hon övergivit honom där i diket utan att ta reda på hur det var med honom? Tänkte hon kanske att han redan var död? Hade hon liftat med någon för att komma därifrån? Att kalla på polis och sitta i förhör skulle ha tagit tid, dyrbar sändningstid med risk för att hon helt skulle missa sin stund i rampljuset och vägen till berömmelsen. En teori bara. Per bet på sin blyertspenna och funderade innan han gjorde en anteckning om det i sitt block. Och sen – efter sändningen vågade hon inte återvända till bilen, ville hon inte bli inblandad och dömd i allmänhetens ögon som en svikare. Kunde det vara så? frågade han sig.

På väg hem stannade Per Arvidsson till i huset för det nyinrättade GotSam, där polis, kustbevakningen, sjöfartsverket och försvaret verkade under samma tak som kommun och länsstyrelsen. Han kom förbi för att hämta en videofilm han lånat ut till en kollega och fick höra att ett tak blåst av ett hus i Fide och att vägen mellan Kräklingbo och Norrlanda blockerades av omkullblåsta träd strax före Anga kyrka. Vindstyrkan, som hade uppmätts till 32 meter i sekunden, hade nu lagt sig något. Dessutom hade ett finskregisterat fartyg i stormens första timme gjort en grundstötning på Salvo rev norr om Fårö och man befarade att den kunde ha ankrat av kabeln som gav elförsörjning till Gotska Sandön. Andra fartyg hade rapporterat att fyren lyste svagare. Inget som var av någon egentlig betydelse för sjösäkerheten, inte ens om reservelverket skulle sluta fungera då de flesta fartyg navigerar efter GPS.

”Det är sju kvinnor där ute nu på någon sorts kurs, har jag hört. Hur klarar de sig då?” undrade Sverkersson som bodde granne med skepparen på M/S Gotska Sandön.

”Reservelen har säkert gått igång. Det finns två dieselaggregat som startar automatiskt. Kan förstås bli problem om det blir kondens i tankarna. Det finns ju inte längre några tillsynsmän på ön. Men turisterna hör väl av sig om det blir problem. Det är ju bra täckning på telenätet där ute.” Andersson från kustbevakningen släppte inte radarn med blicken. ”Det finns i alla fall inga fritidsbåtar i vattnet runt Sandön, inte sen i slutet av juli. Jag sa just det till Melkersson att det är en sakrans tur som vädret ser ut framöver. Det blåser upp till full storm i natt igen och det rår vi inte över. Det är Sandögubben som bestämmer vilka som får lämna ön och vilka som blir kvar. Sju kvinnor sa du? Det är klart han vill ha dem för sig själv. Det fattar man ju." Andersson skrattade sitt bullrande skratt och pressade in en prilla snus med ett brett leende.

"Sandögubben?" Per såg frågande ut.

"Jo du, det ska jag berätta för dej om du inte har hört talas om honom. Långt tillbaka på 1600-talet försörjde sig Fåröborna på att jaga säl. Det var en del blodiga stridigheter med rospiggarna tills fåröborna fick Gotska Sandön av drottning Kristina. Sen blev det lite lugnare, men inte utan äventyr. I Fårö kyrka finns det en tavla där man kan se en grupp säljägare som driver iväg på ett isflak ut på öppet hav. Tre av dem kom till Gotska Sandön. De andra drev vidare till den svenska skärgården och räddades senare. En av de män som kom till Sandön fick på sin vandring för att samla in hasselnötter se ett hål och en trappa ned i underjorden vid Höga land. Där inne mötte han Sandögubben som ville hälsa på honom. Genom en kvinnas list använde han sig av ett glödgat ankarfly och gubben kramade så det smälta järnet forsade mellan hans fingrar. Jag kan se att det ännu finns varmt blod i Sverige, sa gubben då och så blåste han upp en förlig vind så fåröbon kunde ta sig hem."

Andersson skrattade åt Pers rundögda barnamin. Antagligen blir man aldrig för gammal för att höra sagor. "Vi rår inte över väder och vind, så är det. Och ibland kan man bli kvar där ute och tvingas tänka över sitt liv, och ännu värre, kanske tvingas möta sig själv i tystnaden."

"Vad sen du är? Du skulle ju försöka komma hem tidigt så jag kunde åka och träna. Hade du glömt det?" Rebecka satt med ytterkläderna på vid köksbordet och såg sur ut när han kom hem. Wilma klängde på hennes ben och gnällde. Träningskläderna stod packade i en väska mitt på golvet.

"Det kom en sak emellan. Jag är ledsen. Sover lillgrabben?"

"Han gjorde det nyss, men han har skrikit hela dagen. Jag tror han har ont i magen. Jag orkar inte med det här när du aldrig kommer hem. Du får ta honom i natt. Ja, jag vet att du jobbar och att jag *bara* är hemma. Om du provade på hur det är att *bara* vara hemma skulle du bryta ihop."

"Antagligen. Det är fullt möjligt." Han försökte krama om Rebecka men hon vek undan. "Problemet är att jag inte kan amma, annars skulle jag ..."

"Skitsnack. Jag kan pumpa ur och det finns mjölkersättning. Jag är så less på det här. Jag kan inte ens gå på toaletten ifred utan att Wilma klänger på mej och gnäller. Jag drar nu och sen ska jag hem till Annika. Hon ska köpa häst. Vet du det? Jag kan bli sen och jag tänker dricka vin. Du kan ju prova med mjölkersättning."

Utan att vänta på svar slog hon igen dörren och Per blev ensam med sina funderingar. Hela dagen hade han tänkt på Maria, hållit sig för sig själv för att få tänka ifred och återuppleva den underbara stunden i mörkret i trädgården när allt det han drömt om och längtat efter kom till honom. Minnet av hennes bröst. Den mjuka, mjuka huden. Hennes ansikte som speglade den lust hon kände, så helt utan förbehåll. Syntes det på honom att han varit otrogen? Varenda cell borde ha blivit självlysande efter den händelsen. Egentligen var det bara rättvist. Det stod ett-ett för Rebecka hade också varit otrogen alldeles i början när de träffades. Han försvarade sig med det, höll det som en sköld mot kommande anklagelser. Det var inte så här han tänkt att livet skulle bli. Rebecka gjorde visserligen allt man kunde förvänta sig av henne, pliktskyldigast såg hon efter barnen, städade, men det fanns ingen glädje i det, ingen lekfullhet – bara gravallvar och krav på millimeterrättvisa. Det var så uppenbart att hon var less på alltihop. Om hon hade mött honom i hallen och krupit in i hans famn och sagt; så bra att du är hemma, hade det känts annorlunda. Då skulle det dåliga samvetet ha fått sig en rejäl skjuts. Nu tyckte han sig nästan ha rätt att längta efter Maria.

Så fort dörren stängts så fanns tankarna på Maria där. Hon öppnade sin famn mot honom, lekfullt och kravlöst. Inom sig visste han att det var orättvist, men han kunde inte låta bli att jämföra. Det fanns en lockande lekfullhet hos Maria som Rebecka saknade helt. Han hade sett henne busa med sina barn på stranden och leka fantasilekar med dem när de byggde slott i sanden och han tvivlade på att Rebecka någonsin skulle göra det. Lekfullheten och smeksamheten fanns som en grundstämning hos Maria, också när hon var trött och ledsen. En enda min, en kommentar mitt i eländet och han bara visste att han älskade henne och att samförståndet fanns. Rebecka var tråkig. Korrekt, plikttrogen och tråkig. Det var inte snällt att tänka så, förstås. Rebecka hade egentligen aldrig fått en ärlig chans. Längtan efter Maria hade alltid funnits där. Inte hade han trott att hon någonsin skulle ta sig ur sitt trassliga äktenskap och att hon skulle vilja ha honom. Han borde vara jublande lycklig, men just nu var det tanken på hur han skulle säga det till Rebecka som överskuggade allt. Hur säger man en sådan sak? Det fanns ingen glädje i äktenskapet längre och det var inte bara Rebeckas fel.

Han hade väl själv inte varit så munter alltid och framför allt hade han inte kunnat älska henne helhjärtat. Att det uppstod ett rasslande ljud när hon kliade sig i hårbotten. När hon kliade sig i hårbotten så det rasslade när han ville sova. Att hon inte tog bort sina avklippta tånaglar från badrumsgolvet, att det blev ränder av brunkräm i handfatet, att hon pratade alldeles för högt i telefonen, att hon drog åt kranarna för hårt. Hennes skratt var förfärligt, ett fågelskri som skar in i märgen. Nej, det var inte Rebeckas fel – det berodde på kärleksbrist i de ögon som såg henne. Per strök med pekfingret över kinden på sin sovande lille son och kände klumpen i halsen. Varför hade han inte de här barnen med Maria i stället? Sina barn kan man inte ångra, men att dela dem med Rebecka varannan vecka, eller ännu värre, om hon lyckades få vårdnaden om dem fick det att vända sig i magen på honom. Att inte få ha dem hos sig varje dag, det skulle vara svårt. Å andra sidan, om han avstod från Maria, hon skulle säkert förstå och acceptera det – som hon spjärnat emot under hela sommaren, vad skulle livet då vara värt? Han kunde fortfarande göra det. Låta det som hänt förbli en hemlighet. En enkel lösning för att slippa stå till svars inför sin fru. Och sen, hur skulle det bli sen ... En hetsig hunger och jakt efter ögonblick och stunder då de kunde få njuta av varandra? Antagligen skulle Maria inte gå med på det, hon skulle försvinna ur hans liv. Så ohyggligt tomt och meningslöst allt skulle bli då. Han måste tala med Rebecka. Hon hade rätt att få veta vad han tänkte och delta i diskussionen om hur framtiden skulle bli ... Rätt att vara fri att hitta någon annan som kunde älska henne utan förbehåll. Det var lätt att veta vad som var rätt, men det skulle krävas ett helvetes mod att säga det till henne. Inte ikväll när hon kom hem, inte när hon var trött. Det bästa vore om de kunde lämna bort barnen till Annika över en natt, men det gick inte så länge pojken hade kolik. Det var för mycket begärt att någon skulle ta hand om honom då. Per satte sig på golvet och tog upp Wilma i sin famn när hon kom tultande. Det kändes tjockt och konstigt i halsen och han märkte att han grät när hon slog armarna om hans hals och försökte prata med honom.

KAPITEL 17

När de upptäckte Evas kropp vid den omkullfallna trädstammen och såg att hennes liv inte gick att rädda hade första tanken varit att få tag på en telefon. Maria hade med en stigande känsla av motvilja trevat igenom Evas kläder för att hitta en mobiltelefon, men inte funnit någon. Då hade de, efter en stunds hetsig diskussion om de skulle återvända till lägret för att leta igenom Evas packning eller gå vidare, beslutat sig för att bege sig till Hamnudden som de tänkt från början. De hade halvsprungit i Viktorias takt med vinden snett i ryggen. Där skulle det enligt kartan finnas en nödtelefon. Det tog inte lång stund att se var den suttit. Ett litet anslag visade att den tagits ur bruk. Man räknade väl med att folk hade mobiler nu för tiden och då var ju abonnemanget överflödigt.

Så märkligt och annorlunda ett ansikte kan te sig när livet flytt och all mimik försvunnit. En utslätad mask. Maria Wern böjde sig över kroppen som låg invid den jättelika rotvältan. Vinden högg tag i hennes långa hår och svepte det framför ögonen. När hon vände sig åt sidan för att få undan det såg hon spåret. Två smala parallella spår, som efter två fötter, som om någon släpat kroppen närmare trädet. Hon sneglade på Evas skor. Hälarna var svarta av jord högt upp på vristerna på benens baksidor, men ingen smuts fanns på framsidan av skorna. När Maria försiktigt vände på Evas huvud såg hon det glipande såret i bakhuvudet, ett jack med skarpa kanter. Kunde en fallande trädstam ge en sådan skada, en vass gren? Tveksamt. En bit av håret var borta, som om det blivit avklippt. En skalp? Hon sa inget fast upptäckten skrämde henne så händerna skakade och tankarna på hur det kunde ha gått till gjorde henne yr. Bakifrån såg det ut som det var du, hade Viktoria sagt. Det kunde ha varit du. Hade Adam Kossaks män fått vetskap om att hon var på ön, hittat henne och följt efter Eva i tron att det var hon? Maria såg sig skräckslagen omkring, försökte se genom den gråmulna dagern in i skogen. Fanns det någon på ön de inte upptäckt? Någon som tagit sig dit efter att tillsynsmännen lämnade ön förra veckan. De steg i land i går morse. Det kändes som en evighet sedan dess. Karin tyckte sig ha sett en man, men hon hade också slagits med flerhövdade hundar. Vagt hade hon själv ett minne ur bolmörtsröken av att någon mansperson deltagit. Nej, hon fick inte låta tankarna skena iväg. De var ensamma på ön och det som hänt var en olycka. Maria letade efter sin kamera i jackans innerficka.

”Vad gör du? Är du inte riktigt normal, ska du fotografera?” Viktorias ansikte och stödkragen kom alldeles nära och gled rakt in i bilden när blixten brann av. ”Det var det mest rubbade jag varit med om. Vad ska du med bilderna till? Visa på nästa släktmiddag eller?” Med ett ryck hade hon slitit kameran ur Marias händer och stampat sönder den mot en sten. Det skedde så snabbt att Maria inte hann fatta vad som hänt förrän det var för sent. Sen besinnade sig Viktoria något. ”Förlåt, men jag tyckte det var så sjukt. Jag ska ersätta den. Vet inte riktigt vad jag gör. Jag blir så lätt irriterad när det blir för mycket omkring mej och jag blir stressad och det liksom bara brinner till ... Jag är inte riktigt mej själv nu. Förlåt mej. Det är därför jag kände att jag behövde komma med på den här kursen. Jag klarar inte att kontrollera mina impulser längre. Jag blir förbannad och osams med alla. Jag ska betala den, jag lovar det, säkert. När jag får mina pengar från försäkringskassan ska jag betala vad den kostade.”

”Jag tänkte att polisen skulle vara intresserad av att se hur det såg ut där hon låg. Hon kan ju inte ligga kvar här på marken, vi måste flytta henne. I värsta fall blir vi inte hämtade förrän på söndag. Om hon ligger här ute kan fåglarna ..." Maria kunde inte förmå sig till att avsluta meningen. "Kroppen måste ligga kallt och skyddat."

"Var ska vi göra av henne, menar du?" Viktoria flyttade fötterna från de sorgliga resterna av Marias digitalkamera. Maria böjde sig ned och plockade med en grimas ihop delarna i sin jackficka.

"I jordkällaren. Det är det enda jag kan komma på."

"Där vi har maten. Uppe vid Fyrbyn? Vi orkar aldrig bära henne dit. Min nacke. Jag är ledsen men jag kan inte." Viktoria tog sig åt ryggen och sen nacken och såg upp mot trädkronorna. "Det blåser upp igen. Vi hinner inte gå och hämta de andra, ovädret kan vara över oss när som helst nu. Jag tycker vi låter henne vara. Vi kommer att hitta hit, trädet ligger ju där det ligger."

"Jag såg en skottkärra, ett gammalt hemmabygge med trähjul i baracken vid Gamla Gården. Jag tror att det går att komma in där. Vi måste i alla fall försöka." Viktoria skakade på huvudet, men Maria gav sig inte.

För att hålla den makabra verkligheten borta talade de oavbrutet med varandra medan de turades om att dra och skjuta den gamla skottkärran över rötter och sandgropar meter för meter mot lägret. Evas kropp låg stel som ett järnspett ovanpå kärran och hotade att glida av om de inte höll emot. Maria försökte att inte se på ansiktet där munnen gapade vidöppen och huvudet skakade från sida till sida. Där hårtofsen klippts av lyste huvudsvålen vit. Småpratet om det vardagliga hjälpte till att hålla paniken borta. Om de inte talade om det uppenbara, om de höll blickarna borta, hade det nästan inte hänt.

"Vi hade en hälsokostaffär, min före detta make och jag. Han klarade inte att köpa ut mej. När jag försökte driva affären gjorde han allt för att sabotera för mej. Det tog all min kraft och jag orkade till slut inte med mer bråk utan sålde affären till honom ", svarade Viktoria med visst dröjsmål på Marias fråga. "Sen utbildade jag mej på hälsofritidslinjen och blev livsstilscoach."

”Vad vill kunderna att du ska ge dem? Vad har du att erbjuda dem?” fortsatte Maria utan att egentligen lyssna på svaret. Det var rösten hon ville höra. En vanlig röst som talade om vardagliga saker. Allt var bättre än tystnaden och de allt mer påträngande tankarna på hur Eva kunde ha dött. Hon såg ut som du, Maria! Var det Adam och hans vänner som dödat henne av misstag? Skepparen på M/S Gotska Sandön hade sagt att de var ensamma på ön, att inga andra fartyg ankrat upp vid kusten på hela augusti. Och under våren och sommaren hade tillsynsmännen funnits där. Det fanns en regel som sa att ingen får vara på ön i mer än sju dygn, det var därför kursen bara var en vecka. Maria gick i minnet igenom gårdagens händelser. Samlingen där de talat om att allt kommer igen, ont som gott. Karin hade dragit kniv mot Eva ... minnesbilderna blixtrade förbi. Karin? Det fick inte vara Karin. Det måste vara en olyckshändelse. Blåsten. Trädet som föll.

När Viktoria svarade hade Maria redan glömt bort sin artiga fråga om vad som förväntas av en livsstilscoach.

”Jag försöker definiera vad de önskar sig av livet och sen hjälper jag dem att se hur de kan realisera det som kan bli verklighet och att acceptera det som inte går att uppnå.” Viktoria stannade och pustade en stund. Håret låg klistrat över axlarna i vätan och hon flätade snabbt ihop det till en hård piska. ”Sen gick jag in i väggen. Glömde mina egna behov och levde efter andra människors förväntningar. Jag tyckte inte jag var värd bättre. Jag var tillgänglig alla tider på dygnet för att ge råd och glada tillrop. Sen fick jag erbjudande om ett jobb som programledare genom en av mina kunder som hade kontakter i mediavärlden. Det var tal om att jag skulle få hjälp av en spökskrivare att göra en självhjälpsbok i konsten att leva med Lusten som drivkraft. Ha ha. Jag vet inte om du kan förstå hur det känns att få så mycket uppmärksamhet, brev, telefonsamtal, uppvaktning. Människor som sa att jag förändrat deras liv, att jag räddat dem. Och att sen i ett enda slag bli fråntagen alltihop. Grannkanalen avslöjade mitt program som en bluff. Att från ena dagen till den andra bli lika föraktad som man nyss var beundrad och respekterad är det värsta skamstraff man kan få. Nej, det är klart du inte kan föreställa dej det. Media äter människor levande. Bekräftelse är nog den mest beroendeframkallande drog man kan bli hög på. Ju mer man får, desto mer krävs det för att få en kick. Jag bröt ihop. Fick tabletter att sova på som jag sköljde ned med gin och tonic. Jag hatar gin och tonic. Fixade andra tabletter som höll mej vaken."

"Hur fick du din whiplashskada då?" Maria hade haft frågan på tungan länge, men inte kommit sig för att säga något om stödkragen Viktoria bar.

"Jag hade bråttom till tevestudion, det snöade men jag tog ändå cykeln för jag var sen. Så fick jag sladd, förlorade balansen och brakade in i en husvägg. Jag borde ha åkt direkt till lasarettet men teveprogrammet var viktigare." Viktoria stannade till och tog sig åt ryggen. "Gud, det är så hemskt att hon ligger där död på kärran. Det är så overkligt. I vanliga fall ringer man en ambulans och sen kommer det någon och tar hand om alltihop. Men inte nu. Jag vet inte om jag klarar det här."

"Man klarar det man måste klara", sa Maria utan större övertygelse. Kärrans hjul hade grävt ned sig i sanden och de fick hjälpas åt att skjuta den framåt.

"Du själv då – vad har fått dej att fly till denna obebodda ö? Vet du, något säger mej att du inte är florist. Ett bristande intresse för växter, kanske. Irma och din väninna Karin har gått med näsan i backen sen vi kom hit för att se vad som växer, men du har faktiskt inte haft ett enda rätt hittills, inte ens på bolmört. Det är klart att någon måste ju vara sämst i klassen, men det skulle förvåna mej om det var du. Varför kom du hit egentligen?"

Maria kände sig för ögonblicket ställd. Vad skulle hon svara? Det fanns ingen plan B och det kändes inte bra att ljuga.

"På grund av en man." Hon ångrade sig redan när hon sa det.

Men Viktoria bad henne inte utveckla det utan blev i stället tyst och tankfull. Kärran med den stela kroppen krängde till och välte på en tuva med lysande ljung. Kroppen föll ur. Ansiktet hamnade nedåt och såret i bakhuvudet blottades. Utan att tala om det uppenbara och fasansfulla i vad de såg lyfte de tillbaka Evas stela kropp som om den varit en timmerstock. Viktorias blick vandrade före dem på stigen. Hennes röst lät hårt pressad och klanglös.

”Jag kanske också är här på grund av en man. Vad är det egentligen som säger att det är arbetslivet som gör att man inte orkar med, man kan ju ha fler livskontrakt. Det är bara om man engagerar sig som man kan bli utbränd, eller hur? Om någon tar sitt liv ... hotar att ta sitt liv och sen gör det ...” Viktoria tappade rösten.

”Var det så?” Maria stannade kärran medan hon väntade in Viktorias svar.

”Ja. Jag kanske hade kunnat förhindra det. Det är den tanken som plågar mej mest. Om jag inte lekt med hans känslor för att själv få bekräftelse kanske han hade levt nu.”

När de kom upp till Fyrbyn såg de först Rosita. Hon låg på knä vid brunnen och knöt ihop sovsäckssnören till ett långt rep. När hon såg dem reste hon sig och sprang dem till mötes.

”Det går inte att få upp vatten. Brunnen är för djup. Jag når bara halvvägs med de repstumpar och snören jag fixat. Vad har hänt med Eva?” Rosita tystnade och blev gråblek i ansiktet vid åsynen av kroppen på kärran. Handen sökte sig mot halsen och hon backade ett steg när hon insåg att Eva inte längre var vid liv.

”Hon blev träffad av ett träd”, sa Viktoria. ”Vi hittade henne liggande bredvid en stor fura som hade blåst omkull. Hon måste ha blivit träffad i huvudet av en gren.”

”Är hon död?” Rosita stirrade på Maria, grep tag om hennes handled och grävde med naglarna i skinnet. ”Det får inte vara så. Det kan inte vara så. Vad ska vi göra? Det går inte att komma härifrån. Vi har letat igenom Evas ryggsäck och kläder, men det finns ingen telefon. Jag vill inte, orkar inte! Jag klarar bara inte av det här." Rosita stampade med fötterna som om hon stod i en myrstack och andades fort och djupt. Maria tog henne i sin famn och höll om henne en lång stund. Viktoria stod som paralyserad, som om det var först nu hon vågat släppa in det hemska som hänt. I samma stund kom Irma och Lena-Marie.

När de hämtat sig från den första handlingsförlamande chocken hjälptes de alla åt att lägga kroppen på ett liggunderlag i jordkällaren.

"Kylaggregatet i jordkällaren gick på el, det fungerar inte. Det kommer att bli lika varmt här som ute. Men det är ett skydd mot fåglar och andra djur." Lena-Marie snodde ihop sitt långa lockiga hår till en knut i nacken medan hon funderade på hur de skulle göra. "Tillsvidare kanske det ändå är den bästa platsen?"

"Hur är det med Karin?" Maria tyckte det var konstigt att hon inte följt med de andra. "Är hon kvar i kapellet?"

"Karin? Vi trodde hon hade följt efter er. Jag har inte sett henne på flera timmar. Har du?" Irma vände sig mot Lena-Marie som gick i täten ned mot kapellet.

"Hon bara försvann när vi sa att vi inte orkade lyssna på henne. Nej, jag har inte sett henne, jag trodde hon var med dej vid lägret och letade efter Evas saker, eller med Rosita och försökte få upp vatten från brunnen."

"Jag vet inte vad som tog åt henne", sa Rosita. "Hon svamlade och var definitivt inte klar och redig. Det var något om en kines, det var hur tokigt som helst. Hon sa att kinesen, som kastats överbord, inte hade en bönbok utan en kokbok i handen. Det var han som var kocken. Det var därför de vräkte honom överbord, för att hans kokkonst var usel. Hon skrattade, men det var inget riktigt skratt. Otäckt var det och sen tvärvände hon och blev alldeles svart i blicken och sa att hon var förföljd av ondska, onda makter som skulle förgöra allt och alla hon älskar. Hon hävdar med bestämdhet att hon såg en man med svart skägg. Han hade en yxa. Det gick inte att prata förnuft med henne."

"Det fanns en kines som flöt i land här på Sandön", sa Irma. "Jag berättade om det precis när ni gått iväg. Hans grav finns på ön. Men Karin blandade ihop det något så otroligt – gick upp i varv liksom och skulle rädda honom. Hon blev skogstokig och lyssnade inte alls utan pratade på bara ... helt osammanhängande. Och det är mitt fel, jag skulle aldrig ha plockat den där bolmörten. Det är ju fruktansvärt om det gjorde att hon blev så förvirrad. Om hon mådde halvdåligt innan, liksom var på gränsen till ett sammanbrott och festen igår blev droppen."

"Vi måste hitta henne", sa Maria. "Ärligt talat har hon inte riktigt varit sig själv. Hon har haft en del märkliga synupplevelser, just när hon vaknat, och det är ju inte så konstigt, men det var så underliga saker hon sa." Maria anklagade sig själv, hon borde ha kontaktat Julius när Karins berättelser blev alltför otroliga. Det hade varit ett svek förstås, men att inte hjälpa henne i det förvirrade tillstånd hon befann sig kanske var ett ännu större svek.

Viktoria satte sig ned på kapellets trappa.

"Jag orkar inte gå ett steg till. Finns det någonting att äta? Eller dricka för den delen. Vi fick inte med oss något vatten. Det fanns inget vatten. Vi kan inte klara oss särskilt länge om vi inte hittar något att dricka."

"Brunnen är för djup. Vi har inget rep som räcker ned. Vi kanske måste bryta upp husen och bodarna och börja leta efter redskap." Rosita visade på det rep hon lyckats få tag i och som hon skarvat meter för meter med snören till sovsäckar och annan packning. "Det räckte inte på långa vägar. Jag måste bekänna en sak. Det fanns en hink vid brunnen och jag har tappat ned den. Det plumsade, så det finns vatten där nere, men jag vet inte hur vi ska göra för att få upp den igen. Vi överlever inte utan något att dricka."

De gick dit och Lena-Marie lyfte på brunnslocket.

”Man skulle kanske kunna klättra ned efter hinken.”

”Du är inte klok! Det är livsfarligt. Vi måste hitta vatten någon annanstans. Om man ser på kartan finns det flera hus längs kusten. Det måste finnas flera brunnar.” Viktoria tog av sig ryggsäcken och vecklade upp kartan.

”Utan vatten kommer vi inte att klara oss länge. Det finns filmjölk och en PET-flaska med mineralvatten och Rosita hade visst apelsinjuice, men sen är det slut.”

De samlades runt kartan och diskuterade utan att komma till något beslut. Tankarna på hur Eva dött återkom och behövde få utrymme.

”Jag är inte säker på att Evas död var en olycka.” Maria redogjorde för sina iakttagelser på olycksplatsen. Spåren efter kroppen som hade släpats, huggsåret i bakhuvudet. ”Om hon träffats av en tjock gren skulle såret inte ha haft riktigt så skarpa kanter, tror jag. Vad jag säger är att det kan vara en olycka, men det är inte säkert att det är det.”

”Varför sa du inget till mej om vad du tänkte?” Viktorias ansikte förändrades och blev högrött. ”Du tror väl inte att det var jag? Det kan du bara inte mena? Litar du inte på mej? Det kan förresten lika gärna vara du. Det var väl ingen som hade någon koll i går kväll. Och Karin ...”

”Det kan vara vem som helst av oss”, sa Maria.

KAPITEL 18

Under en beklämmande tystnad åt de kall och jordblandad couscous, morötter och delade på en hemodlad gurka med taggar som en kaktus. Lena-Marie mätte noggrant upp det vatten man lyckats samla in genom att ställa ut alla djupa tallrikar, bunkar och kastruller i regnet. De flesta kärlen hade blåst iväg eller vält omkull, men det räckte till några få centiliter var. Från den lilla dammen med sötvatten vid kapellet där fåglarna höll till tordes man inte ta vatten med tanke på smittorisken. Irma talade sig varm för att man kunde sila det genom en strumpa med sand och fönsterlav men när det kom till kritan var hon inte villig att dricka det själv och följaktligen ingen annan heller. Maria plockade bort några tallbarr och små svarta insekter från sörjan på sin tallrik. Kallt och smaklöst var det, trots några stänk av tomatpuré. Hon huttrade i sina fuktiga kläder. Frågan som sysselsatte henne och höll tankarna på Eva borta var om couscousen blivit tillräckligt vattenmättad eller om den skulle svälla i magen. Om tarmarna blir helt utspända och spricker och innehållet kommer ut i fri bukhåla dör man säkert under hemska plågor i bukhåleinflammation, tänkte hon. Vi föds och vi dör. Livet är en sexuellt överförd sjukdom med garanterat dödlig utgång och något ska man dö av. Hon hade bara hoppats att det skulle bli mer glamouröst än att dö av spruckna tarmar. En rysning kom smygande utefter ryggraden. Evas ansikte med den gapande munnen blixtrade förbi. Hon försökte mota bort tankarna på den bleka fuktiga huden, den dödas ansikte, för att kunna svälja maten. Den kväljde henne nu.

”Nån som vill ha min couscous, jag får inte ner den.” Hon sköt undan tallriken. ”Ingen?”

De andra skakade på huvudet. Bara Irma åt upp sin portion utan större svårigheter.

Vinden hade åter ökat i styrka. Det var råkallt i kapellet men de tordes inte göra upp eld att värma sig vid. Sommaren hade varit torr, gräset låg gulnat och bränt och mossan var som fnöske. Visserligen hade det regnat en skvätt men om glöden blåste iväg in under träden kunde det ta eld ändå. En gnista bara och de skulle inte ha någon annanstans att fly än ut i havet om ön började brinna.

”Annars kunde man ha gjort signaleldar”, sa Lena-Marie. ”Tre eldar i en trekant betyder Hjälp. Om någon ser det från luften, alltså.”

”Det verkar inte finnas så mycket som rör sig i luften, bara fåglar. Det vore som att elda för kråkorna.” Ingen drog ens på mun åt Rositas försök att skämta. ”Den här couscousen knastrar mellan tänderna. Jag kan inte äta min heller. Kan vi inte öppna ett par korvburkar i stället?” Rosita reste sig halvvägs och blev bryskt satt på plats av Lena-Marie.

”Den mat som håller sig längst måste vi spara till sist. Det finns inget som talar för att vi kommer härifrån förrän på söndag. Och om det fortsätter blåsa kanske vi inte ens blir hämtade då. De räknar med att vi har extraproviant med oss.”

”Det måste finnas något sätt att bli hämtade tidigare.” Rosita började gråta. Anspänningen och sen tillrättavisningen blev för mycket för henne och hon snorade och grät med öppen mun. ”Jag orkar inte med det här. Jag vill härifrån. Det är ju för fan hemskt. Vi har ett kylrum – där har vi en döing. Det går väl inte att äta maten som vi har där borta nu? Den är väl typ smittad. Jag vill ha hand om min egen mat!” Hon snyftade högljutt. ”Jag vill ha min mat! Och sen vill jag sova tills vi blir hämtade. Jag är sjuk och dödstrött, jag orkar inte. Jag kom hit för att jag behövde vila!”

”Problemet är först och främst att vi inte har något vatten och att allt bröd och alla gryn är genomblöta. Det vi har i konservform kommer inte att räcka och då är det bäst att vi hjälps åt att ransonera det. Vi får försöka dryga ut det med bär och svamp.” Lena-Marie sa det med vänlig röst och vänd till Rosita. Antagligen kände hon sig rätt så illa till mods efter att ha framkallat gråtattacken.

”I nödfall finns det förstås strandkål, maskrosor, nässlor”, sa Irma. ”Men inget av det är särskilt gott så här års. Eller vad säger du Maria, som är expert på växter. Florist. Vad kan man mer tänka sig att äta?”

Maria hajade till, märkte att hon inte alls hade lyssnat. Hennes tankar hade varit hos Karin. Hur illa var det med henne? De måste hitta henne, det var det viktigaste just nu, att hitta Karin och att hämta vatten. Hon framförde sina synpunkter och de andra höll med.

”Jag behöver duscha.” Rosita sniffade sig i armhålan och gjorde en grimas. ”Ni andra luktar inte särskilt gott heller.”

Irma himlade sig. ”Lite skit har ingen dött av.” När hon kom på att det hon just sagt lät ganska illa trasslade hon in sig i en evighetsbortförklaring och gick in i en loop när hon om och om igen försökte ta det från början. Ingen orkade lyssna.

”Hur gör vi nu då?” avbröt Maria. Hon kände rastlösheten krypa i kroppen. De kunde inte bara sitta här och vänta tills det blev mörkt. Hur skulle de då hitta Karin?

De delade upp sig i två grupper. Viktoria och Irma gick för att hämta en hink Viktoria sett vid Gamla Gården och övriga gick för att leta efter Karin i den riktning hon försvunnit. På vägen kunde de plocka svamp och lingon och kika in i husen i Fyrbyn. Kanske hade tillsynsmännen lämnat kvar något man kunde få användning för. De skulle inte stjäla, bara låna. Nöden har ingen lag.

Maria, Rosita och Lena-Marie gick vägen genom lägret och upp till husen i Fyrbyn och kände på alla dörrar. Det var som de befarat låst överallt. Det blåste rejält nu och det troligaste var väl ändå att Karin tagit skydd någonstans.

”I det här läget måste man få bryta sig in och se om det finns något vi kan ha nytta av”, tänkte Maria högt för sig själv och ställde sig på tå för att kunna se in genom fönstret på fyrmästarbostaden. Låset till dörren såg inte särskilt svårforcerat ut, men frågan var vad de skulle kunna hitta som vore värt mödan. Svaret kom när Lena-Marie tittade in genom nästa fönster.

”Ett stormkök. Det står ett litet stormkök där inne på bänken. Om det finns rödsprit skulle vi kunna steka svampen.”

”Då skulle vi kunna koka kaffe”, sa Rosita och ett stort leende spred sig i hennes annars så mulna ansikte. Hon tog fram Lena-Maries dolk ur ryggsäcken och började bända upp låset.

”Så där var min kniv. Jag letade faktiskt efter den. Du kan inte bara ta den och stoppa den på dej.” Lena-Marie gav Rosita en tillrättavisande blick.

”Jag lirkade av Karin kniven när hon började bli konstig i dag. Det ska du vara tacksam för. Det vet ingen vad hon kunde ha gjort annars.” Rosita stoppade in knivbladet lite längre och bröt till. ”Nej, jag tänker inte ha av den”, sa hon innan Lena-Marie hann öppna munnen. Låset gick upp men de fick ta i för att få upp dörren i blåsten. När de sökte igenom lådor och skåp hittade Maria en flaska rödsprit i en låda. Flaskan var knappt halvfull, men i bästa fall kanske det fanns mer i någon av de andra bodarna. Maria lånade kniven av Rosita och forcerade dörren till kontoret. I bästa fall kanske de hade lämnat kvar en VHF-radio. Maria hoppades på det när hon fortsatte leta. Så vitt hon mindes var kanal 16 den man använde för nödrop. Håller man in knapparna hela tiden kan man inte höra vad någon i andra änden säger. Man släpper när man pratar och håller in dem när man lyssnar. Det var länge sen hon använde en sådan men nu när hon repeterat för sig själv tänkte hon att det vore en möjlighet till räddning. Så slog det henne att VHF-radion så klart också gick på el. Även om tillsynsmännen skulle ha lämnat kvar utrustningen så skulle hon inte kunna få den att fungera. Maria satte sig på golvet med huvudet mot väggen. För en kort stund hade räddningen varit så nära, hon hade hunnit formulera orden för att säga att Eva var död och att de behövde hjälp omedelbart. En helikopter. Polis. Hungern rev i magen och hon kände sig yr. Det kändes som att befinna sig i en film där hon kunde iaktta de andra skådespelarna och själv hade en roll med repliker ur ett okänt manus där de tragglade sig fram utan att känna till slutet. Om de bara hade haft elektricitet skulle det ha varit drägligare. Då kunde de ha fått lite värme. Det skulle ha gjort stor skillnad att ha torra och varma kläder.

I Fyrbyns utkant fanns en snickarbod. Till Marias förvåning var den inte låst. Märken vid låset tydde på att den blivit uppbruten. Utmed ena väggen hängde redskap, hammare, tänger, stämjärn. Ett par krokar var tomma. Det kunde vara den naturliga platsen för en yxa. Lite längre bort på väggen fanns huvudströmbrytaren. Strömmen var påslagen. Det var alltså inte där felet låg. De plockade med sig de redskap de trodde sig kunna ha nytta av. Ett rep, som till Rositas besvikelse visade sig vara högst tre meter. En kofot och en stor svart presenning. När de rundade huset såg de transformatorstationen. Den var omgärdad med staket och på fronten fanns en varningstext. Maria tvärstannade och pekade och de andra såg samma sak. Väsentliga delar av anläggningen var sönderslagna med en yxa som fortfarande satt kvar i plåten. Någon hade saboterat transformatorn! Elavbrottet var inte en följd av det dåliga vädret eller något som skett av en slump. Det var någon som med avsikt gjort ön strömlös. De såg på varandra medan sanningen gick upp för dem. Någon på ön hade gjort den strömlös … någon av dem. Men vem? Det tog en stund för Rosita att inse faktum.

”Men varför fick den som gjorde det inte ström i sig då?”

”Yxor har träskaft, de leder inte ström”, förklarade Maria samtidigt som hon hejdade sin första impuls att hämta tillbaka yxan. Det kunde finnas fingeravtryck på den. När de blev hämtade från ön kunde eventuella avtryck vara bindande bevis.

Kämpande i motvind tog de sig ned till båthuset, men det var också låst och med ett betydligt grövre lås. Och även om det fanns en båt där inne var vädret inte sådant att de skulle våga ge sig ut. Nere på stranden gick vågorna höga, de vräkte in över den breda sandstranden och ljudet var så öronbedövande att de fick skrika till varandra för att de korta meddelandena skulle nå fram. Ändå kämpade de sig steg för steg mot Beckrevet och Las Palmas och vidare så de kunde se Säludden. Sanden yrde och stack som nålar i deras ansikten.

”Det känns som att bli avlutad i kaustiksoda eller sandblästrad.” Lena-Marie berättade att ön varje år förlorar en meter land i söder och byggs på i norr för att sanddynerna flyttar sig. ”Ön är en 70 meter djup sanddyn. För att binda sanden planterade man in gräs och tallskog. Men ibland vinner sanden ändå, som i döda skogen där tallarna delvis begravts och dött kvävningsdöden. Ekarna klarar sig bättre. De kan vara begravda ända upp till kronan och leva ändå. Är det idé att vi går längre åt det här hållet? Jag föreslår att vi går skogsvägen hem genom Schipkapasset.” Ingen hade något att invända. Karin fanns inte där och om de gick genom skogen skulle de kunna plocka lingon. Sanden yrde fast de hade vinden i ryggen och stegen blev allt tyngre. Det borde vara mera lä i skogen. Rosita snubblade fram. Hon var hungrig och törstig och talade oavbrutet om mat och dryck. Trerättersmiddagar med ost, frukt och dessertviner som avslutning. Grillspett med bearnaisesås och tsatsiki och dragonkryddad klyftpotatis och halstrad lax med persiljesås och små snittar med gravlax och renskav med pepparrotsgrädde och dillkött och kalops och mangosorbet, tills Lena-Marie bad henne hålla käft.

Maria vände sig om och hämtade andan innan de vek av in i skogen. Det fanns en mäktig skönhet i havets vrede, himlens mörka färger som nu började tona i rött och den orörda strandlinjen. Det var inte svårt att föreställa sig hur skeppsbrutna män vadade i land efter sin kamp mot vågorna och utmattade föll ihop på stranden. Var det sant som sägnen sa att Gottberg och hans vilda döttrar hade skjutit ihjäl dem när de kom i land? Var det sägner som undan för undan byggts på och kryddats på sin vandring från mun till mun eller hade det hänt i verkligheten? Öns historia och de märkliga namnen på kartan, som Franska bukten och Vinbukten var starkt förbundna med fartyg som förlist, gått på grund vid Kopparstenarna eller slagits sönder i stormen.

”När ett fartyg ska gå på grund brukar Beckrevsmannen visa sig”, sa Lena-Marie. ”Det är lätt hänt att man ser syner här ute. Hjärnan spelar en ett spratt helt enkelt. Det finns skriktallar, torra tallgrenar som ger ifrån sig klagande rop när de gnids mot varandra och träden som krökt sig i vinden ser ut som vålnader utan huvud. När man går i skogen förskjuts perspektiven och ett träd som man inte tidigare har sett för att det var skymt dyker plötsligt upp i synfältets yttersta rand och skrämmer skiten ur en. Det känns som om man är förföljd. Eva och jag pratade om det sist vi var här.” Lena-Marie blev tårögd och tystnade en stund innan hon kunde fortsätta berätta om Eva. ”Hon tyckte sig se en man med yxa i handen när hon var ensam nere vid stranden. När jag tänker på det nu är det riktigt, riktigt ruggigt.”

”Gottberg”, fyllde Rosita i.

”Kanske det. Hon var säker på att hon hade sett honom. Han hade ett buskigt skägg och hon hade tvekat om hon skulle vända om och springa åt andra hållet, men kom på att då skulle hon få gå genom skogen hem och det vågade hon inte heller. Hon tyckte att han skrattade åt henne på ett knarrigt gammelmansvis när hon rusade förbi honom och när hon kom upp till lägret var hon alldeles skakig och helt tvärsäker på att han var levande och att han hållit en yxa i handen. Så nästa morgon gick vi dit i dagsljus. Hon ställde sig på den plats där hon stod när hon såg honom och då såg hon att formen på den knotiga tallen hade samma form som figuren. Hon hade varit rädd när hon gick ensam i mörkret och när hjärnan fick signaler om en skepnad fyllde den själv i luckorna som fattades så det blev en man. När fara hotar måste man besluta om man ska fly eller slåss. Då letar hjärnan i arkivet efter liknande fakta som kan göra bilden tydligare och mera begriplig för att man ska kunna fatta ett klokt beslut. Eftersom hon nyss tänkt på Gottberg var den mappen liksom öppen."

"Eller också var det Gottberg", sa Rosita. "Maria, du sa att såret Eva hade i bakhuvudet såg ut som om någon slagit henne med yxa?"

"Jag vet inte säkert. En yxa eller något annat vasst. Men det är som Lena-Marie säger, lätt att konstruera sanningar i efterhand för att det måste finnas en vettig förklaring och en mening." Att dö under ett fallande träd saknar all mening, tänkte hon.

KAPITEL 19

Ända sedan ön steg ur ishavet har sanden gömt och uppenbarat sina hemligheter efter behag. Döda skogens spöklikt vita tallkronor sjunker allt djupare in i hennes famn. Och alla de döda. Alla de som förlist, eller dräpts eller dött av svält och umbäranden sveper hon och begraver i sin modersfamn. Men stormen kan ibland få henne att avslöja sina hemligheter. Ett skelett kan med hjälp av vinden grävas upp och täckas av. Vid en första anblick är det omöjligt att säga om det tillhört en säljägare på stenåldern eller om det är någon av de olyckliga Gottberg dräpt eller kanske mer sentida än så. När det kommer till skelettnivå är vi alla så kusligt lika.

Sydvästlig vind. Sen urminnes tider har ön på det sättet vandrat i nordlig riktning. Förlorat land i söder och byggts på i norr tills AGA-fyren på Hamnudden ramlade i havet.

Stormen rasade utanför kapellets fönster. Den tjöt invid knutarna, rev och skrek i trädkronorna, knäckte grenar och piskade på de stålgrå vågorna som vräkte in över stranden och girigt drog med sig det som lät sig fångas tillbaka i havet. Sanden yrde över land och smög sig in i alla vrår, slipade bort kantigheter och blästrade glasrutorna till grumlighet. Det var mörkt nu och ett tjockt molntäcke filtrerade bort månljuset som annars skulle ha lyst upp de ljusa sandstigarna i skogen. Utmattade hade de fått ge upp sökandet efter Karin. Maria kunde bara hoppas att hon lyckats ta skydd någonstans. I Fyrbyn var hon inte och inte nere vid Gamla Gården. Viktoria och Irma hade varit så långt som till Hamnudden innan de gav upp och vände.

Maria hade varit beredd att gå ut igen när alla hade samlats och Karin inte var med de andra, men Lena-Marie hade övertalat henne att lugna sig till dagen därpå.

”Du skulle gå vilse. Om någon slog ned Eva är det farligt att vara ensam där ute. Förstår du inte det? Vi måste hålla ihop.”

”Tror du det var Karin ... tror du verkligen att hon gjorde det?” Maria kände oron som en gripande klo i magen, en känsla av stark olust som inte gick att bli av med. Kroppen skrek efter mat och vila och skydd, men tankarna på Karin som fanns där ute ensam i mörkret plågade henne än mer.

”Vad tror du själv?” sa Lena-Marie. Men Maria svarade inte, kunde inte förmå sig att tänka tanken fullt ut. Karin mådde inte bra. Det hade funnits tecken och om hon tagit dem på allvar skulle Karin kanske inte ens ha följt med till ön. Hon behövde hjälp. Motvilligt lät Maria sig fösas in och dörren stängdes. Fuktiga av duggregnet, svettiga och trötta sjönk de ihop på bänkarna i kapellet. Sällan hade kaffe smakat så gott, till och med Lena-Marie drack och såg ut att njuta av det fast reglerna om stimulantia de satt upp för kursen förbjöd koffein. Viktoria hade förutseende nog haft med sig pulverkaffe i en plastpåse i ryggsäcken och just för stunden stod hennes aktier högt i kurs. Efter långa diskussioner hade de beslutat sig för att mineralvattnet skulle bli kaffe, visserligen hade det varit bättre för vätskebalansen att dricka vattnet som det var, men ändå blev beslutet enhälligt.

”Undrar vad det är som är gott med kaffe, egentligen”, filosoferade hon. ”Egentligen smakar det som ett uppkok på cigarettfimpar.”

”Jag skulle ge vad som helst för en cigarettfimp”, sa Rosita. ”Helvete vad jag är röksugen!” Hon kröp ihop i sin sovsäck och drog upp huvan så hon såg ut som en lång grön mask. ”Det är kaffet som gör att man blir röksugen. Det är som korvbröd utan korv, hamburgare utan ketchup, gröt utan mjölk. Jag vill ha en cigg.”

”Hundra kronor”, sa Irma och räknade låtsassedlar med fingrarna.

”Va? Har du cigaretter. Vad i helvete! Och det säger du nu. Ro hit med en.” Rosita satte sig kapprak upp.

”Jag skojade bara”, sa Irma när Rosita maskade sig närmare. ”Inga cigaretter. Niente!”

”Det var inte ett dugg roligt!” Den förpuppade Rosita blev purken och rullade ihop sig på luftmadrassen till ett nystan.

”Egentligen är kaffe inte gott”, fortsatte Viktoria som inte ville bli av med sin plats i centrum. ”Jag tror det mer är vad som förknippas med kaffedrickandet som gör att man inbillar sig att det är gott. Det är rasten, sällskapet och det man äter till som är gott. Kaffet i sig smakar ganska vedervärdigt.”

”Lingon och kaffe, nam nam”, muttrade Rosita. ”Finns det mera svamp kvar?”

”Slut. Det finns lite couscous och bulgur kvar om du fortfarande är hungrig”, sa Irma och kvävde stormkökets låga med locket för att spara på rödspriten. Kanske hade hon lite dåligt samvete för sitt utspel om cigaretter nyss och försökte hitta någonting att erbjuda i stället.

”Så hungrig är jag inte.” Rosita vände sig bort mot fönstret för att slippa se det som bjöds. Hon drog ljudligt efter luft och allas blickar vändes mot henne. ”Såg ni? Jag tyckte jag såg ett ansikte i fönstret. Det var något som liksom skymtade förbi.” Hon hasade snabbt framåt i sin sovsäck så hon kunde se bättre. ”Nu är det borta. Det var någon där, tror jag. Det försvann så fort.”

Innan någon hade hunnit reagera var Maria utanför dörren med en ficklampa i handen. Varenda minut hade hon tänkt på Karin. Väntat. Lyssnat. Spanat ut genom fönstren. Det måste vara Karin! Vad hon än gjort var det bättre att ha henne under kontroll än att hon irrade omkring där ute.

”Karin är det du?” Stormen täppte igen munnen på henne fast hon tog i av alla krafter. ”Kaaariiin!” De andra kom också ut. Lena-Marie var beväpnad med en träpåk och Viktoria med ett grillspett.

”Karin! Kom in – vi vill dej bara väl! Det är jag, Maria!” Ropet var bara en viskning i stormen, sanden yrde och grenar brast och föll ned i ett regn av barr och löv. De delade på sig och sökte igenom Kapellänget. Maria kröp in och lyste igenom buskaget där hon hittat Irma den första dagen, men det fanns ingen där och de återvände missmodiga in.

”Hur säker är du på att det var ett ansikte? Såg du att det var ett ansikte eller var det bara en rörelse?” frågade Lena-Marie. ”Jag har också suttit och tittat ut genom fönstret och ibland sätter det sig ett löv på rutan innan det far vidare. Kan det ha varit så?”

”De kan kanske ha varit så.” Rosita såg tveksam ut. ”Jag tänkte på Karin och att hon inte har fått något att äta och så dök det där upp, det var bara någon sekund. Jag vet inte? Hennes ljusröda hårfärg och färgen på löven, jag vet inte.”

”Om det var Karin, om hon finns där ute så hittar hon oss ju om hon vill”, sa Viktoria när Maria inte ville ge upp. ”Spara dina krafter, de kan behövas i morgon när det är ljust och vi ska fortsätta leta efter henne. Du sviker henne inte, du tar bara en paus tills det blir ljust.”

Ett vrål från Irma fick alla att rusa mot kapellet.

”Vad är det?” Lena-Marie såg sig om med uppspärrad blick. ”Såg du henne?”

”Nej, nej. Men kolla på Rosita. Hon har tvättat sig i bunken med regnvattnet vi samlat. Det är allt vatten vi har till i morgon bitti och hon tvättar sig i det! Hon stod så här med båda armarna nedkörda och sen tvättade hon sig under armarna. Kolla då, hon är fortfarande våt på händerna. Det är tvålskum i vattnet.”

”Vadå då, vi kan väl hämta nytt i morgon?”

”Du har inte ens varit med och samlat ihop slattarna. Det tog två timmar. Fattar du vad jag säger, två timmar. Medan du låg här uppe och latade dej, din jävla kossa.” Irma var så arg så hon skakade.

Rosita började gråta och Irma kom av sig när hon inte fick stöd av någon annan. Det som behövde sägas var sagt. De gjorde sig i ordning för natten och blåste ut ljusstumpen de hittat i sakristian. Utanför fönstret fortsatte stormen med oförminskad styrka. Maria lyssnade och hoppades.

"Det finns en hemsk skröna jag kommer att tänka på." Irmas röst var dov och lite hes. "Bourgström, som var fyrvaktare här ute, berättade den för Albert Engström. Den handlar om ett ansikte som dök upp i ett fönster."

"Vet inte om vi orkar med det just nu." Rosita tyckte det räckte mer än väl med den verklighet de tvingades vara i. Men Irma var oförmögen att känna av sådana vibrationer.

"Det var ett fartyg som förliste på vintern utanför Sandöns kust och man upptäckte ett manslik som frusit fast i isen. Det gick inte att få loss honom och begrava honom så man fick vänta till våren när han töat loss. Och tiden gick. Han låg där i frost och blidväder. En kväll i skymningen knackade en vit hand på rutan knack, knack, knack. Då visste man att det var dags att hämta honom." I det sparsamma månljuset kunde man se ett litet otäckt leende leka i Irmas mungipor. Rosita höll demonstrativt för öronen.

"Så är det i andevärlden." Viktoria drog sin filt tätare om kroppen. "Vi består av energier. Ingenting försvinner, allt finns kvar fast det förvandlas och tar sig nya former. Gottberg finns kvar här ute. Ondskan, jag känner den. Onda energier kan vara så starka att de påverkar oss."

"Vadå energier?" fnös Irma. "När man har jobbat i nästan tjugo år på försäkringskassan får man spel på alla som anser sig ha blivit sjuka av hämmade energier och minnen på cellnivå. Vadå energier? Finns det några bevis för att de existerar över huvudtaget? Om en sak sägs tillräckligt många gånger tror man att det är sant. Tiotusen flugor kan inte ha fel – skit är gott, men vad finns det för bevis?"

"Det går energibanor genom kroppen och om det blir stopp i flödena blir man sjuk." sa Viktoria och det hördes tydligt att hon kände sig kränkt.

”Jag menar om man dissekerar en människa kan man hitta blodbanor och hjärta och mjälte och njurar och sånt, men var tusan finns energibanorna? Ingenstans! Jag skulle kunna hitta på en egen teori om osynliga klaffar som måste vara öppna för att kroppen ska kunna andas och inte samla på sig slaggprodukter och få fel ph-värde och så skulle jag kunna öppna en klinik med röd eller blå luft som hjälper till att öppna systemen eller stänga dem om man vädrat ut för mycket och så skulle jag ta väldigt bra betalt för andningsövningar och luftbehandlingar.” Irma skrattade hackande och försökte få med sig de andra.

”När Louis Pasteur började tala om bakterier var det ingen som trodde honom heller”, skrek Viktoria och nu var hon högröd i det annars så bleka ansiktet.

”Nej, han fick bevisa att han hade rätt. Vad finns det för vetenskapliga bevis för ditt månsnack? Varför blir du så arg, förresten? Det är nästan som en sorts religion, tycker jag. Man måste tro på den enda sanna läran eller bli utsatt för aggressioner. Jag tror inte på energibanor. Men jag tror att om något sägs tillräckligt ofta uppfattas det som en sanning.” Irma började komma upp i varv och talade med hög och genomträngande röst.

”Vad tycker du skolmedicinen ska göra med alla dem man inte lyckas bota då? Vart ska de ta vägen när de inte får bekräftelse där och ingen godkänner att de mår dåligt?” undrade Lena-Marie som intresserad följt diskussionen. ”Slaskdiagnosen blir ofta utbrändhet, att det handlar om något psykiskt och då är det praktiskt taget självförvållat och då borde man kunna rätta in sig i ledet om man bara skärpte till sig lite.”

”Utbrändhet är väl mätbart? Det finns människor som fått hjärnskador av att ha levt med stress under lång tid. I dag är det väl ingen som tvivlar på det?” Maria satte sig upp och försökte se genom mörkret.

”Anta att det inte är människan som är sjuk utan att de symtom vi får, som depression och utmattning och högt blodtryck, beror på att vi måste anpassa oss till vanvettet vi lever i, stressiga jobb för att kunna få pengar så vi kan konsumera, slänga sopor, drunkna i sopor, mera prylar, åka bil, glo på teve, shoppa på eBay och alltid vara tillgängliga på mobilen. Du Irma, frågade vad vår terapi gick ut på och då skulle jag vilja svara; att lära er tänka – inte att anpassa er. De traditionella terapierna handlar om att anpassa människor till systemet så att de kan återgå till jobbet och förbrukas. Vår filosofi är att ifrågasätta systemet och försöka leva utifrån de förutsättningar vi har som biologiska varelser."

Sakta ebbade diskussionen ut även om Irma gjorde sitt bästa för att blåsa liv i den igen som ett skydd mot mörkret och tankarna på vad som kunde finnas där ute. Länge låg Maria och stirrade i taket och lyssnade på stormen, lyssnade efter steg utanför på trappan och en hand som tryckte ned dörrvredet. Flera gånger var hon på väg upp från sitt liggunderlag, reste sig på armbågen för att se ut genom fönstren. Karin var där ute ensam och utlämnad åt sig själv. Natten var svart och ogenomtränglig och något ansikte blev inte mera synligt. Rosita hade också haft svårt att somna, mest för att dörren inte gick att låsa. Det fanns ingen nyckel. Hon kunde ha svurit på att det låg en nyckel i sakristian när de kom, men när de letade efter den var den borta. Maria hade viskande försökt trösta och lugna henne för att hon inte skulle väcka dem allihop med sina snyftningar.

"Du ligger längst in, om någon kommer snubblar de över oss andra först. Snart är det morgon, då lägger sig stormen och de kommer hit och räddar oss ska du se. I morgon sitter vi på värdshuset i Fårösund och äter varm mat, riktig mat och dricker ett gott vin och äter små goda ostar och vindruvor och kex." Rosita log ett skevt litet leende och fortsatte med matfantasierna för att trösta sig själv. Ramslökskräm på hårt bröd, sill, gravlax med hovmästarsås och mandelpotatis.

Nästa gång Maria vaknade var klockan tre. Hon vaknade av att

Viktoria klev på hennes sovsäck och råkade trampa på ena foten.

"Vad är det?" viskade Maria tyst för att inte väcka de andra som fortfarande sov.

"Jag ska bara ut och kissa", sa Viktoria.

"Vill du att jag följer med?" Maria var knappt vaken när hon frågade och kunde sedan efteråt inte minnas vad Viktoria hade svarat.

Ett par timmar senare blev de väckta av ett skärande skrik. Skriket fortsatte och fortsatte tills de alla samlats på trappan i det försiktiga gryningsljuset. Kanske var tystnaden som sen följde ännu mer skrämmande. Lena-Marie kom emot dem med blodiga händer. Oförmögen att kunna berätta vad som hänt. Hon öppnade munnen utan att det kom ett ljud, som ett barn som ramlat och slagit sig och tappat luften.

"Vad är det? Har du gjort dej illa?" frågade Maria och sprang henne till mötes. "Lena-Marie hör du mej, vad har hänt?" Men hon svarade inte, som ett höstlöv föll hon ned och tog mark innan Maria hann fånga upp henne. De lossade hennes kläder för att se om hon hade något sår på kroppen som kunde ha färgat händerna, men kunde inte upptäcka något. När Lena-Marie vaknade till igen, tog Maria det mycket varligt. Småpratade om att stormen lagt sig, att de befann sig på Sandön, vilken veckodag det var och frågade om hon ville ha något varmt att dricka. I det ögonblick Lena-Marie kom till sans och erinrade sig vad som hänt förvandlades hennes ansiktsuttryck och hon började gråta högljutt.

"Viktoria, jag tror hon är död!"

KAPITEL 20

Steg för steg i motvinden kämpade de sig fram på stigen mot lägerplatsen. Lena-Marie gick på skakiga ben och visade vägen. Pekade ordlöst och gav till ett snörvlande skri när hon skymtade byltet som låg på marken. Vinden lekte på ett makabert sätt med Viktorias röda hårslingor, slet och drog i dem, släppte taget och lät dem falla tillbaka som en slöja över den slappa kroppen. Maria böjde sig ned för att leta efter tecken på liv. Pulsen kunde hon inte känna. Handleden var kall och fuktig. Hon trevade över armarna och halsen. Kroppen var fortfarande varm. Det bleka ansiktet hade antagit en skrämmande smutsgrå ton.

”Låg hon så här när du kom?” frågade Maria och såg på Lena-Maries händer, så onaturligt genomskinliga i gryningsljuset när hon försökte torka bort det mörka blodet på en gulnad grästuva.

”Jag försökte göra konstgjord andning”, hickade hon fram. ”Jag tog tag i huvudet för att lyfta upp hakan och ... jag tror hon är död.” Hon skakades av en rysning, höll armarna hårt runt kroppen och vaggade av och an där hon stod. All färg rann ur ansiktet. Irma hjälpte Lena-Marie att lägga sig ned för att hon inte skulle svimma igen. Lyfte hennes fötter högt upp tills hon återfick färgen, medan Maria böjde sig över Viktoria för att känna med handen över mun och näsa om hon andades. Tystnaden svajade i tallkronorna, malde som en lång entonig signal som hotade att spränga trumhinnan.

”En spegel. Har någon en spegel.” Maria såg upp i deras förvånade ansikten där de stod i ring omkring henne och Viktoria. Rosita plockade upp en liten solkig rund sak ur handväskan hon ständigt bar över axeln och såg frågande ut.

”Det blir imma. Hon andas.” Maria andades ut. En svag jämmer lämnade den slappa kroppen. Maria smekte henne försiktigt över kinden.

”Viktoria! Hör du mej, Viktoria? Kan du säga något?”

”Huvudet, jag har så ont.” Viktoria lyfte händerna och kände efter i bakhuvudet. När hon drog fram handen ur det kopparröda hårsvallet var den färgad av blod.

”Vi måste härifrån! Kalla på en helikopter!” Rosita klamrade sig fast vid Marias arm. ”Fast du har ju inte heller någon mobil. Det måste finnas något sätt att kalla på hjälp. Jag klarar inte det här. Jag orkar inte mer.” Så började hon storgråta. ”Det ligger två båtar under ett tak bakom skolbyggnaden. Gamla träbåtar. Man kanske kan ro dem till Fårö. Vi tar en båt och sticker härifrån.”

Maria nickade, det tjänade inget syfte att säga att det stormade, att båtarna var åldrade och säkert läckte som såll och att det inte fanns något rimligt sätt att få ned dem till vattnet. Rosita måste få ha hoppet kvar om att snart bli räddad, hon verkade vara skör och fick inte hamna i chocktillstånd.

Tillsammans hjälptes de åt att få upp Viktoria. Lena-Marie ulkade som om hon skulle kräkas när hon såg såret som glipade i den röda hårmassan. Kroppen var tung och de fick alla fyra hjälpas åt att lyfta. Lena-Marie vände bort huvudet för att slippa se det levrade blodet, som färgade deras kläder. De hjälptes åt att bära in henne i kapellet.

”Mitt huvud! Jag har så ont.” Viktoria stönade högt för varje knyckig rörelse, varje grop eller rot de stapplade över.

”Jag tror inte att jag är med om det här.” Rosita bet sig i knogen. ”Jag kan bara inte fatta det här. Där borta i jordkällaren ligger Eva död och Viktoria har nästan blivit ihjälslagen. Lika bra Karin kommer och slår ihjäl mej också, nu med en gång så jag slipper gå och vänta på det. Jag orkar inte vara med om det här. Jag klarar det inte. Det känns som om jag ska gå sönder av att vänta på att det ska bli min tur. Vi måste beväpna oss och turas om att hålla vakt."

"Vi kanske ändå skulle begrava Eva", sa Lena-Marie när de samlats runt stormköket i kapellet och väntade på att vattnet Rosita hade tvättat sig i skulle koka upp och bli drickbart. "Kroppen kommer att börja ruttna i värmen", fortsatte hon. "Och det kanske kommer råttor."

Irma såg tankfull ut. "Förr i tiden var man tvungen att begrava folk innan prästen kunde komma ut till ön för att jordfästa dem. För att lösa det rent praktiskt snickrade man trätrummor som stod på kistlocket där prästen kunde ösa ned en skopa jord i efterhand."

Rosita såg förfärad på Irma. "Det måste vara nåt fel på dej. Du pratar som om allt var som vanligt, som om det här inte alls hade hänt och inte berörde oss alls. Med en liten lustig anekdot viftar du bort alltihop. Eva är DÖD ... Är det bara jag som reagerar på Irmas konstiga sätt? Helt känslolös liksom." Rosita sträckte ut armen med öppen hand som om hon presenterade Irma för dem för första gången. "Hon sa att hon skulle slå ihjäl mej. Hon sa det när ingen av er hörde det. Hon har hotat mej."

"Jag sa att jag skulle slå ihjäl dej om kaffevattnet smakar tvål sen du tvättade dej med det. Jag tror inte jag är ensam om att känna så. Du borde ligga jävligt lågt när du tvättat armhålorna med kaffevattnet. Nästa gång dräper jag dej."

"Du är ju helt sjuk, ju." Rosita vände ryggen mot Irma och sökte samförstånd hos de andra.

"Man kanske blir sån när man jobbat tjugo år på försäkringskassan och hela dagarna tvingats lyssna på andras berättelser om sjukdom och misär. Man kanske måste stänga av för att överleva. Sammantaget blir det för mycket elände. Det är sant som Rosita säger, jag känner ingenting. Jag skulle önska att jag gjorde det, men det är bara tomt. Jag känner mej aldrig glad och aldrig ledsen – jag orkar inte ens vara rädd. Jag vill egentligen bara sova bort det som är kvar av livet. Jag tycker inte vi ska begrava henne. Det blir en del arbete och då går det åt energi, vi får vätskebrist om vi svettas. Jag kan förstå att det låter kallt och beräknande, men utan vatten är vi illa ute. Vad säger du?" Irma vände sig mot Maria.

"Vi kan inte begrava henne – det kommer att bli en rättsmedicinsk undersökning. Jag anser att hon ligger bäst i jordkällaren."

"Vet du, jag tror inte du är florist." Irma kröp alldeles inpå Maria när de andra två gick in i sakristian för att hämta skorpor att äta till kaffet. Hon böjde sig fram och viskade det i Marias öra. "Viktoria och jag pratade om det när vi hämtade vatten igår. Hon avslöjade dej, konfronterade dej med det, och nu är hon nästan ihjälslagen. Blir jag nästa offer? Vem är du Maria? Skulle en florist vara så noga med att ingen får röra den döda, skulle en florist ta fram kameran för att dokumentera? Antingen är du sjukligt pervers eller också är du polis."

"Polis." Maria vände på huvudet för att kontrollera att de andra inte hört. "Kan det stanna oss emellan? Tro mej, jag har skäl att dölja det."

"Jag tycker att vi har rätt att få veta det. Jag kräver att du kör med öppna kort!" Irmas röst var inte längre lågmäld och de andra vände sig om. "Maria är polis. Hon har ljugit för oss."

"Ja, jag är polis och jag har goda skäl att hålla inne med det." Maria kände misstänksamheten slå emot henne som en råkall fläkt. Deras ansikten förvandlades på ett ögonblick och blev hårda och avvisande.

"Du har ljugit om vem du är? Ljugit dej in på den här kursen." Lena-Maries ögon var bara smala springor och det missnöjda draget kring munnen djupnade. "Vad var ditt syfte? Vad gör du här?"

"Jag kan inte säga det." Maria försökte vädja till dem. Hon såg på dem, från den ena till den andra, men deras ansikten var slutna och utan medkänsla. Vad skulle hända om hon blev utesluten, om hon lämnades utanför gruppen att klara sig själv?

"Hur ska vi kunna lita på dej nu?" Irma var där igen med sin pockande röst. "Jag tycker du ska stängas ute ur gruppen. Du får din del av maten och får klara dej själv. Vi kan inte lita på dej mer. Inte på dej och inte på Karin."

"Om du ljugit för oss måste du ha en väldigt bra förklaring om vi ska kunna lita på dej igen. Svara på Lena-Maries fråga." Rositas mun var hopdragen till ett streck och ögonen giftiga och svarta.

"Jag försöker överleva. Jag ska vittna i en rättegång och är utsatt för hot." Maria lät dem höra hela historien om Adam Kossak och mannen som hotat att skada Linda. Tankarna på Emil och Linda överväldigade henne och rösten brast. "Jag vet inte hur barnen har det, jag vet inte om de är i säkerhet eller om någon av Kossaks män lyckats spåra upp dem. Jag vet inte ett förbaskat dugg och min mobil är stulen, om någon av er tagit den vädjar jag till er att lämna tillbaka den. Jag har ett reservbatteri. Det kanske skulle gå att ringa."

"Du har utsatt oss allihop för livsfara." Irmas röst var sammanbiten. "Fattar du vad du har gjort? Viktoria sa att Eva såg ut som du när hon försvann på skogsstigen. Ljust långt hår och din kofta. Jag tänkte också på det – den var verkligen iögonfallande med alla de där färgerna. Du hade den på dej när du gick på båten. Det kanske finns någon här ute på ön som vill åt dej. Kan det vara så? Karin såg en man. Och nu är hon försvunnen. Är det så säkert att det är Karin vi ska vara rädda för? Jag menar, hon kanske redan är död?"

"Jag vet inte, tro mej. Jag har ingen aning. Om någon fått veta att jag följde med till Sandön måste det finnas en läcka inom polisen."

"Skulle det vara något ovanligt, menar du?" Lena-Marie spottade fram orden. "I varenda deckare finns det en läcka inom polisen. Och i verkligheten har vi väl sett den rubriken lite nu och då. Om den där Kossak har hotat dej kan han väl ha hotat fler poliser. Varför skulle du vara den enda som blivit utsatt? Det är väl en hel del som står på spel för honom. Vad skulle han få? Livstid? Om jag riskerade livstid skulle jag vara beredd att göra en del drastiska saker. Hota, muta. Det skulle väl vem som helst. Någon av oss här kanske har fått bra betalt av den där Kossak för att tysta dej."

Maria kände yrseln komma. Fast hon var hungrig gick skorpan knappt att få ned. Hon var kruttorr i munnen. Om det fanns någon annan där ute kunde Karin vara oskyldig. Det skulle vara en lättnad på ett sätt. Tanken på att Karin virrade runt på ön fången i sina vanföreställningar, rädd, ensam och olycklig var svår. Om det fanns någon annan därute ... Huggsåret i Viktorias bakhuvud hade skarpa kanter precis som det Eva hade. Det såg Maria när hon med hjälp av Karins tvättsprit och steristrips försökte tvätta rent och tejpa ihop det så gott det gick medan tårarna rann utför kinderna på Viktoria för att det sved som eld. Det kraftiga håret hade räddat henne. Å andra sidan, om det var någon av Kossaks män varför använde de då yxa, varför sköt de inte? Varför kom de inte in i kapellet och mejade ned dem allihop med en Ak4? Och om Karin var oskyldig var och varför höll hon sig då gömd? Vad var det för tankar som fick henne att avstå från tryggheten i gruppen? Var hon alls vid liv? Styrman på M/S Gotska Sandön hade sagt att inga båtar varit i närheten av ön sen juli. Till och med september patrullerades stranden av tillsynsmännen och sen kom stormen. Sjöfartsverket kunde se det mesta på radarn, men inte allt. Skulle man upptäcka en gummibåt utan reflektorer som går nära utmed kusten, släppt från ett större fartyg i den vanliga leden? Skulle man verkligen upptäcka den? Kanske borde de ändå försöka gå runt ön för att se om någon gummibåt fanns uppdragen på stranden. Att ett fartyg skulle ha ankrat upp i den här stormen föll på sin orimlighet. Om Evas mördare fanns kvar på ön behövdes en reträttväg, en gummibåt att ge sig av med när uppdraget var avslutat.

Maria stämde av med de andra och man beslutade sig för att följa strandlinjen runt ön trots vädret. Om en båt släpats upp borde det finnas spår i sanden. Om inte så fanns den skyldige bland dem i gruppen. En tanke som tycktes Maria än mer skrämmande. De måste få visshet. Hon kunde knappast vara ensam om den funderingen. Att dela upp sig två och två skulle med den utgångspunkten innebära en oacceptabel risk. Bara tanken på att vandra iväg på tu man hand med någon kapabel till yxmord var för stunden det mest skrämmande av allt. Från och med nu måste de hålla samman alla fem. Misstänksamheten låg som ett lock över gruppen. Alla hade de dragit sig tillbaka en bit, vaksamma och spända.

De beslutade sig för att börja vid båthuset och följa stranden österut mot Beckrevet och Säludden. Irma hade läst i en reseskildring att det fanns en brunn vid Nymans, väster om Tärnudden. Strax efter Nymans fanns Bourgströms, där det också kunde finnas vatten. Om inte, så var de mycket illa ute. Vattenbristen började redan ge sig till känna som en molande huvudvärk, matthet och diffust illamående. Under pressande tystnad packade man en bytta med den förhatliga couscousen och de morötter som fanns kvar. Inget vatten. Rosita hade skyndat sig att dricka ur sin apelsinjuice innan någon ansåg att den borde delas. Irma var retlig och tvär. Rosita blankögd och stum.

”Vad ska vi göra om vi träffar på någon med yxa?” frågade Irma. ”Vi kanske borde ha något att försvara oss med? Det fanns ett par gamla sälbössor inne på Naturum. I bästa fall kanske det finns skott till dem.”

”I sämsta fall är det dej vi bör akta oss för och i näst sämsta fall kanske den brinner av bakåt. Jag tycker inte det är en bra idé.” Maria fick en hatisk blick av Irma.

”Skyll dej själv”, muttrade hon. ”Skyll dej själv.”

KAPITEL 21

Per Arvidsson tog en klunk av kaffet ur sin favoritmugg med Hagbard Handfaste. Den var sprucken och lätt kantstött och vikingahövdingens dragna svärd hade för länge sedan ätits upp av maskindiskmedlet. Rebecka hade varit på väg att slänga den i soporna men han hade räddat koppen och tagit med den till jobbet. Kaffet hade för länge sedan kallnat och en skimrande hinna av petroleum täckte ytan. Han gjorde en grimas och vek ihop dagens tidning där han läst om den planerade gasledningen som skulle dras utanför Gotska Sandön och protesterna mot den 30 meter höga serviceplattform som skulle byggas. Man talade om risken för ryskt spioneri, om plattformen som en ny rysk ö. Spekulationerna tillbakavisades uppgivet av gasbolaget som inte förstod sig på den rysskräck gotlänningarna närt under århundraden. Den finns till och med i gamla bröllopsseder där gästerna ska gömma sig för ryssen och sen trugas till bordet. Varför ska vi skänka bort det territorium våra förfäder kämpat med livet som insats för att behålla?

Med en hastig blick på klockan insåg Per att han borde ha flexat ut för länge sedan. Framför honom på bordet låg Erik Hanssons mapp. Ett lågprioriterat ärende när alla resurser styrts upp för att säkra bevis inför rättegången mot Adam Kossak. I fallet Erik Hansson var det mycket osäkert om brott skulle kunna styrkas. Det fanns inte ens någon misstänkt och egentligen var det inte själva ärendets angelägenhet som fick honom att stanna på övertid. Det var oviljan att gå hem och tillbringa kvällen framför teven med Rebeckas röntgenblick riktad mot ömtåligheten. Det dåliga samvetet – ja visst.

Han hade ännu inte kunnat förmå sig att säga det till henne. Det var inte så enkelt som han trott. Så lätt det är att ha en självklar åsikt om hur andra borde bete sig och så svårt när man själv skulle uppbåda modet att göra det enda rätta. Om det var det enda rätta? Det kändes som han behövde mera tid att tänka igenom alltihop. Om det inte varit för barnen skulle det inte ha funnits någon tvekan. Han älskade Maria, hade älskat henne från den dagen då hon började som osäker och väldigt plikttrogen polisaspirant hos dem. Nu visste han att hon älskade honom. Och ändå var det inte enkelt. Rebecka var en toppentjej. Intelligent och förödande vacker till och med när hon var nyvaken. Varför kunde han inte bara programmera om hjärnan och älska henne som hon var värd, så som han älskat henne de första svindlande månaderna när allt hopp om Maria var ute. Förälskad till gränsen för självutplåning hade han kunnat göra allt för en enda vänlig blick. Med tiden krävs det lite mer.

Det var förresten över ett halvår sen de älskat sist. Det verkade inte bekymra Rebecka. Det som intresserade henne var att bygga bo – att springa på loppmarknader och köpa möbler och måla om dem och sy gardiner och måla ytterkrukor. Heminredning kunde få ta hur mycket energi som helst. Långt in på nätterna kunde hon rita skisser på hur huset kunde byggas om eller snacka med väninnor i telefon om en film hon inte hade sett eller ens tänkte se och skvallra om kändismänniskor hon inte mött och aldrig skulle träffa i verkliga livet. Hon hade blivit som förbytt sen barnen kom. Uppfylld av ytligt trams. Till sådant fanns det tid, men inte tid att älska. Enligt statistiken tar ett medelmåttligt samlag tjugo minuter och Svensson gör det en gång i veckan. De flesta kärlekskranka stackare klarar att leva på eftervärmen till nästa gång. Tjugo minuter i veckan, det motsvarar tiden det tar att hänga en tvätt, att plocka i och ur diskmaskinen och torka av köksbänken eller att åka och tanka bilen.

Han hade frågat henne om hon kände någon lust alls och hon hade bara sett på honom med tom blick och börjat prata om något annat, som om hennes sexliv var hennes privatsak och att han borde ha förstånd att respektera det. Det hade också hänt att han låtsats somna för att kunna upptäcka om hon levde ut sina lustar på egen hand. En lätt rörelse under täcket, underbart spretande tår och en accelererande andning som för ett ögonblick tystnade innan den övergick i en lång utandning. Han hade till och med antytt att han ville se det och fått höra att han var en sexgalning och en idiot. Det kunde bli bättre förstås. Han hoppades att det skulle bli bättre när barnen blev lite större. Det tog förstås musten ur henne att vara vaken på nätterna och amma och byta blöjor. Han hade försökt lösa av henne, men vaknade inte alls lika lätt av ljuden som Rebecka. Hon flög ur sängen redan vid de första pockande fnysningarna och han sov som en död tills skriken var lika påträngande som väckarklockan. Det bara var så.

Tanken på att gå hem var alltså inte särskilt lockande. I stället fortsatte han gå igenom det material han tagit fram under dagen. Fotot av Rebecka och barnen stod i sin IKEA-ram på skrivbordet. Han tyckte att hon såg anklagande på honom när han satte sig tillrätta och lade därför ned ramen med hennes ansikte mot bordsskivan.

Viktoria Matilda Sofia Rönnbäck hette passageraren Erik Hansson haft med sig i bilen innan han hamnade i det dike där han under natten till den 22 december frös ihjäl. Viktoria bodde centralt i en lägenhet i Hemse på samma sida gatan som Krut- och Pappershandeln. Enligt folkbokföringsregistret var hon ensamstående med två tonårsbarn som bodde hos sin far i Motala.

Under förmiddagen hade Per knackat dörr i området och blivit insläppt av grannen på våningen ovanför. Marika Svedberg, en kvinna med kraftigt blonderat hår och ett näpet litet ansikte, glodde avmätt på honom bakom säkerhetskedjans falska trygghet tills han visade upp sin legitimation. Hon kunde vara vad som helst mellan 35 och 55, det var svårt att avgöra den saken till och med när han blivit insläppt i det flödande ljuset från kristallkronan i hallen. Hon svepte den glansiga svarta morgonrocken tätare om den fylliga kroppen när hon bad honom stiga in och gick med vaggande rörelser fram mot soffan i vardagsrummet där hon bad honom slå sig ned. Doften av söt parfym blandade sig med odörerna från kattlådan som borde ha blivit tömd för evigheter sen. Tydligen användes den även som askkopp. Hon tände en cigarett och såg på honom medan hon kisade i röken.

”Viktoria? Nej, jag vet faktiskt inte vart hon skulle. Jag vattnar åt henne och tar in posten. Hon brukar berätta för mej om hon har en dejt eller så. Men den här gången gick det inte att fiska fram några hemligheter. Jag hoppas verkligen att det inte är sitt gamla ex hon träffar. Jag menar, som hon har gråtit för den karlens skull ... man hade inte en torr näsduk hemma. Hon lovade att aldrig mer träffa honom. En gång till och hon hamnar på psyk, tro mej!”

”Hur länge skulle hon vara borta?” Per försökte att slita blicken från de tunga brösten. Den tunna rocken dolde ingenting. Marika satt bredbent i soffan mitt framför honom. Hon fuktade läpparna med en svepande tungrörelse och betraktade honom under halvslutna ögonlock, satte pekfingret mot underläppen och sög på fingertoppen. Han kände hur han ofrivilligt reagerade på gesten.

”Hon skulle komma hem nästa söndag. Då lär jag få veta. Vi brukar snacka om dom vi dejtar på nätet. Sist hade hon träff med nån snubbe från Molkom. Haha, det låter som det träsk där begravningsentreprenörerna kläcks. Hör själv – Mol-kom, Mol-kom! Han jobbade faktiskt på kyrkogårdsförvaltningen. När Molkom kom hit för att hälsa på Viktoria hade han tevetidningen med sig fast hon sagt att han inte behövde det. Han hade kryssat för alla program han ville se och prioritetsordning när de kolliderade. Hela helgen låg han i soffan och zappade mellan kanalerna och grisade i sig pizza. Man fattar ju varför han var singel. Jag förstår fortfarande inte att hon bjöd in honom att bo över hela helgen. Hon kan ju inte ens gå på toa om någon främmande är i lägenheten och kan höra att hon kissar så hon fick springa upp till mej varje gång ... och då berättade hon ju hur det var. Så fort det var reklam försökte han tafsa lite, men annars var han helt sinnesslö. Fattar du vilken jäkla nitlott?"

Jo, det kunde han livligt föreställa sig. "Vet du om hon kände någon som hette Erik Hansson?"

Marika drog efter andan. "Det var han som satt död i bilen i julas. Jo, de träffades ett par gånger och han var väldigt påstridig och krävde att hon skulle sluta träffa andra på nätet, men det ville hon inte. Hon ville liksom inte binda sig, ville inte att någon skulle äga henne. Dejtandet var mest för kul, för att få lite spänning i väntan på den stora kärleken. Hon sov över hos honom några gånger, men det var inte särskilt lyckat. Inte för henne i alla fall. Han fick två på en tiogradig skala och det betyder att hon faktiskt inte hade något att vara tacksam för. En gång kom han hit utan att ringa först och då hade Viktoria en annan karl på gång. Hon hade faktiskt inte lovat honom ensamrätt. Han blev väldigt efterhängsen och hotade att ta livet av sig."

"Det kan inte ha varit lätt att hantera." Att hota att ta sitt liv är bland det elakaste man kan utsätta en annan människa för, fortsatte han sin tankegång.

"Hon försökte verkligen bli av med honom. Oss emellan så jobbar jag på arbetsförmedlingen och ..." Marika fortsatte efter en kort stunds betänketid medan hon kliade sig på ena axeln så huden blev bar. "Jag hade hand om hans ärende. Viktoria visste det. Och nu när den nya lagen kom att man måste söka arbete och kanske tvingas flytta från första dagen ... bad Viktoria mej hjälpa till att bli av med honom. Det är inte riktigt så vi arbetar på arbetsförmedlingen, men jag råkade försäga mej när jag pratade med honom. Ja, det är hemskt. Det liksom bara slank ur mej. Han var så provocerande och då sa jag att vi faktiskt kunde kräva att han flyttade och att Viktoria skulle tycka det var skönt att slippa honom. Han provade att ta livet av sig med gullregnsfrön, den tokfan, och spydde som en räv. Det var något han plockat hos en tant som odlar giftiga växter på Klinten. Han brukade hjälpa henne med lite av varje, snickra och sånt. Rensa avloppet, sånt som karlar gör. Tanten, Vega heter hon, var visst kusin till hans mamma eller jag vet inte. En avlägsen släkting han hoppades få ärva om han hjälpte till och höll sig väl med henne."

"Varför tror du att Viktoria inte hörde av sig till polisen och berättade att hon kände Erik Hansson?" Per såg framför sig att det tragiska fallet skulle kunna avskrivas snart, bara han fick in Viktorias eget vittnesmål.

"Vet inte. Hon skämdes väl och ville inte bli förknippad med honom. Hon var ju fortfarande en kändis då och hade sitt rykte som livsstilscoach att tänka på. En livsstilsguide måste för trovärdighetens skull ha lite koll på sitt eget privatliv, tycker du inte. Det får inte dyka upp någon självmordskandidat som får sympatier medan man själv framstår som ond och hårdhjärtad. Han var ett psyko. Först gick han hos en kvinnlig psykolog då, Eva Stark, om du vet vem det är? Han upphöjde henne till madonna och skyddsängel, men hon stod inte ut med honom och då fick han den där psykologen ... vad är det han heter ... som brukar jämföra människor med hundar och prata om betingade reflexer och felinlärning och dom grejorna?"

"Molin. Sven Molin, tror jag. Om du menar han som skriver insändare i tidningen ibland och försvarar hundägare som blivit anklagade för att inte ta sitt ansvar när de rastar sina djur?" Per hade hundfan på Vårdklockegränd i ogrumlat minne.

"Just det, han är det."

Per bläddrade förstrött i tidningshögen på bordet framför sig för att slippa konfronteras med Marikas oförblommerade kroppsspråk och fick syn på en veckotidning med Viktoria Rönnbäck på förstasidan.

"Jag sparade den åt henne tills hon kommer hem. Den är från

Livsstilsmässan i år. Synd att hon inte tog av stödkragen, det förstör hela intrycket."

"Vet du varför hon har kragen, har hon varit med om någon olycka?"

Marika värderade honom med blicken och satte tungspetsen i ena mungipan medan hon tänkte. "Hon sa att hon cyklat omkull. Men det var inte en repa på cykeln hon lånade av mej. Du får väl fråga henne själv. Det kan ju vara så att hon satt med i bilen när Erik körde av vägen."

Per tog en klunk av det kalla kaffet och gjorde en grimas medan han läste igenom vittnesförhöret. En lätt rodnad steg på hans kinder. När han skulle resa sig och gå hade hon låtit morgonrocken glida isär som av misstag och fast han verkligen inte alls ville det hade kroppen reagerat och han var helt säker på att hon hunnit uppfatta det innan han vände sig mot dörren. Precis så illa var det och på sätt och vis var det Rebeckas fel att han behövde utstå en sån förnedring.

KAPITEL 22

Det var lättare att gå där sanden var våt och hårt packad. Viktoria försökte hitta ställen där fötterna fick bättre fäste och inte sjönk ned så djupt. Huvudet sprängvärkte. Mattheten i kroppen blev allt värre och hon sackade hela tiden efter de andra. Då och då stannade de till så hon fick vila, men nödvändigheten av att hitta vatten drev dem framåt. Viktoria hade inte velat bli lämnad ensam i kapellet, inte under några villkor, därför vågade hon inte andas om att hon kanske fått en hjärnskakning. Antagligen hade hon det eftersom hon hade varit borta en stund efter slaget i huvudet och fallet mot marken. Hon hade försökt att hitta tillbaka i minnet så detaljerat hon kunde. På stigen genom skogen hade hon hört steg bakom sig i mörkret utan att kunna upptäcka någon, fast hon hade vänt sig om flera gånger. Så kom det märkligt susande ljudet när yxan rusade genom luften, innan hon ännu förstod vad det var och hon grep tag i en arm, en styrka hon inte rådde på, och mörkret kom. Därefter fanns ingenting förrän de stod i ring omkring henne och Lena-Marie trodde att hon var död. Skriket, det första hon hörde var skriket.

De gjorde ett kort uppehåll bortom Säludden och Irma som hade kikare lät den vandra runt så de kunde se på gråsälarna som lekte i vattnet. Maria hann räkna till 23 bruna, svarta och grå huvuden. Det såg roligt ut att vara säl. Vällustigt vältrade de sig på de runda stenarna och för ett ögonblick lyckades Maria mota bort den svåra situation de befann sig i. Det finns en välvillig nyfikenhet i sälars runda ögon. Terapeutögon, som får en att känna tillit och mod att berätta vad som helst. Antagligen är de också goda lyssnare, även om de har ett lite trist parningsbeteende där de tyngsta hanarna lägger sig på så många honor de kan komma över och de andra spinkigare rivalerna blir utan. Där visade evolutionen på nyttan av att ha bara en stor och kraftfull magruta i stället för några ynkliga små – ett argument som Krister skulle ha gillat, tänkte Maria. Och med tanken på Krister kom tankarna på hur barnen hade det och vreden och vanmakten över att någon tagit mobiltelefonen. De kunde ha varit hemma nu.

Vinden låg på från nordväst och på håll kunde de höra sälarna prata med varandra medan de nyfiket kom allt närmare. Hade djuren haft kikare skulle de säkert ha kikat tillbaka. Maria kallades åter till allvaret när Lena-Marie reste sig för att gå vidare. Viktoria var verkligen blek. Maria gick bredvid henne för att märka om hon började sacka efter. Trötta, svettiga och varma nådde de Källahamn, där de tog ett hastigt dopp i de stora vågorna. Sanden var len och det blev fort djupt så de aktade sig noga för att gå för långt ut. Det var inte alls så kallt i vattnet som de trott. Så skönt det hade varit att få ligga tyngdlös i vågorna och vila, men de måste vidare. Längs stranden låg gods som flutit i land. Mest brädor och repstumpar och udda skor och en död svan med en orange hjälm bredvid sig. Maria räknade till inte mindre än tre bildskärmar och två teveapparater, elva flaskor utan flaskpost och en uppblåsbar men punkterad gummidocka som någon sjöman i verklig nöd slängt över bord. Solen bröt fram och speglade sig i det glittrande skummet och ljuset som reflekterades i vattnet och sanden bländade dem till tårar. Som om ingen ondska på jorden någonsin funnits och de var de första människorna som steg upp ur havet. De huttrade i blåsten när de klädde på sig, det var varmare i vattnet än på land. Strålkastarljuset mellan de svarta molnen varade bara någon halvtimme innan gråvädret tätnade och vandrarna hamnade i en kraftig regnskur som kom så oväntat att de inte hann dra på sig regnkläderna. De kunde inte blivit mer blöta om någon spolat dem med brandslang.

Viktoria sackade efter allt mer. Vinden sköt på dem i ryggen och kläderna blev iskalla och tunga som järnrustningar. Det var arbetsamt att gå i sanden som blivit uppblött och mjuk – varje steg smärtade till det olidligas gräns. De måste ha gått över en mil i sanden vid det här laget. Maria såg oroligt på henne och stannade. Viktoria var verkligen mycket blek och tagen.

”Orkar du?”

”Vet inte. Om jag får vila lite, bara en liten stund.”

”Vi kan ta rast nu om du vill?” Maria vinkade till sig de andra, men Viktoria skakade på huvudet. Inte än, det behövs inte.

Efter ett par hundra meter till slog de sig ned på trappan till Kyrkuddens fyr. Viktoria lutade huvudet mot armarna för att stänga ute ljuset som skar i ögonen. Det kändes som hon skulle kräkas. Men hon sa inget till de andra. Irma sökte förhoppningsfullt efter en brunn i området runt fyren, men fann ingen.

”Vi kanske måste börja samla dagg”, sa Rosita. ”Jag såg ett program på teve ...”

”Ja visst, häng upp dina strumpor du så kanske tomten kommer snart. Du kan ju vrida ur dem och se vad du får.” Irma log som åt ett oförståndigt barn och himlade sig. Rosita fräste åt henne innan Lena-Marie kom och skilde dem åt genom att ställa sig mellan dem och sa fundersamt:

”Även om man hängde ut hela lakan i regn skulle det inte bli mer än något dricksglas. Undrar hur farligt det kan vara att dricka havsvatten? Enligt alla berättelser blir man tokig av att dricka för salt vatten. Om Karin varit här kanske hon skulle ha vetat vad som händer om man får för mycket salt i kroppen. Jag menar, jag struntar i om jag får högt blodtryck – bara jag överlever nu.”

Irma nickade. ”Det är väl bräckt vatten i Östersjön? Hur salt det är vet jag inte, men då och då har man väl ätit en soppa som varit översaltad och överlevt det.” Hon ignorerade Rositas avmätta min och fortsatte. ”Frågan är om kroppen måste göra sig av med saltet och det därför går åt mer vätska än den man tillför."

"Jag tänker inte dricka först", sa Rosita.

"Nej, för det behöver du ju inte för du drack upp all apelsinjuice utan att tänka på någon annan, din egoist, du kunde åtminstone ha bjudit Viktoria." Orden smattrade som en skottsalva. Det här hade Irma gått och tryckt på under hela vandringen.

"Juicen var ju förihelvete min och när vi kommer tillbaka till lägret vill jag ha maten uppdelad så jag kan äta när jag vill utan att fråga om lov."

"Nu får ni lugna er. Vi måste hålla ihop." Lena-Marie vecklade upp kartan och visade var de befann sig. "Det är mycket lättare att gå genom skogen tillbaka till lägret än att gå runt ön. Det är fast mark under fötterna där gräset binder ihop sanden och det blåser inte lika mycket och västra stranden har vi ju sett. Det som ligger framför oss är Franska bukten, sen kommer Tärnudden och därifrån går det en väg genom skogen till lägret. Det blir ytterligare en knapp mil. Om vi ska följa kusten för att komma fram till bebyggelsen, där vi i bästa fall hittar vatten, är det en halvmil till, en mil fram och tillbaka till Tärnuddsvägen. Mitt förslag är att Viktoria går med någon av oss i sin egen takt till Tärnuddsvägen och väntar på oss där medan vi undersöker möjligheterna att få vatten. Viktoria får välja själv vem hon kan lita på."

"Jag går med Viktoria", sa Irma. "Viktoria är min vän. Visst!" Och så blev det bestämt fast Viktoria ville ropa efter dem att hon var rädd, livrädd att bli nedslagen igen om de inte höll ihop allihop mot det onda som fanns därute. Men mattheten sög all kraft ur viljan. Att gå en mil mer än nödvändigt kändes som en ren orimlighet. Helst av allt hade hon velat sjunka ned i en grop i sanden och vila. När Irma drog sig allt längre upp mot land för att se på de ryska kanonerna och kyrkogården, som om hon var på turistresa, kände Viktoria övergivenheten som en stor gråtklump i halsen. Hon ville följa efter, ville inte bli lämnad ensam, men orkade inte i Irmas takt.

Lämna mej inte. Gå inte ifrån mig! Irma försvann allt längre bort. Viktoria ville skrika, men rädslan för att bli skrämd av sitt eget skrik eller att dra till sig någon som lurade på dem i skogen hindrade henne och inte ett ljud kom över hennes läppar. I stället blev det till tårar av vanmakt och utmattning. Det var nog som Rosita sa. Irma var i total avsaknad av förmåga att leva sig in i andra människors känslor. Inte elak, bara oförmögen.

”Här i Franska bukten förliste Cerberus. Stöldgodset som kunde spåras till den förlisningen fick vrakplundraren Gottberg att hamna i fängelsetornet Kajsarn. Och här gick också det ryska fartyget Wsadnik på grund 1864. Det är de sjömännen som ligger begravda där uppe”, föreläste Irma när hon kom tillbaka ned till stranden. Hon frågade inte hur mår du. Inte har du gråtit. I handen höll hon en kvist av silvergrå martorn och ett konstigt litet leende lekte på hennes läppar.

”Du hade ett förhållande med Erik Hansson eller hur? Du kan berätta för mej, jag ska inte säga något till någon. Han var ju skyldig kronofogden en del pengar, var det därför du inte ville flytta ihop med honom, Viktoria? För att slippa betala hans skulder.” Irmas ansikte kom otäckt nära. ”Vi kunde inte göra något åt er ekonomiska situation på försäkringskassan. Regler är regler. Men visst svek du honom?”

Maria och de andra följde stigen västerut över Höga land där Sandögubben dväljs i sin håla i underjorden. De tordes inte gå i strandkanten eftersom det hade kunnat bli en fälla när havet låg på så hårt och det var omöjligt att snabbt rädda sig upp för den höga lösa sanddynen om vågorna kom för nära. Det skulle heller inte ha varit ett bra ställe för en gömd gummibåt, den skulle lätt fångas av vågorna och föras ut av strömmarna, tänkte Maria. De gick förbi en gammal ek och en dunge med liljekonvaljblad. Utsikten över havet var vidunderligt vacker och Maria kände en plötsligt uppflammande vrede mot Viktoria som stampat sönder kameran. En dubbel känsla förstås eftersom Viktoria var så illa däran.

Utsikten kunde ta andan ur vem som helst. Vilka bilder man skulle ha kunnat ta. Maria lät händerna bilda ett kameraöga. Genom en förgrund av rödaste rönnbär som slingrade runt en torr vit tall i en sista omfamning innan död och förmultnelse tog vid, såg hon det vresiga vattnet som kastade kaskader av bländvitt skum över stranden. Som skenande vita hästar med fladdrande manar rusade vågorna in över land och tämjdes till stillhet innan de drog sig tillbaka i djupet. I de gamla döda träden fanns hål där den stora svarta smedbocken och andra skalbaggar hade sin hemvist. Maria hoppades få syn på en, men också den känslan var dubbel. Det är lite otäckt med svarta skalbaggar, särskilt om de är stora som kackerlackor och kan flyga. De gick i snabbt tempo. Törsten blev allt mer påträngande, tungan var som ett främmande föremål i munnen och den yrande sanden sved i ansiktet. Hon åt den morot Lena-Marie delade ut. Rosita tog den största. En sak man annars aldrig skulle ha reflekterat över, men när det verkligen kommer till det mest basala finns inte mycket fernissa kvar. Maria tuggade långsamt. Moroten var svår att svälja när hon var så torr i munnen. Bitarna fastnade i halsen. Rosita pratade oavbrutet om drinkar, frozen Margerita, Tom Collins, white lady och bloody Mary tills Lena-Marie med flit släppte en gren i ansiktet på henne. Då blev hon tyst och purken. Maria orkade inte bry sig om dem. I den mån hon orkade tänka alls spanade hon mellan träden för att se att ingen förföljde dem. Ingen hade sagt ett ord om Karin på hela vandringen. Men Lena-Marie hade tagit med sig sin dolk och Rosita hade gjort sig en påk av en planka som flutit i land. Själv visste Maria inte alls hur hon skulle reagera om de mötte Karin, om hon plötsligt bara stod framför dem med ett tillhygge i handen. Ett annat scenario dök också upp, om de hittade henne död, vad skulle det i så fall innebära? Den ena tanken otäckare än den andra avlöste varandra i Marias uttröttade hjärna medan de halvsprang på stigen för att så snart som möjligt vara tillbaka hos Viktoria och Irma.

När landet åter sänkt sig ned mot havet skymtade de något rött mellan träden. Tre små röda stugor som borde vara det ställe som på kartan kallades för Nymans. Husen hade gröna fönsterluckor och till allas glädje fanns det en pump på gården. De sprang den sista biten, fulla av förhoppningar. Maria lyfte triumferande upp hinken hon hittade på brunnslocket och ljusskygga gråsuggor ilade iväg över plattan. Lena-Marie pumpade av alla krafter och vattnet forsade ned i hinken och de drack och skrattade mot varandra, drack och sköljde sina rödblossande ansikten och händer. Det var som om skrattet inte ville ta slut, det bara fanns där och bubblade fram. Kanske är lycka något som föds ur en brist. Först när man är riktigt, riktigt törstig blir man euforisk av att få dricka vatten. Om de i den stunden hade haft ett enda stycke knäckebröd skulle de ha delat det med en känsla av tacksamhet och vördnad. Kanske är lycka inget annat än att få sina mest basala behov tillfredsställda. Sömn efter en sömnlös natt, trygghet när livet står på spel, närhet när man känt sig ensam. All annan lycka är bara bländverk. Så uttryckte Maria sina tankar när de sjönk ned en stund på kanten av brunnslocket efter att ha fyllt hinkar och flaskor och druckit sig otörstiga.

”Jag orkar inte gå tillbaka till lägerplatsen.” Rosita gned sina ömma tår. Hon hade inte fått med sig några bra skor till ön och Irmas loafers klämde över tårna.

”Det är häftigt långt att gå hit varje dag och hämta vatten. Jag menar det finns inget som säger att vi blir räddade i morgon precis och det är väl nästan en och en halv mil att gå.” Lena-Marie såg sig omkring. ”Vi kanske skulle kunna flytta hit mat och sovsäckar och hålla oss där vi har vatten? En liten bit längre bort har vi Bourgströms, där finns det både öppen spis och vedspis. Vet inte om vedspisen fungerar men den öppna spisen var ny, sa tillsynsmannen när jag var här i maj.”

Maria noterade att stugan hade två skorstenar. ”Jag tycker det är en bra idé. Viktoria orkar inte mycket till. Då skulle hon slippa gå hela den långa vägen tillbaka.” Hon kände sig lättad. Viktorias tillstånd bekymrade henne. Rosita höll också med och erbjöd sig att hålla Viktoria sällskap om hon gick med på det. Det var ju en bra bit att gå tillbaka och Rosita hade känning av sina leder och dom förbaskade skorna hon inte ville låna av Irma var egentligen för små, men nöden har ingen lag. ”Då behöver vi ju inte släpa på hinkarna. Då räcker det med det vi kan fylla i plastflaskorna eller hur?” De bestämde att göra så och återtog vägen tillbaka över Höga land med förnyad energi.

På långt håll hördes skriken. Vinden bar dem med sig längs Vinbuktens kust. Ett skärande skrik och Maria började springa utmed kanten på randdynen för att se vad som hände. Ljudet upphörde och kom igen. Ett långdraget klagande hjäääälp. Hjäääälp! När de var nästan framme vid Tärnudden kunde de ana en liten prick som rörde sig nere på stranden. Det var svårt att se vem det var till en början. Viktoria eller Irma? Irma måste det vara. Hon fäktade med armarna i luften och skrek så hon tappade luft. Maria kanade ned från dynen och rusade henne till mötes.

”Viktoria ...” Irma flackade med blicken och pekade ned mot stranden där vågorna vräkte sig in som stora ångvältar. ”Viktoria ...”

”Var är hon? Vad har hänt?” Maria fattade tag om Irmas axlar och sökte ögonkontakt. ”Var är Viktoria?”

KAPITEL 23

Irma pekade igen och slet sig lös. Sprang ett par steg ned mot stranden och sjönk ihop i en hjärtskärande gråt. ”Jag kunde inte rå för det. Jag kunde inte hjälpa henne.”

Maria satte sig ned på huk. ”Kan du förklara för mej vad som har hänt? Var är Viktoria? Är hon skadad? Har hon försvunnit?”

Irma bet sig i underläppen så det blödde. Hon var mycket andfådd. ”Ni kommer inte att tro det! Hon försvann till midjan ... Sanden bara gav vika under henne. Hon sjönk ... på ett ögonblick. Jag fick tag i hennes hår ... jag började sjunka själv ... släppte taget. Jag vågade inte vara kvar. Hon bara försvann. Jag kunde inte rädda henne. Bara försvann i sanden.”

De andra hade nu hunnit ifatt Maria och tillsammans sprang de ned mot stranden. När de närmade sig det ställe där Viktoria försvunnit trampade Maria plötsligt ned sig till ljumsken i den kalla våta sanden. Det gick på bråkdelen av en sekund. Hon lyckades få upp det andra benet och armarna och sedan rullade hon sig upp mot fast mark. Irma skrek som besatt. De andra stod som paralyserade och backade sedan bakåt.

”Hur länge har Viktoria varit med huvudet under sanden?”

”En halvtimme, kanske mer. Jag vet inte. Jag vet inte ens exakt var det var hon sjönk längre. Jag sprang för att ropa på hjälp när hon satt fast till armhålorna och nu vet jag inte säkert var hon sjönk ned. Jag vågade inte stanna kvar och gräva efter henne. Vad ska vi göra?” Irma satte sig på den mörka våta sanden och lutade ansiktet i händerna och gungade med överkroppen fram och tillbaka tills Maria fattade tag om hennes axlar för att försöka få henne att samla sig. De måste försöka gräva. Irma måste försöka lokalisera var det var Viktoria försvunnit. Tillsammans bildade de en kedja för att ta sig ut till den plats där Irma trodde det kunde vara, men innan de nådde fram sjönk Maria återigen ned för djupt för att våga sig vidare. Lena-Marie gjorde ett försök från andra hållet, men förgäves och Irma började storgråtande anklaga sig själv igen.

”Det sista jag såg var Viktorias ögon, skräckslagna. Det var så hemskt. Så fruktansvärt hemskt. Jag kommer alltid att få leva med det här. Vad gör vi nu? Det känns som jag ska svimma”, sa hon och stoppade huvudet mellan knäna så kapuschongen på jackan föll fram och släpade mot marken. Maria gav Irma vatten att dricka medan de funderade. Ett nytt regnväder såg ut att blåsa in över land. De borde börja gå, men det som hänt förlamade deras sinnen och de blev sittande på stranden tysta och förskrämda. När de första stora stänken kom beslutade de sig ändå för att ta den närmaste vägen till lägret och hämta allt som var ätbart, precis som de planerat när de upptäckte pumpen vid Nymans. Närheten till dricksvatten var det primära. För att bli hittade om någon kom till undsättning före söndag skulle de behöva lämna ett meddelande i Fyrbyn. Ett anslag på dörren till Naturum kanske. De diskuterade olika förslag utan större engagemang, tankarna var hos Viktoria. Det var svårt att lämna stranden och Maria vände sig om flera gånger i hopp om att få se det mirakel som aldrig skulle inträffa.

”Det måste finnas något sätt att kalla på uppmärksamhet så vi blir räddade härifrån.”

”Jag vill inte härifrån”, sa Irma. ”Jag vill inte att folk ska få veta att jag lämnade henne i sanden. Jag vill inte leva.” Hon sjönk ihop framför deras fötter. Lena-Marie stönade högt.

”Irma, hör du vad jag säger. Du kunde inte rå för det. Och nu reser du dej upp. Vi måste klara av det här, tillsammans.”

”Jag kunde lika gärna vara död. Det kunde ha varit jag. Jag orkar inte längre.”

”Om du inte reser dej upp nu lämnar vi kvar dej här på stranden.” Lena-Maries tålamod var slut. Det såg för ett ögonblick ut som om hon tänkte lappa till Irma, men hon nöjde sig med att sparka lite sand åt hennes håll.

När de nådde lägerplatsen skymdes solen bakom träden och skuggorna var långa. Rosita som sett syner i skogen under hela vandringen vägrade att gå tillbaka till Nymans i mörker.

”Med den där sinnessjuka människan i skogen är vi snart nedslagna med yxa och begravda i sanden allihop.” Rosita mötte Marias blick. ”Ja, jag menar Karin, din väninna. Vem skulle det annars vara? Hon hade hallucinationer, kanske trodde hon att Eva och Viktoria var fiender från en annan planet, vad vet jag. Vad skulle hon med på den här kursen att göra? Jag tycker att man borde vara garanterad att inte bli utsatt för farliga personer på kurser anordnade av försäkringskassan. Är det här rehabilitering? När jag kommer hem ska jag faan anmäla ...”

”Rosita har rätt.” Lena-Marie ställde sig bredvid henne för att visa på vilken sida hon stod. ”Karin borde ha varit på akutpsyk och inte på en kurs för människor med utmattningssyndrom. Vad vet du om din väninna egentligen? Har hon varit psykotisk tidigare? Jag anser att ansvaret vilar på försäkringskassan och landstinget i hennes hemkommun som inte har gjort en riktig bedömning.”

Maria funderade en kort stund innan hon svarade. ”Hon är en av de mest förnuftiga och stabila människor jag känner, skulle jag ha sagt tidigare, men nu när hon kom till Gotland var hon inte sig själv alls. Vet inte om jag tyckte att hon hade vanföreställningar. Det lät mer som hon drömt konstiga saker. På senare tid har hon varit utsatt för stor press. Jag vet inte vad jag ska tro. Jag hade hoppats att vi skulle hitta henne. Hon måste ju finnas någonstans.”

Även om sikten mellan träden var god dök det hela tiden upp nya träd bakom nästa krök av vägen, somliga var döda, vita tallar som låg på marken i märkliga, förvridna formationer eller svarta avbrända stammar som likt svarta demoner kikade fram lika plötsligt som man vände på huvudet. De hade lyssnat efter ljud, steg som förföljde dem och även Maria hade beväpnat sig med en kraftig träpåk.

”Vi borde turas om att hålla vakt i natt”, sa Irma när de stannat till vid Schipkapasset, en passage genom sanddynen som under loppet av flera år grävts för att underlätta virkestransport. Från Schipkapasset intet nytt sa man i nyhetssändningarna från det turk-ryska kriget och det blev ett stående skämt när det gick långsamt fram med grävandet av vägen på Gotska Sandön.

De lyssnade på vinden i trädkronorna och havets avlägsna bränningar.

”Ska vi hålla vakt kan jag ta första sittningen”, sa Rosita innan någon annan hann före.

”Varför skulle du få det bästa passet? Du är ett enda stort ego.” Irma spände ögonen i henne och det ryckte i ansiktet av återhållen irritation. ”Jag tycker vi lottar.” Hon plockade upp fyra tallbarr från marken och knep av dem i olika längder. ”Längst väljer först, kortast sist.”

När lottningen var klar var det bestämt att Rosita skulle ta det första passet precis som hon önskat och Irma skulle lösa av henne klockan ett. Sen var det Lena-Maries tur mellan tre och fem och Maria från fem tills de andra vaknade. Under hela vandringen hade Maria funderat över hur hon skulle kunna få passerande fartyg att uppmärksamma dem. Varje dag såg de båtarna gå i samma led, ofta blå fraktfartyg. Om de stod på stranden och viftade med armarna, skulle någon upptäcka det då? Lena-Marie hade varit inne på att de skulle tända eldar på stranden, men som det blåste skulle hela ön bli en dödsfälla innan någon hann dit för att rädda dem.

De räknade igenom förrådet av konserver och pulversoppor och beslutade sig för att öppna två burkar med majs och en med köttfärssås. Lena-Marie tänkte bara äta majs och pasta. Rosita återkom med sin begäran om att få sin fjärdedel av maten, men de andra röstade ned förslaget. Doften av mat spred sig och ingen av dem lämnade spritköket ur sikte. Utanför kapellet smattrade regnet på rutorna samtidigt som en liten gnutta kvällssol silade genom molnen. Solstrimman föll in genom fönstret och lyste på Madonnan och barnet. En liten bofink flög upp och satte sig på fönsterblecket och plirade på dem med sina runda svarta ögon. Viktoria uppfyllde deras tankar och samtalet kretsade runt vad som hänt henne och hur det hade kunnat ske. Det fanns ett stort behov att tala om det samtidigt som det gjorde Irma allt mer beklämd. Hon fortsatte att anklaga sig själv tills Lena-Marie fick nog och skrek åt henne att sluta och inte gjorde det saken bättre när Irma sprang ut i regnet för att skrika högt. Maria fick lirka länge innan Irma lugnat sig så pass att hon kunde komma in igen. När det blev mörkt kröp de ned i sina sovsäckar för att ha krafter att nästa morgon flytta all nödvändig packning till Nymans. Rosita satt vid dörren och lyssnade efter varje litet ljud. Hennes ansikte lyste blekt och spänt i det fladdrande ljuset från den lilla stump av stearin som fanns kvar. Hon vägrade sitta i mörker fast Irma hade hittat nyckeln under Viktorias packning så de kunde låsa om sig.

Maria studerade skuggorna i taket och tänkte på Per Arvidsson och det underbara som hänt i trädgården, kärlekstankar som en flykt från rädslan och hungern och mörkret. Var det sant att han verkligen längtat efter henne och tänkt på henne de år han varit i Bosnien och sedan haft sin tjänst i Örebro. Hon ville gärna tro det. Ville gärna tänka på en framtid tillsammans med honom, att somna tillsammans och vakna tillsammans och känna att allt var meningsfullt och varmt. Hon undrade om han sagt något till Rebecka ännu. Om han menade allvar måste han ha gjort det. Maria tänkte sig in i hur det skulle vara att möta Rebecka sen, när de måste träffas för barnens skull. Tänk om Per ångrade sig? Om förälskelsen gick över när han fått det han längtade mest efter. Nej, så fick det inte vara. Varför plågade hon sig med sådant som ännu inte hänt och kanske aldrig skulle hända? Maria slog bort tanken och hängav sig åt fantasier om hur de skulle ha det tillsammans. Längtan efter ömhet och närhet efter all tid av ensamhet kom över henne med full kraft och hon ville gråta. Att längtan kan vara så stark. Och så plötsligt fanns bilden av Rebecka där. Hennes leende var så orättvist smittande, hållningen så rak och när hon rörde sig var det med en ballerinas grace. Vad ska han med mej till? Tänk om han just nu jämförde dem och ångrade sig. Då går jag sönder, tänkte Maria. Tankarna på dem i samma säng, vilket ju inte alls var otroligt, fick henne att huttra och dra sovsäcken hårdare om kroppen. Hon måste ge honom en reträttväg, en chans att ångra sig om han inte verkligen var helt övertygad. Det skulle bli stora påfrestningar för alla inblandade och om han inte helhjärtat ville … skulle det inte vara något värt att stå där med en man som egentligen längtade tillbaka hem. Hon måste lugna sig i sina förväntningar, inte hoppas för mycket. Inte ta något för givet.

Någonstans i den tanken måste hon ändå ha somnat. När Maria vaknade sken solen in genom kapellets fönster och Lena-Marie som skulle ha väckt henne klockan fem satt inte på stolen vid dörren. Hon var borta. Med ett ryck drog Maria ned dragkedjan i sovsäcken och ställde sig upp. Klockan var åtta och de andra sov tungt. Maria drog på sig jeansen och en tröja och väckte dem. Rosita blev sur och ville sova vidare, men Irma kom på fötter direkt.

”Hon kanske har gått ned till lägerplatsen för att hämta frukost?” föreslog Irma. ”Jag menar var kan hon annars vara? På utedasset?”

”Hon skulle ha väckt mej. Tänk om hon hörde något och gick ut för att se vad det var och sen blev nedslagen.” Maria greppade sin påk och gick ut.

”Vänta på mej!” Rosita segade sig upp. Hon ville inte bli lämnad ensam. Tillsammans gick de ned till byn. De turades om att ropa, men fick inget svar så de fortsatte till jordkällaren.

"Jag vaktar utanför så vi inte blir inlåsta", sa Maria. En otäck känsla av annalkande fara fick vaksamheten att vibrera på helspänn. Rosita som hunnit in till hyllan där de hade sin proviant skrek som en galning.

"Någon har tagit vår mat, alltihop är borta! Jag ska mörda den jäveln som gjort det. Vi har ingenting att äta nu, inget mer än det här." Hon höll upp en plastkasse med två ynka konservburkar hon hittat på golvet. "Vi kommer att svälta ihjäl, om jag hade fått ta hand om min egen mat hade vi åtminstone haft den att äta."

Irma följde efter och kontrollerade saken. "Ha! Om du hade haft din del av provianten skulle vi antagligen ha behövt slå ned dej för att du skulle dela med dej. Lena-Marie kanske har packat ned grejerna. Så måste det ju vara. Hon kände sig väl utvilad och började förbereda flytten."

"Var är hon då? Repet är också borta, mitt rep jag skarvade med snören till sovsäckarna för att nå ned till vattnet i brunnen. Har någon av er tagit det?" Rosita svor när de andra gav ett nekande svar på frågan. "Var är det då? Har hon tänkt att vi skulle försöka hinka upp vatten här, när vi kan pumpa upp det nere vid Nymans."

De stängde dörren till jordkällaren bakom sig. Maria snuddade vid tanken på Eva som låg där inne i andra rummet kall och stel och en tanke av osäkerhet som inte funnits tidigare började ta form. Kanske hade hon sett fel, kanske berodde spåren av jord på Evas fötter på att hon glidit nedför en slänt. Kanske var såret i bakhuvudet ändå orsakat av en vass gren? Hon låg bredvid en rotvälta. Det var tänkbart att hon blivit nedslagen av trädet när det föll utan att hamna under det. Varför hade hon varit så tvärsäker på att någon tagit Evas liv? Hade den kommande rättegången och tankarna på förföljelse spelat henne ett spratt när hon fann Eva nedslagen? Det måste vara så. Med nödvändighet behövde det vara så för att vara uthärdligt. Om Karin fanns där ute och var vilsen och rädd kanske hon slog Viktoria i huvudet just av den anledningen. Någon kommer i mörkret och man slår till för att inte bli slagen först. Lösryckta händelser. Inget sammanhang. Ingen plan. Bara olyckshändelser.

Rosita hade beslutsamt gått i förväg mot brunnen. Repet var borta och möjligheten fanns ju att Lena-Marie kunde ha hittat något mer att skarva det med för att få upp vatten, menade hon. Den skvätt de hade fått med sig räckte till varsin kopp kaffe, mer var det inte. Maria hade själv funderat på fisknäten uppe på Naturum, antagligen var de gamla och sköra, men om man hade tur skulle kanske något av de kraftigare snörena hålla för en hink. På håll såg hon att brunnslocket var avlyft. Rosita satt på huk och stirrade ned i djupet.

”Repet ligger där nere, men det är något mer. Har du en ficklampa?”

Maria grävde i sin ryggsäck och räckte henne lampan. De lutade sig fram. Under det ringlande repet som delvis låg under vatten fanns något mer. Ett mörklockigt hår, en ljusblå jacka. Rosita kröp bakåt, tog spjärn med fötterna och backade med hjälp av händerna från det mörka djupa hålet.

”Lena-Marie! Repet – för helvete. Hon är nere i brunnen. Repet – det ligger ju där nere! Hon drunknar. Hon kanske redan är död? Vi måste hitta något att dra upp henne med.” Maria reste sig hastigt och kände yrseln komma. På ett ögonblick var hon borta vid Naturum och sprang uppför trappan och fick tag i de gamla fisknät som var en del av utställningen. Irma mötte henne vid dörren och hjälpte till att bära näten till brunnen. Dyrbara minuter om Lena-Marie hade ramlat i alldeles nyss. De kunde ju inte veta hur länge hon legat i brunnen. Maria skrek av frustration när hon insåg att näten var för korta och i för dåligt skick för att skarva och tiden rann förbi medan hon försökte knyta ihop och tvinna dem till ett rep att klättra ned på. Om hon band det i pumpen och lät det hänga ned. Skulle hon våga? Nej, de brast mellan hennes händer. Det måste finnas något annat, en plastslang? Vad som helst! Hur länge kan man klara sig i iskallt vatten om man ramlar ned i en brunn. Hur länge orkar man trampa vatten? Vad händer när kroppen kyls ned? Vem vet om Lena-Marie hade slagit i huvudet i själva fallet. Nu låg hon och flöt vid ytan med ansiktet under vattnet. Så nära, så helvetes nära och de kunde ändå inte nå henne.

Irma satte sig på brunnslocket och stirrade apatiskt framför sig. Rosita försökte hjälpa till med näten, men det sinkade snarare arbetet än underlättade det. Hon pratade oavbrutet och osammanhängande och Maria kände irritationen växa till bristningsgränsen.

”Hon är nog död nu, det har gått över tjugo minuter”, sa Irma krasst och tittade på klockan. ”Hon kan ha legat i vattnet i timmar. Hur kunde hon va så klantig så hon ramlade i? Varför skulle hon behöva få upp hinken när vi hittade en till vid Nymans? Varför, fattar ni?”

Maria upphörde med sitt arbete och stirrade ned i djupet med en rysning. ”Om hon ramlade i är det pratiskt taget omöjligt att ta sig upp igen. Det är halt och slipprigt, man får inget fäste. Undrar hur långt det är ned till vattenytan? Det är bra djupt.”

”Vad säger att hon ramlade i”, sa Irma. ”Hon kanske blev knuffad. Du kom ju först hit Rosita. Det kan faktiskt ha varit du.”

”Eller du”, svarade hon. ”Du var faktiskt ute en stund i morse. Du kanske inte tror att någon såg dej, men där tar du fel.”

KAPITEL 24

Kriminalinspektör Per Arvidsson dröjde sig kvar vid datorn i vardagsrummet under förevändning att räkningarna måste betalas. När det var gjort surfade han planlöst mellan olika nyhetssajter och eBay. Barnen sov sedan ett par timmar tillbaka och Rebecka höll på att göra sig redo för natten. De hade ostörda lagat och ätit en god middag med löjromstoast, vitvinsbrässerad marulk och avslutat med små vällagrade ostar och ett fylligt Amaronevin. Det skulle ha varit ett anständigt tillfälle att berätta för henne att han ville skiljas. Lugnt och värdigt som vuxna människor. Han hade druckit mer än vanligt och inte kunnat njuta av maten, vad hade han förväntat sig? Att det skulle vara enkelt? Tanken på att låta bomben brisera hade funnits där sen Rebecka sagt att hon tänkte vara hemma under kvällen och ta det lugnt. Han borde ha sagt det till henne vid middagen, men tillfället hade glidit honom ur händerna och nu var han alltför berusad för att riktigt hålla ihop sina ord och tankar. Han ville inte såra henne mer än nödvändigt, men hur hittar man varsamma ord för svek och kärlekslöshet.

Från sitt arbetsrum kunde han se henne i badrummet. Hon hade inte låst dörren om sig som hon brukade. Antagligen var hon också rätt så berusad. Plagg för plagg föll till golvet innan hon böjde sig fram och samlade ihop dem i en hög på toalettstolen. Det raka mörka håret som hängde långt ned mot ryggslutet böljade fram och åter i rörelsen och han kunde inte ta ögonen ifrån hennes fantastiska former. Naket blir så naket i skenet från lysrör, men hon tålde att tittas på. Rebecka vred snabbt och vant ihop hårsvallet till en knut och fäste det elegant med hjälp av ett stort silverspänne. Så vacker och så otillgänglig. Men det hade funnits en annan tid, innan barnen kom och ansvaret för henne som läkare ökade när hon fick en ny tjänst, när förälskelsen var ny och de hade tagit varje tillfälle att få röra vid varandra. Då hade de galna av lust älskat framför spegeln i en provhytt i stan när han skulle hjälpa henne välja underkläder. Nu ville hon aldrig ha hjälp att välja kläder. Det var innan hon blev bergtagen av arbetet och de onda trollen på kliniken bytte ut hennes lustfyllda skratt mot ett nervöst plockande bland vetenskapliga studier i nattlampans sken. Det fanns en tid då hon i stället för att vända ryggen åt honom när hon skulle sova hade krupit in i hans famn och flätat sina smeksamma ben i hans och låtit handen glida uppför låret och innanför kalsongerna – av medicinska skäl, sa hon. För att kontrollera att allt fungerade som det skulle. Risken för hjärtinfarkt är större för män som inte får resning. De små kärlen i lemmen täpps till av åderförfettning innan de större i hjärtat gör det. Därför bör man vara observant och frikostig med kontroller av potensen, tyckte hon på den tiden. Nu verkade det egalt om han gick bort i en hjärtsmäll eller av känslomässig undernäring.

Det skulle ha varit lättare att ta upp det svåra om hon varit sval och avvisande också under middagen, om han liksom hade kunnat surfa på en irritation eller förorättelse. Nu var hon bara vänlig och omtänksam och glad och det ökade på det dåliga samvetet ordentligt. När de sen tillsammans gick in för att titta till sina sovande barn hade han haft svårt att hålla tårarna tillbaka. Vinet förstås, men inte bara det. Skuggan av ett tvivel på det han tänkte göra fick honom att frysa ända in i märgen. Det var inte bara Rebecka han skulle förlora, de gemensamma vännerna och främst Rebeckas bror som blivit en verkligt nära vän, kanske hans enda riktiga vän när allt kom omkring ... och sommarstugan i Ljugarn och huset och barnen, att få ha dem hos sig varje dag. I ett slag skulle allt vara förändrat ... och det som väl sagts skulle inte gå att ta tillbaka igen. Därför hade han skjutit på det och när Rebecka nu, utan att han märkt att hon kommit in i vardagsrummet, stod framför honom i all sin underbara nakenhet kunde han inte låta bli att söka tröst i den famn som bjöds honom. Vadå, de var ju fortfarande gifta? Han hade fortfarande inte bestämt sig, hade han? Om han skjutit henne ifrån sig skulle hon velat få en förklaring, en förklaring som ännu inte var färdigformulerad, sa han sig själv. Och ändå fanns det dåliga samvetet där och väntade på honom när han vaknade nästa morgon. Den här gången gentemot Maria, som han nu hade svikit. Hon litade ju på honom, litade på att han skulle berätta för sin fru att han tänkte bryta upp. Vilket kräk han var. Obeslutsam och svag. Rebecka hade varit så underbar, så varm och närvarande och full av lust att älska att han börjat tvivla på sitt beslut. Varför nu? Varför kunde hon inte bara vara lika stressad och kylig och avvisande som vanligt?

Per Arvidsson som låtit bilen stå och cyklat till jobbet denna morgon, det hade blivit mer att dricka än han tänkt, bytte just t-shirt när kommissarie Hartman kom in på rummet och slog sig ned på hans skrivbord.

”Du har inte hört något från Maria?” När han såg Pers min av bestörtning tillade han: ”Frågan är ställd rent professionellt. Jag ville bara att hon skulle veta att barnen har det bra, men hon verkar ha sin mobiltelefon avstängd. Det är klokt förstås. Men om jag känner henne rätt så undrar hon säkert och längtar efter dem en hel del.”

”Inget, men jag skickade ett sms om att rättegången mot Kossak är uppskjuten till tisdag. Hon har inte svarat på det.” Per såg Hartman i ögonen och kände rodnaden komma på kinderna, den förhatliga rodnaden som hela tiden avslöjade honom. För att komma från det brännbara ämnet började han berätta om det arbete han hade för handen, om Viktoria Rönnbäck som suttit i bilen tillsammans med Erik Hansson och som enligt försäkringskassan var på rehabiliteringskurs.

”Vet du var hon är då? Jag hörde det vid fikabordet. Om du tog dig tid att dricka kaffe med oss andra skulle du få veta ett och annat du med. Hon är på Gotska Sandön med samma växtätare som Maria och kursen hålls av Eva Stark som var psykolog åt Erik Hansson under en period”.

”Vem sa det?”

”Sverkersson, jag litar på att han kontrollerat sina uppgifter. Det kanske vore bra att ta reda på vilka fler som befinner sig där ute, om du ändå ska kolla upp Viktoria Rönnbäck. För Marias skull. En säkerhetsåtgärd. Risken finns att någon av dem är kriminellt belastad, en tanke bara, och att det då kan finnas kopplingar till Kossak. Vi var tvungna att ta ett snabbt beslut om att gömma Maria där ute och vi hann inte checka vilka hon fick sällskap med. På försäkringskassan borde de veta vilka de skickat iväg, eller hur.”

Per Arvidsson stönade högt. Det skulle säkert ta sin modiga stund innan han fick kontakt med någon som var behörig att svara på sekretessbelagda frågor. Grundregeln säger att om ett brott utreds av polisen och straffet är två år eller mer, det vill säga mord, grov misshandel eller grovt narkotikabrott hävs sekretessen. En enkel regel de borde vara medvetna om. Men i verkligheten var det sällan så. Då kunde man få dividera i det eviga för att få den information som krävdes. När det gällde fallet Erik Hansson var han behörig att ta del av försäkringskassans uppgifter. Efter ett par långtråkiga timmars arbete hade han listan framför sig.

Kursledning Eva Stark (Psykoterapeut), Lena-Marie Wirén (humanbalansekologisk terapeut och massör)

Deltagare Irma Ullberg, Viktoria Rönnbäck, Rosita Bäck, Karin Bengtsson, Maria Jakobsson.

Så, hon hade valt att ta tillbaka sitt flicknamn, inte en minut för tidigt om Per fick säga sin mening, men det var antagligen bara tillfälligt. Han körde samtliga namn mot brottsregistret och noterade att Viktoria Rönnbäck dragit på sig osedvanligt många parkeringsböter.

Rosita hade varit instämd för trolöshet mot huvudman, men hade blivit frikänd i tingsrätten. Hon hade även en konkurs i bagaget. Karin Bengtsson hade vid två tillfällen åkt dit för rattonykterhet under en tvåårsperiod och det fanns en anmälan angående ett misstag hon begått på arbetet som ledde till en annan människas död. Ett ärende som skulle upp i tingsrätten. Eva Stark hade inga anmärkningar alls. Lena-Marie var i maj månad instämd till tingsrätten för misshandel efter att ha slagit en berusad man på käften på parkeringen vid Öster Centrum. Hon hävdade att det skett i självförsvar och blev frikänd. Maria Wern hade nyligen åkt dit för fortkörning på raksträckan mot flygplatsen och fått böta 2000 kronor. Något hon inte hade nämnt ett ord om. Irma Ullbergs uppgifter såg däremot lite mer intressanta ut. Hon hade anmält att hon blivit hotad av en anonym man per telefon. Per plockade fram anmälan igen för att titta närmare på den. Under oktober och november månad föregående år hade hon blivit kontaktad vid åtta tillfällen. Hon beskrev rösten som sträv med speciell betoning på d-ljuden och t-ljuden, liksom en studs, som när indier pratar engelska. Telefonsamtalen hade kommit nattetid. I anmälan kunde han läsa att Irma Ullberg misstänkte en man vars ärende hon hade att handlägga, han hade räknat med bidrag och fått avslag. Uppgifterna hade inte kunnat styrkas av någon annan på försäkringskassan. Mannen hon pekat ut var Erik Hansson, samme man som suttit ihjälfrusen i sin bil på riksväg 142 under julhelgen. Personnumret stämde. En märklig slump att Irma nu befann sig på Gotska Sandön tillsammans med Maria som varit med i den första patrull som kom fram till bilen i diket. Och hur var det med Viktoria, hon hade ju till och med haft ihop det med karln. Ibland är världen bra liten. På Gotland verkar alla känna alla. Slumpen är mindre slumpmässig än man tror, tänkte han. Egentligen var det inte så konstigt att Erik Hansson gått hos psykologen Eva Stark heller. Han hade tydligen avverkat en hel del privatpraktiserande psykologer innan han kom till ”hundälskaren” enligt de anteckningar kollegan Sverkersson gjort efter att ha hört Erik Hanssons husläkare. Sverkersson hade förresten inte mycket till övers för psykologiska analyser eller psykologer ens i rent fysisk form. De är improduktiva parasiter på samhället, löd hans bittra analys. De flesta är komna av mödrar som vanemässigt tappat dem i golvet och därför ägnar de resten av livet åt att fundera på vad som gick sönder. Vi föder dem och klär dem med hjälp av skattepengar, men vad gör de egentligen för nytta? Per hade hört att Sverkersson blivit dumpad av en söt ljuslockig psykoterapeut någon gång på åttiotalet. Terapeutslynan, det var så han kallade henne när han var drucken och sentimental och helst av allt hade velat krypa tillbaka in i moderlivet med staken före. Nej då, de drev inte med honom för det. Han gjorde det så bra själv. Hon hade förstört hans liv och han hade inte kunnat lita på någon kvinna efter det, sa han. Otroligt vad lite alkohol kan få somliga att prata, för Pers del satt det hårt inne med självbekännelserna.

Han såg på fotografiet av Rebecka och en ilning av skuld kramade om hans hjärta. Han lutade huvudet i händerna och pressade fingrarna mot pannan för att tvinga fram ett beslut, en handlingsplan. Om det ändå fanns någon att tala med, någon att anförtro sig åt. Maria var så fin, hans drömmars kvinna, hela hans längtan. Men kunde han lämna Rebecka? I natt när de älskade och hon sen full av smeksamhet och förtroende låg kvar i hans famn hade det inte känts så. Och vid frukosten hade värmen funnits kvar. Hon hade varsamt klöst hans rygg och morrat som en lejonhona på väg till diskbänken för att fylla vatten i kaffekannan och sen bitit honom i örsnibben på returen innan hon ställde sig med ryggen åt honom vid diskbänken och sneglade på honom över axeln med en blick som inte gick att misstolka. Det var så länge sen det hände sist. Han stod där och tvekade som ett fån innan han förstod vad hon menade och pressade sig mot henne bakifrån. Hennes gensvar kom i en gungande höftrörelse, hon fattade hans händer och kupade dem om sina bröst.

Han lyfte sidenmorgonrocken som vägde lätt som en fjärilsvinge och sen hade de älskat vid diskbänken medan en förvånad granne nästan ströp sin tax i kopplet för att få se vad som verkligen hände där inne bakom den rödrutiga gardinen hos familjen Arvidsson. När Rebecka rödkindad och fnittrig vinkade åt granngubben försvann han in bakom nyponsnåren som en jagad rabbis.

Varför var hon så förändrad? Varför just nu? Anade hon någonting? Förundrad hade han kysst henne farväl när hon gick till jobbet iklädd kort svart kjol och högklackade stövlar. Hon hade till och med sminkat sig och gjort något med håret. Han kunde inte riktigt säga vad, men snyggt var det och hon luktade så gott av en alldeles ny parfym.

KAPITEL 25

De stirrade ned i det svarta brunnshålet. Allt hopp att kunna rädda Lena-Marie var ute. Det finns ingen människa som kan klara sig över sextio minuter under vatten. Hon hade drunknat. Efter en dryg timme av febrig aktivitet satt de där vanmäktiga och skrämda på brunnslocket och såg ned i det svarta vattnet. Så obegripligt. Så ofattbart att inte kunna rädda livet på en människa som finns så nära. Rosita kliade sig i hårbotten gång på gång och ruskade på det korta håret som låg i feta stripor över pannan, tills Irma skrek åt henne att sluta, då började hon dra i fingerlederna så det knakade i stället.

"Vad gör vi nu?" sa Maria.

"Vi måste härifrån. Det är inte säkert att någon av oss överlever om vi stannar. Det kan se ut som en olyckshändelse att Eva hamnar under ett träd som blåser omkull, att Viktoria försvinner i sanden eller att Lena-Marie ..." Rosita kom sig inte för med att fullborda meningen. "Anta att din kompis där ute tänker döda oss en och en. Jag förstår inte varför? Är det rent vansinne eller går det att begripa? Jag klarar inte det här. Vi måste få hjälp. Vi kanske kunde turas om att stå på stranden och vinka åt båtarna. Någon kanske riktar en kikare hitåt."

"Och vinkar tillbaka till de dumma turisterna, kul." Irma gjorde en gest åt huvudet för att visa hur löjligt hon tyckte Rositas förslag var.

"Jag tänkte på en annan sak", sa Maria och reste sig långsamt upp. Redan på väg att utföra det hon hade kommit på. "Fyren. Om man på något vis skulle kunna förändra ljuset. Om man kunde klättra upp och dra en sopsäck över lampan eller få den att ändra färg på något annat sätt.”

”Klättra upp i åskledaren, eller vadå? Det är ju livsfarligt. Är det så nästa person ska dö? Det tänkte du ut bra va? För du är väl inte beredd att klättra själv?” Irma spottade fram orden och hennes ögon smalnade. ”Nej, jag litar inte på dej heller. Inte på någon. Hur skulle jag kunna göra det? Du var först ut ur kapellet och framme vid matkällaren. Var har du gömt undan maten förresten? För det var du, eller hur? Du eller din sjuka kompis. Ni kanske hjälps åt? Lena-Marie tog knappast med sig den i brunnen. Vad ska vi leva på nu? Mossa och bark? Jag tror att du kan ha tagit maten.”

”Sluta, sluta med det där.” Rosita höll för öronen. ”Vi måste försöka lita på varandra annars har vi ingen chans. Finns det något bättre förslag än fyren? Har du något bättre att komma med Irma?”

Nej, det hade hon ju inte direkt och motvilligt följde hon efter dem mot fyren som rödfjällig reste sig bland tallarna. Maria gick ett varv runt den för att fundera på hur de bäst skulle gå till väga. Hon kände på dörren, den var låst. Som det såg ut fanns det tre möjligheter. Att bryta upp den, att klättra en bit upp och ställa sig på det lilla taket över dörren och knacka in en ruta eller att klättra ända upp och över räcket till plattformen utanför lanterninen. Det sistnämnda var i det närmaste förenat med dödsfara. Det var för högt och för svårt att få grepp med händerna och stöd för fötterna.

”Det borde vara enklast att bryta upp dörren”, sa Maria när hon hade kommit runt fyren. Irma brydde sig inte om att svara. Hon satt på huk och iakttog förtorkade blomställningar. Hon gnolade för sig själv men tystnade när Marias skugga föll över henne och skymde ljuset.

”Man skulle ha varit här i maj i stället. Då kunde man fått se de rosa svärdsysslorna blomma. På andra ställen finns det bara vita, men här har de blivit rosa.”

”Är du riktigt riktig? Du kan väl fan inte tänka på blommor nu? Var har du gjort av sopsäcken?” Rosita stirrade misstroget på Irma som om hon när som helst förväntade sig ett vanvettsutbrott eller ett omotiverat skratt. Det var något allvarligt fel på Irma. Hon sa fel saker och betedde sig inte som man kunde förvänta sig. Situationen var visserligen exceptionell, men Rosita misstänkte att Irma inte ens under normala omständigheter fungerade särskilt väl i sociala sammanhang.

”Tänk om vi nu släcker fyren så fartyg går på grund. Då är det vårt fel om de styr rakt på Kopparstenarna. Vi kanske ska överta Gottbergs roll som vrakplundrare. Hans själ kanske har letat en boning och ser möjligheten att gå igen efter nästan tvåhundra år. Någon av oss kanske har blivit besatt. Viktoria var inne på det, att onda energier kan invadera en människa.”

”Om det är farligt lär vi ha sjöräddningen här på nolltid. Men jag tror att de flesta fartyg går på GPS. Det är inte säkert att det ens har någon högre prioritet att laga en fyr. Men vi får ta chansen.” Irma och Rosita fortsatte tjafsa om sopsäcken som Irma skulle ha fixat och som hon med flit struntat i att ta med sig från matkällaren för att hon tyckte att själva idén var dålig.

”Du vill vara kvar här, va? Det kanske tilltalar din sjuka hjärna, men inte min. Jag tänker ta mej härifrån levande.” Rosita vände sig mot Irma med hat i blicken och slängde sin jacka på marken, redo att hugga in och bryta upp dörren när redskapen fanns på plats.

Maria brydde sig inte om dem. En bit ned i backen fanns snickarboden med verktyg. Nog hade det funnits ett bräckjärn där eller ett stort stämjärn att bryta upp dörren med. Hon hittade vad hon behövde och återvände lagom för att hindra Irma från att ge sig på Rosita med våld.

”Din jäkla kloakråtta! Jag ska döda dej.”

”Aj! Släpp mej!”

”Kolla här vad jag hittade i Rositas jackficka. Din mobil Maria.

Din mobil! Det var hon som tog den. Det är hon som ligger bakom allt det här. Jag ska slå ... Jag bankar skiten ur henne!"

"Det ska du inte!" Maria fångade Irmas höjda arm i luften och höll den kvar i ett stadigt grepp, samtidigt som hon såg på mobiltelefonen Rosita höll i sin hand. Hon kände igen telefonen hon fått låna av Hartman och krävde en förklaring.

"Okej, jag kan berätta då. Mitt batteri var slut och då lånade jag den här och sen blev det sånt jäkla liv så jag vågade inte lämna tillbaka den. Och förresten var batteriet slut i den också. Va fan, jag ville ju inte få alla på mej." Hon räckte med en knyckig rörelse över telefonen till Maria. Displayen var helt svart, batteriet slut.

"Du kan väl inte bara gå och ta saker i andra människors väskor. Jag hade den på botten av min ryggsäck i ett paket med bindor. Hur länge grävde du innan du hittade den? Grävde du i allas väskor? Du kunde ha frågat."

"Vadå frågat? Hade jag frågat dej om du hade en mobil hade du väl svarat nej, eller hur?" Hon inväntade Marias tysta svar. "Då så. Då var det väl ingen mening med att fråga."

"När jag tänker efter är du nog värd en råsop i alla fall." Maria var så rasande att hon nästan smockade till Rosita själv. Det var minen som retade henne mest. Ett överlägset flin. Ingen skam, ingen ånger och Irmas halvdebila leende när hon fick medhåll gjorde inte saken bättre. Vilket dårhus! "Jag behöver få prata med mina barn. Jag måste få veta hur de har det", sa Maria och fattade tag om Rositas axlar och vände henne mot sig så de fick ögonkontakt. Hon skulle inte få komma undan. "Hittade du Evas mobil också? Var finns den?"

"Hon hade ingen i sin packning. Jag lovar. Men en hel del choklad." Det hånfulla uttrycket försvann. Rositas ansikte förvandlades och blev med ens allvarligt. "Och du skulle vara den enda som har barn då, eller? Den enda som har en befogad oro. Så lite du vet. Sååå lite du vet om andra människor. Här är var och en sig själv nog." Rosita tog en liten tråd från sin kofta mellan tummen och pekfingret och blåste iväg den. ”Du vet ingenting om mej för jag är inte en sån som pratar vitt och brett om hur mitt liv ser ut. Du har inte en susning om hur jag har det och ändå tar du dej rätten att döma mej för det jag gör.”

”Då får du väl berätta då. Jag är inte synsk.” Maria plockade ur batteriet till mobilen och värmde det i sina händer i hopp om att det skulle finns en liten gnutta ström kvar. Ett enda samtal skulle räcka.

”Det står i överlevnadshandboken att man ska värma batteriet i armhålan”, sa Irma. Men Maria skakade på huvudet. Händerna var varma. Till hennes förvåning började Rosita nu klä av sig. Först jackan och sen t-shirten. Vad höll hon på med? När hon stod framför dem i bara behån såg de. Hennes kropp var full av gröngula blåmärken.

”Har du en karl som slår dej?” frågade Irma. Det fanns inget direkt medlidande i hennes röst, snarare en korthuggen saklighet. ”Det var väl det vi kunde tro.”

”Nej, jag har en son med autism. Han är nästan två meter lång och väldigt stark. Han har växt så fort i sommar och jag är rädd att hans assistent och min mamma inte orkar med honom. Jag måste få veta. Jag kan inte vila om jag inte vet att det fungerar hemma. Jag kom hit för att få en enda veckas frist. En enda liten stund när jag skulle kunna få tänka på mina egna behov.” Medan hon sa det brast ansiktet i en sårbarhet de aldrig kunnat ana. Maria strök henne lite tafatt över armen och plockade upp hennes kläder från marken och räckte henne dem. Hjälpte henne att skyla sin sorg. Vreden ersattes av ett tomrum där Maria inte riktigt visste hur hon skulle förhålla sig till stölden. Hon stoppade tillbaka telefonbatteriet i mobilen och hoppades på ett mirakel, men inget sådant skedde. Det kändes som om hon ville skrika högt av besvikelse och irritation. Om hon bara hade fått tag på telefonen tidigare så kanske det hade fungerat. Om hon hade fått ladda batteriet medan det fortfarande fanns ström i husen i Fyrbyn.

”Skulle vi inte bryta upp den där dörrjäveln”, sa Irma. ”Det verkar vara ett demokratiskt beslut. Jag viker mej för det bara ni tydligt och klart säger i rätten att jag reserverade mej. Jag kan gå efter den där sopsäcken medan ni gör det så slipper jag bli inblandad. Notera det. Jag var inte ens där när det hände.” Halvvägs bort mot brunnen vände hon sig om. ”Vad heter han, din pojke?”

Rosita tittade upp och gnuggade sig i ögonen. ”Han heter Dirk”, ropade hon tillbaka och tillade sen lite tystare ”hans pappa drog när vi fick veta diagnosen. Jag sa det hela tiden. Det är inte som det ska vara, det är inte normalt att ett litet barn skriker som en galning varje gång han ser en boll men inte reagerar på smärta. Men på barnavårdscentralen sa de att alla mammor är oroliga och att en del barn har hyss för sig och andra är sena i utvecklingen. Så är det säkert ibland, men jag bara visste att något var väldigt fel. Och jag älskar min pojke, men jag är så trött. Så in i döden trött på att ha det så här. Förlåt att jag tog telefonen. Är du förbannad fortfarande?”

”Ja, men jag tänker inte slå ihjäl dej längre.” Maria lät stämjärnet och släggan hänga vilande medan hon lyssnade. Alla hade pratat om sina barn och män och före detta män och sina drömmars män de här dagarna, till och med Lena-Marie hade bekänt att hon haft ihop det med en värnpliktig på Gotska Sandön som smugglat in henne utan att någon märkte det. Alla hade pratat ogenerat om sig själva utom Rosita. Men hon hade varit en god lyssnare och såna behövs också. På något sätt hade de utgått från att hon var helt ensam i världen. Irma hade utan omsvep berättat att hennes make nyligen avlidit och att de inte kunnat få några barn och Viktoria hade berättat mer om sitt nätdejtande än de ville veta. Nittio procent av alla nättjusare visar sin batong i webbkameran och de tio procent som inte gör det har antagligen inte mycket att visa, sammanfattade hon sina iakttagelser. Alla hade lyssnat och givit sina synpunkter på saken. Till och med Karin hade öppnat sig och berättat mer om sin konflikt med Julius och sin ständiga rädsla för att han egentligen inte ville leva med henne utan gick och dagdrömde om någon annan. Bara Rosita hade tigit och avvaktat. Nu kom allt på en gång.

”Ni fattar inte hur jag har det hemma. Jag kan inte ha några lösa föremål framme. Mitt i natten kan han bara få för sig att röja. Flytta möbler och panga porslin och skära sig. Han bryr sig inte om att det gör ont. Han höll på att skrämma livet ur mej en natt när han hade stoppat skärvor i munnen så det blödde. Kuratorn tycker att jag ska lämna honom till ett gruppboende, men jag kan inte. Inte ännu. Varje liten förändring av rutinerna gör honom orolig, en flytt skulle bli rena katastrofen. Jag orkar lite till, bara jag får vila. Jag trodde att jag skulle få vila. Nu vill jag bara härifrån. Jag måste hem. Måste hem nu!” Rosita ställde sig bredvid dörren för att visa vad hon tyckte att de skulle göra och Maria bände upp låset på ett par minuter. De steg in i det höga ljusmålade fyrtornet och såg spiraltrappan som vindlade upp mot lanterninen.

”Det är väl bara att klättra då. Har du sopsäcken Irma?”

”Här. Jag väntar här nere. Jag har svindel.”

”Nej, du följer med upp. Lika för alla.” Rosita vek inte en tum.

”Om du går framför mej och bara tittar på trappräcket och inte kollar ned så fungerar det.” Maria lade armen om Irma men hon slet bort den.

”Jag gör det bara inte, jag klättrar inte dit upp. Aldrig att ni får mej till det. Jag stannar här nere och vaktar dörren. Rör mej inte. Jag tänker inte flytta mej en fot. Jag blir yr och faller.”

”Då berättar jag vad du har i din packning. En liten hemlis. Ska jag berätta vad jag hittade, Irma?”

”Du är sjuk i huvudet. Berätta du, jag klättrar inte i alla fall.”

”Irma har en massagestav som ser ut som ett läppstift, en mini.” Rositas röst var utstuderat försmädlig.

”Och vad är det med det då? Det bevisar bara att jag fortfarande är vid liv. Jag tänker inte klättra uppför den där trappan.”

”Jag tycker inte det är nödvändigt att plåga henne om hon har höjdskräck. Sluta nu Rosita.”

De klättrade upp för den vindlande trappan i skumrasket. Maria först och Rosita bakom. När de kom högst upp i fyrhuset äntrade Maria avsatsen till lampan. Den stora hade slocknat och ersatts av en mindre som snurrade åt motsatt håll och gick på reservström och som alltså någonstans måste ha en egen elförsörjning som inte gick över samma transformator som blivit saboterad. Lampan snurrade med ett bländande ljus. Maria lyckades trä över den svarta sopsäcken och skulle just klättra tillbaka ut i trappan. I samma stund slocknade ljuset helt. Och ett kort skratt hördes nedifrån dörren. Sen blev det tyst. Maria försökte klättra tillbaka i det svaga ljuset utifrån när hon kände en kraftig knuff i ryggen och handlöst föll framåt. Adrenalinet rusade genom kroppen. Hon kände en kraftig smärta i ena sidan, fick tag på något att hålla sig i samtidigt som sidan av huvudet slog i räcket.

KAPITEL 26

Efteråt var Maria inte lika säker på att hon hade blivit knuffad av Rosita, i alla fall inte avsiktligt. Allt ljus hade slocknat och nu lyste det igen, ett svagt gråbrunt sken genom den svarta soppåsen. Illamåendet kom plötsligt. Det kändes som hon skulle kräkas. Och det gjorde så ont. Hon lossade armen som satt inkilad i räcket och drog med handen över käken. Måtte ingen tand ha lossnat. Hon gapade och kontrollerade saken, sedan kände hon på svullnaden som slog upp på sidan av huvudet där hon måste ha slagit i trappsteget. Rosita stod över henne i trappan och Irma kom krypande nedanför på skakiga ben.

”Hur gick det?” frågade Rosita ängsligt. ”Jag såg ingenting. När det blev helmörkt missade jag räcket och föll mot dej. Har du slagit dej mycket? Kan du röra dej? Jag blev så rädd att du hade brutit nacken. Kan du röra på benen?”

”Jag känner mej mest yr och mår illa. Mitt huvud ...” Maria lutade huvudet mellan knäna och såg att Irma hade stannat en bra bit ned i trappan.

”Vad skrattade du åt?” Maria mindes att hon hört Irmas kacklande skratt innan det blev mörkt.

”Du är ju helt sinnessjuk, ju! Va fan garvade du åt?” Rosita stirrade ned på Irma som om hon varit en spindel eller någon annan otäck insekt.

”Jag skrattade åt er och soppåsen. Varför riskera livet och klättra upp när man kan slå av huvudströmbrytaren på väggen här nere?” Irma såg i det närmaste triumferande ut. Sen blundade hon och kröp sakta nedåt tills hon kände det trygga golvet under sina fötter.

I väntan på att Maria skulle må lite bättre och de skulle komma ned läste hon högt för dem från en plansch om hur man skulle ta hand om förfrysningar.

”Ingen alkohol, normal rumsvärme och inget frotterande av huden. Helst ska den som förfrusit inte anstränga sig alls fysiskt. Man ska bära den frusne om han måste förflyttas annars kan hjärtat lägga av om han anstränger sig.” Det lät som om hon memorerade den nya kunskapen steg för steg enligt en modell med associationer. ”På ett mingelparty frotterar man sig och dricker alkohol och det blir varmt om hjärtat”, mumlade hon för sig själv och Rosita sökte ögonkontakt med Maria för att få medhåll medan hon pekade mot huvudet och sköt av sin låtsaspistol med ett *pufff*.

”Hon är helt skruvad!” viskade hon.

”Jag hörde vad du sa”, sa Irma.

När de stod på håll och såg mot talldungen och kullen med fyren kändes det ändå ödsligt att ljuset de vant sig vid att se svepa över trädkronorna inte längre lyste. De kände ett nytt hopp, men också en vånda inför natten som väntade. Vinden hade mojnat något. Om det inte vore för det ständiga behovet av dricksvatten och bristen på kärl att hämta det i hade det varit bättre att stanna i Fyrbyn i väntan på räddningen. Nu var de tvingade att ge sig av. Rosita skrev en lapp som de satte på dörren till fyren och ett till meddelande på dörren till Naturum om var de befann sig och vad som inträffat. Hon grät när hon tvingades skriva ned namnen på dem som omkommit. Eva, Viktoria och Lena-Marie. Det kändes ännu värre på något vis när hon tänkte på att någon annan skulle läsa det utan att ha en aning om vad som hänt och bli bestört.

”Glöm inte att skriva att Karin Bengtsson saknas. Jag skulle ge allt jag äger och har för att få veta var hon finns nu och vad hon tänker göra.” Irma körde ned händerna i parkasens fickor och drog upp luvan.

"Hur vet vi att Karin överhuvudtaget är i livet? Vem som helst av oss kan ha dödat henne också." Rosita ställde sig bakom ryggen på Maria liksom för att söka skydd om Irma skulle ta av sig den civiliserade masken och göra ett utfall.

"För att klara sig måste hon ha rent dricksvatten. Om vi bevakar brunnen vid Nymans så måste hon förr eller senare komma fram, eller hur. Och så måste hon ha mat." Maria kände sig på något sätt ansvarig och anklagad för vad Karin skulle ha kunnat göra i sin förvirring. Hon borde ha kunnat hindra ...

"Mat har hon nog – alla våra konserver. Vem skulle det annars vara som tagit dem? Vad ska vi nu leva på?" Rosita gick före mot jordkällaren och de andra följde efter för att se vad som fanns kvar i förrådet. När Rosita ropade på dem från brunnen hade de lämnat sin upptäckt och rusat ut. Nu när de hade tid att känna efter var hungern och törsten en plåga.

"Jag har couscous kvar i min ryggsäck", sa Maria. När vi kommer härifrån ska jag aldrig någonsin mer äta couscous. Inte ens om den är kokt i lime och vitvin som jag älskade förut."

"Finns det inget annat? Kolla här. Kaffe. Det finns i alla fall kaffe och två burkar med korv. De fick inte plats på bänken så jag ställde dem på hyllan här inne. Då klarar vi oss någon timme till", muttrade Irma och grabbade åt sig påsen med kaffe. Så kom hon att tänka på vad som hänt Viktoria, tystnade tvärt och lämnade över påsen till Maria som om hon bränt sig. Det var Viktorias kaffepulver. "Du kanske kan ta den i ryggsäcken."

Beväpnade med en kofot, en mindre yxa, ett vasst stämjärn och Lena-Maries dolk beslutade de sig för att ta sig genom skogen och förbi Gamla Gården för att plocka vildlök och sen ned till Bourgströms där de tänkte tillbringa natten.

"Vad gör vi med Karin om hon kommer för att hämta vatten? Var skulle vi kunna låsa in henne? Hur ska vi överhuvudtaget klara att försvara oss om hon får för sig att attackera oss medan vi sover. Det är så förbannat otäckt att inte veta var hon är."

De resonerade om saken medan de gick genom skogen hela tiden uppmärksamma på varje rörelse och alla ljud. En hackspett trummade avlägset och på avstånd hördes havet som vräkte mot stranden. Avsaknad av större buskage gjorde det svårt för en förföljare att hitta ett gömställe för en längre stund, ändå blev varje trädstam ett möjligt skydd. De höll sig tätt samman. Ett konstigt gnällande läte fick dem att tvärstanna och lyssna. De var nästan framme vid Gamla Gården nu. De väntade. Men det var alldeles tyst så när som på vindens rassel i träden.

"Jag hörde det, det måste ni också ha gjort?" Maria försökte lokalisera varifrån ljudet kommit. En skylt bredvid stigen visade mot kyrkogården. Nog var det därifrån ljudet kom. Vad var det Irma sagt om kyrkogården? Att de ställde en lång ihålig trätrumma på kistlocket så att prästen efteråt kunde ösa ned jord vid begravningsritualen. Maria såg det framför sig. Karin levande begravd och ljudet som trängde ur kistan steg vidare mot markytan med trätrumman som megafon. Hon skakade av sig den otäcka tanken.

"Nej, nej aldrig att jag går dit. Jag gör det bara inte." Rosita drog Maria i armen och ville att hon skulle svänga av mot Gamla Gården där gräset var slaget och sikten åt alla sidor god. Där kunde de andas ut. Under vägen genom skogen hade anspänningen varit hög. Irma hade tvärstannat flera gånger för att lyssna, tyckt sig höra steg eller en viskande röst.

"Det lät som en människa, som ett kvinnoskrik, men så är det naturligtvis inte." Irma stod stilla och tog av kapuschongen för att höra bättre. "Se där uppe, där på de torra tallarna. Den ena skaver mot stammen på den andra som är ihålig med en torr gren så det blir en resonans. Det är en skriktall. En spök-gait, som vi säger på Gotland. När det blåser tillräckligt rör det sig. Ser ni. Där borta är det."

Maria ställde sig nedanför trädet och väntade på att få höra ljudet igen, men inget uppfångades och till slut gav de upp och tog Irmas förklaring för trolig. Medan de plockade vildlök pratade de om hur det kunde ha varit att leva på ön förr i tiden. På Gottbergs tid och under senare delen av artonhundratalet då madam Söderlund levde och ensam försörjde sina pojkar. Irma hade grottat in sig ordentligt i historien och berättade om de rika damerna i Visby, som skänkte fru Söderlund sina avlagda finklänningar vid en insamling. Ganska opraktiska kläder när man arbetade som en hel karl men hon bar sina krinoliner i brist på annat och kallades därför madam. Man kan faktiskt fundera över en del människoöden. Madam Söderlund kunde ha blivit den rikaste kvinnan på hela Fårö om hon tackat ja när en av de stora patronerna friade till henne. Men hon bad om betänketid och under den tiden dog han och hon förblev i sin fattigdom. Det måste ha grämt henne, inte minst med tanke på pojkarnas framtid. ”De riktigt viktiga ögonblicken i livet känner man sällan igen förrän efteråt.”

Maria var benägen att hålla med. Så enkelt livet hade varit om hon för ett par år sedan sagt ja till Pers erbjudande om en gemensam framtid. Ett helt livs innehåll och mening kan avgöras på en enda minut.

”Men hon kunde aldrig riktigt älska någon annan än sin Söderlund”, fortsatte Irma. ”Sonen Hjalmar byggde ett mausoleum åt dem på kyrkogården. Där ligger de alla tre begravda.”

Couscous med lök är alltid en variation. Inte godare, men annorlunda. Kanske kunde löken räcka till soppa utan couscous. Det fanns ett par buljongtärningar kvar och lite tomatpuré i en glasburk. Märkligt när man tänker på det hur en liten enkel rätt kan bli en festmåltid bara man är tillräckligt hungrig. Hela vägen till Nymans tänkte Maria på den förestående soppan och det vattnades i munnen. Det var förstås också ett sätt att överleva mentalt. Att tränga undan tankarna på vad som hänt och vad som skulle kunna ske efter mörkrets inbrott om någon ville dem ont.

”Så du har ingen karl då?” frågade Irma Rosita när de stannade till och såg de röda husen som var Bourgströms skymta nere vid vattnet. Frågan kom så hastigt och så omotiverat att Rosita började skratta och när hon väl börjat fanns det ingen hejd. Hon skrattade så tårarna rann och hon föll på knä i sanden och vred sig av flabb och fick nästan inte luft.

”Du är ta mej fan den mest hopplösa människa jag mött, Irma. Nej, jag har ingen karl. Det fanns en man jag tyckte väldigt mycket om, men han lever inte längre.”

”Nähäpp, mister du en står dig tusen åter”, sa Irma med papegojmässig upprepning av gammal inlärning och började knyta om sina gymnastikskor. Maria kände att hon fick krypningar av obehag. Man säger inte nähäpp när någon berättar om en kär människas död och fortsättningen var så okänslig att hon var benägen att hålla med Rosita om Irmas totala oförmåga att känna in stämningar.

”Vi ska alla den vägen vandra”, fortsatte Irma djupt koncentrerad på sina skosnören.

”Det står mig inte tusen åter”, sa Rosita med en min av oändligt tålamod. ”När man har ett handikappat barn finns det väldigt få män som har lust att dela livet med en. Visst, man duger som spottkopp när de behöver avreagera sig efter en kväll på krogen. Men det är få, om det alls finns någon, där ute som skulle välja att vakna med mej när Dirk är hemma. Det är nästan helt omöjligt för det blir ovant och oroligt för honom och sist jag gjorde ett försök fick Dirk spel och tog in handgräsklipparen och körde över våra kläder på golvet så det var bara skit kvar av killens dyra kostym och sen skrek han och dunkade huvudet mot sänggaveln och ville att min sängkamrat skulle gå hem till sig. Det är just ingen som vill ta risken att få ett sånt uppvaknande i repris.”

Vinden friskade i ordentligt och stora vågor sköljde över stranden och ryckte med sig drivveden som samlats vid tidigare stormar tillbaka ut i havet. Det fanns en brunn på gården men den hade sinat och var full av bråte och bredvid den låg en rostig gammal mina. Gårdsplanen hos Bourgströms såg ut som en märklig dansbana med ett brädgolv som säkert lagts ut för att sanden inte skulle yra omkring. Som om någonting kan betvinga sanden. Den fanns i luften de andades. Det fanns sand innanför underkläderna och sand i allt de hade ätit de senaste dagarna. Till och med inne i öronen fanns det sand. Irma drog upp huvan på sin kapuschong och knöt ihop den under hakan innan hon med raska kliv gick över till Nymans, granngården och började pumpa upp vatten. Blåsten gick genom kläderna och fick huden att dra ihop sig av köld. De samlades kring brunnen och drack vattnet i begärliga klunkar medan de funderade på var de skulle göra upp eld för att kunna koka soppa och kaffe.

”Vi behöver spara på rödspriten. Det finns en vedspis och en öppen spis hos Bourgströms och det är trevligare där. Om vi samlar ihop torr ved i köket så det är en bit ifrån elden skulle vi kunna tända i den öppna spisen i rummet. Lena-Marie sa att hon hört att den fungerade. Det finns två murstockar och det är tveksamt om den till vedspisen är hel.” Maria ville komma igång med maten så fort som möjligt. Hungern rev i magen och huvudvärken ville inte släppa. Den pressade för varje steg hon tog och varje skarpt ljud var olidligt, men ljuset från solen bakom diset som låg över havet och den bländvita sanden var värst. Om huvudvärken berodde på fallet i fyrhusets trappa, anspänning eller törst hade hon inte tid att fundera på. Här gällde det att få något i magen.

”Ja, det kanske skulle vara bra att ta in ved under tak. Det ser ut att bli mera regn”, sa Irma och blickade mot de mörkgrå molnen som svepte in över land från norr. ”Jag tycker vi försöker med vedspisen i alla fall. Det skulle vara så mycket enklare att laga mat på den.”

Maria röstade mot förslaget. ”Risken finns att skorstenen inte är tät. Om det börjar pyra kanske det inte tar eld i taket med en gång, kanske inte förrän vi somnat. Det är en risk jag inte är beredd att ta. Jag tycker vi eldar i den öppna spisen – det tar en stund innan det blir glödbacke, men det vore skönt med värmen om vi ska sova där inne i natt. Det ser ganska mysigt ut." Maria kikade in genom fönstret på de fyra blåmålade sängarna vid den öppna spisen och på bonaden med de broderade vita renarna. "Det finns madrasser och täcken också."

"Om vi fick till en ordentlig brasa så huset brann upp skulle de komma och hämta oss." Irma begrundade tanken. "Det kanske skulle fungera. Det går båtar förbi hela tiden, de måste kunna se om det blir ordentlig rök."

"Eller också blir det sån fart på branden att vi jagas ut i havet. Jag skulle inte våga gå ut i de där vågorna. Det blåser kraftig frånlandsvind. Om man ramlar där ute är man chanslös." Maria satte sig på muren som skyddade mot den yrande sanden i strandkanten och kisade för att se på vågorna som vräkte in och drog sig tillbaka i skummande virvlar.

"Vi ser inte pumpen härifrån", sa Rosita och lutade sig framåt. "Om Karin hämtar vatten ser vi henne inte."

"Jag tycker att vi tränger ihop oss vid Nymans, där finns det ett fönster mot pumpen. Om vi turas om och vaktar ..." Irma hann inte tala till punkt innan hon blev avbruten av Rosita.

"Och blir fångade som råttor om Karin ställer sig med en yxa vid dörren. Vi vet fan inte vad hon kan ta sig till. Jag tänker inte bli fångad i ett litet skjul."

"Vad tänker du då? Sova under bar himmel. Det blir regn. Jag tror inte att de där molnen driver förbi. Förresten hör man om någon pumpar. Det hörs hit till Bourgströms och här finns det fler möjligheter att ta sig ut ur huset."

KAPITEL 27

Regnmolnen hade snabbt drivit förbi utan att släppa en droppe över land men kylan dröjde sig kvar och en rå fuktighet fyllde rummet i Bourgströms stuga. Irma njöt av uppmärksamheten och berättade allt det hon läst och hört av gamla skrönor medan brasan gnistrade och sprakade och skuggorna vandrade i hennes ansikte och fick det att skifta från godmodig ängel till häxa.

”Har du någon karl då, Maria?” frågade hon plötsligt.

”Jag är skild”, sa Maria. Det kändes inte som hon hade behov av att dela med sig av några hemligheter. Helst av allt ville hon få vara ifred och fly in i tystnaden och dagdrömmarna om Per tills de blev räddade ur detta veritabla vansinne. Det var ett överkrav att behöva vara social. Hon hade faktiskt inte valt att umgås med de här kvinnorna, det var ett påtvingat sällskap. Irmas skoningslösa och okänsliga närgångenhet började gå henne på nerverna. Men Irma lät sig inte hejdas av korthuggna och ogina svar.

”Hur blev ni ihop då? Jag menar det finns en sorts gräns man går över från att man liksom bara går där och trånar och vill röra vid varandra tills det är tillåtet. Det brukar handla om ett endaste ögonblick när någon går över gränsen och den andra låter det ske. En kyss på munnen eller nåt. Jag samlar på såna ögonblick. Två singlar upphör att existera och det blir ett par. Jag tycker det är så vackert. Snälla berätta.” Irmas röst var full av energi och det skulle krävas verklig styrka att stå emot hennes önskan, det insåg Maria och stönade högt.

”Blev ihop”, upprepade Maria och lät tanken glida bakåt i tiden.

”Krister bodde granne med min dementa mormor och en gång när hon rymt från hemmet tog han hand om henne och hjälpte henne att gräva potatisland och hon älskade honom för det.”

”Du försöker slingra dej. Jag vill veta hur ni blev *ihop*. Kom igen nu, hur var det?” Irma kröp alldeles inpå och hennes runda ögon blev ännu större och ännu rundare bakom glasögonen.

”Okej, här kommer det. Direkt ur livet.” Maria suckade uppgivet. ”Jag gick en kurs i självförsvar. Min förre kille tog inte ett nej för ett nej fast jag hade gjort slut och jag behövde kunna värja mej. Det var kväll. Jag gick hem i regnet. Det var mörkt och jag hade en känsla av att någon följde efter mej. När jag stod vid porten och letade efter min nyckel hörde jag ett ljud bakom mej och där stod Krister under gatlyktan och jag blev glad och pirrig och jättenervös och visste inte vad jag skulle säga när han sa hej.”

”Du kunde till exempel ha sagt hej du också.” Rositas intresse hade vaknat och hon såg en liten smula upplivad ut.

”Jag sa hej, men sen blev det konstigt och svårt. Han bara stod där och log och jag bara stod där och log och det såg säkert jättefånigt ut för dem som passerade och då sa jag liksom för att bryta dödläget att jag gick en kurs i självförsvar. Och när han inte sa något då heller sa jag att jag behövde träna. Anfall mej, sa jag. Det är ingen mening med att gå en kurs om man inte får träna i verkligheten. Du är en potentiell våldtäktsman, som ser en ensam kvinna på väg hem i mörkret. Hon har ingen koll på sin nyckel. Måste jag vara det, sa han och liksom hängde med armarna. Ja, det måste du sa jag och då anföll han mej.”

”Gjorde han?” Irma satt med öppen mun som en fågelunge i väntan på att bli matad med maskar.

”Ja, det gjorde han, men jag försvarade mej inte”, log Maria. ”Inte ett dugg faktiskt.”

”Vad hände då?” Irma kom innanför det närområde Maria uppfattade som sin intima zon och hon backade.

”Han höll om mej och släppte inte taget och så stod vi länge, länge tills han vågade kyssa mej på munnen. Nöjd nu? Du själv då, Irma? Jag gissar att du sitter inne med en och annan historia du också.”

”Jo då. Jag fick jobba på det länge. Inte förrän jag släpade hem honom i håret till min grotta för att han inte skulle bli utslängd från krogen och klädde av honom och la honom i min säng hände något av intresse och det var nog mer av misstag. Det brukade han i alla fall säga när vi var osams. Fast det ger ordet grottforskning en annan dimension. Aldrig är man så bunden i Platons grotta och avstängd från verkligheten som när man är förälskad. Mitt liv med Börje var nog så långt man kan komma från det Godas idé. Jag menar någon riktig kärlek, som den man ser på film, var det aldrig.”

”Neej”, sa Rosita och kände sig lätt förvirrad av utläggningen. ”Men det är väl inte för sent?”

”Jag har funderat på meningen, meningen med livet alltså. Det kan knappast vara att ha en karl”, sa Irma tankfullt och Rosita kunde inte låta bli att skratta högt. Antagligen blev Irmigheterna för mycket för henne också. Hon skrattade så hon tjöt och ju mer förnärmad Irma blev desto mer flabbade Rosita.

”Varför kan det inte det?” pep hon slutligen fram och tystnade sen tvärt. Det kändes opassande att skratta när situationen var som den var och de andras död fanns så nära inpå.

”Ja, kan och kan. Det är klart det kan vara viss nytta med att ha en man, men inte på livstid. Inte nödvändigtvis. Jag tror på evolutionsbiologin, livets mening är fortplantning och överlevnad. Det är därför äldre kvinnor får hängbröst och vitt hår och rynkor. Naturen vill visa att det inte är lönande att försöka befrukta oss mera. Vi skrumpnar bort och står utanför själva meningen, liksom förbrukade och förvirrade över att det gick så fort. Men så läste jag en medicinsk artikel om att y-kromosomerna undan för undan försvagas och snart finns det bara x-kromosomer kvar och då kommer kvinnor säkert att bli självbefruktande. Det finns vissa sniglar, mördarsniglarna tror jag, som är självbefruktande redan nu och om det visar sig att det leder snigelsläktet framåt finns det inget som hindrar att även människosläktet utvecklas åt det hållet." Irma rörde tankfullt om med eldgaffeln i glöden och fick till en jämn fin glödbädd.

"Vaddå är du lesbisk eller?" frågade Rosita med nyväckt intresse.

"Nej, jag bara tänkte på att det vore skönt att inte behöva någon annan människa i mitt liv. Om man är självbefruktande behöver man inte bli ratad och kasserad och jämförd med andra yngre och vackrare kvinnor."

"Gjorde Börje det?" Maria försökte styra upp samtalet till begriplighetens nivå.

"Ständigt. Men kvinnor gör det också. Vi gör det mot varann ... hela tiden gör vi det. Dömer ut varandra för småsaker."

Maria satte den trebenta kaffepannan på glöden medan hon funderade. "Förr dog kvinnor när de var i vår ålder eller ännu tidigare för att de var utslitna. Var femte kvinna dog i barnsäng. De hann nog aldrig fundera över livets mening. Det är nog som du säger, då gällde det att skaffa mat och tak över huvudet och att bara överleva." Maria försvann in i funderingar på hur det kunde ha varit förr att föda ensam i skogen med en träpinne att bita i och ingenstans att ta vägen med sitt barn och sin skam om det skett utanför äktenskapet. Hur många kvinnoöden fanns det inte bara på Gotska Sandön?

"Jag har läst om en piga som kom hit till Sandön från Stockholm. Hon var i omständigheter", sa Irma som om hon kunde höra Marias tankar. "Jo, så var det och eftersom man hade det fattigt och hade nog med barnungar att mätta ändå skickade man iväg henne på ett ärende och när hon kom tillbaka var barnet dött. Det sägs att man fortfarande kan se henne i sena skymningen eller tidigt i gryningen när hon går utmed stranden och letar efter sitt barn."

Maria lät orden sjunka in. "Ruggigt. Det kanske var hon som skrek när vi var uppe vid kyrkogården. Det lät som en kvinna som skrek och jämrade sig som om hon födde utan smärtlindring."

"Vem vet ...", sa Irma. "Alla ljud, alla ord vi sagt kanske finns kvar någonstans i kvarkarnas yttersta svängningar och kommer tillbaka när månen står i rätt läge till planeterna. Tänk om det är så att ingenting försvinner eller om tiden är cirkulär så allt återupprepas vart tiotusende år utan att vi minns det."

"Sluta, jag blir yr", sa Rosita.

Maria kände att hon blev allt sömnigare och kurade ihop sig i en av slafarna vid brasan och drog den fuktiga filten över ansiktet. Hungern fanns fortfarande där som en dov längtan efter något att stoppa i munnen, men det värsta suget i magen var över. Om hon vilade en stund nu skulle hon ha mera kraft att vaka under natten. Konserver och torrskaffning hade blivit stulet mitt framför ögonen på dem. Karin måste finnas där ute någonstans och om hon kom skulle det falla på Marias lott att tala henne till sans. Om det gick ... Värmen spred sig i kroppen och hon kände sig allt dåsigare. I gränslandet mellan sömn och vakenhet stod Irma och Rosita över henne och deras ansikten förvandlades och förvreds och blev allt mer groteska. De kom hotfullt närmare, svajade innanför närgränsen och ändrade form. Huvudvärken pressade i tinningen. Maria försökte värja sig men kunde inte undkomma dem. Med ett ryck öppnade hon ögonen och stirrade ut i dunklet. Där satt de framför brasan och samtalade i lugn och ro fast de alldeles nyss varit ovänner. Irma skrattade och drog med sig Rosita i ett kvillrande fnitter. Det var något om en gammal älskare Irma haft. Maria ville veta vad som var så roligt men orkade inte fråga och snart gled hon åter in i sömnen. Lösa fragment av det hon hört den senaste veckan blandades med oron för barnen. I drömmen skrek hon åt Krister att inte släppa dem ur sikte, att inte ens gå ut med dem på gatan där de kunde bli igenkända. Hon hjälpte honom att dra i dörren så den skulle gå att låsa medan någon annan drog med hela sin kraft från den andra sidan. En ojämn kamp i våg efter våg där glipan i dörren blev allt större och ögonblicket då nyckeln kunde vridas om i låset allt kortare. Och plötsligt var det en bildörr och nedanför den låg Erik Hansson i samma fasansfulla skick som när de kommit till olycksplatsen. Pojkens skrik när han såg den vanställda kroppen. Han borde inte ha följt med ända fram. Om hon tog om sekvensen från början skulle hon kunna hindra det, då skulle farfadern ha stannat kvar på vägen med pojken och poliskollegan och Maria skulle ensam ha gått fram till bilen. Minnesbilden var skarp och skrämmande. Och plötsligt reste sig Erik upp. Bitmärkena efter räven fanns fortfarande kvar i hans ansikte och han höll i en yxa. Du kommer för sent. Alldeles för sent. Vilka andra ärenden hade du som var viktigare än mitt liv? Håret växte svart och vilt ned längs hans axlar och ur skägget lyste hans jämna vita tänder. Hans andedräkt nådde henne och luktade som dunster från en gammal stuga och mögel och rök och död. Benen var lite krumma som om de formats av att sitta till häst och han bar en lykta i den andra handen. Det såg hon nu. Men ljuset var mörker och väckte skuggorna till liv. Hans lem buktade innanför de löst sittande byxorna och det fanns inget tvivel om vad hans avsikt var. Paralyserad lät hon det ske, det fanns ingen kraft till motstånd. Hon blundade bortom drömmen och spände alla muskler i kroppen, stängde sin näsa och sin mun. Slutade andas för att inte släppa in hans mörka ande i sin kropp och bli del av det som skedde. Motviljan och äcklet fanns där blandat med lust, hon ville inte komma i hans famntag. Ville inte unna honom den triumfen. Ville inte känna. Hon spjärnade emot och värjde sig för varje stöt. Tänkte på Per. Det här var otrohet och hon ville inte. Men sammandragningarna kom bortom all kontroll och sen stillheten när Per fanns alldeles nära och frågade varför hon grät. Då försökte hon dölja sin skam och skyla sin kropp och där fanns plötsligt Rebecka i den säng Per just lämnat. Hon smög upp i all sin perfekta nakenhet och gled in under hans arm och kröp in i hans famn och de stod där båda två, två mot en, och såg på henne tills hon skrumpnade ihop och brösten förtvinade och allt som fanns kvar var fel och fult och skamligt.

När Maria vaknade var det mörkt och hon förstod att hon måste ha sovit i flera timmar. En märklig tanke hade följt med upp ur drömmen. Ett mönster. Först tänkte hon att det inte ägde relevans i verkligheten. Men ju mer hon väcktes till nuet, desto tydligare blev det och när Rosita kom in med en hink vatten kunde Maria inte låta bli att fråga om hon kände Erik Hansson, mannen som hittades ihjälfrusen i sin bil föregående jul.

"Konstigt att du skulle fråga det. Irma och jag talade just om honom."

"Hur kände du honom då?" undrade Maria. Hon drog filten tätare om kroppen. Hon frös. Alla hade haft någon sorts koppling till Erik Hansson. För många sammanträffanden för att vara en slump, helt enkelt. Vad handlade det här om egentligen?

"Vi stod varandra mycket nära innan jag förstörde alltihop." Rosita ställde ned hinken med en smäll och gick fram till fönstret. Hon stirrade ut i mörkret. När hon vände sig om var hennes ögon mycket blanka. Hon snörvlade till. "Jag älskade honom faktiskt även om ingen tror det."

KAPITEL 28

Torsdagen den sjunde september låg molntäcket fortfarande kvar som en kupa över staden. Det duggregnade. En stund på löpbandet och styrketräning skulle ha känts skönt när motstridiga känslor slogs om herraväldet och ett svårt beslut om hur framtiden skulle te sig måste fattas under tidspress. Den här morgonen som så många andra dagar i livet blev inte alls som han planerat. Träning och sen jobb vid datorn, var vad han hade tänkt. Han hade tänkt göra en ny kontroll av Erik Hanssons kontakter. Det fanns ett kvinnonamn som strukits över i mannens adressbok, Rosita Bäck. Det hade väckt hans intresse. Rosita Bäck var en av de kvinnor som just nu befann sig på Gotska Sandön.

Per Arvidsson hade just flexat in och var på väg till sitt fyspass när han mötte Tomas Hartman i korridoren. När kollegan berättat vad han hade på gång var det bara att ställa in planerna för dagen och följa med till den väntande bilen. En kvinna hade hittats död i sitt torp på Filehajdar mellan Othem och Tingstäde under morgonen. Mord kunde inte uteslutas. Hon hade skickats hem från sjukhuset med daglig tillsyn av hemtjänsten, men redan efter första kvällen hade en dotter ringt och meddelat att det inte längre behövdes. En granne, Agneta Fransson, hade hittat den gamla kvinnan och ringt till lokaltidningen i stället för att kontakta polisen. Hartman visade med en gest åt huvudet vad han ansåg om den idiotin. Det här var ett uppenbart fall av vanvård, menade hon, och det hade allmänheten rätt att få reda på. Den äldre kvinnan hade legat så länge i sin avföring och förruttnelse att plastmattan blivit ljus och uppluckrad.

Lukten var fasansfull, enligt teknikern. Hartman hade nyss talat med honom i telefon. En katt hade också blivit instängd utan mat och vatten. Den hade legat alldeles intill den slappa kroppen och strukit sig mot grannfruns ben med ett hjärtskärande jämmer när hon kom in i huset. Nyckeln till huset låg under dörrmattan. Det visste alla i hela socknen, enligt grannfrun. Pressen var först på plats och sedan hade de i sin tur larmat polisen när de tagit de bilder de ville ha av kroppen, grannfrun och misären. Teknikerna hade svurit satansverser över hur de hade trampat runt på brottsplatsen, först tidningsfolket och sen den första polispatrullen när de försökte få mediafolket att lämna området och upprätta en avspärrning. När Hartman fick höra vad som hänt var klockan kvart i åtta på morgonen. En timme senare var de på plats. Under den timmen hade Hartman kontrollerat personuppgifter och sett att det fanns en klar koppling till fallet Erik Hansson. Därför var det en fördel att redan från början ha med Arvidsson.

Det regnade kraftigt när de steg ur bilen och vinden låg på hårt från nordväst. Ingen av dem hade kommit ihåg att ta med paraply. Hartman fick ett telefonsamtal just när de skulle stiga ur bilen och dröjde sig kvar.

”Vad vet vi om henne?” Per Arvidsson mötte teknikern utanför avspärrningen och blev hänvisad att gå in under taket på verandan. Regnvattnet forsade ned i stuprännorna och smattrade på plåttaket och han fick höja rösten för att göra sig hörd. Från bänken där de slagit sig ned kunde han se in i det mörkbruna köket där kvinnan låg som ett bylte på golvet framför spisen. Han såg en snabb skymt av hennes ansikte innan hon rullades in i en svart plastsäck och dragkedjan drogs igen. Den hemska lukten kom emot dem i dunster.

”Hon hette Birgitta Hansson. För två veckor sedan blev hon försöksutskriven från den psykiatriska avdelning där hon utretts för tilltagande förvirring. Tydligen var det inget permanent tillstånd.

Det fungerade mycket bättre för henne sen hon fått ny medicin och hon önskade själv att få komma hem. Jag pratade nyss med sjukhuset. Grannfrun visste om att hon varit inlagd." Teknikern drog igen sin skinnjacka och vek upp kragen som skydd mot blåsten. Det var verkligen råkallt i luften.

"Har ni någon teori om vad som kan ha hänt henne? Som jag förstår finns det en mordmisstanke", sa Hartman när han slöt upp vid de andra på verandan och tog upp block och penna ur sin portfölj.

Teknikerna sänkte rösten fast journalisterna lämnat området. "Hon har blivit nedslagen med en yxa eller något annat vasst föremål av den storleken. Det är inget olycksfall. Kan inte heller vara fråga om självmord. Och ... att det handlar om mord måste, hur hemskt det än låter att säga så, vara en lättnad för hemtjänsten. Hade vi inte omedelbart kunnat dementera att hon dött av sjukdom och vanvård hade det cirkulerat i media på riksnivå nu. Men dottern hade uttryckligen tackat nej till all hjälp i hemmet."

"Tänkte hon själv ta hand om sin mamma?" undrade Per. De flesta kvinnor är ändå yrkesarbetande. Det är inte många som skulle ha tid eller råd att se efter sina gamla föräldrar.

"Grejen är den ... lyssna noga nu. Birgitta Hansson *har ingen dotter*. Kvinnan som utgav sig för att vara dotter sa att hon hette Erika Hansson." Teknikern såg dem i ögonen i tur och ordning för att understryka det han just sagt. "Jag kollade med personregistret. Hon har inga barn alls. Hon hade en son men han avled i vintras i en trafikolycka. Erik Hansson om ni minns honom?"

Arvidsson visslade till. "Då kan de inte ha tagit fel på son och dotter. Erik eller Erika kan vara slarvigt skrivet, jag skulle just föreslå det. Erik Hansson dog för över nio månader sedan. Det var alltså en kvinna som avbokade hemtjänsten. Såg de henne?"

"Som hastigast när Birgitta Hansson blev hämtad. Kvinnan väntade i taxin. Hon hade en mörkblå mössa neddragen över håret. När hon sa att mamman kunde komma hem och när hon gjorde avbeställningen av hemtjänst ringde hon. Jag har telefonnumret och kontaktnumret till den sköterska som var patientansvarig. Den första patrullen som kom hit var tvungen att fara på ett annat larm när vi väl fanns på plats och bad att vi skulle se till att ni fick de här uppgifterna. De kommer in och skriver av sig senare under dagen, då kan ni prata med dem om det skulle vara något mera." Teknikern stoppade plastpåsen med husnyckeln i sin portfölj. "Jäkla onödigt att kladda på nyckeln allihop. Man skulle önska att det fanns någon sorts grundkurs för allmänheten, att de fick lära sig i skolan hur man beter sig på en brottsplats för att inte underminera allt polisarbete. Man borde åtminstone av utbildat folk kunna vänta sig ett helt annat agerande. En jäkla nonchalans för utredningsarbete är det. Och vad är det som sen håller i rätten? Bevis. Och hur får man bevis? Genom ett grundligt utredningsarbete!"

Kroppen bars ut och det blev tyst en stund. Bara ljudet av regnet som droppade från päronträden, magnolian och björken och stilla rann genom stuprännorna ned i tunnan vid husknuten hördes som ett svagt sorl om man skärpte sina sinnen. Teknikern suckade djupt. "Om det inte varit för dom där nyhetskåta hyenorna skulle vi kanske ha kunnat få ett skoavtryck, men de har trampat runt precis överallt med sina våta kängor. Precis överallt."

"Var dörren låst när grannfrun upptäckte kroppen?" Hartman såg upp från sina anteckningar.

"Hon minns inte. Det var en sån chock för henne att hitta henne död, så hon kunde för sitt liv inte minnas om hon låste upp dörren eller bara stod där med nyckeln i handen." Teknikern muttrade en ny ramsa om bristen på disciplin och Per Arvidsson gav honom sitt fulla stöd.

"Hur länge kan hon ha legat här? Törs du ha en åsikt om det redan nu?" frågade han.

"Jag skulle säga en vecka. Likstelheten har släppt och förruttnelseprocessen är långt framskriden. Det finns olika arter av insektslarver som angriper lik i olika stadier av nedbrytningsprocessen. Vi har fluglarver och vissa skalbaggar som ...”

”Ungefär en vecka, sa du.” Per Arvidsson tyckte inte det var nödvändigt att få sig hela klarläggandet till livs. Inte före lunch. Inte senare heller om han fick bestämma. ”Dörren kan alltså ha varit upplåst, men inte uppbruten.” Per drog med handen över dörrfodret och fick en sträng blick av teknikern. Låt bli! Han drog hastigt undan den och låste händerna på ryggen innan han ställde nästa fråga. ”Några tecken på slagsmål eller tumult? Verkar det som man letat efter pengar eller annat av värde?”

”Nej, inget som vi kunde upptäcka. Ärligt talat har jag svårt att tro att det fanns särskilt mycket att stjäla här.” Teknikern gjorde en åtbörd åt dem att ställa sig i dörröppningen. ”Se på möblerna. De är ganska solkiga och nötta och kläderna hon hade på sig var väl inte heller direkt av det senaste snittet. Fast man kan förstås ha fel. Det finns enstöringar som lever på svältgränsen och dör med en förmögenhet i madrassen. Jo, det var en sak jag tänkte på. När vi kom hit och jag vid en första anblick såg henne ligga där på golvet trodde jag att det var en kvinna i sjuttioårsåldern, men enligt identitetshandlingarna är hon bara femtiofyra år. Hon måste ha levt ett hårt liv. Jag kan tänka mej att Agneta Fransson här bredvid vet betydligt mer om det.”

”Femtiofyra år? Då måste hon ha varit bara barnet när hon fick sin son. Femton år”, sa Per tankfullt.

”Det är sånt som händer i de bästa familjer.” Teknikern nickade kort åt dem. ”Nu har jag inte tid med er längre, jag har faktiskt ett arbete att sköta.”

Grannstugans nymålade veranda lyste bländande vit i grådasket. På den rosa väggen klängde vita rosor och vissnande klematis och nedanför i rabatten stod höga dahlior i färgstarka buketter. Det lyste i köket. Vid första signalen på dörrklockan öppnade Agneta Fransson. Säkert hade hon sett genom fönstret över diskbänken att de var på väg. Tre katter sprang ut med sådan hastighet att Hartman var nära att snubbla över dem och i köket fanns fyra katter till i en ständigt rörlig massa. De slog sig ned vid köksbordet och började tala om sitt ärende, men blev avbrutna.

”Det var så hemskt. Vem skulle kunna tro att någon kunde bli mördad här ute på landet. Jag ringde just och beställde inbrottslarm och överfallslarm och klistermärken till dörrarna där det står att hunden vaktar. Såna med en schäfer, fast vi inte har någon hund. De lovade att komma hit i dag och installera det. Hon bara låg där på golvet, död. Det luktade alldeles förfärligt. Jag trodde att kommunen glömt bort henne, att ingen tagit ansvar för att se till henne. Det är ju sånt man läser, hur de sjuka far illa och glöms bort. Man kanske kan tycka att jag som granne borde ha sett till henne. Men det har varit så mycket och jag har ju mitt att tänka på. När Karl kommer hem ska maten stå på bordet. Det är väl i alla fall kommunens sak att se till henne, eller hur? När hon inte mår som hon ska. Det är därför vi betalar skatt, för att man inte ska behöva ta ansvar för allting.”

”Vill du ta det från början och berätta vad som hände när du upptäckte att hon var död?” Hartman motade bort en vit angorakatt. Den var ohyggligt kärvänlig och ville sätta sig i hans knä, spann och ormade sig och försökte pressa sig under hans arm med rumpan före. Han lyfte ned den på golvet. Den hårade betänkligt och han var rädd om sina mörkblå byxor. Dessutom dreglade den när man klappade den.

”En av mina katter hade varit försvunnen i nästan en vecka, sen i lördags tror jag. Det var då Birgitta kom hem med taxin, så jag började fundera på om hon kanske hade den hemma hos sej. Det händer att de går över dit och jag vill absolut inte att hon matar dem. Det har jag sagt åt henne flera gånger, men hon gör det ändå. Hon får skaffa en egen katt om hon absolut vill ha en. Fast vem ska se efter katten när hon far in och ut på psyket som hon gör. Det är djurmisshandel. Hon är inte riktigt som hon ska. En gång sa hon till mej att en av mina katter hade blivit ihjälkörd av en bildåre och att hon grävt ned den bakom komposten. Hon hade inte känt igen karln som körde. Jag sörjde den katten så mycket, Persson hette han, och hon tröstade mej och bjöd på kaffe och fan tro't om hon inte satt där själv med tårar i ögonen och pratade om vilken fin katt Persson varit. Vi kallade honom för Persson för att han var ganska rund om magen och tungan hängde som en lång röd slips på han. Jag var lite rädd att hon skulle vilja ha en gemensam begravningsceremoni för katten och kände mej lättad när hon inte sa något om det, men det var alltså värre än så. *Hon hade gömt katten i sin källare!* För att hon ville ha den att kela med. Sen återuppstod katten från de döda när hon blev hämtad till psyk. Den perversa människan! Hon hade haft Persson i sin källare hela tiden!”

Hartman och Arvidsson utbytte ögonkast. Det här förhöret skulle komma att dra ut på tiden.

”Hon kände sig väl kanske ensam. Vad hände sen?” sa Arvidsson.

”Man är för blöthjärtad. Jag kan inte se en katt fara illa eller bli övergiven. Står det en kattstackare utanför min dörr och jamar skär det i hjärtat. Min man blir galen förstås. Hela min lön går åt till det här. Vet du vad det kostar att sterilisera en honkatt? Eller att skrapa tandsten på dem?”

Nej, det hade Hartman inte en aning om, men om det kunde leda samtalet vidare in på nya banor fick hon gärna berätta det, bara det gick snabbt.

”Hur väl kände du Birgitta Hansson?”

”Jag kände henne väl si så där. Jag bjöd in henne på kaffe för första gången när jag hörde att sonen dött, ja ni kanske vet, han dog i en bilolycka i vintras? Fast Birgitta sa att de just aldrig hade haft någon kontakt, att pojken lämnades bort till en fosterfamilj för att hon inte kunde ta hand om honom. Hon gick ju fortfarande i skolan och hennes föräldrar tänkte inte ta hand om någon unge. Och sen tror jag att hon skämdes och inte vågade träffa honom, inte när hon hade missbruksproblem. Hon sa att Erik hade velat träffa henne strax för jul. Men hon hade velat skjuta upp det för att hon kände sig så nedgången. Hon ville liksom inte att han skulle se henne sån. Efteråt ångrade hon sig så klart."

"Efter hans död?"

"Precis. De sa att det var självmord. Tore Jakobsson i affären sa det. Jag vet att Birgitta hörde honom för hon fick åka med mej till affären för att köpa kaffe och potatis. Han, sonen, kanske ville säga adjö till henne. Fast det värsta av allt var att hon inte hade råd att köpa en krans till begravningen och då blev hon så ledsen för det, så hon söp till och klarade inte att ta sig dit överhuvudtaget. Jag hjälpte henne att beställa en ros. Den har hon fortfarande inte gett mej pengar för."

"Vet du om hon fick besök av någon under helgen?" Hartman avböjde kaffe när Agneta visade på kaffepannan. Kaffe och söta kakor är inte vad man längtar efter när klockan med marginal har passerat lunch.

"Det var en kvinna som följde med henne i taxin från lasarettet. Hon hade håret inlindat i en mörkblå scarf och så hade hon en stor vid beige kappa. Det var ingen jag kände. Tänkte att hon var från socialen kanske."

"Tog hon taxi från platsen? Väntade bilen på henne?" Arvidssons fråga kom rappt, äntligen något som ledde framåt.

"Ja, javisst. Min Kalle kör ju taxi så jag frågade honom när han kom hem på kvällen och hon ville bli avsläppt på Klinten, Klinttorget och namnet var Svensson. Eva Svensson."

Något sånt skulle jag också dra till med om jag var kvinna och inte ville säga mitt riktiga namn, tänkte Arvidsson.

På väg mot stan stannade de till vid en liten livsmedelsaffär. Per Arvidsson kände ett trängande behov av att köpa snus, en last han för länge sedan gjort sig av med. Ett begär han borde kunna hålla i schack, men för stunden fanns inte kraften att leva ett sunt liv.

KAPITEL 29

Per Arvidsson tog en dubbel chokladbit ur godislådan på jobbet och hörde för sitt inre öra Rebeckas anklagande röst: Du har ingen karaktär. Så sant. Men en anständig lunch kunde han se sig i stjärnorna efter och vad det gällde karaktär var han benägen att bara hålla med henne. Någon karaktär ägde han inte.

En ung finnig aspirant, som annars skulle ha suttit arrestantvakt, hade satts att spåra kvinnan i taxin som kallat sig Eva Svensson. Själv gick Per ned till receptionen för att möta den tjänsteman från försäkringskassan han glömt att han hade stämt träff med. Inga-Britta Nilsson. Det gällde de hotelser Irma Ullberg hade blivit utsatt för på sin arbetsplats. Irma hade misstänkt Erik Hansson, men det fanns inga bevis. Per ville veta om någon mer på försäkringskassan delade Irmas uppfattning. Det hade tagit sin modiga tid att få fram någon med mandat att uttala sig om den saken. Per visade in henne på sitt rum och flyttade undan träningskläderna från besöksstolen. Det gav en märklig déjà-vukänsla som när han generad släppte in oanmälda tjejkompisar på sitt tonårsrum för evärdliga tider sedan och fick röja plats åt dem bland lortiga strumpor, kalsonger, mögliga handdukar och tvivelaktig litteratur. Hon såg verkligen ut som en tjänsteman med kritstrecksrandig kostym och vit välstruken blus knäppt ända upp i halsen.

”Irma Ullberg bär i viss mån skulden till att Erik Hansson tog livet av sig. Visserligen är systemet väldigt fyrkantigt och öppnar för möjligheter till övergrepp. Men hon drev frågan hårdare än hon hade behövt. Han fick inte de pengar han räknat med och kunde alltså inte betala sina räkningar. Reglerna är såna. Han sjukskrevs av sin läkare på ortopeden och sen gjorde vi vår bedömning. Den tog fem veckor och sjukskrivningen godkändes inte. En del tror ju att om en läkare skrivit ett sjukintyg är det det som gäller, men så är det inte med automatik. Även om han hade värk i benen och ryggen var det inget fel på den mentala kapaciteten. Alltså bedömde Irma att han kunde stå till arbetsmarknadens förfogande. Erik Hansson var snickare men kunde inte arbeta som snickare, vilket inte hindrar honom från att sälja varor och tjänster per telefon resonerade hon."

"Kan det gå till så? Alltså om jag blir skjuten i benen och inte kan gå och har värk och mentalt inte klarar mitt jobb så kan jag tvingas att bli telefonförsäljare?"

"Du har en fast anställning och då är det din arbetsgivares skyldighet att ha en rehabiliteringsplan och eventuellt omplacera dej, men Erik Hansson var säsongsanställd och säsongen tog slut under hans sjukskrivningsperiod."

"Uppfattade du honom som hotfull?" Arvidsson försökte fånga kvinnans blick som vilade på de knäppta händerna i knäet. Hon började nervöst snurra på sina stora pråliga ringar.

"Jag hörde honom aldrig hota henne, inte direkt. Men jag hörde hans röst genom väggen. Irma har ett eget rum som är sanerat för elöverkänsliga. Jag hörde genom väggen att han var arg och när Irma kom ut var hon blossande röd och ville att någon annan skulle ta över, men vaddå? Hon var ju chef. Om han inte lyssnar på vad chefen säger lyssnar han väl inte på oss andra heller, sa vi till varandra. Det var obehagligt. Det är alltid obehagligt när människor blir arga på oss för sådant vi inte kan rå över. Vi har fått gigantiska åligganden att minska sjukskrivningarna med femtio procent. Det innebär att man sitter öga mot öga med människor som är helt förtvivlade och säger att de tänker ta livet av sig för att de efter fem år av panikångest ska gå tillbaka till ett arbete de inte klarar av utan att ha fått adekvat hjälp mot sin ångest, bara en kurs i frigörande dans eller måla dina rädslor i olja. Behovet av kognitiv beteendeterapi är enormt, men vi har inte tillräckligt många psykologer med den utbildningen och inte tillräckligt med pengar för att erbjuda det, vilket är märkligt eftersom det är kostnadseffektivt och många som fått den hjälpen återgår sen till arbetsmarknaden. Patienterna får alltså betala det själva eller hålla till godo med den rehabilitering vi kan ordna fram med hjälp av arbetsgivaren, om det finns en sådan. Det är alltså många som ser ersättningen som en rättighet om de fått läkarintyg, i synnerhet av en specialist. De förstår inte att vi bedömer arbetsförmågan, inte sjukdomen, och så blir de förbannade rent ut sagt."

Arvidsson kunde förstå det. "Vad innebar det för Erik Hansson att han inte fick sina pengar?"

"En hel del. Det var väl det som stjälpte honom ekonomiskt så att han fick vända sig till socialen. Tidigare var han sin egen, hade till och med ett handelsbolag och, om jag förstår det rätt, riktigt gott ställt. Men det gick i konkurs och han tog de ströjobb som gick att få. Det förstår man väl att människor kan bli desperata när hela den ekonomiska trygghet de byggt upp rasar. Och ändå, om man ser det i ett globalt perspektiv, så innebär det inte katastrof, vi har ett existensminimum man kan överleva på. Det som knäckte honom var att tvingas ta jobb som telefonförsäljare för att få pengar till mat och uppehälle. Vi visste inte att han led av social fobi och hade stora svårigheter att våga tala i telefon. Det kom ett sådant utlåtande senare från hans psykolog. Och det var det jag tyckte var så märkligt. Om han led av social fobi och hade ångest för att tala i telefon så borde det inte kunna vara han som ringde och hotade Irma eller hur? Vid alla andra tillfällen så mejlade han oss. Ingen annan hade pratat med honom i telefon. Men Irma trodde det var han och jag misstänker att det var därför hon drev den här frågan så hårt. Hon ville ge igen. Och nu vet vi att det inte var han som ringde utan en annan man med en svår psykisk störning. Vi vet vem det är och han får hjälp nu."

"Men Irma slutade hos er strax efteråt, var det på grund av hoten tror du?" Arvidsson väntade på svar och fick upprepa sin fråga när han möttes av tystnad.

Inga-Britta snurrade en länk av sitt halvlånga lite stripiga hår runt pekfingret på ett sätt som fick Per att tänka på ett barn i dagisåldern. Tjänstemannafasaden höll inte riktigt, han fann det sympatiskt. "Man kan inte jobba på försäkringskassan och ha elallergi som Irma förstår du väl själv. I och för sig har vi gjort ett elsanerat rum, så man kan säga att vi har gått med på den diagnosen på sätt och vis, och ändå inte ...", sa hon uppriktigt. "Men när vi nu har beslutat att det inte finns någon saklig grund för sjukskrivning av elallergiker kan vi inte ha en chef som bor i husvagn och kräver att få arbeta i stearinljusbelysning på vinterhalvåret." Hon tystnade och såg besvärad ut. "Kom det där med på bandspelaren?"

Per nickade.

"Så är det i alla fall. Om elallergi är en diagnos vi inte godkänner längre så kan man inte som tjänsteman sitta och vara elallergisk i ett sanerat rum så hon kommer att omplaceras. Du, medan jag ändå är här vill jag göra en anmälan om en bluffaktura. Det låter helt tokigt, men vi misstänker att det är Irma som skrivit den själv. Det gäller ett läger på Gotska Sandön. Ingen på försäkringskassan har godkänt något sådant och vi misstänker att Irma har fibblat med pappren själv. Vår nya chef sa att det skulle anmälas. Det normala är att arbetsgivaren betalar rehabilitering. I värsta fall går försäkringskassan in med hälften, men inte mer. I fallet Irma Ullberg var ju försäkringskassan och arbetsgivaren samma person och vi skulle faktiskt aldrig ha köpt in en sådan tjänst, inte när vi har rehabilitering som anordnas av seriösa och väletablerade aktörer. Den här kursen i ekologisk humanbalans kostar 70 000 per deltagare. 70 000 kronor! De psykologer i kognitiv beteendeterapi vi har kontakt med tar 3 000 – 10 000 kronor per patient och lyckas få människor tillbaka till arbete eller i arbetsträning på mycket kort tid, bevisligen. Vi skulle aldrig godkänna en sån här kurs. Aldrig. Det är rena bluffen."

Per tackade för de uppgifter han fått och beslutade sig för att aspiranten skulle anförtros även detta ärende. Han kastade en hastig blick på klockan. Han måste få en kopp kaffe. De andra hade redan samlats för en genomgång i konferensrummet.

"Det är något fel på fyren på Gotska Sandön", sa Hartman när de möttes vid kaffeautomaten. "Först ändrade den sken och sen slocknade den, sa Andersson på kustbevakningen. Jag frågade om de tänkte ta sig ut direkt och åtgärda det. Läget är ju lite känsligt med Maria där ute", tillade han med lite lägre röst. "Om de känner igen henne och vet att rättegången mot Adam Kossak närmar sig, menar jag. Ju färre som vet var hon finns fram till dess, desto bättre är det."

"Vad sa han då?" Per valde mellan latte och svart. Svart var godare men för stunden kändes det som magsäcken skulle frätas sönder så det fick bli en latte.

"Att de nog skulle kunna få den lagad, men det har inte högsta prioritet. Du har inte hört något från henne? Hon har inte ringt dej, eller så?"

Per kände att han rodnade. Den satans förhatliga rodnaden han aldrig hade klarat att bemästra avslöjade honom. "Nej, inget."

"Maria är en fin tjej, jag hoppas att du vet vad du gör. Ja, jag vet att det inte är min sak. Men jag tycker så förbaskat mycket om er båda två och vill inte att någon av er försvinner igen. Menar du allvar? Annars tycker jag du ska lämna henne ifred."

"Jag älskar henne, jag gör det verkligen. Men som du förstår är det inte helt lätt."

"Kan tänka det." Hartman drog ett djupt andetag och blåste långsamt på sitt kaffe. "Kan tänka det. Jag är väl inte rätt man att ge dej goda råd. Jag vill bara säga; låt inte beslutet dra ut på tiden, jag tror inte det blir lättare. Bara mer infekterat."

Vinden låg fortfarande på från nordväst och svepte med sig allt som gick att få fart på, ett trasigt kassettband och en plastpåse, en bit frigolit och ett rutigt tygstycke utan avsändare flög förbi utsikten från konferensrummet. Rapporter om översvämningar från låglänta områden nådde ut via radion. Nederbördsmängden för september slog alla rekord sen mätningarna började. Per Arvidsson höll i fönstret medan han vädrade rummet, mätte sina krafter med vinden innan han stängde det och satte sig vid bordet där de andra redan bänkat sig för att börja genomgången. Ek satt och klippte med ögonen redan nu och gäspade stort. Håret var omsorgsfullt fixerat med gelé, antagligen hade han tänkt träffa samma kvinna på lunchen som hållit honom vaken under natten. Ständigt nya damer på gång. Ett slitsamt liv. Han var ingen tonåring längre och röjarberättelserna blev allt mer patetiska, tyckte Per som många gånger hade avundats Ek hans framgångar. Ek hade faktiskt försökt agera livsstilscoach när Maria Wern började hos dem som aspirant och Per knappt vågade säga hej och än mindre kunde få i sig mat om hon tittade på honom. Det kändes som om det hänt i ett annat liv eller någon annan han bara kände flyktigt. Mycket hade hänt sen dess. Per såg att Eks ögonlock fallit ihop och hakan fallit ned så man kunde ha stoppat in tre pingisbollar i gapet. Han knuffade honom i sidan och fick ett surt ögonkast i utbyte. Sverkersson såg det och drog lite på munnen, medan han gick fram till white boarden och drog upp en tidslinje.

”På lördag eftermiddag klockan 14.30 hämtas Birgitta Hansson på psyk av taxichaufför Karl Fransson som bor granne med henne. I bilen väntar en kvinna som till personalen sagt sig vara en dotter till offret, Erika kallar hon sig. För Fransson uppger hon att hon är från socialtjänsten. Kvinnan bär en blå scarf runt håret, enligt andra uppgifter en blå mössa. Hon är klädd i en stor, oformlig beige kappa och hon bär solglasögon, trots att det är mulet. 15.10 lämnar taxichauffören av dem vid offrets hem och kör sedan hem till sig för att äta. Han bedömer att han satt en knapp kvart innan han fick en ny beställning att köra kvinnan, som var hos offret, till Klinttorget. Han hade då inte hunnit med sin efterrätt och det kan ha tagit ytterligare en kvart innan han hämtade upp henne. Hon väntade på honom ute på verandan och dörren till huset var stängd. Han tänkte inte på om ljuset var tänt där inne eller inte."

"Är det någon idé att ta in taxibilen och leta DNA?" frågade Ek.

"Nej, den har rullat dygnet runt i nästan en vecka med olika passagerare. Knappast." Sverkersson kastade en blick på sitt anteckningsblock innan han fortsatte. "Klockan 16.20 lämnar han av henne på Klinttorget. Vi har kontrollerat uppgiften med taxibolaget, så lunchen tog något längre tid än han uppgav. Vi behöver alltså vittnen som kan ha sett den här kvinnan stiga ur på Klinttorget i lördags förra veckan. Det har högsta prioritet."

"Finns det i nuläget någon mer än taxichauffören och hans fru som sett henne?" undrade Per och lutade sig bakåt på stolen så den knakade. Han fick en svårtydd min av Ek. Antagligen hade han ont i huvudet och var allmänt lättirriterad.

"Intressant fråga." Sverkersson rev sig i huvudet. "Egentligen inte. Resten av kontakten har skett via telefon. Vi har inte kunnat spåra samtalen för de har ringts från en mobiltelefon med kontantkort. Vad fick dej att tänka så?"

"Jag köpte snus." Per ignorerade Eks gapflabb. "På landet är ju affären något av en sambandscentral dit all information kommer. Jag pratade en stund med tjejen som satt i kassan. Lägg av Ek, jag skötte mitt jobb. Jag är inte allätare som du när det gäller damer. Hon berättade att taxichaffisen ville bygga ett garage vid tomtgränsen och att Birgitta Hansson vägrade gå med på det. Det fanns alltså en konflikt."

"Man slår väl inte ihjäl någon för att man behöver ett garage heller?" Ek härmade Pers hållning på stolen och Per satte sig upp med rak rygg.

"Det var inget vanligt litet garage. Karl Fransson tänkte starta en egen taxirörelse. Han har till och med försökt köpa huset av Birgitta Hansson för en struntsumma. Det är tydligen inte i särskilt gott skick. Putsen har flagat, dräneringen behöver grävas om och taket läcker. Tidigare har hon haft en ström av manliga bekanta som har ordnat praktiska saker, men på senare tid har det inte funnits någon man i hennes liv, upplystes jag om i affären alltså."

"Om vi går på din linje behöver vi alltså ett vittne som kan bekräfta att kvinnan som kallade sig Erika eller Eva Svensson verkligen satt i taxin. Karl Fransson hade alltså motiv att dräpa sin granne och sen ta en fejkad körning. Skulle någon våga ta en sådan risk för att få bygga ett garage? Vi skulle behöva höra honom igen." Hartman rynkade pannan och drog händerna genom sitt lockiga hår. "Det är ju ganska märkligt att just taxichaffisen hämtar Birgitta på avdelningen och att inte dottern följer med upp, det borde liksom varit tvärt om. En dotter är väl sin mor närmast och om Birgitta var förvirrad var hon än mer i behov av att bli hämtad av någon hon känner igen. Det hade varit naturligare om taxichaffisen väntat i bilen eller hur? Det är en sak till som talar för att det inte var en dotter eller ens en nära anhörig. Birgitta skulle antagligen inte ha följt med en främmande kvinna."

Aspiranten som suttit tyst och lyssnat under hela samtalet gjorde ett lite valpigt försök att påkalla uppmärksamheten genom att räcka upp handen och knäppa med fingrarna utan att det riktigt lyckades.

"Jag vet inte om det har med saken att göra. Men jag vet var Erik Hansson hamnade när hans mamma inte kunde ta hand om honom. Han kan inte ha haft det lätt när han växte upp."

"Nej, det kanske inte riktigt har med saken att göra, men vi lyssnar gärna ändå, man vet sällan vad som var viktigt förrän man sitter med facit i hand." Hartman log ett farbroderligt leende. Grabben behövde träna sig att ta plats.

"Min farmor bodde på Södra Murgatan, alldeles vid Kajsarn, det gamla fängelsetornet. Hon är på hemmet nu och huset är sålt, men hon brukade berätta om vrakplundraren Gottberg och hans nedgrävda skatter och att han suttit i Kajsarn. Hon sa att hans ande spökade där inne, för att skrämma oss barn så vi inte skulle smyga in när dörren var öppen för turister och bli instängda på kvällen. Hon berättade om en liten pojke och en flicka som faktiskt hade blivit inlåsta där en hel natt. De bodde hos Grobianen. Han hette väl Gustavsson eller nåt och jobbade inte, frun arbetade inte heller. Men de hade fosterbarn i mängder, som ett vinstdrivande företag. Farmor tyckte det var synd och skam att barnen fick växa upp så vind för våg utan att ha någon som tyckte om dem. Det var nåt socialt experiment de höll på med, de där fosterföräldrarna. Barnen fick lösa sina konflikter själva, utan att de vuxna la sig i. Lärorikt för de starka och ett helvete för de svagare. Jag kom att tänka på det igen när Erik Hansson hjälpte oss renovera köket förra hösten. Farmor var hos oss och hon kände igen honom. Hon blev glad att se att det blivit något av honom, men han blev nog mest generad av att se henne igen."

"Varför då?" undrade Hartman

"Han var liten till växten och fick mycket stryk, särskilt av en rödhårig tjej och av Grobianens son. De ville åt en skattkarta, det är sånt man leker i den där åldern. Ibland gömde han sig inne hos farmor och hon såg till att han fick något att äta. Jag tror att hon hjälpte honom att tvätta upp lite kläder emellanåt, det hände rätt ofta att han gjorde på sig. De hade inte lås på toaletten inne hos Grobianen och Erik vågade inte gå på toaletten när han inte fick vara ifred. Han var så lättskrämd och ynklig att farmor var riktigt bekymrad över hur han skulle klara sig. Han höll sig ofta för sig själv fast det fanns så många barn att leka med." Aspiranten tog en klunk vatten när den ivriga rösten blev knastertorr av nervositet. Uppmärksamheten kändes ovan och det var många som lyssnade på honom.

”Flickan han blev inlåst med i tornet då?” frågade Ek intresserad.

”Hon var den enda som var snäll mot honom. Men hon skickades till ett annat fosterhem. De kunde inte ha henne kvar. Grobianen sa att hon försökte ta strypgrepp på honom när han sov. Ryktet gick, men farmor sa att hon trodde vad hon ville om det. Det fanns andra rykten också, rykten som sa att Grobianen ville få barnen att erkänna att de använt droger för då kunde han få extra betalt för dem. Det gällde de lite större barnen. Men vem vet, den här tjejen kanske inte ville ta på sig en sån sak, om det inte var sant.”

KAPITEL 30

Vi kommer nog inte hem på söndag." Irma Ullberg såg ut genom den saltstänkta rutan mot havet på de mörka fräsande vågorna som nådde allt längre upp på stranden och stänkte över den låga stenmuren runt Bourgströms. Hon verkade upplivad av den tanken. Maria var för ögonblicket benägen att hålla med Rosita om att kvinnan var underlig. Som om Irma kunde läsa hennes tankar och kände att hon kanske behövde förklara sig började hon skratta som om någon kittlat henne. Ljudet var inte ett torrt och glädjelöst raspande som de skratt hon låtit undslippa sig tidigare när de andra skrattat åt något. Det här var ett nytt skratt sprunget ur en känsla av oförställd glädje. De fårade gulaktiga tänderna, de vattniga och lätt rödsprängda ögonen och ansiktets torra hy avslöjades i det obarmhärtiga ljuset från fönstret och stod i uppenbar kontrast till det levande skrattet. Skrattet förvandlade henne på ett ofattbart sätt och gjorde henne vacker.

"Vad är det med dej? Har du druckit saltvatten?" undrade Rosita och tömde sanden ur Irmas loafers som hon numera betraktade som sina egna. Bakkappan hade blivit nedtrampad och de liknade mest av allt ett par slitna gammelmanstofflor och strumporna kunde man redan nu betrakta som fullgod kompost. Hennes kortklippta mörka hår som i början varit stylat i en uppkäftig frisyr hade taggat ned till en liten stripig page och läppstiftet hade inte varit synligt på flera dagar.

"Det var länge sen jag mådde så här bra", fortsatte Irma. "Jag kan liksom inte förklara det. Min största plåga har varit meningslösheten, känslan av att inte riktigt vara levande. Som om jag bara iakttog Irma Ullberg utifrån. Nu äter hon, nu sover hon, nu pratar hon ord utan mening med en röst ingen orkar lyssna på. En chef utan mandat att bestämma något, en kvinna vars man suktar efter alla andra kvinnor, en misslyckad jäkla halvfigur som inte vågat bryta upp fast det inte fanns något att hålla kvar vid utom ledan. Tills nu. Jag vill inte härifrån. Jag trivs med det här och jag tycker så mycket om er båda två."

"Du skojar, säg att du skojar! Du måste väl längta efter att få duscha i varmvatten åtminstone?" Rosita såg riktigt upprörd ut och Irma gav upp ett nytt skratt.

"Inte nödvändigtvis. Nej, egentligen inte. Inte på bekostnad av meningen. Och kamratskapen, att få ha er båda, som vänner."

"Jag fattar ingenting. Meningen just nu är att komma härifrån fortast möjligt. Att bli räddade." Nu var Rosita riktigt arg.

"Fel. Meningen just nu är att överleva, fattar du inte det. I kampen för att överleva finns meningen. Det är meningsfullt att ta in ved för annars kommer vi att frysa oss fördärvade. Det är meningsfullt att plocka vildlök och svamp och lingon för att magen skriker av hunger. När vi strävar för att överleva håller vi ihop. När vi träffades tyckte du inte om mej. Du tyckte att jag var en tråkig kärring, erkänn? Men nu behöver vi varandra för att överleva och då berättar du till och med dina innersta hemligheter för mej."

"Sant. Om någon hade sagt i söndags att jag skulle gå omkring en vecka i dina fula loafers så skulle jag ha skrattat ihjäl mej. Men du måste väl i alla fall längta efter mat. Riktig varm mat?"

"Inte i utbyte mot vänskap. Plötsligt är det jag vet och kan värt någonting. Jag får respekt." Irma sträckte på halsen och slängde med huvudet så håret kastades bakåt. "Jag vill inte tillbaka till ingenting, till livet som zombie. Jag vill vara kvar här till vilket pris som helst och jag vill att ni ska stanna här med mej."

Det fanns ett allvar i hennes röst och en intensitet bakom orden som skrämde Maria. Allt det skrattlystna hade svepts bort av en tydlig beslutsamhet. Det kändes som om saker och ting var på väg att utvecklas till något ingen av dem hade riktig kontroll över. Och efter det som sedan hände ångrade Maria att hon inte litat på sin maggropskänsla och lyssnat på vad Irma verkligen sagt, att hon inte ville lämna ön.

”Hur menar du nu?” frågade Rosita och det hördes på henne att hon fick lägga band på sig för att inte skrika åt Irma. Men Irma svarade inte. I stället lät hon blicken glida ut genom fönstret igen och tystnaden efter det uteblivna svaret pressade mellan väggarna. Gråvädret gick dem alla på nerverna liksom anspänningen att inte veta vad som skulle hända under natten, nästa natt och natten därpå innan det fanns hopp om räddning. De hade slutat att tala om de döda, och om Karin som kanske fanns där ute, slutat att spekulera i främmande besökare på ön som om de kunde hålla det onda på avstånd genom att inte nämna det vid namn. Sakta sänkte sig skymningen i gråtoner över ön, skuggorna kröp längs golvplankorna och stal färgen från väggmålningarna och de blå sängbritsarna blev lika grå som allting annat. Utanför rullade vågorna svarta som tjära och natthimlen tryckte stjärnlös och molntät över vattnet. När den sista droppen av soppa skrapats från tallriken och konserverna var slut fanns inget kvar att se fram emot. De sista två korvarna hade delats med millimeterrättvisa. Irma hade föreslagit att Rosita skulle dela upp dem och sen välja sist för att högarna skulle bli exakt lika. Maria kastade in ett par vedträn till och elden som falnat till glödbacke tog ny fart.

”Jag kan ta hundvakten mellan midnatt och klockan fyra. Jag slumrade ju en stund förut i dag”, sa hon. Ingen protesterade och Maria kröp ihop under den råkalla filten på sin brits och slöt ögonen. Det var som om all lust att samtala hade ebbat ut och de hamnade var och en i sin egen ensamhet. Regnet hade upphört, men vinden låg på med förnyad styrka och skrek invid husknutarna. Om det fanns någon vid pumpen skulle de inte ha hört ett ljud av pumpandet. Det insåg Maria, men hon orkade inte säga något om saken. Det enda som betydde något var tiden. Att tiden närmade sig då de skulle bli hämtade och hon önskade med all sin tankekraft och viljestyrka att Irma hade fel i att de inte ens skulle kunna bli hämtade på söndag. Hur länge skulle de kunna vara inblåsta på ön utan att bli hämtade med helikopter? Maria hade ingen aning. Säkert skulle man försöka kontakta dem via telefon, men om ingen svarade skulle man tro att allt var i sin ordning. Vem skulle i sin vildaste fantasi kunna föreställa sig att någon på ön var en mördare? Som en iller i en hönsgård. Maria försökte mota undan bilderna av de döda. Evas gulvita ansikte med det stripiga ljusa håret som ett flor över ansiktet. Irmas beskrivning av Viktoria som sjönk allt djupare när marken förlorade sin hållfasthet, hostattackerna medan sanden fyllde hennes lungor och Lena-Marie som dränkts som en kattunge i brunnen. Paniken de känt innan de insåg att allt hopp var ute och att de inte kunde rädda hennes liv. Maria riste i hela kroppen vid tanken och tårarna steg i ögonen utan att hon kunde hejda dem. Det kändes som om hon ville skrika högt och gråta hejdlöst i en stadig famn, men när inte den tröstent och tryggheten fanns skulle skriket skrämma henne och öka rädslan till det outhärdliga. Därför bet hon sig blodig på knogen. Om allt det som hänt hade med Erik Hanssons död att göra borde det finnas en rimlig tankegång att följa. Karin hade bott på Gotland en sommar när hon var barn. Ändå var det långsökt att hon skulle ha känt honom och att det i så fall skulle ha betydelse nu. Men vem var egentligen Rosita som satt och vaktade elden och väntade på att de skulle somna? Var den ängsliga ytan bara ett spel för gallerierna? Var knuffen i fyrhusets vindlande trappa ett misstag eller var den avsiktlig? Maria reste sig halvvägs upp på ena armbågen och betraktade henne från sidan. Anta att Karin också var död, hade blivit dräpt och kroppen undangömd ... Rosita var mer vältränad än man kunde ana. När hon rörde om med eldgaffeln i glöden spelade musklerna på överarmen. En glödhet eldgaffel är ett effektivt vapen. Av den reumatism hon påtalat syntes ingenting, inga felställningar, ingen svaghet annat än när hon visste sig vara iakttagen. Eldskenet flammade och lekte med skuggorna i det kantiga ansiktet. Det var sammanbitet, som i koncentration inför en kommande kraftansträngning. Irmas lugna långsamma andetag vittnade om att hon sov djupt. Maria mätte avståndet till kofoten som låg bredvid sängen på golvet. Om hon blev anfallen med eldgaffeln skulle hon hinna grabba tag i den och försvara sig då? Nej, det var bara inbillning. Maria försökte skärpa sig och andas lugnt.

”Hur kände du Erik Hansson, egentligen?” Frågan måste ställas. Maria såg hur Rosita ryckte till och ett stråk av flykt drog genom hennes ansikte. Hon blinkade kraftigt några gånger.

”Hjälp, vad du skräms. Jag trodde du sov.” Hon reste sig upp och kom emot Maria fortfarande med eldgaffeln i handen. Hon svalde ljudligt. Greppet om skaftet hårdnade och den knutna handen vitnade, musklerna spändes. Små signaler. Med ett språng var Maria uppe ur sängen och sträckte sig efter kofoten. Men Rosita hann före och sparkade bort den så den for i väg över golvplankorna till den motsatta väggen. Gesten gick inte att ta tillbaka. Rosita hade ögonblickligen noterat vad Maria ämnade göra och hennes ögon smalnade till streck, tänderna blottades och ur strupen kom ett hest väsande.

”Du rör dej inte ur fläcken, för då jävlar.” Rositas röst skälvde av hat när hon placerade den heta eldgaffeln någon centimeter från Maria strupe. ”Du rör dej inte ett jävla dugg.” Maria lutade huvudet bakåt mot sänggaveln långsamt, långsamt för att vinna utrymme utan att förlora ögonkontakt. Samlade sig till en koncentrerad spark mot det vassa vapen som riktades mot henne. På ett ögonblick var det över. Eldgaffeln for ur Rositas händer och landade vid eldstaden och Rositas armar kopplades på ryggen. Många år av träning i självförsvar gav utdelning.

”Vad tänkte du göra?” frågade Maria och rösten lät mera stadig än hon vågat hoppas på. Rosita vred sig som en mask och försökte komma åt att bitas.

”Försvara mej, för fan, du tänkte ju ge dej på mej med den där järngrejen. Du är fan inte klok! Irma, hjälp, vakna Irma! Hon tänker döda mej!”

”Och vad tänkte du göra med eldgaffeln, berätta det för Irma.” Maria släppte inte taget fast Irma hasat sig upp ur sängen och kisade på dem med springor till ögon. Brasan sprakade till och ett regn av glöd föll ut på stenläggningen runt eldstaden. Irma skyndade sig att stampa på det som fortfarande brann. Rosita började gråta och Maria släppte taget.

”Jag blev så rädd, så vansinnigt rädd. Jag skulle försvara mej, säger jag ju. Jag väntade på att du eller Irma skulle anfalla mej i ryggen när jag satt vid elden. Jag litar inte på någon av er. Det är som en enda mardröm. Hur ska vi kunna lita på varandra, om man tänker efter? Det måste ju vara någon av er som gjort det, eller hur? Någon av er mördade de andra, ni kanske hjälptes åt, gjorde ni det?”

”Ni är ju helt överspända båda två. Gå och lägg er. Ska jag orka med att gå upp klockan fyra måste jag få sova.” Irma kröp i säng igen och småmuttrade hela tiden för sig själv. Rosita glodde på Maria snett från sidan medan hon torkade sig om näsan och andades stötvis.

”Jag blir galen av att inte våga lita på någon. Hur vet jag att du inte ger dej på mej när det är din tur att vakta elden? Vi borde vara vakna två åt gången istället.” Rosita blev allt blekare. Hon sjönk ned på huk och lutade huvudet mellan knäna. ”Jag klarar inte det här, förlåt, jag menade inte vad jag sa förut. Jag blev så rädd bara. Om du tänker döda mej så gör det med en gång. Det räcker att du förklarar varför, vad jag har gjort dej.”

”Jag vill dej inget ont. Inte alls. Jag trodde du tänkte anfalla mej med eldgaffeln. Förlåt om jag gjorde dej illa”, sa Maria och kände sig skuldmedveten när Rosita gnuggade sin arm där Maria greppat tag. ”Jag överreagerade också. Det känns som man hela tiden måste snegla över axeln för att inte få en kniv i ryggen.”

KAPITEL 31

Vid midnatt löste Maria av Rosita vid elden. Kaffet var slut men det fanns varmt vatten med en liten gnutta honung och smak av krossade rönnbär. Maria kupade händerna runt koppen och såg på Rosita som kröp ned i sin slaf och stirrade ut i mörkret. Hon verkade inte kunna komma till ro. Händerna vred och grep om filten.

”Hur är det?” frågade Maria.

”När vi sitter här i eldskenet syns vi som på en bioduk utan att kunna se ut. Vem som helst kan stå alldeles intill fönstret och glo på oss utan att vi märker det.” Rosita bet på sina naglar som redan var gnagda djupt in i skinnet, de trasiga nagelbanden lyste ännu mer ilsket röda av ljuset från brasan. Hon snyftade till. ”Jag kommer inte att kunna sova. Jag kan nästan inte andas, det känns som jag ska kvävas. Det går bara inte att ligga stilla när man inte vet om man nästa stund ska stå öga mot öga med din vansinniga kompis.”

Maria skakade på huvudet. Hon ville inte prata mer om Karin, inte när de faktiskt ingenting visste om vad som hänt henne. Det kändes illojalt. I stället försökte hon avleda Rositas tankar med en annan fråga. ”Vill du berätta för mej hur du kände Erik Hansson? Du älskade honom sa du, men vad hände sen?” Maria smuttade på drycken utan att ta ögonen från Rosita som krupit ned så långt under filten att bara ögonen syntes.

”När min man stack sin väg och lämnade mej ensam med pojken fanns Erik där. Vi bodde grannar och han hjälpte mej att flytta till en liten lägenhet och när jag ville kasta ut pianot som inte gick att stämma, hjälpte han mej att bära ut det till grovsoporna. Men det var inte därför jag älskade honom. Det liksom bara hände. Det var en gång när min pojke, Dirk, fick ett utbrott och gick loss med en kätting han hittat i garaget. Erik visste precis hur han skulle bete sig. Han blev inte rädd och avståndstagande, som andra människor blir när Dirk inte kan uppföra sig. Han lyckades lugna pojken och jag blev så lättad, bara smälte liksom när jag slapp stå där ensam mot hela världen och be om ursäkt och skämmas. Jag frågade om han arbetat med barn som Dirk tidigare, som personlig assistent eller nåt, men det hade han inte. Senare på kvällen när vi delat på en flaska vin och låg i min säng i mörkret berättade han om sin mamma och om fosterhemmet han sen hamnade i. Hela uppväxten hade hans liv hängt på att han snabbt kunnat se och tolka de små tecknen före ett utbrott för att kunna fly. Eller stanna kvar med minsta möjliga skada. Han ville aldrig mer prata om det sen, det var bara då när vi just hade älskat som det fanns en sorts mjukhet och han vågade visa det ömtåligaste."

"Bodde ni ihop?" frågade Maria för att hålla samtalet igång. Rosita hade krupit över på sidan och gäspade stort.

"Han ville inte. Det var ganska konstigt. Han sa ofta att han kände sig så ensam, men han vågade liksom inte satsa på en relation. Det skrämde honom att behöva dela allting och att inte få egen tid när han behövde det. Men vi hade ett handelsbolag ihop. Han var snickare och jag städade och skötte ekonomin och svarade i telefon. Han ville aldrig prata i telefon. Lite märkligt, men jag vande mej vid det och vid att han aldrig ringde mej heller. Det gick inte så värst med firman. Vem vill köpa arbete till fullpris när man kan få det för halva priset svart. Han investerade i en del nya maskiner och satte sin villa i pant och det hade kanske gått väl om jag inte hade tagit ett stort lån för att köpa Ericssonaktier. Jag trodde, som många andra, att det skulle bli ett klipp. Jag blev fartblind och köpte mycket mer än vi hade råd med och det gick åt helvete när aktierna sjönk. Han blev ursinnigt arg för att jag gjort det på eget bevåg utan att fråga honom. Sa att jag förstört hans liv. Firman kursade. Han ville göra rätt för sig, till vilket pris som helst gottgöra dem vi var skyldiga pengar. Han jobbade natt och dag och tog alla extra jobb han kunde få. Det hände en olycka, han ramlade ned från ett tak och jag trodde inte att han skulle överleva det. Jag fick inte ens komma och hälsa på honom. Han ville inte ha med mej att göra, sa att jag svikit honom precis som alla andra hade svikit honom." Rosita började gråta igen och Maria satte sig på golvet bredvid henne och strök med handen över det fetstripiga håret.

"Det var inte ditt fel att han tog livet av sig, om det är så du tänker."

"Det var mitt fel. Det är därför jag aldrig kommer att få lämna ön levande. Jag vet det." Rosita skakade i hela kroppen. "Jag önskar att jag var död så jag slapp gå och vänta på att straffet ska utdelas. Jag klarar det inte, jag orkar inte mer. Det förstår du väl att vi straffas, att någon vill oss ont? Men vem? Erik är ju död."

"Om Erik valde att ta sitt liv var det hans eget beslut. Bara hans eget. Sov nu, jag vakar och i morgon tänker du inte lika svart. Vi ska klara av det här tillsammans. Vi klarar det om vi håller ihop." På något vis kände sig Maria tröstad av sina egna ord. Men när Rosita somnat och hon lämnades ensam att lyssna på ljuden utanför och brasans plötsliga sprakande var hon inte lika säker. Ändå välkomnade hon stunden för egna tankar. Hon längtade efter sina barn och motade bort de tärande tankarna på att de kunde vara i fara och kände istället deras varma små armar runt sin hals och skratten och familjeskämten. Hon hängav sig åt sin längtan efter Per och ändå fanns drömmens onda aningar där. Vad skulle Rebecka göra för att vinna honom tillbaka om hon visste? Han måste ha berättat det för henne vid det här laget. Om de bara hade kunnat prata med varandra i telefon så hon visste hur det hade gått, vad han tänkte. Skulle han klara av att bryta upp när han fick se räkningen, när han fullt ut insåg vad det skulle kosta honom? Skulle han ångra sig? Det är så lätt att leka kärlek, att stänga av allt förnuft bedövad av förälskelsens vanvettiga längtan att äga den man åtrår och få bekräftelse. Men sen när det verkligen gäller ... vad är man beredd att offra då? Och om han valde att stanna hos Rebecka? Då ska vi aldrig mera ses, tänkte hon. Då klarar jag inte att ha honom i närheten mer, det skulle göra för ont. Maria reste sig upp och gick fram till fönstret. Varför tänkte hon så svarta tankar? Han älskade henne ju. Han hade älskat henne från första stund och snart skulle hon vara i hans famn och inget annat skulle ha någon betydelse. Hon skulle göra sitt bästa för att det skulle gå smidigt med hans barn och göra allt för att underlätta kontakten med Rebecka. Sitt allra bästa för hans skull.

Ett svagt månljus letade sig fram mellan molnen. Vinden hade avtagit och regnet slutat slå mot fönstret. Fortfarande vräkte vågorna mot stranden som rytande vilddjur med svarta gap. Långa tungor slickade stranden och drog sig tillbaka i skummet. Vrakgodset som flutit i land under tidigare stormar lyste vitt i månskenet, och där borta vid vattnet ... Maria blev torr i munnen. Det såg ut som om någon satt på huk. En kvinna med långt hår. Maria spärrade upp ögonen och skärmade av eldskenet från ansiktet med händerna tryckta mot rutan. Figuren rörde sig. Eller var det inbillning? Kanske var det en varelse från en annan tid. Pigan som sökte spädbarnet de dräpt när hon skickades bort? Varför rörde hon sig inte? På det här avståndet gick det inte att se om hon hörde till de levande eller de osaliga hädangångna. Ett ögonblick tänkte Maria väcka de andra, men beslutade sig sedan för att inte göra det. Antagligen var det bara en konstruerad bild av en överspänd hjärna och de behövde sova för att orka med morgondagen. Maten var slut och under morgondagen behövde de samla ihop vad skogen kunde ge. Det hade inte funnits så mycket ätlig svamp som de hoppats. Inte lingon eller blåbär heller och strandkålen hade sett bättre dagar. Ett svagt ljussken fladdrade till borta vid kvinnofiguren. Nu rörde den sig verkligen. Maria var säker på att hon sett en rörelse bakom en ilandfluten trätunna. Det var någon där ute. Hon behövde hur som helst ut och kissa. Hon beväpnade sig med kofoten och tog med sig ficklampan, men tände den inte. Elden hade falnat till glöd. Svagt kunde hon ana Irmas djupa andetag. Rosita snyftade till i sömnen. Hon stängde dörren bakom sig och smög med ryggen tätt mot husgaveln. En kvist bröts under hennes fot. Hon stod stilla och väntade. Antagligen hade ljudet dränkts av vågornas slag mot stenarna i strandkanten. Från trädstam till trädstam följde Maria stranden bort mot den plats där hon tyckte sig ha sett kvinnan. Det var längre bort än vad hon tyckt när hon stod vid fönstret. En kvinna på huk. Det kunde ha varit Karin. Karins ljusröda hår svept av vinden över ena axeln. Maria vågade inte ropa på henne. Karin kunde befinna sig på andra sidan gränsen, i dödsriket varifrån ingen återkallas. Fast Maria insåg det vidskepliga i ett sådant tänkande dämpade det hennes mod. Det kändes som att färdas i en dröm mellan olika verkligheter. Vad var verklighet? Finns det en skymningszon där tiderna blandas och allt sker nu? Då skulle det kunna vara vrakplundraren själv som lockade iväg henne bort från flocken, för att dräpa henne. Maria slog bort tanken. Hon måste tänka förnuftigt. Vad skulle hon säga om hon mötte Karin, om hon var vid liv och vid sina sinnen? Skulle de andra acceptera att hon fick vara en av dem? Vad skulle de göra om hon var skvatt galen? Var de tvungna att låsa in henne? Maria stannade till när hon såg något som blänkte i månljuset. Hon tände inte ficklampan. De låga förvridna tallplantorna nådde nästan ned till vattnet och hon följde dem hukande ned mot föremålet som fångat ljuset. Maria böjde sig ända ned mot marken och tog upp det i handen. Viktorias hårspänne! Visst var det ett sådant spänne hon haft när hon fäste ihop sin långa fläta. Hade hon varit här nu, var det henne Maria sett från fönstret? Nej, hon var ju död. Irma hade ju själv sett hur hon sjönk ned i sanden. Eller hade hon det? När sanden nådde Viktoria till armhålorna hade Irma sprungit efter hjälp … Det var omöjligt att Viktoria skulle ha tagit sig upp själv, att hon kunde vara vid liv. Önsketänkande. Men det var Viktorias hårspänne, det var Maria övertygad om. Viktoria hade aldrig varit så långt som till Bourgströms, inte den sista vandringen de gjorde tillsammans i alla fall. Det var om hon och Irma tagit sig ända dit när de gick ned till Hamnudden förstås. Utan att berätta att de nått fram till husen och vattenpumpen. Egentligen var det inget bevis för att Viktoria varit på platsen, någon av de andra kunde förstås ha tagit spännet och tappat det på marken sen de kom till Bourgströms. Irma eller Rosita kunde ha haft det med sig. Hon stannade till. Det här var platsen där kvinnan hukat sig ned, där var den stora tunnan som Maria sett från fönstret. Var hade ljuset kommit ifrån? En ficklampa? En tändsticka?

I detsamma såg hon det flammande skenet som tycktes explodera ut genom fönstren på Bourgströms stuga. Det brann! Maria började springa, snubblade fram över buskar och stenar, fötterna sjönk i den lösa sanden. Stegen blev tunga som bly. Som i en mardröm där man springer och inte når fram. Det var en omöjlighet att en gnista från brasan skulle kunnat sätta eld på hela huset under den lilla stund hon varit ute. Dörren var låst. Maria var säker på att hon inte hade vridit om nyckeln. Det luktade bensin. Maria rusade runt huset, slog in rutan med en bit drivved och klättrade in i hettan och röken medan hon skrek på de andra, skrek av sina lungors fulla kraft. Nyckeln fanns inte i låset på insidan heller, såg hon medan hon tog sig in i rummet. I eldskenet såg hon att de andra låg kvar i sina sängar. Hon fick fatt i Rosita och släpade upp henne ur sängen. Kroppen var slapp. Hettan olidlig. Maria skrek på Irma. Hon rörde sig lite grann. Maria slog på täcket och drog av henne filten, men Irma kröp ihop och makade sig allt längre mot väggen.

”Låt mej vara!” Det brann i väggarna och värmen flöt i rummet. Maria kunde inte rädda båda två, det insåg hon med fasansfull klarhet. Med all sin kraft försökte hon baxa ut Rosita genom fönstret med fötterna först. I medvetslöst och avslappnat tillstånd var hon tyngre än man kunde föreställa sig. Maria bet ihop om smärtan när elden svedde hennes rygg. Med en duns föll kroppen ut på andra sidan.

När Maria försökte vända tillbaka in i rummet självantände kläderna och hon kastade sig skrikande ut genom fönstret, sprang mot vattnet och doppade sig i de iskalla vågorna tills elden var släckt. Huden sved så hon ville skrika högt. Irmas fasansfulla skrik där inifrån fick Maria att stappla tillbaka till fönstret. Hon försökte klättra in igen. Men hettan slog emot henne som en vägg och lågorna letade sig ut genom fönsteröppningen. Irma hade tystnat nu och låg hopkurad under sängen. Upplyst som av en jättelik strålkastare såg Maria hennes kropp förtäras av elden. Mellan dem fanns ett hav av ljus. Maria fortsatte till köksfönstret, lyckades ta sig in med ena benet innan värmen exploderade och kastade henne mot marken. Det fanns inte längre någon möjlighet att rädda Irma ur branden.

Maria hostade av rök. Det kändes som hon skulle kvävas. Lungorna sprängde, värkte. Det fanns inget att göra. En outhärdlig tanke. Irma var död nu, det fanns inget hon kunde göra. Inget. Maria satt på den blöta marken och såg taket rasa in. Handen som vilade på låret blev våt, hon kände den sötaktiga lukten av blod. Hon måste ha skurit sig på glaset när hon klättrade in utan att märka det. Hypnotiserad av elden satt hon där orörlig tills nästa tanke kom. Tanken på flykt. Om det fanns någon där ute i mörkret som velat döda dem alla tre och faran inte var över. När som helst kunde en yxa svingas över hennes huvud. Maria såg sig om. Hela området var upplyst av elden. Hon kröp fram till Rosita. Lyfte upp hennes tunga, slappa kropp och bar henne in i det skyddande mörkret, bort från ljuset och värmen, bort från den som ville dem ont. Efter ett par hundra meter tvingades hon ge upp och lägga Rosita på marken. Hon byggde ett bo åt dem i en sandgrop nära vattnet, täckte över dem med marhalm och hoppades att de var gömda. Rositas andning var rosslande.

”Rosita, hör du mej?” viskade Maria i hennes öra. Hon vågade inte tända ficklampan i fall ljuset skulle kunna avslöja var de befann sig. ”Rosita?” Hon rörde sig oroligt. ”Hur är det? Vad hände, vet du det?”

”Hjälp mej upp. Jag får inte luft.” Maria lade armen under hennes rygg och hjälpte henne upp i halvsittande ställning. Rosslingarna fortsatte och svart skum rann ur Rositas mun. Maria kände paniken komma. Rositas kropp föll ihop och blev slapp. Andetagen upphörde. Pulsen gick inte att känna. Maria skakade hennes tunna kropp. Försökte förtvivlat blåsa liv i hennes mun medan blodsmaken fick illamåendet att kvälja henne och tårarna blandades med snor och sand som svepte över marken i det lätta vinddraget från havet. För ett kort ögonblick kom hon till medvetande.

”Jag fryser”, viskade hon. Maria kramade henne hårt och höll henne tätt intill sig för att låna henne lite av sin värme. Bredde sin jacka över henne och satte sig på knä bakom hennes rygg så huvudet skulle komma upp en bit. Från gömstället såg hon huset förtäras av elden tills bara skorstenarna stod kvar i ett hav av glöd. Kunde det vara Irma som låst om dem och tänt på? Om Maria bara hade stannat inne hade kanske Irma levt nu, hon hade ju vakten. Insikten slog ned i tanken som en bomb. Det var hennes fel. Om hon varit där och vaktat elden kanske hon skulle ha kunnat hindra Irma, för det måste vara Irma som tänt på. Eller fanns det någon annan där ute? Om Maria bara hade stannat skulle hon ha hört stegen som närmade sig, nyckeln som vreds om i låset från utsidan, bensinen som hälldes ut och kanske tändstickan som raspades mot plånet och fick huset att flamma upp. Om hon bara hade suttit på vakt och inte givit sig ut för att jaga spöken hade hon kanske kunnat rädda dem. Tanken fick Maria att krypa ihop om smärtan i mellangärdet. Hon pressade ihop käkarna hårt för att det kvidande läte som fyllde henne inte skulle läcka ut. Hon var ensam nu. Helt ensam med Rosita som behövde professionell vård omedelbart och det var minst två dygn kvar innan någon skulle komma ut till ön. Skulden höll på att kväva henne. Just nu var den större än rädslan. Var det så här Irma känt när Viktoria sjönk ned i den lösa sanden? En kväljande ångest. Maria kände illamåendet komma och kunde inte hindra kräkreflexen. En sur stank fyllde näsborrarna och hon försökte torka bort det som kommit på kläderna med en näve gräs. Hon försökte prata med Rosita igen, men det kom inget svar. Pulsen på halsen var snabb och ytlig, andningen rosslande och tung. Maria lutade huvudet mot Rositas hår och grät.

Om hon istället låtit blicken vandra i kanten av eldskenet, just där det nådde träden, hade hon kanske upptäckt rörelsen. Kvinnogestalten som slängde en nyckel i elden och sedan försvann in i mörkret, varifrån hon hade kommit.

KAPITEL 32

I det första gryningsljuset vaknade Maria Wern av att blåsan var sprängfull. Kroppen värkte hur hon än försökte ligga och till en början visste hon inte alls var hon befann sig. Lukten av stickande brandrök fanns i näsan. Hon frös förskräckligt och vände sig på sidan medan hon öppnade ögonen och såg rakt in i ett gulblekt ansikte med stora fläckar av sot över näsan och pannan. Rosita! De sista fragmenten av drömmar försvann hastigt bort när de konfronterades med den förskräckande verkligheten. Rosita! Maria kvävde ett skrik med den knutna näven mot sin mun. Rositas ansikte var blodlöst och tomt som en gipsmask. Små glittrande vattendroppar hade samlats på huden, ögonen var halvslutna och tomma och i mungipan hade en rännil av blod stelnat till ett brett svart streck. Maria behövde inte känna på pulsen för att inse att Rosita inte längre var vid liv. Hon rusade upp och borstade gräset och sanden från kläderna, som om döden kunde smitta genom det fuktiga tyget i kläderna, genom luften hon andades, genom huden. Hon ville rusa därifrån, men benen var tunga och stela som stockar. Så kissnödig. Hon kurade ihop sig med en liten förtvinad tallplanta som skydd för insyn från landsidan. Det kändes ovärdigt att sitta med nedhasade byxor bredvid en död människa, men nöden har ingen lag. När hon drog ned byxorna såg hon såren på sin hud, brännblåsorna och skärsåren och kände värken stegras av rädslan hon plötsligt erfor. Det var värre än hon trott. Armarna och ryggen var mest skadade, bröst och ben hade klarat sig bättre. Kläderna var bara trasor. Hur hon såg ut i ansiktet visste hon inte. Ögonen blev dimmiga av tårar fast hon nu försökte ha uppmärksamheten riktad mot skogen.

Fanns det någon där ute eller var hon ensam med alla de döda? En svart skalbagge kröp över ena skon och hon orkade inte göra något åt det, hon var åderlåten på all kraft. Tanken fungerade inte. Hon orkade inte reagera och organisera en plan. Hon behövde en plan. Helst hade hon velat följa den plötsliga impulsen att ge sig av, bort från den döda kroppen och branden in i skogen. Långt bort från sin egen död. Det hade varit så nära att hon strukit med i branden. Men hon levde och i den vetskapen fanns en bisarr känsla av triumf, men också skuld. Skogen med sin avsaknad av undervegetation erbjöd inte mycket större skydd än den öppna stranden. Det var fredag morgon. Vinden hade lagt sig och vågorna rullade lojt mot stranden, som smeksamt lugnande händer, och solen bröt försiktigt igenom det täta morgondiset. Ljuset skar i ögonen och fick dem att tåras än mer. Fredag och någon räddning kunde inte väntas förrän söndag ... om vädret höll i sig. Men om det blåste upp igen ... Nej, Maria vägrade acceptera tanken. Om vädret höll i sig skulle hon på söndag bli hämtad vid Bredsand alldeles vid Fyrbyn, om det blåste upp så att båten inte kunde gå in skulle möjligheten ändå finnas att bli hämtad med gummibåt ut till M/S Gotska Sandön ifrån någon av de andra vikarna där det var lä, Franska Bukten eller Las Palmas. Men om det blåste en 13-14 meter i sekunden? Nej, tanken var outhärdlig. På söndag skulle räddningen komma. Eller tidigare, om de uppfattat signalen med fyren.

Maria täckte över Rositas kropp med sand och gräs så gott det gick med sina bara och såriga händer. Den ansträngning det skulle innebära att flytta kroppen till Fyrbyn var omöjlig och onödig nu när hon var ensam och behövde hushålla med sina krafter. Hon spanade åter inåt skogen. En knappt märkbar rörelse i trädens kronor, en fiskmås som cirklade över stranden, var allt liv hon kunde upptäcka. Det stramade i såren på de svullna benen när hon gick bort mot platsen där Bourgströms hus hade stått. Nu syntes bara de murade eldstäderna med sina skorstenar och vedspisen sticka upp ur de förkolnade resterna.

Hon kunde egentligen inte förklara för sig själv varför hon måste gå fram till brandplatsen. För att förstå vad som hänt? För att söka efter Irmas kropp när hon egentligen inte alls ville se. Det glödde fortfarande i de större trästyckena och en försiktig rök ringlade mot den ljusnande himlen. Men branden hade inte spritt sig till de andra. Maria höll sig intill uthusets vägg, tog stöd mot den för att hålla kroppen upprätt medan tårarna föll utan att hon orkade torka bort dem ur sitt ansikte. Känslan av total övergivenhet kom till henne som en stark smärta. Hon tänkte på de döda.

Det växte några tynande exemplar av gulmåra intill muren. Med en kraftansträngning plockade Maria dem till en liten bukett och lade dem vid det som en gång varit ytterdörren till huset. Det behövdes en ceremoni, ett värdigt farväl av de döda. En tyst minut och den lilla buketten var allt hon mäktade med. Just när hon hukade mot marken för att lägga ned blommorna såg hon nyckeln. Den oförstörda nyckeln till ytterdörren som låg ovanpå resterna av det nedrasade taket. Hur var det möjligt? Hur kunde nyckeln ha hamnat ovanpå, varför hade den inte begravts under taket när det rasade in? Insikten gjorde henne kall. Hon var inte ensam på ön. Det fanns ingen annan förklaring. Någon måste ha lagt dit nyckeln i efterhand för att få det att se ut som en olycka, som om de låst sig inne. Den som kastade nyckeln på elden kunde inte ha tänkt på att taket rasat ned. Nyckeln borde ha legat under om den suttit i låset. Någon fanns där ute, någon som kanske stått och sett hur hon drog med sig Rosita ur elden. Kanske var hon iakttagen nu! Maria fick ännu en gång kämpa mot impulsen att rusa rakt in i skogen. Vatten, hon måste ha vatten så hon klarade sig till morgondagen utan att behöva gå till brunnen och sen skulle hon hålla sig gömd i skogen. Kanske skulle hon behöva hämta vatten en gång till innan räddningen kom, hon kunde smyga sig dit i skydd av mörkret. Hinken fanns kvar på brunnslocket men plastflaskorna hade gått åt vid branden. Det var otympligt att släpa på en hink med vatten men fanns det inget annat att bära i var hon tvungen. Maria spanade igen in mot skogen, försökte se bortom träden in i det gröna mörkret medan hon letade runt branden efter sin kofot och fann den under det som varit ett fönster mot havet. Inte mycket till försvar, men bättre än ingenting alls. Beväpnad gick hon bort till brunnen vid Nymans och pumpade upp vatten, hela tiden vaksam. Då och då stannade hon för att lyssna efter inbillade ljud av steg som närmade sig bakom knuten på något av de tre små röda husen vid brunnen, en kvist som knäcktes under en fot, andetag efter en språngmarsch. Men allt var stilla utom vågornas ständiga rörelse mot stranden och fiskmåsarnas hånande läten när de gled på vindarna ovanför vattenlinjen.

Med hinken fylld till två tredjedelar gav sig Maria av. Hon undvek stigarna. Såg på kartan hon haft i jackans innerficka för att orientera sig mot Fyrbyn i hopp om att någon skulle ha reagerat på att fyren var släckt och komma till undsättning. Faktum var att det skulle kännas mindre ödsligt att vara i Fyrbyn. Det kanske fortfarande skulle gå att hitta något att äta där, men det var förstås också att ta en risk att bli upptäckt.

Bilderna av de döda jagade på stegen, fanns där och krävde hennes uppmärksamhet. Hinken blev allt tyngre i handen och Maria stannade en stund för att inte riskera att spilla ut de dyrbara dropparna färskvatten. Det växte några förtorkade lingon vid en omkullfallen trädstam där jätteskalbaggarna hade sina bon i centimeterstora håligheter i den döda veden. Maria satte sig på huk och plockade alla bär hon kunde se. Hon tänkte på Karin. I skolan hade de varit oskiljaktiga tills de gick andra året på gymnasiet även om de valt olika linjer. Då hade Karin blivit allt mer otillgänglig och svår. De hade glidit ifrån varandra ett tag. Karin hade fått en kille, som Maria aldrig fick träffa, och nya kompisar. Hon hade till och med bytt skola för att sedan återkomma och gå om sista året på vårdlinjen. Flera år efteråt berättade hon att hon blivit med barn och att hon inte behållit det. Rykten sa att hon varit psykiskt instabil under den perioden, men det var något Karin aldrig ville prata om och Maria hade respekterat det. Det fanns där som en sårbarhet, som ett minerat område till vilket ingen ägde tillträde. Antagligen hade hon inte heller sagt något till Julius om saken, i alla fall inte om barnet, det visste Maria säkert. Det fanns en obändig stolthet hos Karin. Hon ville klara sig själv i alla lägen. Inte behöva någon annan, aldrig blotta sin svaghet eller sin rädsla. Att hon överhuvudtaget berättat om sin förtvivlan över det misslyckade äktenskapet i gruppen var på sitt sätt förvånande. Maria försökte vända och vrida på de saker Karin sagt sen hon kom till Gotland och de träffades nere vid hamnen. När Julius tagit Emilia och rest till Rom hade Karin skaffat en terapeut för att få hjälp att orka komma tillbaka till arbetet. Hon hade börjat arbetsträna och kände att hon nog skulle klara att gå tillbaka, men till andra arbetsuppgifter, men så kom beskedet att försäkringskassan bestämt att hon skulle få sjukpenning istället för rehabiliteringsstöd. Då hade allting rasat. Det handlade om några ynka tusenlappar hon inte själv hade råd att betala, en struntsumma mot vad det skulle kosta att låta henne gå på bidrag resten av livet. Men ett principbeslut är ett principbeslut och ingen tog på sig ansvaret. Hon ville ju komma tillbaka till arbetet, men hon klarade det inte på egen hand. Och sen kom kovändningen. Försäkringskassan tänkte betala kursen på Gotska Sandön, som inte alls var vad hon efterfrågade. Hon hade försökt ställa dem till svars, frågat varför hon inte kunde få behålla den terapeut hon hade och de hade svarat att de inte visste något om den saken. Precis så hade de sagt, människan hon talade med visste inget om kursen fast de själva skickat ut papper om den. Ingen tog personligen ansvar. Så sa Karin i alla fall.

Maria riste i hela kroppen när hon tänkte att det inte var en slump. Det var inte en slump att de alla befann sig på Gotska Sandön, alla hade de någon relation till Erik Hansson och någon hade sett till så de kom till ön för att de skulle få lida, som han hade lidit. Så måste det vara. Kunde det vara Karin? Hade hon granskat Julius egna fotoalbum så var hon säkert inte heller främmande för att kontrollera hans kontakter på nätet eller i adressboken. Teoretiskt kunde Karin tagit kontakt med Eva och utgett sig för att vara Julius. Hon kunde ha skickat ut inbjudningar till kursen på Gotska Sandön i Evas namn och falskt garantera att försäkringskassan betalade. Tanken svindlade. Var allt en enda stor bluff? Irma hade varit förvånad över att försäkringskassan betalade, och det hade Rosita också varit. Karin som varit så ynklig och förtvivlat ledsen när Maria mötte henne vid båten, det hade känts så äkta. Men vad vet man egentligen om varandra?

Uppfylld av dessa tankar reste sig Maria för att gå vidare när hon bakom trädstammen fick syn på en grop i sanden. Det såg ut som om någon nyligen grävt med spade. Och ett par meter bort fanns samma sår i växtligheten, en meterdjup grop med skarpa kanter, också den helt nygrävd. Hon såg sig hastigt omkring. Groparna var inte tillräckligt långa eller djupa för att vara gravar, tänkte hon och kände att ett hysteriskt skratt var på väg. Om man inte var galen fanns det alla möjligheter att bli det när tillvaron är för absurd. Hade någon grävt efter Gottbergs skatt? Vad skulle det annars kunna vara? En fångstgrop för harar? Maria såg sig omkring igen och började sedan krafsa med händerna i hålet. Böjde sig djupt och grävde så hela armarna försvann i sanden. Plötsligt hörde hon ljudet av steg som närmade sig och så dök en mager gestalt upp bakom träden långt borta på stigen vid Schipkapasset. Maria gled ned bakom trädstammen och höll kofoten hårt i handen, orörlig och redo att slåss. Pulsen dunkade hårt i hörselgången när hon försökte lyssna efter ljuden som kom närmare och närmare och sedan tystnade helt. Maria satt alldeles stilla och väntade. Vågade inte kika över trädstammen av rädsla för att själv bli sedd. Ett nytt ljud, ett rytmiskt skrapande fick henne att anta att grävandet fortsatte en bit längre bort. Om det var Karin skulle hon kunna ropa på henne för att slippa vara rädd för det okända, så vida det okända inte tagit Karin i besittning. Om hon var riktigt psykotisk och de inte delade verklighet, om hon dödat de andra ... Det fanns en fördel i att veta var hon fanns utan att själv bli upptäckt. Maria hade tiden på sin sida, om två dygn skulle hon bli räddad. I samma stund slog det henne att den som mördat de andra kvinnorna måste ge sig av före söndagen. Varför inte redan nu? Om hon trodde att de alla omkommit vid branden, varför gav hon sig då inte av? Maria kunde tänka sig tre olika skäl, om det var Karin. För det första, hon kunde vara så förvirrad att hon inte förstod att hon skulle bli straffad. För det andra, hon kanske ville försäkra sig om Marias död innan hon gav sig av eller också hade hon inte för avsikt att döda henne. För det tredje, det fanns något mer att hämta här ute på ön.

Lika plötsligt som ljuden kommit, avtog stegen och ersattes av en ihållande tystnad. Maria ålade längs med marken för att se, men kunde inte upptäcka någon människa längre. Oändligt långsamt kröp hon bort mot den nygrävda gropen, som redan börjat rasa igen och fyllas med sand. Den här gången var det lättare att se vad som hade grävts upp. Stora bitar av läder och tillskurna uråldriga lädersulor. Var det Gottbergs skatt? Sulläder! Dyrbart på den tiden men inget guld som glimmar i dag. Man måste anta att någon just hade blivit grundligt besviken.

Maria beslutade sig för att stanna där hon var tills vidare. I skydd av mörkret skulle hon senare kunna ta sig till Fyrbyn för att leta efter mat i tillsynsmännens hus. Hon förstärkte sitt gömställe med tallris och grävde sig ned en bit i sanden och lade sig till rätta. Det enda hon kunde göra var att vänta. Vänta på räddningen under evighetslånga minuter. Hon kupade sina händer och drack av vattnet i hinken. Det hade redan smutsats av mossa, barr och kringyrande sand. Nu när den värsta anspänningen släppt kände hon värken från brännsåren som om någon hade flått henne med kniv och en stor matthet kom över henne. Hon försökte lägga sig mer bekvämt på sidan och stirrade upp mot trädkronorna som vajade sakta i vinden, susade som av sorg och beklagande och Maria kände tårarna komma igen. Hon såg på den hasselnötstora korsspindeln som vävde sitt nät i ljungen alldeles bredvid. Tjocka klibbiga trådar. En fluga hade fastnat och surrade, skrek för sitt liv, kämpade och slet. Den lilla rösten blev nästan mänsklig och hjärtskärande. Ju mer den slet och drog och flaxade, ju mer snärjde den in sig i de klistriga trådarna tills spindeln kom. Någonstans där måste Maria ändå ha somnat och drömt för när hon vaknade hade hon förväntat sig att hon skulle träffa en handläggare på försäkringskassan som drog snor ur människors näsor till långa spindeltrådar. En skugga föll över hennes ansikte och skymde den nedgående kvällssolen. Någon stod alldeles bakom hennes huvud och mötte hennes blick när hon slog upp ögonen.

KAPITEL 33

Jag har kommit från dödsriket, som en död bland de döda och sedan länge förruttnade kropparna har jag legat. Men min vilja och längtan fick mej att återvända till livet. Upp till ljuset. Är du levande så du kan se ljuset? Eller är dina ögonhålor lika tomma som hos dem som förpassats till det stora mörkret?" mässade en röst. Maria kände väl igen den även om ordvalet fick henne att undra om det var ett makabert skämt. Samtidigt kände hon rädslan rusa genom kroppen, det stack i fingrarna, musklerna beredde sig på strid. Långsamt nu, långsamt så att hon inte skulle uppfattas som hotfull. Det finns inget så farligt som rädsla, det överilade beslutet när man slår först för att inte bli slagen. Hon reste sig sakta upp och vred på huvudet. Där framför henne stod Karin. Svart av sot i ansiktet och med det röda håret i tovor uppsatt till en märklig knut med en tallkvist. Om halsen bar hon ett snöre där hon trätt upp svampar. Vad Maria kunde se var de flesta ätliga. Det var omöjligt att direkt bedöma i vilket mentalt skick hon var. Det gällde att gå varligt till väga.

”Vi har letat efter dej, Karin, och varit så oroliga. Var har du varit?" frågade Maria försiktigt och samtidigt uppmärksam på varje förändring i det välkända ansiktet.

”I helvetet, kära syster, i helvetet. Jag fick ett slag i huvudet av vrakplundraren och släpades i håret till underjorden. Men min uppgift på jorden var ännu inte slutförd. Jag fick återfödas genom ett kaninhål. Jag skulle ha skrattat högt av lycka över min reinkarnation om det inte var för Honom. Han är i maskopi med den onde och i varje andetag jag andas, andas jag in de molekyler Han andats ut när Han levde på Sandön." Karin höll för näsan och munnen med handen. Höll andan tills hon måste dra efter luft igen. Hon spärrade upp ögonen av fasa. "Jag kan inte förhindra det. Jag andas in Honom. Allt finns kvar, inget går någonsin förlorat. Vattnet har ett kretslopp och på varje molekyl finns minnena fästade och letar sig in som virus i mina celler, fragment som blir till meningar och skeenden och när de förökat sig och blivit tillräckligt många och skaffat sig nya egenskaper i utbyte mot gamla sägner kommer de att forcera blod-hjärnbarriären och ta över min vilja och mina tankar som sen koagulerar i en blodig massa. Det händer nu, mitt framför ögonen på dej, min syster."

"Har du ätit något på länge?" frågade Maria för att leda samtalet mot det mera jordnära.

"Naturens lag är att äta och ätas. När vi dött äts vi upp inifrån av mikroorganismer. De lever i oss och väntar på det rätta ögonblicket att ta över vår kropp och bryta ned den. Jord skall vi åter varda. Vi är bakteriernas hela universum. Finns det ett liv bortom den människogalax vi lever i? frågar de varandra, men ingen vet säkert. De har mikrotänkare som varit inne på tankegångar om parallella universum, men de saknar bevis. De har ingen kontakt med sin historia bakåt i tiden. Generationsskiftena har regnbågens hela spektrum av frekvenser och motsatta faser i obalans. Vad vi kan uppfatta beror på vår mottaglighet. Finns tid? Hur vet man att inte varje skeende i universum påverkar alla celler samtidigt? Vad är tid?" Karin svajade där hon stod så Maria befarade att hon skulle falla över stocken.

"Just nu är klockan sju på kvällen och solen håller på att gå ned. Ska vi gå till Fyrbyn och se om vi hittar något att äta. Jag är hungrig." Maria reste sig upp och skulle just greppa hinken.

"Rör inte vattnet! Det är förgiftat. Släpp hinken, sa jag." När Karin kom närmare kände Maria att hon stank sprit. Gammal fylla och ny fylla och sur svett. "Han har förgiftat alla brunnar här och i Arboga och i Visby, det var därför digerdöden drabbade oss. Men om du är hungrig kan jag duka upp en festmåltid åt dej. Fast vattnet måste du låta bli." Karin plockade av sig sin stora vida vildmarksjacka. "Jag tänkte inte äta av deras förgiftade kaveldunsdolmar och häxbrygder. Därför tog jag med mej egen föda." Hon visade på dragkedjorna som löpte i midjehöjd och gjorde jackan till en jättepåse där man i olika fack kunde förvara förnödenheter. "Mitt ursprungliga förråd tog slut när jag dinerade med de döda, men om du vill hålla till godo med det naturen ger ska jag bjuda dig på middag, min syster."

"Maria. Jag heter Maria. Din bästis ... ser du mej?" Maria log mot Karin, men vågade inte röra vid hennes arm som hon brukade för att visa att de var nära vänner. Var tusan hade hon fått tag på sprit? Var hade hon varit alla de här dagarna? Maria kom ihåg att Karin pratat om att ta med sig egen mat och små tetrapak med juice. Hon hade uppfattat det som ett skämt, ett misstroendevotum mot Lena-Maries kokkonst. Hade tankarna på förgiftning och förföljelse funnits redan när hon kom till Gotland eller berodde det på ren berusning? Och den ännu större frågan som rev och malde bakom pannbenet, hade hon dödat de andra? Maria höll de verkligt skrämmande tankarna ifrån sig. Karin fick inte märka att hon var rädd. Med värme och vänlighet hade hon störst möjlighet att klara sig levande från ön. En annan tanke, varför hade Karin tagit maten ur förrådet om hon hade egen mat och trodde att deras gemensamma proviant var förgiftad? Var det för att svälta ut dem?

"Jag kan inte kalla dej vid namn, då får Han ännu mera makt över dej, Han som tar sig in i människors drömmar och formar deras tankar efter sin vilja. Det onda du inte vill, kommer du att göra för att rädda ditt eget liv. Känner du inte lukten av torkat blod och förruttnelse. Han är här. Han har kommit från dödsriket för att hämta oss som tjänstefolk. Kylan mot din kind är Hans andedräkt."

Maria såg Karins ansiktsuttryck förändras. Ögonlocken fladdrade och vitorna vändes mot skyn. Hon ville be henne sluta, ruska om henne så att hon skulle bli som vanligt igen. Sluta, sluta, du skrämmer mej! Om det bara hade varit på låtsas. Då hade det varit en fantastisk teaterföreställning. Men för Karin var det verklighet. Åsynen av Maria påminde henne om maten hon tänkt bjuda på.

"Som entré har vi en liten vitvinsbrässerad vindolme på en spegel av lövtunn parmaskinka och färska sparrisknoppar." Hon gjorde en gest åt Maria att sitta ned på marken medan hon bredde ut en solkig handduk över björnmossan med en gest som om det varit en vit och nymanglad duk. Konverserande med hovmästaren avsmakade hon låtsasvinet, men godkände det inte utan tog istället fram en uråldrig glasflaska av tjockt grönt glas. "Konjak. Fransk konjak." Hon sträckte buteljen mot Maria som luktade på innehållet. Om resten av måltiden var ett dockkalas så var i alla fall det här äkta vara.

"Var har du fått flaskan ifrån?"

"Men förstår du inte, min syster. Vi fick det till begravningen. Hon låg död vid en rotvälta och Han skänkte oss konjaken till begravningen. Så drick nu. Du måste dricka." ...och när Maria tvekade. "Om du inte dricker är du inte min vän!" Karins ansikte blev allt mer hotfullt. "Drick nu, annars drabbas du av Hans vrede. Du är redan märkt av Honom eller hur? Säg inte att Han inte har varit hos dej och känt din kropp?" Karin skrattade till och skrattet ljungade onaturligt och gällt över skogen. "Han tog dej, eller hur, Han låter inte kvinnfolk vara ifred. Inte då och inte nu."

De sista rosa strålarna av den nedgående solen försvann bortom trädtopparna i väster och mörkret kom hastigt på. Maria kände plötsligt att hon frös. Karins glädjelösa skratt ekade fortfarande mellan dem. Hon höll uppfordrande flaskan under Marias haka. Du är inte min vän, om du inte dricker. När Maria inte lydde uppmaningen slog Karin till vattenhinken så den föll omkull och vattnet rann ut i sanden, allt utom en liten skvätt på botten som Maria lyckades rädda genom att sträcka ut foten och resa upp hinken igen.

"Låt bli vattnet! Du är en fara för dej själv och jag måste ta över nu om du inte förstår ditt eget bästa", väste Karin och sparkade undan hinken innan Maria hann protestera. "Jag vill inte att det går för dej som det gick för terapeuthoran. Han tog henne med och sen lät Han trädet falla över henne."

"Såg du när det hände?" Maria kunde knappt andas.

"Jag såg vad som hade hänt. Hon låg där och jag hittade flaskorna. En av de gröna halsarna stack upp bredvid kroppen och jag grävde upp de andra som måste ha legat länge under trädets rötter – väntat på att komma i dagen tills Han tyckte att det var dags för begravning. Tills tiden var inne då Eva Stark måste ta sitt straff och lämna scenen. En skådespelare måste veta när rollfiguren inte har flera repliker och det är dags för ridån. Jag släpade henne i en cirkel moturs för att hennes själ skulle tas emot välvilligt av Den som vaktar över mörkret och så skar jag en lock av hennes hår att ge Julius som minne." Karin skrattade till och andedräkten var vidrig. "Han som vakar över ön var för mäktig för att rymmas i Tiden. Vet du fortfarande inte vad Tiden är?"

"Berätta för mej." Maria kände sig allt mer olustig. Eva hade haft jord på hälarna som om någon släpat henne. Kunde det varit en olycka, att trädet hade fallit över henne och orsakat hennes död? Knappast, om man tänkte på hur såret i bakhuvudet hade sett ut. Tankarna fortsatte mala fast hon tillsynes gav Karin hela sin uppmärksamhet.

"Tiden finns bara om vi tror på den. Ett timglas är bara sanden som rinner. Ta av dej klockan, ser du inte hur den bränner din armled. Ta av den, säger jag! Det är först när vi inte längre lever i Tiden som vi kan bli fria, befriade som Eva. Var är de andra?"

Maria tog lydigt av sig klockan, det fanns ingen annan möjlighet att undgå ett vredesutbrott, det såg hon i Karins ansikte och hennes röst blev allt mer forcerad. Var det möjligt att hon inte visste vad som hänt de andra, att hon inte visste att de var döda? Maria sökte efter orden. Det var som att gå på minerad mark.

"Svara mej, var är dom!" Karin tog ett stadigt grepp om Marias hår och drog hennes huvud bakåt. ”Svara mej! Var är dom?”

”De är döda! Allihop är döda.” Hennes ord var inte mer än en viskning.

”Nej, nej det är inte sant. Så kan det inte vara eller hur? Alla är inte döda. Inte ännu.” Karin skakade sitt toviga huvud och knep sig i den bleka huden på underarmen så det blev ett rött märke. ”Inte vi. Du och jag är fortfarande levande, eller hur? Så länge man kan känna smärta är man levande.”

KAPITEL 34

När de kom närmare Fyrbyn såg Maria till sin bestörtning att fyren åter kastade sina vita strålar över talltopparna. Inte med samma intensitet som innan transformatorn blev saboterad, utan svagare. Karin måste ha varit där och återställt den och tagit bort sopsäcken som dämpat ljuset. Eller var det så väl att kustbevakningen hade sett fyrens matta sken eller huset som brann och skickat någon att se vad som hände. Hoppet drev på hennes steg ned mot Naturum. Hon måste se om meddelandet de fäst på dörren fanns kvar. Hon sa inget om det till Karin, som helt i sin egen värld talade med väsen som var synliga bara för henne själv. Varelser hon mött i dödsriket där Hjalmars mausoleum var ingången mot en annan värld. Hon höll upp den låtsade krinolinen och neg för madam Söderlund som skulle spå dem i kaffesump och frågade hur det stod till med pojkarna. Ferdinand hade visst gått till sjöss sen han fick smaka riset doppat i strömmingslake och hur var det med Hjalmar, hade han byggt klart sitt mausoleum ännu? Hon kelade med en osynlig fårtacka hon kallade Hjärtat och strök katten Semir över den våta pälsen. Alla försök att få Karin att hitta tillbaka till verkligheten hade varit förgäves och Maria kände sig gråtfärdig och uppbragt över galenskapen fast hon ibland inte kunde låta bli att le för att vanvettstankarna som rabblades i ett rasande tempo ibland var så sinnrikt och briljant formulerade.

Det fanns inte något meddelande på dörren, det såg hon på långt håll. Märkena efter häftstiften var allt som fanns kvar. Karin måste ha rivit ned den lapp de skrivit. Hade kustbevakningen varit på ön skulle luften inom kort vibrera av helikoptrar. Då skulle räddningen snart vara här – när som helst. Maria kände hoppet komma och dala lika fort. Hon måste få en chans att fortsätta signalera med fyren. I det skick Karin nu befann sig vore det farligt att öppet trotsa henne, men när hon somnat kunde Maria slå av fyren igen. Slå av den och sen blinka tre korta, tre långa, tre korta som en gammal sos-signal tills någon där ute fattade att det inte stod rätt till på ön. Tanken på att tillbringa en natt med Karin och de hjärnspöken som kunde uppmana henne att begå mord fick Maria att må illa av rädsla. Skulle hon klara att smita ifrån Karin och hålla sig gömd tills räddningen kom? Vad skulle Karin ta sig till om hon märkte att hon blivit sviken? På ett besynnerligt sätt kändes det lugnare att veta var hon fanns än att hon oväntat kunde dyka upp bakom ryggen som i skogen nyss, förvirrad och aggressiv. Frågan var om hon alls ätit något de senaste dagarna? I det skick Karin befann sig var säkert fastan i kombination med spriten en bidragande orsak till hennes förvirring. Hur länge kan man leva på bara konjak? Irma hade berättat om fyrvaktare Lillia som sörjde sin älskade pudel och begravde honom i en träkista med finaste stärkskjorta. I sin sorg och ensamhet på Gamla Gården drack han upp fyrtio liter konjak och dog i ett slaganfall. Fyrtio liter på fjorton dagar, där går antagligen dödgränsen för de flesta.

Tillsammans gick de igenom de hus i Fyrbyn där tillsynsmännen bott för att se om de kunde hitta något som gick att äta. Den sista skvätten vatten i hinken hade Maria hunnit dricka när Karin tog en lov i skogen för att leta efter det vita fåret ingen annan kunde se. Men när vattnet var slut och rädslan kröp under huden var tanken på att dricka konjak och fly den fasansfulla verkligheten lockande, mycket lockande. Nej, hon måste skärpa sig. Hon hade inte råd att förlora kontrollen. Karin hade ett femtiotal flaskor till i Gottbergs fängelse, en visthusbod, nere vid Gamla Gården, sa hon. Det bästa vore om man kunde hålla henne därifrån, kanske det kunde få henne att återvända till verkligheten.

I en bortglömd soppåse hittade de ett nästan tomt paket knäckebröd. Tre skivor. Maria tog en och gav Karin två. Karin slickade pappret som en hund som slickar sin husses hand och sedan luktade hon på brödskivorna. Maria skulle just stoppa den första biten i munnen när Karin slet brödet ur hennes hand och skrek så Maria tappade det ur handen.

”Förstår du inte att Han har placerat det här för att vi skulle hitta det. Det är infekterat av Hans saliv och andra frätande cellgifter och formalin. Om du äter av brödet blir du en del av Honom och Han av dej. Jag säger det för att du är min syster. Om Han dräpt de andra, kommer Han inte att skona oss. Finns Han i dej ställs vi mot varandra. Mitt liv mot ditt när Hans ande tar över din vilja. Du rör inte brödet om du är min vän!” Karins ögon var röda och vilda, saliven stänkte om hennes mun.

Mycket motvilligt släppte Maria brödbiten. Hungern rev i magen och snålvattnet rann redan i munnen. Hon svalde ett par gånger och lät det ligga kvar på bordet. Hoppades att Karin skulle glömma bort det som hon glömt bort att vattnet var förgiftat och att Maria måste dricka konjak till åminnelse av de döda. Det fanns inget utrymme att resonera om saken. Det bästa skulle vara om hon hittade något ställe där hon kunde låsa in Karin tills räddningen kom. Matkällaren. Maria kände kallsvetten sippra i armhålorna och händerna blev klibbiga av fukt när hon tänkte på hur hemskt det kunde bli om hon misslyckades. Om Karin förstod vad hon tänkte göra och lyckades undkomma eller om hon blev panikslagen där inne och skrek av de fasor en vanlig hjärna inte kan fundera ut. Tortyr skulle det vara, men om hon var kapabel att döda kunde man inte ta hänsyn till det.

Tanken på att göra upp eld för att hålla värmen under natten bar emot. Maria föredrog att frysa. Brännsåren värkte och ett av dem på höger ben såg ut att ha blivit infekterat. Det var varmt och svullet och hon hade inget att tvätta rent med utom möjligen konjak.

Hur såret egentligen såg ut var svårt att avgöra i mörkret. Karins tankeväsen, som i skymningen tyckts vara tämligen resonabla och sällskapliga blev allt mer krävande när ljuset gradvis försvann. En blek måne skymtade då och då till bakom trasiga gråludna molndraperier. Med mörkret kom den verkliga ångesten. Karin grät och stirrade ut i natten. Gottberg var efter henne och skulle hugga henne i stycken med sin yxa. Hon såg hur det vassa bladet glimmade till i ljuset från fyren varje gång den svepte över träden. De satt tätt hopkurade bakom syrenhäcken till ett av tillsynsmännens hus för att kunna se utan att själva bli sedda, om onda väsen skulle vilja förgöra dem i natten. Maria hade gärna velat ha tak över huvudet, men Karin blev alldeles vettskrämd av tanken på att de då skulle bli inlåsta. Hon skakade i hela kroppen, darrade så talet blev oredigt och osammanhängande när hon hackade tänder. Fukten från hennes svettiga kropp trängde igenom kläderna och kom i illaluktande dunster när hon vred sig för att hon inte kunde vara stilla i sin oro. Armarna tvinnades runt kroppen. Händerna öppnades och knöts krampaktigt om varandra. De nöp i tyget. Slog mot kinderna. Pressade kinderna inåt mot tänderna tills det knakade. Maria lade armen om henne, strök henne över ryggen och Karin klamrade sig fast. Borrade in sina lortiga naglar i Marias hud. Sakta ebbade gråten ut och skakningarna avtog gradvis.

”Minns du Karin när vi var på skolresa till Gotland och tältade på Tofta camping och skulle imponera på killarna med en fin solbränna. Kommer du ihåg att vi smetade på oss brun-utan-sol i mörkret så alla skulle tro att det var äkta. Vi såg ut som teaternegrer från tjugotalet när vi kom ut i solljuset dagen därpå, minns du?”

”Mm.” Karin lutade huvudet mot Marias axel. Andetagen blev lugnare.

”Kommer du ihåg när vi lekte ABBA och bråkade om vem som skulle vara Agneta och jag tyckte att det var självklart att jag skulle vara det för att jag hade långt ljust hår. Fattar inte hur du fick mej att gå med på den där hempermanenten så jag fick klippa mej kort. Hårtorken var för varm och gummibanden liksom smälte ned i håret. Fast du var en jättebra Agneta, du sjöng som Agneta. Jag har mycket brummigare röst."

"Mm." Karin slutade klappra med tänderna och när Maria började nynna Money, Money sjöng hon med. Hennes röst var skakig och släpig som en LP-skiva på fel varv, men det onda tycktes i den stunden mindre ont och vanvettet mindre skrämmande för dem båda två.

"Är du inte hungrig?" Maria räckte fram brödet igen och Karin kastade sig över det och svalde nästan utan att tugga. Säkert hade hon vätskebrist också. Maria kände en hastigt uppflammande vrede. Om Karin inte i sitt förvirrade tillstånd hade sparkat ut vattnet i hinken hade det räckt till dem båda. Nu måste de med nödvändighet ta sig till brunnen nästan en mil bort när det blev ljust. "Har du kvar någon av konserverna du tog ur matkällaren, Karin?" Maria hade hållit frågan för sig själv länge nog, hungern var en plåga.

"Jag har inte tagit något. Säkert." Karin lutade sig allt tyngre mot Maria. Kylan från marken gick rakt genom kläderna där de satt intill syrenhäcken. Maria kände sig frusen och stel i hela kroppen. Det försiktiga månljuset försvann helt bakom molnen och det blev mörkt. Bara det bländande ljuset från fyren kastades ut i jämna svep över området och gjorde mörkret än mer ogenomträngligt. Vinden friskade i och bet sig igenom de fuktiga kläderna.

"Kom så går vi in och får tak över huvudet. Du fryser ju så du skakar." Mycket varligt ledde Maria in sin väninna i huset. Såg sig om efter ett lämpligt krypin. I köket fanns ett stort skafferi. Det satt en nyckel i låset på utsidan. Maria hittade en madrass hon lade på golvet. Den fick precis plats i gången mellan hyllorna. "Lägg dej du så vaktar jag så ingen kommer." Ett ögonblick av otålig och anspänd väntan på att Karin skulle acceptera förslaget. Hon såg tveksam ut. Maria lirkade lite till och kände handsvetten komma tillbaka. Pulsen rusade iväg. Men Karin kröp lydigt ihop på madrassen. Hennes ögon var runda och ängsliga när hon spanade ut i mörkret.

”Han har en yxa. Han vill inte göra det, det bär Honom emot. Men Han måste. Det finns en förbannelse.”

”Berätta för mej om Erik.” Maria tog nyckeln ur låset och dolde den i sin hand innan hon satte sig ned bredvid Karin.

”Han var ett litet ynk som gjorde i byxorna. Han skröt med att han hittat en karta, Gottbergs skattkarta. Somliga sa att han hittade på det för att göra sig märkvärdig. Grobianens son sa att han kunde få byta kartan mot nyckeln till toaletten. Det hände saker på toaletten när de vuxna inte var med. Jag slog honom för att slippa bli slagen. Man var tvungen att välja sida. Jag valde den starka.”

”Och vad tror du, Karin. Varför är de andra döda?”

”För att ondskan finns i dem, för att Han finns i dem.” Karin spärrade upp ögonen som om hon kunde se mannen med yxan framför sig. Maria försökte bedöma uttrycket i hennes ansikte i mörkret varje gång fyrens sken letade sig genom dörröppningen och ett sparsamt ljus hittade in i skafferiet. Ögonen var slutna och det kom inget svar.

Maria lyssnade till andetagen som då och då avbröts av en snyftning och märkte att hon själv grät. Tyst, så det inte hördes. Det smakade salt i munnen. Karin. Älskade Karin. Vad har du gjort? Hur ska ditt liv bli när du får hjälp att vakna ur denna helvetes mardröm och inser vad du har gjort? Får du någonsin träffa ditt barn igen och hur ska du leva med hennes kärlek och hat när hon blir stor nog att förstå vad som gick sönder? Om någon bara hade kunnat hejda Karin i tid. Maria var full av självförebråelser. Först nu kunde hon på riktigt ta in att det var möjligt att Karin begått de vidriga morden – i förvirring och rädsla. Om hon i varje person sett en ond ande, Gottberg personifierad och på väg att släpa henne till dödsriket, var det en förklaring. En skrämmande förklaring men ändå var det en hjälp att förstå hur hon tänkte.

Maria reste sig ljudlöst upp och stängde dörren bakom sig och låste den. ”Förlåt mej, Karin”, viskade hon tillbaka in i mörkret. ”Förlåt, men jag törs inte göra annat än att låsa in dej och hoppas att du snart, snart får hjälp med dina demoner.”

Att beröva någon friheten är straffbart, men hade hon något val just nu? Säkert skulle någon pappersbyråkrat i efterhand kunna ha synpunkter på det, men när det gäller att överleva, när man själv har kniven på strupen ser det annorlunda ut.

Fast Karin nu var inlåst fick varje oväntat ljud Maria att stå alldeles stilla och lyssna som om det fanns någon annan där ute. Det duggregnade och de små vattendropparna som samlades i gräset glittrade i månljuset som silade mellan molnen. Dörren till fyren var upplåst. Maria trevade sig fram till huvudströmbrytaren och stängde av ljuset. Tände. Släckte. Tände. Släckte. I en lång serie av sos-signaler. Den vita trappan i mitten av fyren ringlade upp mot lanterninen. När de försökte släcka fyren förra gången hade hon misstänkt Rosita för att vilja knuffa henne ned för trappan. Händelsen kom för henne som en blixtbild. Irma hade krälat nedanför. Rädslan kunde lätt ha fått henne att knuffa tillbaka, med risk för att Rosita skulle ha ramlat, men något hade hållit henne tillbaka. Kanske mångårig träning att som polis ha kontroll över sina impulser och försöka se helhet och sammanhang. När livet är hotat blir vi alla primitiva och impulsstyrda. Med träning kan man kanske fördröja det, men när det verkligen gäller väljer man sitt eget liv före andras. Om det inte handlar om ens egna barn förstås. Snart skulle den här feberdrömmen vara till ända och hon skulle få krama om sina barn och Per. Hon tröstade sig med den tanken. Per skulle bli underbar mot dem. Emil och han hade kommit väldigt bra överens de gånger Maria haft med sig barnen upp på jobbet. Per hade ett naturligt sätt att prata med barn och vinna deras förtroende utan att göra sig till. Han skulle ge dem allt det Krister varit för lat för att bjuda på. Han skulle följa med på träningar och skjutsa och hämta och heja på.

Kanske skulle Emil till en början inte riktigt våga tycka om Per så mycket som han faktiskt gjorde, av lojalitet mot sin far skulle han säkert hålla tillbaka, men sen ... sen när han väl märkte att det var okej skulle de få ett mysigt familjeliv allihop tillsammans. Det var vad Maria tänkte för att hålla rädslan borta när hon signalerade tre korta, tre långa, tre korta med strömbrytaren i fyren och hoppades att någon skulle uppfatta det och räddningen komma.

KAPITEL 35

Ett plötsligt ljud, det verkade komma från tillsynsmannens hus, fick Maria att stå orörlig och lyssna. Det var inget högt läte, men i nattens tystnad hördes det mycket väl. Sen blev det alldeles stilla igen. Maria släppte strömbrytaren och orienterade sig i mörkret mot den vita grinden som tydligt reflekterade det svaga månskenet. Antagligen hade Karin vaknat. Genom den låsta dörren skulle hon kunna tala med henne, säga att det inte var någon fara. Att allt var lugnt och att de snart, snart skulle få fara hem och äta riktig mat och att de skulle kunna duscha i varmvatten, tvätta håret och ta på sig rena kläder. Maria ställde sig vid dörrposten och försökte vänja ögonen vid mörkret där inne. Det var alldeles tyst. Hon motstod en impuls att ropa på Karin. Om hon sov var det onödigt att väcka henne. Men dörren? Dörren hade stått på glänt! Maria greppade kofoten, det vapen hon lagt ifrån sig vid ytterdörren när Karin väl var inlåst. Med tillhygget i handen gled hon runt dörrposten, tryckte ryggen mot väggen och fortsatte ljudlöst fram till köket. Dörren till skafferiet var stängd. Nyckeln satt i låset. Maria vände sig hastigt om. Väntade. Försökte dämpa sina hastiga andetag och andas genom näsan med stängd mun. Tyst, så tyst det gick. Händerna vitnade i greppet om kofoten. Hon petade försiktigt upp dörren med foten. Det var totalt mörker där inne. Maria letade i jackfickan efter sin ficklampa. Ljuset från fyren var släckt. Månljuset räckte inte till. Hon hittade ficklampan genast och tryckte på knappen. Ljuskäglan föll på madrassen och letade sig upp längs Karins ben. Hon låg precis som hon hade legat när hon somnade. Maria kastade en blick över axeln innan hon tog ett steg in i den trånga skrubben och drog bort täcket med den yttersta fliken, medan ljuskäglan sökte sig mot Karins ansikte. Hon sov lugnt. Då hände det osannolika. Fyren tändes igen. Det pulserande ljuset föll över golvet. Det kunde bara betyda en enda sak. De var inte ensamma. Det fanns någon mer där ute. Maria backade ut medan hon med blicken sökte efter varje rörelse i rummet, varje ljud. Hon släckte ficklampan. Lät dörren till skafferiet stå öppen. Med ryggen mot väggen knäade hon sig steg för steg mot dörren. Hon måste ut. Överleva. Ha ryggen fri. Slå först. Ett stadigt tag om tillhygget. Inte tveka. Aldrig tveka. Inte bli överrumplad. Benen måste bära henne bort. Inte tänka på något annat än att vaksamt lyssna och se genom mörkret. Ute på trappan nu. Ljudlösa steg längs häcken. Det ena benet framför det andra i ett snabbare tempo, varför rörde hon sig så långsamt, overkligt, drömlikt? Gömma sig bakom trädet och nästa träd och sedan rusa rakt in i skogen. Hon såg inget alls. Grenarna rev som vassa klor i hennes ansikte. Hon måste lugna sig. Krypa ned bakom en buske och bli till ett med mörkret. Karin, älskade Karin. Det fanns inget att göra. Hon fick klara sig själv bäst hon kunde just nu. Maria kände hur magen krampade och det kom så hastigt på att hon knappt hann få ned byxorna. Hon hukade över mossan och lät det rinna. Illamåendet jäste i halsen. Det sved i magen så hon tappade andan och sen kom en stor matthet. Hon greppade efter mossa att torka sig med. Lyssnade. Det var alldeles stilla. Onaturligt stilla. Som om skogen höll andan och väntade på katastrofen, den stora kometen. Ljuset från fyren sökte sig över marken, varv på varv. Maria strök det långa ljusa håret från sitt kallsvettiga ansikte och drog upp kapuschongen på sin mörka jacka för att dölja det. Hon smutsade ansikte och händer med regnvåt jord. Huttrade av kölden inifrån mer än av nattens kyla. Det fanns någon där ute. Någon som hållit Karin inlåst i en gravkammare. Just nu fanns mördaren vid fyren. Just precis nu visste hon var. Senare skulle hon inte veta från vilket håll hon kunde bli anfallen. Om hon sprang allt hon orkade ned till brunnen vid Nymans skulle hon kunna få med sig vatten, vatten så det räckte tills hjälpen kom. Just nu var pumpen inte bevakad. Så vida de inte var fler förstås. Men hon trodde inte det.

Maria undvek stigen med den vita sanden som lyste farligt i mörkret och begav sig så fort hon orkade springa i sicksack från träd till träd. Lyssnade. Karins röst. En vanvettig tanke utan mening, ett eko. Vattnet är förgiftat. Maria försökte att inte tänka på Karin. Den enda räddningen för dem båda var att undanröja hotet. Maria försökte hålla sig i nuet. Fortsatte springa. Steg för steg, ett i taget. Ett andetag och sen nästa. Fötterna sjönk ned i mossan och den lösa sanden. Något kallt och hårt slog till mot hennes kind och hon fångade en stor svart skalbagge i handen. Det krasade när hon klämde den mellan fingrarna. Skriket trängde upp genom strupen och blev till ett gnyende. Hon pressade handen mot munnen. Inte ett ljud. Oavsett vad som hände fick hon inte ge ett enda ljud ifrån sig. Träden stod tätare här och kletiga trådar av spindelnät fastnade i ansikte och hår. Hon gav sig inte tid att ta bort det, kände hur det kröp över kinden. Måste springa, fortsätta springa för att hinna pumpa upp vatten, dricka innan det var för sent. Munnen var torr som asfalt. Hon måste få något att dricka. Hjärtslagen pressade på allt snabbare, andetagen blev allt tyngre. Tankarna gick inte längre att hejda. Inte heller tårarna. Hon drog med jackärmen över ansiktet för att se var hon satte fötterna och fick in sand i ögonen som gjorde synen än mer dimmig. Och om mördaren hittade den sovande Karin i skafferiet? Hon hade lämnat det upplåst, men … Insikten gick som en elektrisk stöt genom kroppen. Om hon bara inte hade fått panik. De kunde ha gömt sig någonstans tillsammans. Benen vek sig under henne och hon föll raklång i den mjuka våta mossan full av självanklagelser tills en annan röst inom henne viskade försoning. Hartmans röst, så som han brukade tala milt till henne när hon anklagade sig för något på jobbet som kunde ha gjorts bättre. Det är inte ditt fel. Vi är bara vanliga människor, Maria, bara vanliga dödliga. Och nästa tanke. Antagligen trodde mördaren att Karin var död. Att hon dött av slaget i bakhuvudet innan hon slängdes in i gravkammaren. Om allt var uträknat i detalj, varför hade då Maria blivit sparad till sist. Vad var hennes brott? Vilken oförrätt hade hon begått mot Erik Hansson mer än att prioritera andra ärenden framför en övergiven bil i en snödriva; ett fyllebråk i Öster centrum, ett fall av misshandel nere i hamnen, personrån? Allt enligt regelboken, men Erik Hansson hade under de timmarna frusit ihjäl för att ingen förstod att han satt där fastspänd i den översnöade bilen. För att han ville dö. Han hade tagit gift och valt att dö. Maria reste sig upp och snubblade vidare. Hon fick inte förlora tid. Om mördaren fanns i Fyrbyn måste hon kunna hinna före till pumpen vid Nymans.

Vinden högg i när Maria närmade sig stranden. Hon gick fram till det nedbrända huset. Som för att övertyga sig om att det verkligen hänt. Så ohyggligt. Rositas rosslande andning hördes i vinden, fanns där som ett gurglande ljud fast Maria stoppade fingrarna i öronen. På marken låg kniven de haft när de skar vildlöken till soppa. Nästan oskadd stack den fram ur det brandhärjade bråtet. Maria tog kniven och stoppade den i skaftet på sina stövlar. Ledd av månljuset och den vita sanden fyllde hon sin hink. Pumptagen ekade högt genom skogen och dånade i Marias huvud. Hon kunde inte bli klar fort nog. Hela tiden vaksam, anspänd till det yttersta, lyssnande efter ljud bortom pumpens metalliska klonkande. Hon kupade händerna under strålen och drack, sköljde sitt ansikte, sen vågade hon inte stanna längre på sin utsatta plats utan skyndade åter in i skydd av skogen. Regnet var mer ihållande nu och fast hon höll sig under träden strilade vätan genom grenarnas barr. Det nötta tyget i bomullsjackan sög åt sig som en torr svamp. Hon satte sig med ryggen mot en trädstam och hämtade andan innan hon stapplade vidare med Tärnuddens fyr som riktmärke. Bättre att gå genom skogen än på den månbelysta stranden. Tärnuddsvägen gick bakom fyren, om hon höll sig nära stigen skulle hon hitta. Benen sjönk ned i sanden när hon klättrade uppför krönet till stranddynen. Och plötsligt gav marken vika under henne och hon störtade rakt ned. Smällen fick henne att tappa andan. I mörkret hörde hon sanden. Hon reste sig på knä och blev omkullsvept av sanden som forsade in. Hon befann sig på botten av en översandad stuga. Bagarstugan, som Irma pratat om. Taket hon stod på, utan att begripa det, måste ha rasat. Sanden fyllde i rasande takt hålrummet. Hon måste upp direkt, eller så skulle hon bli levande begravd som Viktoria. Hinken med vatten ... hon hade tappat den i fallet. Hon måste upp. Men när hon försökte klättra rasade sanden mot henne i allt snabbare tempo. På alla fyra kröp hon till det ställe där det var som högst, sträckte armarna mot hålet ovanför. Lyssnade efter ljud. Benen sjönk allt djupare och hon satte sig på knä. Så lättfångad hon skulle vara i den här fällan. Krafterna började tryta. Såren brände vid minsta rörelse. Hon fick inte fastna, måste orka lite till. Orka trampa undan sanden och ta sig lite högre upp. Med hjälp av en tallgren lyckades hon slutligen dra sig upp och rulla över dynen mot fast mark. Där blev hon liggande och stirrade upp i regnet. Hinken stod fortfarande upprest en bit bort. Det fanns vatten kvar i den konstaterade hon med tacksamhet.

Gamla Gården där Gottberg hade bott var det närmaste stället att få tak över huvudet. Irma hade sagt att man hittat skelettdelar under huset, kranier och lårben med yxhugg och att man i skymningen kunde se kropparna vandra omkring och leta efter sina huvuden. Som om det inte räckte med verkligheten. En galning med yxa någonstans ute i mörkret. Ett drygt dygn kvar till räddningen. På ett par minuter kan livet tas ifrån en. Maria studerade sina händer, sina levande händer. Rörde på fingrarna för att känna att hon kunde, att hon fortfarande var vid liv. Kände med händerna över sitt ansikte som om hon upptäckte det för första gången, blåste sin andedräkt ned mot bröstet innanför jackan och tröjan. Formade ord med sin mun, tysta ord som hon läste med fingrarna över sin mun, en mun som ville skrika rakt ut tills hjälpen kom, men som måste tystas. Hon trevade över armarna och benen, försäkrade sig om livet i sin kropp. Det kändes som om hon höll på att bli galen. Rosita hade sagt att hon inte orkade vänta mer, inte orkade vänta på döden längre, inte orkade vara jagad. Det fanns en lockelse i att blotta strupen och ge upp, se den onda varelsen ta mänsklig form och bli begriplig. Maria kände hur kölden fick henne att stelna, hon måste söka skydd. Regnet verkade inte avta och blåsten fick trädkronorna att röra sig i en orolig dans med svepande svarta slöjor, en svagt susande sorgedans. Nu hördes skriket igen, skriket de hört när de närmade sig kyrkogården och Irma hade pekat ut skrikgaiten, de torra grenarna som gned sig mot varandra i blåsten och fick det att låta som ett kvinnoskrik i panik. Svagt hördes det till en början men ju närmare Maria kom, desto tydligare blev det. Hon vek av på stigen som ledde ned mot kyrkogården, innanför tunet såg hon det vita mausoleet med sin svarta trädörr. Gravstenarna. Karin hade sagt att hon varit instängd, att mausoleet var ingången till dödsriket. Dörren var fortfarande låst med ett kraftigt hänglås men på sidan av byggnaden fanns ett hål i marken. Hade det ändå funnits sanning i galenskapen, fast Karin inte förmått att berätta vad som hänt så Maria förstod. Återfödd genom ett kaninhål? På Gotska Sandön finns bara harar, om de gräver hål visste hon inte. Karin hade blivit inlåst och grävt sig ut, sa hon. Maria tände ficklampan hastigt för att se efter. En liten tuss av ljusrött hår fanns fastkilat under gaveln. Den rörde sig lätt i vinden.

Senare skulle hon under många år hemsökas av syner och hemska tankar på vad som hänt de dygn Karin suttit instängd i gravkammaren med sina fasansfulla demoner.

Maria fortsatte stigen tillbaka och in mot Gamla Gården. Att ta sig fram till arbetarbaracken som låg mitt på den slagna gräsplanen skulle vara att ta en för stor risk. Hon valde att hålla sig i ytterkanten, där buskagen tätnade och träden tog vid. En liten bit ut på det slagna gräset fanns fler gropar. Någon hade grävt fyra stora hål i backen, som svarta gapande munnar redo att svälja de offer som kom för nära. Maria såg något som glimmade till i sanden och böjde sig ned för att fånga upp det i handen. Ett silvermynt. Hon höll upp det mot ljuset. Det såg mycket gammalt ut. Någon hade varit här och grävt alldeles nyligen, kanske funnit mer av värde. Nästa grop var mycket större. När Maria trampade på kanten rasade sanden ned mot det som fanns på botten. Det fanns något där nere. Maria böjde sig fram utan att skymma månljuset. Ett skelett. Bara kraniet och bröstkorgen var avtäckt. En kortvuxen kvinna. Det långa mörka håret låg i en fläta på ena sidan. Tänderna lyste vita och liksom sandblästrade i månljuset. Runt kvinnans hals hängde en tjock svart kedja, troligen silver. Maria kunde inte låta bli att röra vid den. Det fanns en medaljong fästad vid kedjan, hänget låg på sidan av kraniet. Fångad av spänningen och glömsk av sin rädsla öppnade Maria låset och läste inskriptionen. "Till min dotter Gustava." Hon lät silverföremålet ligga där det legat, under den döda. Var det en dotter till Gottberg som begravts i sanden vid Gamla Gården? Vem hade grävt upp henne och i vilket syfte? Maria kunde inte låta bli att fundera över hur livet kunde ha sett ut för dem som bodde här i början av 1800-talet. De försörjde sig på tjärbränning och sälfiske och dog av sjukdomar vi i dag botar med penicillin. Döden måste ha varit ständigt närvarande, påtaglig på ett helt annat sätt. De tvingades att leva med döden som en närvarande realitet och inget kunde tas för givet. Var de lyckligare, levde de intensivare? Eller var det bara en mardröm?

Tröttheten drabbade henne i ett slag och Maria tog skydd på läsidan av madam Söderlunds hus. Kurade ihop sig med ryggen mot väggen och försökte blunda. Trots en förlamande trötthet gick det inte. Hon vågade inte sova, inte ens slumra och svikta i sin vaksamhet. Hon måste försöka tänka förnuftigt. Den som befann sig där ute var av kött och blod och hade en människas behov av sömn, vatten och något att äta. Fanns det vatten någon annanstans än vid Nymans, något ställe de ännu inte upptäckt? Maria tog fram kartan. För att dölja ficklampans sken tog hon av sig jackan och lät den skärma av ljuset. De hade letat vid all bebyggelse och undersökt de brunnar som fanns, men bara den vid Nymans hade varit i skick att använda. Maria studerade kartan, vände och vred på den, följde varje väg med fingret. Hon upptäckte det inte med en gång, men efter hand blev det märkligt att tre stigar slutade i tomma intet mitt i skogen. De borde ha gått ihop till en korsning. Vad fanns det där vägarna slutade, vad fanns det som inte markerats på kartan? Irma hade talat om en militäranläggning. Visst hade militären haft något på Gotska Sandön? Maria hade en vag aning om att hon för länge sedan hört det diskuteras att Fårö och Gotska Sandön var militär zon och att Ingmar Bergman därför inte kunde ta med Liv Ullman till ön för att hon var norska. Om det nu fanns en militäranläggning mitt i skogen fanns det säkert vatten och kanske militär nödproviant. Risken var liten att bli störd där. Var det där mördaren höll till? Tanken på att jaga istället för att jagas, att ta initiativet i stället för att passivt invänta dråpslaget, fick det att kännas annorlunda. Att inte längre vara ett offer. Med tanken kom vreden. Vrede över att behöva känna rädsla för att plötsligt bli nedslagen och vrede över dem som dött så meningslöst och onödigt och grymt. Maria vek ihop kartan och började gå mot området där vägarna slutade i blindo. Hon kände inte längre kylan. Vaksamheten fanns där, men också beslutsamheten. Om den som ville dem ont var vän till Adam Kossak hade alla möjligheter funnits att skaffa andra vapen. Hade mördaren haft tillgång till skjutvapen hade det varit enkelt att bara avliva dem allihop när de var samlade. Hon fick anta att den hon hade att göra med var en person utan tillgång till, och kunskap om, skjutvapen och i det utsatta läge hon befann sig var det ändå en tröst. Det här var något annat. En hämndaktion av någon som inte brukar hämnas? Kanske inte så strukturerat och planerat som man först kunde tänka. En sjuk människa som passerat gränsen och levde med ena foten i en paranoid verklighet där alla var fiender? Kanske efter ett till ytan sett normalt liv utan att någonsin ha haft kontakt med polis eller andra myndigheter. Något händer och det är som att trycka på en knapp. Allt det som hållits tillbaka måste få utlopp. Det var vad hon gissade.

Maria var nästan inpå de låga grå byggnaderna innan hon såg husväggarna. Det lyste svagt från ett av fönstren. Någon fanns där inne. Maria tog skydd bakom en trädstam. Skulle hon äntligen få se den demon som jagat dem natt och dag sen de kom till ön. Skuggan där inne rörde sig. Maria drog sig längre bakåt in i mörkret bakom nästa träd. Det stod en jeep parkerad framför dörren. Hon väntade utan att röra sig, en enda liten kvist som knakade till under foten skulle kunna bli ödesdiger. En dörr i den låga grå byggnaden öppnades och stängdes. En nyckel vreds om i låset. Sen blev det alldeles tyst. En mörk figur passerade det upplysta fönstret. Ett yvigt hår och skägg, i handen en yxa. Inga steg avslöjade vart han tagit vägen. En vanvettig tanke, att det kanske inte var en varelse av kött och blod utan en gengångare som överlevt i kraften av sin ondska kom över Maria så starkt att hon hade svårt att slå det ifrån sig. Varför hördes inga steg? Det var som han upplösts i dimma. En kall andedräkt, en vindil, svepte över hennes nacke som vinddraget från ett måttat slag sekunden innan yxan faller. Varför hördes inga steg?

KAPITEL 36

Lördagsmorgonen smög sig in som en liten slirig mask under rullgardinen och kröp fram över täcket. Per Arvidsson låg kvar i sängen och bläddrade förstrött i morgontidningen, som Rebecka slängt åt honom när hon gick ut i duschen. Vart ska du? Han hade ropat det efter henne, men hon hade inte svarat. Hennes säng var bäddad med överkastet ordentligt instoppat runt madrassen. Hon hade plockat fram kläder och lagt dem i en prydlig hög på sin sänghalva. Inte vilka kläder som helst, noterade han lätt oroad. En kort svart kjol. En, vad han kunde minnas, till skamgränsen urringad vit jumper i något mjukt, luddigt material. Den var svindyr, det hade han förstått. Högklackade skor och tunna strumpor på golvet. Handväska och mobil. Hon sjöng där ute i duschen. Inte särskilt rent och vackert, men med mycket känsla. ”Take me to your heaven …” För sin inre syn kunde han se henne vicka på rumpan framför den inbillade mikrofonen/duschmunstycket hon höll i handen medan hon slog takten med lillfingret. Släppte och fångade micken i takt som de riktiga stjärnorna.”… Jag ska älska dej i tusen och en natt.” Nu strilade vattnet igen och rösten dränktes. Hon brukade duscha länge och ibland låta den varma mjuka strålen bli hennes älskare. Det hade hon berättat en gång när hon druckit mer vin än vanligt och blivit ganska snackig. Han brukade tycka om att fantisera om det, att de gjorde det tillsammans. Att han fick hjälpa henne leka med vattenstrålen där det kändes som mest över brösten, på lårens insidor upp mot brännpunkten och samtidigt omslutas av hennes mjukhet. Lekfullt. Kravlöst så där, bita henne lite i nackskinnet och morra djupt i strupen som ett vilddjur. Hon brukade tycka det var kul ibland att leka tiger. Han kände hur hans egen kropp reagerade på fantasin. I samma stund hördes en liten melodisnutt från Rebeckas mobil. Ett ovant ljud, ett sms. Hon brukade väl aldrig få sms? De hade till och med skojat om att hon inte visste hur man gjorde när man skulle läsa meddelandena. Det var Rebeckas telefon. Hennes privatliv. Han borde respektera det ... ändå gjorde han det. Tvekade, visst. Men han gjorde det. Tryckte fram meddelandet och läste det. ”Är du på väg? Min Oskar reser sig och spanar efter dej. Vill ha hela dej överallt alltid. S.” Per drog ett djupt andetag och pressade ut luften genom halvslutna läppar i en lång väsning. Overkligt. Han iakttog sig själv från utsidan. Det förbluffade ansiktet och den säckiga kroppen som slagits ned i madrassen. Skärp dej, Per. Du vet ju själv vad du har gjort, hur enkelt det var och hur rätt det faktiskt kändes. Så rätt att det dåliga samvetet aldrig fick fäste. Varför skulle det vara så osannolikt att Rebecka gjort likadant, egentligen? De hade levt bredvid varandra som syskon, i en kylslagen artighet i minst ett halvår. Han raderade skamset meddelandet och kastade telefonen ifrån sig som om han bränt sig eller riskerade att bli smittad av ... vad, det hade han inte alls klart för sig. Det var bara så oväntat, så overkligt. Så enastående fånigt att kalla sin pilleville för Oskar. Och själv hette han nåt på S i förnamn då. Rebecka hade en älskare. Varför kunde hon inte ha bättre smak än så? Oskar den förste fick man hoppas. Sen hur länge? På jobbet hade det hänt att han förstrött bläddrat i någon damtidning tjejerna i receptionen haft med sig. Inte sällan fanns det test av typen: Är din man otrogen? Tio frågor att ställa sig. Använder han nya ord, åsikter och tankar du aldrig hört förut? Alltså, plötsligt vet allt om bioteknik fast det aldrig intresserat honom förut. Om ja, är han sannolikt otrogen. Har han börjat träna på gym? Då skulle jag vara orolig om jag var du. Har han slutat sjava omkring i sina trötta trasiga kalsonger du bett honom kompostera i åratal och skaffat nya pigga Calvin Klein. Då är det illa. Är han avvisande till sex eller visar han en ny och tydligt ökad aptit? Ökad lust kan bero på ökad stimulans utifrån, ett externt arbete där du bör vara observant på prislappen.

Var det inte precis det som hänt sista veckan? Efter all huvudvärk och mensvärk och PMS och olust hade hon kastat sig över honom utan skyddsnät. Låtsats att han var någon annan, någon jävla marsvinsjävel som hette Oskar. Naturligtvis var det djupt orättvist att bli förbannad, likväl blev han det. Urförbannad. Vattnet slutade rinna i duschen och sången dalade långsamt mot slutet. Han hörde när hon låste upp dörren. Varför låste hon? När hade hon börjat med det? I början låstes inga dörrar. Han låtsades sova men sneglade på henne när hon böjde sig fram och torkade håret. En ny doft, så lockande. Hon var så vacker att han ville dra ned henne i sängen och hålla henne fast. Tvinga fram en bekännelse, men då måste han själv i rättvisans namn bekänna och ju mer han tänkte på det, desto svårare blev det. Gå inte ifrån mej! Minuterna flöt förbi och ögonblicket skulle inte komma tillbaka. Hon tog på sig kläderna, sträckte sig efter väskan och mobilen.

”Vart ska du?” Han såg hur hon hoppade till. Ha, det var inte mer än rätt. Hon kunde gott våndas ett tag, grillas, den slampan.

”En kollega har ringt sig sjuk, jag måste ta hans pass på akutavdelningen.” Hon sa det med lugn, utan att med en min röja att hon kände sig besvärad. Läkaransiktet, att behålla lugnet och inte oroa patienten, där hade hon mångårig träning. Hur kunde hon ljuga honom rakt upp i ansiktet? Hade det hänt förr? Så klart det hade. Rebecka, kom tillbaka! Vi måste prata om det här. Orden blev aldrig sagda. Han förbannade sin feghet.

”Vänta lite ...” Han ville hålla henne kvar, ville inte släppa henne till någon annan.

”Jag är jättesen, kan vi ta det när jag kommer hem?” Hon var redan halvvägs ut genom dörren. De hårda stövelklackarna slog mot parketten. Slog sig in i hans hjärna, trampade hans mjukdelar.

”Gå inte …”, hans röst var ett barns vädjan. Lämna mej inte ensam mamma.

”Jag är hemma till fem. Du kan väl börja med maten. Jag har tinat några laxfiléer i kylen.”

”Vad du har gjort dej fin, ovanligt fin. Vem ska du träffa, Rebecka?”

”Du, det är lördag och även om du gett upp att bry dej om hur du ser ut eller vad det är för dag så gör jag skillnad på vardag och helg. Du kan fixa en pulversås om du inte orkar göra en riktig hollandaise.” Och så var hon försvunnen.

Han satt där i sängen som förlamad, bakbunden och urförbannad och önskade vid alla helgon och smådjävlar att Oskar skulle drabbas av mask i levern, plötslig förruttnelse och skuldimpotens. Egentligen borde Per ha känt sig lättad av att skulden fördelats, han insåg det. Om Rebecka gjort det han själv gjort, var hans skuld inte lika stor. Men känslorna följer inte alltid förnuftet. Mest av allt kände han sig kränkt över att en debil man med en metmask som kallades Oskar just nu väntade på att få sätta på hans fru. Äganderätten, var kränkt. På ren djävulskap väntade han i en kvart och sen ringde han och frågade om det skulle vara kokt potatis till fisken. Det tog tid innan Rebecka svarade och hon lät stressad på rösten. Bestäm själv. Och efter ytterligare fem minuter ville han veta på vilket gradtal fisken skulle vara inne i ugnen, eller om den skulle stekas i stekpanna kanske. Hade hon varit på sjukhuset skulle hon inte ha svarat i mobilen. De hade sina förbud och det var allt han behövde höra för att veta att hon ljög om var hon befann sig. Tredje gången var telefonen avstängd. Ursinnig greppade han sin rakhyvel och gav sig på den tre dagar gamla skäggstubben med en frenesi som fick det att blöda. Sen tog han en rejäl whisky. Inte ens Billie Holidays smeksamma röst i *No Regrets* fick honom lugn. Han kunde inte sitta still, vandrade som en osalig ande mellan rummen. Klockan var åtta på morgonen, barnen sov över hos Rebeckas väninna Anneli och han var på god väg att bli ordentligt berusad när telefonen ringde. Först förstod han inte vem det var. ”Vill du sälja något är jag inte intresserad.”

”Nej, nej inte sälja. Förlåt. Förlåt. Jag är fru till Adam Kossak. Min son måste få träffa sin pappa. Han tror hans pappa död. Måste få. Snälla, snälla polis Arvidsson. Det är inte pojkens fel att pappa i fängelse. Pojken gjort ingenting. Han älskar sin pappa, måste få se honom leva. Ber, tack så mycket. Tack så mycket, snälla.”

Per Arvidsson hade blivit djupt rörd, det kunde till en del bero på whiskyn, men inte uteslutande. Kvinnan hade rätt i det hon sa. Varför ska ett barn bestraffas, bli fråntagen sin pappa för att fadern är en skurk? Utan att han egentligen visste hur det gått till hade han lovat henne att ta tag i saken. Omgående. Hennes tacksamhet hade fått honom att lova mer än han egentligen kunde infria, nu var det bara att bege sig in till polishuset på cykel och försöka arrangera det på bästa sätt. Adam satt i häktet. Sannolikt hade han restriktioner angående besök. På häktet borde de veta. Skulle man göra undantag var det tingsrättens beslut. Men man borde kanske kunna lätta på det lite, om det kunde göra Kossak mera meddelsam. En son på besök mot några namn eller koden för att logga in på en av datorerna.

Redan i receptionen stötte han ihop med aspiranten, Styrbjörn eller Ambjörn eller vad det var han hette. Trots sitt uppseendeväckande finnärriga ansikte var han så omärklig och undanglidande att det var svårt att minnas hur han såg ut från gång till annan. Han ställde sig nära och såg på Arvidsson, alldeles för nära för att det skulle kännas bekvämt, stirrade och väntade på någon sorts tecken att det var hans tur att tala. Han kunde lika gärna ha räckt upp handen. Per undrade om killen märkte att han luktade whisky. Antagligen. Han vände sig halvvägs bort och andades i sin öppna handflata.

”Hade du något på hjärtat, så kläm fram med det. Jag tänkte gå över till häktet.”

Den magre aspiranten skruvade sig märkbart. ”Om du har tid, det kanske inte är så viktigt. Det är en sak jag funderar på. Om vi kanske kunde sitta ned?" Han pekade lite diffust åt restaurangen till för att inte direkt diktera vilket bord, bara en riktning.

De köpte varsin latte och slog sig ned på Arvidssons rum. Ville han tala i avskildhet, så skulle han få det. Men om det hade med arbetsuppgifter eller vantrivsel att göra var det verkligen inte Arvidssons bord.

"Jag var hos farmor igår ..." Styrbjörn lade pannan i djupa veck och funderade på hur han skulle fortsätta. Öppningsrepliken var ingen höjdare, det insåg han utan att behöva lyfta blicken till Arvidssons nollställda nuna. Han var inte säker på att det han hade att berätta var viktigt, att något han hade att berätta var viktigt – någonsin. Efter skolans 12-åriga mobbinghelvete hade det krävts professionell guidning för att våga ta plats. En enda irriterad blick eller ett leende som kunde tolkas som hånfullt och han fick tunghäfta.

"Du var hos farmor ...", sa Arvidsson hjälpsamt.

"Precis. Det gäller alltså fallet Erik Hansson." Aspiranten såg inte helt nöjd ut nu heller. "Syrran var där och vi pratade om gamla tider och då sa hon: Visste du att Grobianen och hans fru har brunnit inne, och sonen som var på besök. Alla tre dog. De brann inne i sin villa i Borås den 26 december i fjol. Mordbrand, sa syrran. Man har ingen misstänkt. Utredningen pågår fortfarande. Hon vet en hel del om den." Han sneglade under lugg på Arvidsson och klappade sig undergivet på överarmen. "Det är ganska ointressant va? Ledsen att jag tog upp din tid. Jag visste inte riktigt ..."

"Det här är uppgifter din syster inte får läcka ut till allmänheten under pågående utredning. Var det någon mer än du som hörde det här?"

"Min syrra är inte polis, hon städar där bara. Men hon är ganska nyfiken. De snackar i fikarummet, det ligger papper framme, du vet. Nej, jag tror inte hon sagt det till någon mer. Bara till mej för att jag är typ i branschen. Men visst är det konstigt att Erik och hans mamma och fosterfamilj raderas ut samtidigt."

"Absolut!" Per Arvidssons nyväckta intresse fick Styrbjörn att repa mod och berätta vad han mer kommit fram till på smygvägar.

"Jag var ju nyfiken på vilka namn som förekommit i utredningen i Borås och ville jämföra dem med personerna kring Erik Hanssons död ... Jag vet att det inte är min grej, men jag gjorde det ändå." Styrbjörn tystnade och kröp ihop i väntan på en utskällning som inte kom. "Du hade ju mappen öppen på ditt skrivbord."

"Okej, och vad kom du fram till?" Arvidsson var milt sagt förvånad över initiativkraften hos aspiranten som annars verkade så disträ.

"Jag såg listan över kvinnorna på Gotska Sandön. De kände ju Erik Hansson allihop och ett av namnen finns med i utredningen av mordbranden i Borås och hennes signalement stämmer med den falska dotterns, hon som kallade sig Erika Hansson."

KAPITEL 37

Per Arvidsson sköljde sitt ansikte i kallt vatten på toaletten och såg sig i spegeln. Ögonen var blanka och simmiga. Han måste nyktra till och tänka klart. Han kastade en blick på mobilen. Klockan var inte mer än nio. Han hade försökt ringa Hartman men inte fått något svar, enligt Sussie i receptionen skulle han komma förbi vid tiotiden. Per försökte besluta sig för om han skulle agera direkt. Kontakta Boråspolisen trots att det var helg och ingen utredare på plats. Nästa fråga, och den allra viktigaste att förhålla sig till, var Marias säkerhet. Om Maria befann sig på ön med en kvinna som fanns med i en tidigare mordutredning, någon som skulle kunna vara skyldig till mord, var hon då i fara? Per drack av det iskalla vattnet och ruskade på huvudet. Det fanns en stor risk i att avslöja var Maria befann sig. Ryktet gick bland buset att Kossak tänkte hitta på något före rättegången, sådana rykten gick alltid och de pekade inte åt något särskilt håll. Hotade vittnen, mutor. Det skulle tveklöst innebära en risk att hämta hem henne i förtid. Media skulle vilja veta vad som var på gång om en helikopter sattes in. Namnen på kvinnorna på ön skulle publiceras. Bilder tas. Just nu rådde mediatorka på Gotland. Vilken nyhet som helst skulle vara välkommen.

Per bad att bli kontaktad så snart Hartman dök upp i receptionen och begav sig sedan till häktet som han lovat. I väntan på att bli insläppt till Adam Kossak ställde han sig vid fönstret och såg ut över det gamla posthuset och trafiken som lugnt flöt förbi mot Öster Centrum. Ett lätt dis låg över staden, men trots det såg det ut att bli en solig dag.

Vårdaren på häktet kom tillbaka efter att ha bytt några ord med sin chef.

"Vi har ett problem. Adam har en helvetes tandvärk. Han har skrikit och gråtit som ett barn hela natten och kinden är svullen. Det är väl nåt djävulstyg som behöver rotfyllas. Hade en sån tand en gång och det är tortyr, ren tortyr. Man kan inte föreställa sig det om man inte upplevt det själv." Den långe gänglige vårdaren drog med handen över skäggstubben så det rasslade när minnet väcktes.

"Jourtandläkaren på Korpen öppnade vid nio och vi har fått en tid halv tio. Om du ändå ska snacka med Kossak kanske du kan följa med. Vi är lite kort om folk och det här kom hastigt på."

Per biföll utan att fundera närmare på saken. Han hade inget särskilt att ta itu med och det skulle vara skönt att få saken ur världen. Den grönrandiga anstaltsbussen stod redo för transport och Adam accepterade handfängsel utan krångel, bara han kom till tandläkaren innan tandvärken plågat livet ur honom. De hängde honom med vårdaren Arvidsson pratat med först och den andre vårdaren tog hand om nycklarna till handfängslet och stoppade dem i sin slitna byxficka. De gick mot bussen. Adam tog plats längst in på sidan utan dörr, sedan vårdaren och sist Arvidsson.

"Va fan gör han här?" frågade Adam och gjorde en släng med huvudet åt Arvidssons håll och gned sin svullna kind mot axeln. Han skrek högt av smärta när han råkade få en lätt knuff.

"Din fru ringde." Arvidsson stängde dörren och drog på sig bältet och nickade åt chauffören att de var redo för transport.

Adam blängde tjurigt rakt fram och verkade inte ens intresserad. Det kunde bero på tandvärken förstås.

"Jag talade med din fru i morse", upprepade Per Arvidsson med mer tålamod i rösten än vad han kände.

Adam fortsatte tiga. I backspegeln kunde Per se hans ögon smalna och käkarna bitas ihop av återhållen vrede. Antagligen upplevde vårdaren, som satt mitt i baksätet, det lite jobbigt att vara fastkedjad vid en bov som när som helst kunde explodera i aggressioner. Därför ville han lätta lite på stämningen och gå över till något mer neutralt samtalsämne än den intagnes familjeförhållanden.

”Jag hörde av en kompis som jobbar på ett lastfartyg att det var nåt fel på fyren på Gotska Sandön i natt. Den liksom blinkade och slocknade, sa han. Är det någon idé att ha en fyr om den inte fungerar?”

Chauffören tog ögonkontakt i backspegeln.

”Den har väl strulat sen tillsynsmännen lämnade ön. Nu gör de sig väl ingen brådska. Det kan säkert ta veckor innan någon har tid att kolla upp vad det är för fel. Jag är mest orolig för sälarna. De är vana vid att få leva ifred där ute. Vad händer med sälbeståndet om vem som helst kan komma dit och sticka en filmkamera under nosen på dem. Eller ännu värre om någon är ute efter skinnen på ungarna.” Chaufförens panna rynkades i djupa fåror.

”Va fan ville hon?” fräste Adam. ”Ville hon ha skilsmässa? Såna är dom horjävlarna. När man har pengar så duger man så jävla bra ... men sen ...” Han visade med en gest som bara kunde betyda; sen skär dom halsen av en, sen är man sågad.

”Hon ville att du skulle få träffa din son. Han längtar efter att få träffa sin pappa, säger hon. Fråga mej inte varför, men något gott måste du väl ha gjort för att förtjäna det.” Per Arvidsson lade märke till förändringen i den intagnes ansikte och något som liknade ett leende rann upp i det solbrända ansiktet.

”Och du kunde fixa det, eller?” Adam såg inte upp från sitt inkapslade lidande, han stönade igen. ”Jag har så jävla ont, står inte ut en minut till. Är vi inte framme än?”

”Vi är snart där och de har lovat att ta hand om dej direkt.” Chauffören pekade ut riktningen och nickade lugnande.

”Eller också är det en jävla dödscell ni kör mej till, fast jag ger fan i vilket just nu. Bara jag blir av med den här jävla värken.” Han lutade sig fram för att se Arvidsson i ögonen. ”Du kunde fixa det, sa du. Okej, får jag höra dina krav. Vad ska du ha i utbyte för att jag får träffa min grabb? För du fixar inte det här av ren godhet, eller hur? Mej lurar du inte. Har varit med lite för länge för att tro att något är gratis."

Något överrumplad över svaret behövde Per fundera en stund på hur han skulle gå vidare. Adam hade alldeles rätt. Tanken fanns förstås att den intagne kunde bli något mer samarbetsvillig när det gällde kontonummer och lösenord. Det fanns ingen tvekan om att han skulle åka dit på minst fem år. Men frågan är om det är något straff att sitta av fem år och sen promenera ut som en ofantligt rik man? Säkert hade han mer pengar undanstoppade än de flesta vanliga knegare tjänar under en livstid.

"Vi tar det sen. Du ska få fixa tanden först. Så tar vi det sen."

De steg ur anstaltsbussen. En mild vind drog från havet. Solen värmde redan och det såg ut att bli en för årstiden ovanligt varm dag. Adam stönade högt när han skulle krångla sig ut från sätet. Vårdaren han satt kedjad vid gav honom ett ursäktande leende. Det fanns inte mycket han kunde göra åt saken. Adam lät blicken glida över parkeringen. Samma blick som en polis har när han kommer in i ett rum med okända människor, ett säkerhetsbeteende som utvecklas med åren. Arvidsson höll upp dörren till entrén för de andra och skulle just anmäla ankomsten när ett skott brann av. Oväntat. Det första han kände var förvåning, sen kom smärtan i bröstet. En skärande smärta. Ingen rädsla, inte än. Han pressade handen mot bröstkorgen. Det rann blod mellan fingrarna. Han kunde först inte ta in det han såg. Han hade blivit träffad. Benen vek sig under honom. Kinden slog mot golvet. Han såg tre mörkklädda män med huvor. Hörde dem skrika och hota, såg dem röra sig som i slow motion. Men de angick honom inte, fanns inte i den inkapslade verklighet som smärtan gav. Den avskärmade allt utanför och reducerade intrycken till skugglika figurer och ovidkommande ljud.

"Nyckeln, fort som fan." Igen! Ett skott till, någon skrek, skriket fyllde rummet, fyllde hans mun med blod. Huvudet exploderade i smärta. Upprörda röster, ett mummel. Färgerna dansade i dimman framför hans ögon, solar och blixtar. En olidlig smärta ville krossa hans huvud. Ljuset försvann. Om han bara höll emot skulle inte mörkret ta honom, om han valde att stanna vid liv … om han valde livet, höll sig kvar i livet … måste … träffa Maria igen.

KAPITEL 38

Maria Wern stod alldeles stilla och såg genom mörkret mot det upplysta fönstret på militärbaracken. Hon fixerade den mörka trappan på husgaveln och spände hörseln till det yttersta för att uppfatta steg i natten. Om mansfiguren hon skymtat hade gått ut på trappan och ned på gårdsplanen borde stegen ha hörts. Antagligen stod han kvar där vid dörren, tyst och orörlig och lyssnade precis som hon själv. Vem var han? En militär som dröjt sig kvar, en galen fågelskådare? Nej, tillsynsmännen och styrman på M/S Gotska Sandön hade sagt att de var ensamma på ön. Helt ensamma. Han hade skojat med Eva om det. Att om det blev för ensamt kunde han skicka en flaskpost och Eva hade nappat på det och börjat prata om kärleksbrev. Maria kände hur benen stelnade till där hon stod. Brännsåret på låret spände och sved. Så värst länge till skulle hon inte klara att stå på pass och om hon rörde sig riskerade hon att bli upptäckt. Förnuftet sa att hon borde söka skydd, gömma sig, gräva ned sig i sanden tills räddningen kom. Men det fanns också en annan röst som manade henne att söka räven i sin lya och ta reda på sanningen för att slippa vara rädd för vålnader från en annan tid. Om ondskan fick ett ansikte, blev begriplig och förklarlig, skulle hon inte vara lika rädd. Släppte hon faran ur sikte kunde den dyka upp var som helst.

Nu rörde det sig framför fönstret igen. Maria tryckte sig intill trädstammen. Dörren öppnades och stängdes. Hon höll omedvetet andan. Nu var han inne i huset. Ljuset slocknade och Maria kunde äntligen byta ställning. När hon visste var han fanns vågade hon röra sig. Militärområdet var avspärrat och med jämna mellanrum fanns skyltar som förbjöd varje överträdelse. Maria följde avspärrningen för att göra sig en bild av området. Det fanns en bit räls för transport av någonting. En gårdspump. När hon gått ett knappt varv fick hon syn på gummiflotten av en ren slump. Den låg under en buske och var delvis övertäckt med en presenning. En flik av plasten hade försts upp med vinden och blottade det som gömts där under. Månljuset träffade en av metallringarna där repet till relingen var fästat. Skulle den vara sjöduglig? Hade någon tänkt ta sig från ön med den? Maria väntade och lyssnade, men ingenting hände. Under presenningen låg också en spade och en metalldetektor som såg ut som ett curlingklot på skaft och bredvid den en stor jutesäck löst hopknuten med ett band. Hon öppnade säcken och vek upp den så månljuset kunde visa henne vad den innehöll. Ivriga fingrar grävde fram gamla mynt av silver, smycken och spännen, en kam av silver, en karaff av buckligt grönt glas. Hon lyssnade igen. Bara prasslet av någon fågel i snåren och havets rullningar mot stranden bröt tystnaden. Hon höll upp ett halsband i sin hand. En guldlänk med röda stenar som tycktes nästan svarta i det dämpade ljuset. Rubiner eller böhmiska granater eller glasbitar? Maria kunde inte bedöma vilket. Ett flertal ringar. Kristallglas. Rester av ett sidentyg. Var det här Gottbergs skatt? Hon stack ned handen i säcken och fick fatt på en medaljong. Den hade ingen inskription. När hon böjde sig fram för att stoppa tillbaka den såg hon i ögonvrån en stor stövel. Hon vände sig hastigt om och såg in i ett par svarta ögon, ett stort svart hår och ett kraftigt skägg. En sekundsnabb bild innan slaget träffade över nacken och ryggen med ett krasande ljud.

”Din satans giriga lilla hora”, väsningen ekade i huvudet, ekade och svajade av och an i en oändligt lång räcka av sönderhackade ljud. Ett slag till över hjässan. Olidlig smärta. Maria hann tänka ordet yxa, innan mörkret kom och tystnaden och kroppen försvann och lyfte sig högt under talltopparnas kronor och vidare upp mot den öppna svarta himlen. En vass ringande ton och sen tystnad.

Nästa förnimmelse är det iskalla vattnet, som fyller hennes mun, får henne att hosta. Hon rör armarna och färdas uppåt genom mörkret. Kylan skär kroppen i bitar. Huvudet sprängvärker. Hon hostar så hon kräks. Det kommer mer vatten in i munnen. Luft! Hon måste få syre. Lungorna svider av syrebrist. Trycket över pannbenet är olidligt, måste upphöra. Hon slår vilt med armarna, stampar ifrån med benen utan att finna motstånd, måste upp till ytan, måste få luft. En ny kallsup. Händerna fastnar i ett nät av hår. Långa slingor av hår trasslar sig fast på hennes armar. Luft! Hon tar ett djupt andetag och hostar, rosslar, famlar efter något att ta tag i för att komma upp ur vattnet. Hala runda stenar. Ljudet av en bil är allt som hörs i mörkret. Det totala mörkret där inte ens gråtoner letar sig ned. Maria känner med händerna och låter dem följa de runda stenarna i en snäv cirkel. Insikten kommer som ett slag i solarplexus. Hon befinner sig i en brunn. Om hon inte lyckas ta sig upp ur det iskalla vattnet kommer hon inte att överleva. Det inser hon. Kylan får musklerna att stelna till. Maria trevar med händerna över stenarna igen. De är hala och ganska små, svårt att få fäste ens med händerna, än mindre med fötterna och avståndet upp till brunnslocket är oändligt långt. Antagligen ligger locket på eftersom det är så mörkt. Var det så här det kändes för Lena-Marie? Var hon vid medvetande och kände samma ångest? Maria försöker göra sig fri från håret som kletar på händerna. Lena-Maries hår? Men var finns resten av kroppen? Hon själv kanske just nu ligger i samma vatten som ett lik. Den döda kroppen kanske finns där nere på djupet angripen av bakterier. Uppluckringen har börjat, huden förtvålas och vitnar. Maria försöker hålla de motbjudande bilderna från tidigare obduktioner ifrån sig. Hon måste upp, måste komma upp. Illamåendet får henne att kvida högt och huvudvärken, som kommer i attacker när hon rör sig, får henne att nästan tappa andan. Hon måste försöka tänka klart. Håret hon håller i sin hand är löst, sitter inte fast på ett huvud. Vad hade de egentligen sett när de böjde sig fram över brunnen? Lena-Maries jacka och ett långt brunt hår. Maria samlar det i sin ena hand och spjärnar med den andra mot stenväggen så att hon håller sig över vattenytan. En peruk. Hon sjunker ned mot botten igen och får en kallsup när insikten når henne. Jackan och håret var allt de såg och för dem blev det Lena-Marie. I den stressade situationen hade hjärnan fyllt i det som fattades och ingen av dem hade ens tänkt tanken på att det kunde vara en bluff. Det finns inget lik i brunnen, inte ännu.

Maria håller ut armarna för att se om hon kan nå tvärs över brunnshålet. Det skulle kunna ge den stadga som behövs för att klättra upp. Hon sjunker igen med huvudet under vattnet. Armarna räcker inte. Hon tar av sig de vattenfyllda stövlarna. Kniven hon stoppade i stövelskaftet är borta. Hon drar av sig den tunga våta jackan och byxorna och simmar ned mot botten, letar efter något, vad som helst som skulle kunna fungera som en förlängning av armen. Hinken, den är tung förstås och det är svårt att få grepp om kanten, men Maria kan inte komma på någon annan lösning. Med hinken som stöd mot ena väggen kan hon med rak arm luta sig lite lätt bakåt och få stöd medan hon klättrar. De bara fötterna slinter ett par gånger och taget om hinkens kant är för ostadigt. Det går inte. Hon faller tillbaka i det kalla vattnet. Det finns bara två alternativ, hon måste ge upp eller komma på något bättre. Med en rysning sjunker hon ned i vattnet igen och låter händerna söka utmed botten. Där finns en träpinne. Måtte den hålla. Hon bryter den försiktigt mellan sina händer, rädd att knäcka den, men också angelägen att kontrollera att den inte kommer att ge efter när hon är halvvägs uppe. Virket känns segt och stadigt. Ju högre upp hon kommer från vätan, desto bättre går det att få fäste mellan de torrare stenarna. Men styrkan i armarna börjar svikta. Hon kan inte se hur långt det är kvar upp till brunnslocket. Vet inte om krafterna ska räcka ända fram. Inte tänka. Bara klättra, steg för steg. Sten för sten. Ett nytt grepp. Flytta upp pinnen och ta stöd, varje gång med risk för att falla tillbaka i det iskalla vattnet om den skulle brista eller om hon skulle slinta i sitt grepp mellan stenarna. Det tar allt längre tid för mjölksyran att försvinna ur armarna. Pauserna i klättrandet blir längre och stegen skakigare. Kölden får fingrarna att domna och förlora känseln. Hon kan inte längre känna sitt grepp om stenarna. En liten bit kvar, tänker hon. Bara en liten bit till.

Barnen och Per, de finns alldeles nära och tanken kommer över henne som en gråt, inte vekna, inte ge efter. En liten strimma av ljus dansar över hennes huvud. Hon måste ta det lugnt, inte bli för ivrig nu. Någon kanske väntar där uppe bara för att sparka ned henne i helvetet igen, tanken far igenom hennes huvud. Lena-Marie? Kan mannen vara Lena-Marie? Varför klä ut sig? För att öka Karins förvirring, för att skrämmas eller för att inte bli igenkänd? Om Lena-Marie sitter där uppe och väntar ... Nej, Maria tvingar sig själv att stänga av den destruktiva tanken och fokuserar på det som ger henne kraft. Per finns där uppe och sträcker ut sin arm mot henne. En ström av kärlek. Tillit. Ta min hand. En liten bit till, bara en liten bit till min älskade och han ser på henne med blicken som får henne att våga allt. Ska hon orka lyfta upp brunnslocket underifrån? Om han hjälper henne att lyfta. Hon behöver inte bära hela tyngden själv. Han finns där alldeles nära. Det kommer att gå. Men om hon inte orkar den sista biten. Om hon faller tillbaka i det iskalla vattnet. Då kommer inte kraften att finnas till ett nytt försök. Kylan gör redan hennes lemmar stela och klumpiga. Stopp. Inga negativa tankar, dem har hon inte råd med. Per har lyft undan alla hinder, han väntar på henne. Finns så nära, alldeles inom räckhåll. Livet med Per finns inom räckhåll. Bara en liten bit till, en liten bit ... När hon sträcker upp handen nuddar hon vid den kalla plåten med fingertopparna. Ett steg till. Sakta nu. Flytta pinnen utan att skaka.

Med huvudet och axeln trycker hon upp locket. Ett steg till. Hon pressar upp locket en bit och får tag med fingrarna om kanten. Det finns nästan ingen känsel kvar, bara en värkande köld. Ett steg till. Hon klamrar sig fast vid kanten och släpper pinnen. Långt ned i djupet hörs plumset när den slår i vattenytan.

Med all den kraft Maria förmår uppbåda häver hon sig upp och får ena benet över kanten. Hon ålar upp ur brunnen och ut i den svala natten, pånyttfödd i månljus. Utmattad och skakig ligger hon på marken. Måste bort från brunnen. Gömma sig. Men kroppen vägrar lyda. Den är förstelnad. Huvudet spränger. Det flimrar och svartnar för ögonen. Luften räcker inte till. Det gör ont att dra efter andan. Blicken irrar. Hon försöker se bortom mörkret. En fallande yxa och hon skulle inte äga kraften att rulla undan.

Alldeles intill den gamla svarta minan bredvid brunnslocket ligger en hög med kläder. Först tror hon att hon ser i syne. Hon sträcker ut handen och känner med fingrarna över tyget. Torra kläder! Ett par byxor. Skjorta. Ett svart skägg. Gottbergs skägg. En förklädnad som inte längre behövs när alla är döda? Ormen har ömsat skinn. Maria kan inte längre samla sina tankar. Ett märkligt skratt letar sig upp ur strupen. Hon ger sig själv ett hårt slag över kinden. Kniper sig i armen. Skärp dej! Men skrattet går inte att hejda, blir till gråt. Hon måste bort från Fyrbyn. Krypa ihop i ett hörn där hon kan känna trygghet. Men först måste hon få av sig de våta kläderna. Kölden får henne att skaka hejdlöst. Skjortan och byxorna går att använda. Det fanns en filt i huset där Karin sover. Den kan hon ta. På vingliga ben stapplar hon upp. Dörren står fortfarande öppen. Skafferiet där Karin låg är tomt. Hon är inte kvar. Var det oklokt att låsa upp dörren och låta henne irra omkring? När Maria tog beslutet hade det känts ännu värre om mördaren skulle hitta Karin inlåst och skyddslös.

KAPITEL 39

När räddningen kom ville hon vara i Fyrbyn, men samtidigt inte riskera att bli instängd i något av husen. Så länge det var ljust vågade Maria inte röra sig, där hon låg gömd på botten av träbåten bakom skolbyggnaden. Det var obekvämt att ligga på den hårda trädurken. Långa stunder av dagen hade hon ändå lyckats slumra bort och när skymningen föll var hon fast besluten att släcka fyren igen. Någon där ute måste till slut förstå att det var en signal. Det hade börjat blåsa upp igen. Trädkronorna svajade oroväckande och tanken på att hemfärden kunde bli uppskjuten ett eller flera dygn till skrämde henne allt mer. En annan tanke som sysselsatt henne under dagen var att Lena-Marie måste ge sig av innan räddningen kom. Hade hon tänkt använda sig av gummiflotten vid militäranläggningen? Gång på gång anklagade Maria sig själv för att ha förlorat sig i Gottbergs skatt istället för att hålla vaksamheten vid liv. Om hon istället hade använt den dyrbara tiden till att skära hål i gummiflotten. Kanske var det inte för sent. Den som gjort så mycket ont skulle inte slippa undan. Vreden kom lika plötsligt som tanken. Eva, Viktoria, Irma, Rosita! Alla hade de sina närmaste som ännu inte visste vad som hänt, men som snart skulle drabbas av outsäglig sorg och förtvivlan. Den som en gång har gått över gränsen och dödat kan göra det igen och igen. Maria lovade sig själv att inte låta henne komma undan. Hon var för farlig. Om Lena-Marie tänkt fly i gummibåt kanske hon hade gjort upp med något fartyg att hämta henne. Någon från östsidan mot skälig betalning? Tanken fick adrenalinet att rusa i kroppen. Antagligen hade hon hela tiden haft en fungerande mobil. Om det nu blåste upp måste hon ge sig av innan det var för sent. Kanske var hon redan på väg. Skulle hon ha vågat ge sig av i flotten i dagsljus? Det var tveksamt. Knappast troligt, men i skymningen ...

Maria svepte filten om kroppen och knöt ihop den med repstumpen hon hittat på båtens botten. Hon huttrade medan hon segade sig ur båten. Hela kroppen var ett enda stort blåmärke, musklerna värkte som öppna sår. Hon smög utmed husväggarna mot fyren. Beredd på att när som helst kunna stå ansikte mot ansikte med ondskan. Dörren till snickarboden var fortfarande olåst. Maria gled in och såg sig om efter något att använda som vapen, ett spett. Hon vägde det i handen. Tungt, men det bästa hon kunde komma på för stunden. Ett avlägset billjud, till en början knappt hörbart, fick henne att rusa mot fyren för att slå av strömbrytaren medan möjligheten fanns. Benen var stumma och ville knappt lyda. Dörren var öppen. Där var strömbrytaren.

Det tog bara ett par sekunder innan hon snubblade nedför trappan igen. Väl ute i skymningen smög hon från trädstam till trädstam. Filten var mörkgrå och smälte in i skuggorna, men huden lyste bländande vit i månljuset fast fyren nu var släckt. Bilen närmade sig. Hon kunde se lyktorna som nosade sig genom terrängen ned mot vattnet. Det var som hon hade tänkt. Lena-Marie skulle antagligen försöka ta sig ut från Bredsandsudde i skydd av mörkret. Vågorna rullade lugna och svarta mot stranden. Vinden hade vridit till sydväst och den norra delen av ön låg i lä. I skydd av båthuset kunde Maria se jeepen med flotten på taket. En mörk figur lossade repen. Vinden högg tag i gummibåten och hjälpte till att lyfta den över bilens kylare ned på sanden. Den mörka gestalten släpade båten till strandkanten och bilen kom att befinna sig mellan dem. Olåst. I bästa fall kanske mobilen låg kvar på sätet. Det fanns ingen tid för tveksamheter. Hon måste bestämma sig nu. Maria slet av sig filten och gjorde sig beredd att springa, släppte det tunga järnspettet och rusade mot bilen. I samma stund vände Lena-Marie på huvudet. Det vrål som lämnade hennes strupe ekade över sanddynerna och fick Maria att mot sin vilja tappa farten. Hon nådde bildörren och kastade sig in på förarplatsen. Mobiltelefonen låg där på passagerarsätet. Lena-Marie var också framme. Sträckte sig mot dörrhandtaget. Var fanns knappen till centrallåset? Maria trevade i mörkret. Hörde det underbara ljudet av låsen som klickade igen, samtidigt som Lena-Marie slet i dörren till förarsätet. Hennes ansikte trycktes mot rutan. De vilda ögonen skar genom glaset, intensiteten fick Maria att nästan tappa telefonen. PIN-kod. Nej, det behövdes inte när hon slog 112. Den första signalen gick fram. Svara då. Svara! Nästa signal fortplantade sig genom hörselgången och vibrerade i hela nervsystemet medan Lena-Marie gick runt bilen och slet i alla dörrar. Måtte bakluckan vara låst, for det genom Marias hjärna. Svara! Skynda er, snälla. Ni måste svara! Svara nu. Hon bet på knogen så den blödde, men kände ingen smärta. Den tredje signalen gick fram, men fortfarande ingen att tala med.

”Välkommen till SOS Alarm. Det är många som ringer nu, men var god och dröj kvar så tar vi hand om ditt samtal så fort vi kan.” Helvete! Maria höll krampaktigt om telefonen och såg till sin förvåning Lena-Marie gå bort från bilen, ned mot båthuset. Vad tänkte hon göra? Svara! Ni måste svara! Larmen till SOS gick inte längre till en växel på Gotland utan togs i stället emot i Eskilstuna eller Stockholm. Så mycket enklare det skulle ha varit att få tala med någon av dem hon redan kände. Någon som omedelbart kunde förstå allvaret. Nu kom hon inte ens fram. ”Välkommen till SOS Alarm ...” det automatiska meddelandet bröts av en levande manlig röst och Maria andades ut. Tills hon såg vad Lena-Marie hade i handen. Järnspettet glimmade till i månljuset när hon sprang över stranden. Udden var riktad mot henne.

”Kriminalinspektör Maria Wern här, skicka en helikopter till Sandön. Omedelbart. Mord.” Mer hann hon inte säga innan spettet krossade framrutan. För att styra den vassa udden ifrån sig var hon tvungen att släppa mobilen, som föll ned på golvet.

”Hallå. Hallå! Hör ni mej?” ropade mansrösten. ”Vad händer?”

”Skicka en helikopter”, skrek Maria medan hon öppnade bildörren och kastade sig ut för att undgå att bli spetsad. Lena-Marie var råstark. Det fanns ingen möjlighet att undkomma på annat sätt. Eller att nå mobilen. Maria försökte fly bort mot träden, försökte springa i sanden men sjönk djupare för varje steg. Hon kastade en blick över axeln. Lena-Marie hade lyckats slita loss spettet och kom emot henne med en förvånande hastighet. Det fanns ingenstans att ta vägen. Maria fintade och sprang tillbaka mot bilen. Hon skulle aldrig lyckas ta sig in och hinna köra iväg, det insåg hon med bedövande klarhet, men hon kunde ha bilen mellan sig och Lena-Marie för att inte bli träffad av spettet. Ett nytt utfall small till i karossen och spettet verkade ha fastnat. Maria såg sin chans och rusade runt bilen, tryckte upp ett knä i sin motståndares rygg och lyckades fälla henne till marken. Satte sig ovanpå och bände upp hennes arm men fick inte tag i den andra och plötsligt, innan hon hann fatta hur det gick till låg hon underst. Två starka armar grep om henne och lyfte henne över marken och dunkade hennes huvud mot bilens kylare. Maria famlade men fick inget grepp. Ett slag i magen, ett nytt slag mot huvudet och allt var förlorat. Hennes sista medvetna tanke handlade om barnen.

När hon nästa gång vaknade till sans befann hon sig i bilen som skumpade fram över sandiga vägar. Huvudet dunkade hårt mot underlaget för varje gupp. Det gjorde så ont i brännsåren på ryggen att hon ville skrika högt. Händerna var surrade bakom ryggen. Repet skar in i huden. Om hon låg alldeles stilla, om hon spelade medvetslös kanske hon skulle slippa fler slag och ha en chans att överleva. När hon vred lite på huvudet kunde hon se Lena-Maries uttryckslösa ansikte i backspegeln och det mörka håret som föll ned över axlarna i korkskruvar med öronen som stack ut. De grova händerna låg på ratten. Vart var de på väg? Inte till brunnen? Då skulle hon vara chanslös. Kniven Maria haft i stövelskaftet måste hon ha tappat i skogen eller i brunnen. Om hon bara haft kniven ... Några krafter kvar till motstånd skulle hon antagligen inte ha ägt även om händerna varit fria. Maria fortsatte kisa mot backspegeln. Lena-Marie såg nästan sorgsen ut. De stora bruna ögonen var blanka och blicken långt borta. Hon suckade tungt och Maria kunde inte låta bli att fundera på vad drivkraften bakom de fruktansvärda handlingarna hade varit. Kände hon någon skuld eller ånger? Var hon kapabel till såna känslor? Vad skulle Lena-Marie ha svarat? Jag älskade honom och jag skipade bara rättvisa. Det finns ingen annan rätt än den man tar sig. Nu stannade bilen. Maria fick en skymt av en gravsten och antog att de befann sig vid Hjalmars mausoleum där Karin blivit inlåst. Skulle hon bli inlåst för att dö precis som Erik Hansson suttit instängd i sin bil i väntan på att frysa ihjäl?

Bildörren öppnades och Maria försökte slappna av i kroppen fast det gjorde fasansfullt ont i brännsåren när Lena-Marie drog henne ur bilen och släppte henne på marken. Hänglåset på gravkammaren låstes upp. Maria övervägde att försöka komma på fötter. Skulle hon kunna fly? Springa ifrån Lena-Marie och komma undan? Hon fann det föga troligt. Stegen närmade sig. Hon blundade och kände greppet under armarna igen. Hennes bara fötter släpade i sanden. Hon lyftes in i gravkammarens mörker. Och dörren stängdes.

”Det var inte meningen att du skulle dö. Inte från början.” Lena-Maries röst var dov och sorgsen. ”Du kom frivilligt för att betala av din skuld. Därför ger jag dej en chans till.”

När bilens ljud avlägsnade sig låg Maria stilla med ansiktet mot det hårda golvet och försökte få ögonen att vänja sig vid mörkret, men det gick inte att urskilja någonting alls. Hon försökte resa sig upp och kände att hon höll på att förlora medvetandet. På något sätt hade Karin lyckats gräva sig ut. Maria trevade med händerna framför sig och kände kanten på en murken kista. Locket hade fallit in och med en rysning insåg hon att de surrade händerna vilade på ett hårbevuxet kranium. Hon var tvungen att känna sig fram. Lårben. Bäcken. Runtom hela nedre kanten på huset försökte hon känna var någonstans sanden var lösare, men hålet måste ha rasat samman. Törsten var olidlig och kylan smög sig på. Kläderna var fuktiga. Hon gjorde ett nytt försök att gräva där hon trodde att hålet kunde vara. Koncentrerad uppbådade hon sin yttersta styrka. Axlarna sved som eld och det bultade i det infekterade såret på benet. Om hon vilade lite kanske hon skulle orka gräva sen. Hon föll ihop och grät av utmattning. Plötsligt hördes ett krafsande ljud från utsidan. Hon lyssnade. Någon grävde i sanden. Var det Lena-Marie som grävde hennes grav i sanden. Då skulle de aldrig finna henne igen. Ljudet fortsatte. Ett skrapande läte och en vit hand kom in i mörkret. Maria stirrade på den utan att riktigt förstå. Handen fick en arm. Den grävde och sanden rasade i samma takt. Karin? Maria försökte gräva hon också med sina bundna händer. Karin!

”Karin, är det du?” Det gav ny kraft att tänka att det kunde vara Karin.

”Det går inte att få upp låset.” Karins röst hördes svagt genom väggens mur. ”Jag ska hjälpa dej ut ur dödsriket.”

Det första gryningsljuset föll på dem när de stapplande, med armarna om varandra, följde stigen mot Fyrbyn.

”Jag hörde bilen. Gömde mej bakom träden. Träden är mina systrar. Jag hör vad de viskar. Hon är ond. De söker av marken, doftar den med sina långa grenar. De känner lukten av ondska. De har inga egna trombocyter, men ondskan får dem att koagulera och förvedas. Visste du det?”

Maria skakade på huvudet. Karin talade oavbrutet och osammanhängande. Helikoptern dånade ovanför deras huvuden. De måste hinna dit. Polisen fick inte tro att det var falskt alarm. Maria kände hur hörseln kom och gick. När som helst skulle hon komma att förlora medvetandet. Benen vek sig. Hon snubblade fram. Hängde på Karins arm.

”Skynda dej. Karin. Du måste gå i förväg. Jag orkar inte längre. Spring utan mej! Snälla, skynda dej. Du måste lämna mej här och hämta hjälp. Spring!”

”Om man trampar för hårt på marken kan man skada mossan”, sa Karin och började gå på tå. Det var det sista Maria uppfattade innan hon föll ihop på stigen.

KAPITEL 40

Det vita ljuset skar obarmhärtigt in i ögonen. Maria försökte se men ljuset var bländande skarpt och tårarna rann. En vit rock rörde sig mot henne. En stickande lukt av cigarettrök och något som luktade som hårsprayen Karin brukade använda. Karin? Karin! Ett ansikte kröp inpå. Runda ögon med kraftigt målade ögonlock bakom ett par glasögon i röda bågar. Ett uppmuntrande leende och en amper röst.

”Är du vaken nu?” frågade Rundögat. Orden svajade in i medvetandet, men saknade betydelse. Halsen var full av gråt. Huvudet fullt av frågor. Karin? Maria orkade inte prata. Först och främst var hon kissnödig, explosivt kissnödig. Hon måste omedelbart …

”Toalett.” Hon såg vädjande in i de blå ögonen.

”Jag tror inte du får gå upp. Ett bäcken?”

”Jag måste.” Maria reste sig upp och stapplade ur sängen. Den vitklädda lade armen runt henne när hon vinglade till. Som i en märklig pardans med oförutsägbara turer färdades de ut i korridoren arm i arm och hand i hand. ”Jag måste få vara för mej själv på toaletten.” Maria stängde dörren mitt framför näsan på sköterskan.

”Lås inte om dej.”

Maria lovade låta bli. Illamåendet kom så plötsligt att hon med knapp nöd hann knäböja framför toaletten. Det skar i huvudet när magen vände sig ut och in. När det värsta var över dunsade hon ned på toastolen.

”Hur går det där inne?” Rösten ekade in i det kaklade rummet.

”Jag klarar mej. Det är ingen fara. Var är jag? På Visby lasarett?”

Om bara huvudvärken ville släppa så hon kunde tänka klart. Det var något viktigt hon skulle komma ihåg ... som hon måste säga eller göra ... eller en plats hon skulle ta sig till ... Karin? Var fanns Karin?

"Du är på IVA och så snart du tror att du orkar vill polisen tala med dej. Tomas Hartman. Han sa att ni var arbetskamrater. Gå tillbaka till ditt rum. Jag kommer sen." Rösten dog bort med stegen när ett larm ljöd utanför dörren.

Hartman, ett namn och en trygghet. Vilken lättnad. Hartman skulle ordna det här. Om hon bara fick krypa in i hans trygga famn och vara så liten och ynklig som hon kände sig ... Han skulle reda ut allt som hänt. Hur skulle hon kunna berätta om de döda? Maria spolade. Tvättade händerna och såg sig i spegeln. Läppen var spräckt. Håret var tovigt och blodigt. Hon öppnade dörren. Varifrån hade hon kommit? Från vilket håll i korridoren. Hon kunde inte minnas. Det var tomt men hon hörde röster lite längre bort. Hon irrade framåt. Där i ett rum skymtade hon Rebecka, Per Arvidssons fru, och en annan läkare. Rebecka steg just in i rummet och stängde dörren efter sig men hennes röst dröjde kvar i korridoren. Det var som en bisarr dröm man borde vakna ur kallsvettig, men lättad.

"Jag älskar dej, Stefan, men jag kan inte lämna honom nu. Varför i helvete skulle det behöva hända just nu?" Rebeckas röst var gäll och övergick i gråt.

"Vi får vänta och se. Det ser illa ut. Det är inte ens säkert att han överlever natten. Han har förlorat mycket blod. Det är omöjligt att säga hur illa kulan i huvudet har tagit och vi vet ännu inte om ryggmärgen är skadad." Maria stod som förstenad. Såg sig själv i en ond och overklig mardröm som inte ville ta slut.

"Och om han överlever?" Rebeckas röst igen.

"Om han överlever blir han troligtvis ett vårdpaket. Han kommer sannolikt aldrig mer att bli helt återställd även om han vaknar upp ur medvetslösheten. Vi kommer att flytta honom till Karolinska så fort vi fått stopp på blödningen. Helikoptern är snart här."

Det blev tyst, alldeles tyst i rummet. Handlade det om Per, hade något hänt Per? Maria måste få veta det. Hon tryckte ljudlöst ned handtaget, öppnade dörren och såg dem i siluett. De såg henne inte, märkte inte att hon stängde dörren efter sig och försvann i korridoren. Hon måste se det själv, måste få hålla om honom. Per! Per! Det måste vara ett misstag, det fick inte vara så ... Larmet i korridoren ville inte sluta, det kändes som om huvudet klövs med en motorsåg. De vitklädda rusade mot en sal längst ned i korridoren där en säng just rullades in, upprörda röster. Hartman kom emot henne. Sträckte sina armar mot henne och fångade henne i sin stora famn. Då brast allting och hon grät. Grät som om hjärtat skulle brista. Och han ledde henne fram till en soffa och satte henne ned utan att säga ett ord. Utan att släppa henne ur sin famn.

"Var är han? Är Per därinne?" frågade Maria när rösten bar igen.

"Ja, han är där. De gör sitt bästa." Hartmans röst var bara en dov viskning.

"Men han klarar sig väl? Han måste ..."

"De gör allt vad de kan. Om du sitter kvar här hämtar jag något varmt till dej att dricka, du fryser ju så du skakar. Hackar tänder, lilla vännen." Hartman försökte ta sig loss, men Maria klamrade sig fast vid honom som en drunknande.

"Vad hände? Du måste berätta vad som har hänt. Jag måste få veta det nu, innan jag blir galen."

Hartman drog ett djupt andetag.

"Det var ett fritagningsförsök. Adam Kossak. Per blev skjuten av en man som heter Vladas Navakas. De var fyra stycken. Vi har kunnat gripa dem. Alla fyra. Jag vet att det är en klen tröst, men bättre än ingenting."

"Adam Kossak?" Maria försökte få det ofattbara på plats. "Rättegången?" Händelserna på Gotska Sandön bleknade. Hon hade ju blivit räddad och sen skulle inget ont kunna hända mer. Någonsin.

Sen skulle Per möta henne och barnen skulle komma och allt skulle bli bra. ”Adam Kossak”, sa hon tonlöst.

”Han är död. Dog i skottlossningen. Oklart hur det gick till, vi har haft inledande förhör med dem. Henrikson blev skjuten i benet. Han ligger på kirurgen. Jonsson klarade sig mirakulöst nog med ett brott på handleden.”

”Var är mina barn? Jag måste få hålla om mina barn. Var är Emil och Linda nu?”

”De är på väg med båten. Kommer om någon timme. Jag förstår att du har längtat efter dem och undrat mycket.” Hartman satte sig lite mer till rätta, fortfarande med armen om Marias axlar. Han plockade fram en förpackning med pappersnäsdukar ur sin portfölj och räckte henne.

”När det gäller Lena-Marie Wirén kunde hon helt odramatiskt gripas på sin gummiflotte. Hon verkade helt apatisk. Erkände utan omsvep. När vi frågade henne varför hon gjorde det svarade hon bara ’Han var jag. De skadade oss. Han var hela meningen med mitt liv. Jag var höljet som skulle skydda, han var kärnan som brast. Så länge någon minns en lever man. Nu kommer man att minnas oss båda.’” Hartman skakade sitt gråa huvud och såg på Maria. Han strök henne försiktigt över kinden. ”Tack gode Gud att du lever.”

”Och Karin?”

”Hon har tagits om hand och får hjälp.”

Maria såg hur dörren till behandlingsrummet öppnades. Det var tyst. Alldeles tyst så när som på ljudet av höga klackar som smällde mot golvet i korridoren. Rebecka kom emot dem. Hennes ansikte var mycket blekt och ögonen ängsliga. En kvinna i gröna kläder med stetoskop om halsen väntade på henne vid dörren. Väntade med beskedet. Det blev så uppenbart. Man kan inte skrika ut ett dödsbesked över en hel korridor. Stegen måste komma närmare. Ögonen måste mötas. Och händerna ... Innan orden kan bli sagda. Stegen trummade och förlorade takten, dröjde. Ögonen vidgades och frågade, är han …? Ansiktet utan svar. Inte ännu. Kom närmare. Fyra steg kvar till dörröppningen. Den grönklädda löstes ur sin förlamning och gick henne till mötes när klackarna mot golvet tystnade. Beskedet kunde bara vara ett enda, varför dröjde det annars?

Skriket skar mellan väggarna. Skar så huvudet höll på att falla isär innan Hartman fångade in henne i sin bruna noppiga kavaj och det tystnade. Det måste vara ett stort misstag. Det var inte Per och om det var det kunde han inte vara död för han hade väntat på henne för de skulle … Det är slut, slut nu. Vi kan inte rädda honom, det var det kvinnan med stetoskopet just tänkte säga. Men få fram en helikopter och skicka honom någonstans där det finns kompetens förihelvete! Eller är han redan död? DÖD? Utan liv. Det skulle aldrig, aldrig komma att bli ett liv tillsammans. Rebecka stirrade på henne nu. Hennes ögon var mycket mörka och undrande. Visste hon? Hatade hon? Eller var det en lättnad? Ansiktet gick inte att avläsa. Borde hon säga något till Rebecka. Förlåt? Förlåt mej för att jag älskade din man. Jag försökte låta bli, du ska veta att jag verkligen försökte, men det gick inte. Jag ville inte ta honom ifrån dej, från er, ville inte göra illa. Döda mej om du vill. Slå mej, skrik, sparka hjärnan ur mej. Men sluta stirra. Säg något, snälla. Prata med mej, annars dör jag. Tårarna rann ned för kinderna, men Maria ägde inte kraften att torka bort dem. Genom dimman kunde hon se hur Rebeckas mun talade. Det var svårt att få ett sammanhang.

”Kom Maria.” Rebecka sträckte ut sina båda armar till ett famntag. En gest bortom allt vad Maria hade kunnat föreställa sig. ”Kom.”

Först då kunde Maria resa sig upp och gå fram till Rebecka.

”Det är under kontroll. De förbereder transporten till Karolinska. Följer du med mej in till honom?” frågade hon och lät armen ligga kvar om Marias midja. ”Jag vill att du följer med in.” Och Maria nickade och tog den utsträckta handen. ”Det var alltid du. Jag vet det. Det var alltid du. Dej han längtade efter”, viskade Rebecka. ”Det är dej han vill se om han återfår medvetandet.”

”Tack.” Maria hade inga ord för det hon ville säga, visste bara att det hon just nu fått vara med om var något av det märkligaste och mest generösa hon någonsin skulle få uppleva.